中国俄罗斯侨民文学研究

◎王亚民 著

图书在版编目（CIP）数据

中国俄罗斯侨民文学研究 / 王亚民著. -- 兰州 : 兰州大学出版社, 2025. 9. -- ISBN 978-7-311-06965-0

Ⅰ. I512.06

中国国家版本馆 CIP 数据核字第 20256SH853 号

责任编辑 李有才
封面设计 倪德龙

书　　名 中国俄罗斯侨民文学研究
ZHONGGUO ELUOSI QIAOMIN WENXUE YANJIU
作　　者 王亚民 著
出版发行 兰州大学出版社 （地址：兰州市天水南路222号 730000）
电　　话 0931-8912613（总编办公室） 0931-8617156（营销中心）
网　　址 http://press.lzu.edu.cn
电子信箱 press@lzu.edu.cn
印　　刷 甘肃浩天印刷有限公司
开　　本 710 mm×1020 mm 1/16
成品尺寸 170 mm×240 mm
印　　张 19
字　　数 263千
版　　次 2025年9月第1版
印　　次 2025年9月第1次印刷
书　　号 ISBN 978-7-311-06965-0
定　　价 70.00元

（图书若有破损、缺页、掉页，可随时与本社联系）

序言

《中国俄罗斯侨民文学研究》是王亚民博士多年的潜心之作。从介入这一领域的研究到专著即将出版，已经过了十几个年头，可谓“十年磨一剑”。这样宁静的研究在浮躁的年代并不多见，值得嘉许。

亚民有俄语专业学术背景，本科毕业后继续攻读俄语硕士学位，之后在大学任教，其间曾在莫斯科大学做访问学者，并与俄罗斯科学院通讯院士李福清教授等有学术交流合作。访学期间，她拜访了在莫斯科的俄侨后裔和亲朋好友，在俄罗斯侨民研究基金会、俄罗斯侨民书店、俄罗斯国家图书馆、莫斯科大学图书馆、俄罗斯国立人文大学图书馆等查阅了大量的相关史料和图书。这些最新的研究资料，特别是20世纪90年代以后的资料和图书极大地丰富了本研究的内容，增强了它的深度。稍后，亚民还策划组织了俄罗斯文化丛书的中文版翻译，译介了俄罗斯学界关于文化的最新科研成果。之后，考取中国现当代文学专业博士，并将中国俄罗斯侨民作为研究对象。入学后的第二年，“哈尔滨俄罗斯侨民文学研究”成功立项为国家社科基金项目，其博士学位论文《中国俄罗斯侨民文学研究》获得专家好评。博士毕业后，她组织翻译出版了俄罗斯《“白银时代”文学史》等著作。再后来，她从西北到上海继续在大学任教，成为博士生导师，其研究内容多半也与这一领域有关。这些学术经历，使得她对俄罗斯侨民文学的研究具有深厚的专业基础、持续的学术积累和不断丰富的史料支持。鉴于此，才敢说这是一部潜心之作，也可以说是目前国内俄罗斯侨民文学研究的一部力作。

本书告诉读者，所谓中国俄罗斯侨民文学，是指20世纪初至20世纪50年代生活在中国的俄罗斯侨民用俄语创作的文学。这些作品的作者是侨居哈尔滨、上海等地的俄罗斯文人，他们的创作在当时的历史条件下被视为“反动”的书写，不可能在苏联国内发表，当然也不可能被苏联人读到。由于是俄语创作，这些作品在中国发表后也很少被中国人阅读。直到20世纪80年代以后，“侨民文学”的发掘与研究，才成为俄罗斯和全球文坛乃至文化生活中的热点现象，中国的俄罗斯侨民文学，也随着这股研究热潮得到世界范围内的广泛关注。因此，中国俄罗斯侨民文学是近年来被发掘的一个新的研究领域。其作品既继承了俄罗斯“白银时代”文学鲜明的特征，又带有深深的中国烙印。

在王亚民博士学位论文的导师评语中，我做过这样的评价：“中国俄罗斯侨民文学是20世纪俄罗斯文学的重要构成部分，也是中国现代文学的特殊组成部分。但是，这一文学现象在中俄文学史研究中历来都被忽略和轻视。王亚民的博士学位论文《中国俄罗斯侨民文学研究》，第一次系统而全面地研究中国俄罗斯侨民文学，在一定意义上填补了一个空白。论文对中国俄罗斯侨民文学概念做了界定，对其产生的历史背景、社会环境、文化氛围做了具体描述；同时，将文体研究与重点个案研究相结合，分别对回忆录、诗歌创作、小说创作进行了较为系统地解读和研究，特别是对其中的代表性作家和作品做了重点分析，揭示了中国俄罗斯侨民文学的思想意蕴和主要艺术特点，客观评价了中国俄罗斯侨民文学的价值和意义。这一研究，是一种特殊的交叉边缘研究，它拓展了中国现代文学研究的领域，使现代文学史版图增添了特殊的板块和色调，丰富了现代文学史的内容，因而具有创新性、前沿性和独特的学术价值。”

距离这个评语已经过去十几年，新的书稿在原来的基础上又有较大的延伸和拓展。从书稿和作者提供的材料看，充实了有关俄罗斯侨民来哈尔滨之前和离开中国之后的行迹考察的内容，用翔实的资料论证了日本侵占哈尔滨、苏联红军进驻我国东北后对俄侨实施的政策；同时，还论证了赫鲁晓夫时期中俄关系破裂后，俄侨被迫离开哈尔滨回国或南下上海、最终被迫离开中国的历史原因和历史脉络。此外，书中增加了1896年《中俄密约》签订的历史背景及内容，阐明了哈尔滨之所以成为俄侨聚集地的历史原因。书中写到，由于大量俄罗斯人在哈尔滨工作、生活，那里初步形成了俄罗斯生活圈，哈尔滨成为俄罗斯人生活的一角。在那里，他们可以保持原有的俄罗斯生活习惯和文化习俗，哈尔滨因此成为俄罗斯侨民理想的聚集地。书稿还充实、完善了对俄罗斯侨民从俄罗斯到中国，再到澳大利亚等第三国的行迹的考察，从时间、地点、逻辑关系上勾勒出俄罗斯侨民文学发生—发展—消亡的时代背景和发展轨迹。书稿用大量材料补充了俄罗斯侨民文学既是俄罗斯文学又是中国现代文学特殊组成部分的学理论证。作者认为，俄罗斯侨民文学是沟通中俄文化的桥梁，它作为一种独特的文学现象，是20世纪俄罗斯文学不可缺少的一章，有其不可泯灭的思想艺术价值。由于俄罗斯侨民作家独特的身份，他们用俄语抒写对于祖国的爱恨情仇，同时又受中国文化的哺育，其作品既不同于俄罗斯本土文学，也不同于中国本土文学，这决定了这些文学作品在俄罗斯文学史和中国现代文学史中独特的艺术魅力和价值。作者还力图从民族文化特质出发，着眼于研究俄罗斯侨民文学所涉及的两个民族——俄罗斯民族和中华民族两种文化的互动与交流，试图进行文学与文化交叉研究的尝试，这些研究因其对象的特殊性和作者见解的独到性而具有独特的学术价值。

本书所做研究是目前国内学界对俄罗斯侨民文学的首次全面梳理和回顾。作者通过对原论文的修改增扩，廓清了俄罗斯侨民文学的历史及文化成因，细读了俄罗斯侨民文学文本，建构了俄罗斯侨民文学的基本框架，构想了俄罗斯侨民文学与东北文学潜在的比较研究的可能，明确了俄罗斯侨民文学作为跨国、跨民族、跨文化现象的研究意义和价值，也因而确立了俄罗斯侨民文学在中国现代文学中的特殊地位。同时，本研究也是国内对俄罗斯侨民文学所做的第一次全面的文学资料汇总和文学脉络梳理，将为今后俄罗斯侨民文学与俄罗斯本土文学的比较研究、俄罗斯侨民文学与中国本土东北文学的比较研究、俄罗斯侨民文学与欧洲俄罗斯侨民文学的比较研究等一系列相关课题提供较为翔实的内容资料和研究范式。这些成果，可以说代表了目前中国俄罗斯侨民文学研究的前沿水平，其学术价值及影响将会逐渐显现。

20世纪的侨民文学是20世纪世界文学的特殊构成部分，其背后包孕着复杂的历史背景、社会变迁、国家体制、民族文化等多方面的内容，它既是一种特殊的文学现象，也是一种特殊的文化现象和社会历史现象；相关研究还有很大的拓展空间和可开掘的多种维度。亚民的中国俄罗斯侨民文学探索有丰厚的学术和史料基础，期待她在这一方面能取得更大的成就。

程金城

2025年8月

目录

第一章
中国俄罗斯侨民文学概览

第一节　俄罗斯侨民文学概念的内涵与外延

俄罗斯的侨民作家现象远在十月革命之前就存在，最早的侨民作家甚至可以追溯到伊凡雷帝时期的大公爵安德烈·库尔布斯基。他因不满沙皇专权而旅居国外，其写给伊凡雷帝的具有政治讽刺意味的私人信件，被认为是俄罗斯最早的侨民文学作品。据苏联出版的《大百科全书》记载，1887年俄罗斯侨民仅为3万人，到1913年竟剧增至29.1万人。整个沙俄时代的移民总数约计1700万。第一是经济因素。逐渐恶化的经济状况使得人们生活窘迫，这是当时俄罗斯人口不断外流的主要原因。第二是文化原因，俄国[①]的文化教育，特别是高等教育相对于西欧是落后的，从18世纪起就有许多贵族和平民子弟赴欧洲国家学习，暂居国外也是俄国贵族与平民阶层的一个历史传统。第三是政治原因，历朝历代均有持不同政见者，或因不满专制制度的统治和沙皇政权高压政策下的政治迫害、思想束缚，或因统治阶级内部的权力斗争及政见分歧而移居国外。第四是宗教分歧，由大民族主义、宗教独裁造成的文化冲突和流血事件也是促成俄国移民现象普遍的主要因素之一。

整个20世纪，俄罗斯发生了3次较大规模的移民浪潮。第一次浪潮发生于两次世界大战之间。因1900年以来数次政治风潮和第一次世

① 在不同历史阶段，俄罗斯曾被称为“俄国”“苏联”“俄罗斯”等，然而涉及民族和文化时，这些不同历史阶段中的民族和文化通常都被统称为“俄罗斯民族”“俄罗斯文化”。因此，本书根据不同历史阶段采取了相应的表述，以区别不同历史时期：“俄国”指1917年之前，苏联指1917年至1991年苏联解体，“俄罗斯”指1991年苏联解体后至今。而涉及民族和文化时，统一用“俄罗斯”，以侧重民族、文化的整体性。但实际上，历史本身远比历史分期复杂得多，在同一时期，特别是在俄罗斯域外，俄国侨民和苏联侨民、俄国文化和苏联文化常常是并存的，此时，我们统一称之为“俄罗斯”。

界大战的影响，特别是1917年十月革命后俄国社会出现的严重的政治对立，陆续有200多万俄国居民移居国外。第二次浪潮发生于20世纪40年代中期至60年代末，主要原因在于波罗的海三国被强制加入苏联后，当地居民大量移居国外。在此时期，也有一些苏联军人在战争中因被德国俘虏而散落在欧洲一些国家不归。第三次浪潮发生于20世纪70年代初至80年代末，其中，苏联犹太人移民现象是由于苏联政府放松对其移居以色列的控制后引发的，另一个现象是20世纪80年代中期后，因权利、土地、工作、水源、信仰和文化习俗等发生的民族冲突加剧，加之国内经济和政治形势恶化，大量苏联公民移居国外。在上述俄罗斯3次移民浪潮中，由于1917年十月革命前后俄国国内情况发生了根本变化，移民人数庞大，其中社会地位显赫的人士以及学者型知识分子占比较多。因此，第一次移民浪潮波及面最广，社会影响也最大。

据估计，在十月革命以后的最初几年里，移居国外的俄国侨民约有两三百万，其中有相当数量的俄国知识分子；在这些旅居在外的俄罗斯侨民中，持各种不同政见和信仰的人士构成了一个特殊的群体。1921—1923年，这批人把柏林作为他们的中心，后来中心渐渐转移到巴黎；而1940年纳粹德国进入法国之后，这个中心又转移到了纽约。大批俄国知识分子的移居，在一段时间里对整个欧洲的文化生活产生了巨大的影响。这一时期的俄罗斯侨民中，有不少当时俄国最著名的哲学家、史学家、考古学家、艺术家和自然科学家等，以及大批作家、诗人。只要列举其中知名的一些人士便可窥见其极高的社会地位和国际影响力，如音乐家C.拉赫马尼诺夫、A.格拉祖诺夫、И.斯特拉文斯基、C.普罗科菲耶夫；画家K.科罗温、A.雅科夫列夫、A.伯努瓦、K.索莫夫、Л.巴克斯特、Ю.安年科夫、M.拉里奥诺夫、M.夏加尔、B.康定斯基等；芭蕾舞演员A.巴甫洛娃、M.克舍辛斯卡娅；雕塑家C.科年科夫、A.阿尔希片科、C.埃里莎；歌唱家夏里亚宾等。

吉皮乌斯曾给旅居海外的侨民以这样的定义：侨民生活实质上就

是俄罗斯社会在海外的一个缩影。最初几年里，流浪的人们都渴望有朝一日能重返祖国怀抱，他们怀着对祖国无限热爱的感情和将来一定要回到故乡的愿望，在异国的土地上加紧锤炼自己。与此同时，持不同政见和倾向的报纸也陆续出版发行，自然，它们大都倡导自由、民主、平等思想。

由于俄罗斯侨民在异国他乡的艰辛努力，俄罗斯的学术成就在国外也得以幸存。俄罗斯各界学者在经济学、化学、航空、天文学、医学、人类学、历史、哲学等领域对世界做出了巨大贡献，尤其在哲学和神学方面的成就最为突出。俄罗斯海外戏剧艺术是俄罗斯和世界文化史上不可或缺的一页。毫不夸张地说，当时莫斯科艺术剧院几乎大半都转移到了国外，不必说为其撰稿的剧作家契诃夫，就连著名演员摩斯如赫、伟大的音乐家夏里亚宾、芭蕾舞巨星安娜·巴甫洛娃，以及享誉世界的作曲家拉赫玛尼诺夫、斯特拉文斯基也在移民之列。在侨居国外的艺术家名单中，我们还可以发现列宾、廖里赫父子等。

然而，从民主性和对俄罗斯社会产生的影响来看，文学毫无疑问占据着绝对第一的位置。究其原因，一是侨居海外的人员中始终有作家队伍相随；二是旅居国外的侨民普遍具有较高的知识水平和思想水平，这一点最为关键，它为文学的生长繁荣提供了适宜的土壤。

当时，整个俄罗斯文学的精英几乎全部外流，他们分属于“白银时代”的各个流派，有许多人是各个流派的领袖或中坚人物，如写实派的高尔基（后很快归国）、布宁、阿·托尔斯泰，象征派的Д.梅列日科夫斯基夫妇、К.巴尔蒙特、В.伊万诺夫等，曾经在19世纪90年代开创了俄国象征主义流派的老一辈诗人，在十月革命后多数移居国外；此外，还有阿克梅派的Г.伊万诺夫，未来派的И.谢维里亚宁等，以及А.阿维尔琴科、М.阿尔丹诺夫、Л.安德烈耶夫、М.阿尔齐巴舍夫、К.巴尔蒙特、М.蒲宁、А.卡缅斯基、З.吉皮乌斯、Г.阿达莫维奇、Б.扎伊采夫、А.库普林、Н.谢韦里亚宁、А.列米佐夫、Н.苔菲、И.什梅廖夫、Е.扎米亚京、М.茨维塔耶娃、В.霍达谢维奇等等，这些都是在当时已经享有盛誉，或者后来成名的一流作家和诗人。

毫无疑问，20世纪俄罗斯侨民文学在整个20世纪俄罗斯文学史上占有重要的地位，其成就也是巨大的，在获得诺贝尔文学奖的五位俄罗斯作家中，就有三位是侨民作家。然而在20世纪80年代之前，俄罗斯侨民文学却被排除在俄罗斯和我国出版的多种文学史著作之外，这显然妨碍我们完整地认识20世纪的俄罗斯文学。

与20世纪3次移民浪潮相对应，20世纪出现了3次俄罗斯侨民文学“浪潮”，其形成的文化背景各不相同。其中，“第一浪潮”发生在1917—1923年，这次的规模和影响也最大，这一浪潮与1917年的历史、文化变动及“白银时代”的文化有着密切的联系。十月革命前后，大约有300万俄国人侨居到世界各地，原因各有不同。当初在二月革命后，知识界曾普遍欢呼俄罗斯“与自由联姻”，将这一历史变动视为民族振兴的契机。然而，由于从二月革命到十月革命的迅速转换，习惯从文化的、人道的视角看待社会历史现象的知识分子，难以理解、接受历史转折前后出现的一系列事变，于是一些人陷入怀疑、忧虑、彷徨之中，加之局势的动荡不安、饥荒的发生、知识阶层地位的下降、言论与出版限制的不断加剧，自1918年开始，许多在“白银时代”已蜚声文坛的作家纷纷迁居国外，这些人便构成了俄罗斯侨民中的主要而特殊的群体。

当时，欧洲俄罗斯侨民的中心主要是巴黎、伦敦、柏林、布拉格、贝尔格莱德等地，而远东的侨民中心则在中国，主要分布在哈尔滨、上海等城市。这一时期的俄罗斯侨民中有不少文化界知名人士，其中有大批作家、诗人。这些侨民文人几乎散布在除南极洲之外的各大洲，他们在异国的土地上继续进行创作活动，形成了俄罗斯文学的一大景观——侨民文学，并被称作俄罗斯侨民文学的“第一浪潮”。

侨民文学“第二浪潮”的形成与第二次世界大战的爆发和20世纪30年代苏联国内的“大清洗”紧密相关。二战直接推动了第二代俄罗斯侨民的形成，他们有的趁战乱之机逃往国外，有的则是由于战争而流落异邦、不能或不愿返回祖国。这一代侨民中，知识分子的比例偏低，他们中间并未形成相对稳定的文化活动圈，作家的创作成就也远低于第一代侨民作家，不过他们却比后者更了解苏联国内的真实情况。二战前的苏联现实，特别是20世纪30年代的肃反扩大化，给他们留下了沉重的印象，因此，他们在开拓新的创作素材方面具有一定优势。俄罗斯侨民文学“第二浪潮”的兴起，给走向衰弱的国外俄罗斯文学注入了新鲜的血液，拓宽了俄罗斯侨民文学的表现领域，但是，总体成就远低于“第一浪潮”时期的俄罗斯侨民文学。

俄罗斯侨民文学的“第三浪潮”是冷战后期的一种文化现象。从20世纪50年代末到60年代初，由于一些作家的作品在苏联国内不能公开发表，于是出现了一些“地下出版物”。从20世纪60年代后半期起，一些作家设法将他们的作品寄往国外发表，作家们因此受到批判，乃至逮捕、判刑、驱逐出境。20世纪70年代初，随着苏联当局对出国限制的放松，相当一部分作家纷纷离开苏联，迁往国外定居，这一现象一直持续到20世纪80年代末。他们与被驱逐出境的作家一起，形成了俄罗斯侨民文学“第三浪潮”的主体。

1991年苏联解体后，对作家进出境的限制不复存在，俄罗斯侨民文学与俄罗斯国内文学之间的界限被打破，侨民文学作为一种独特的文化—文学现象失去了它继续存在的历史条件，自然也就宣告结束了。

近年来，俄罗斯侨民文学在国内外学术界引起广泛注意并被重新定位，“俄侨文学现象”作为文学评论与文学史研究的一个课题已经进入学界议事日程。俄罗斯国内的许多文艺学刊物自1990年起相继开辟了“国外俄罗斯文学”专栏。各大高校和文学研究院（所）相继开设了“国外俄罗斯文学”的课程，“俄罗斯侨民作家”的创作第一次得到正面的评述，在国内外学术界引起广泛注意并被重新定位，俄罗斯侨民文学现象的研究显得十分突出。

1992年，在“俄苏侨民文学的昨天与今天”圆桌座谈上，与会者呼吁全方位“开发”“俄侨文学”。1993年5月，莫斯科大学举办了题为“世界文学发展总格局中的俄罗斯文学”国际学术讨论会，会议规模空前，有30个国家的600多位代表参加，围绕“俄侨文学”与“白银时代”两大讨论热点展开。“侨民文学”的这种“回归”与对“白银时代”遗产的发掘，正成为近年来俄罗斯文坛乃至文化生活中的热点现象。最近几年，包括俄、英、美、日、澳等国的许多学者和作家，把注意力放在了中国俄罗斯侨民文学上，应当说，中国俄罗斯侨民文学已经在国际学术界成为一个热点。中国俄罗斯侨民文学作为独立的章节，第一次被写入了1998年莫斯科出版的《俄罗斯侨民文学史》中。

第二节　中国俄罗斯侨民文学产生的历史缘由

1896年《中俄密约》的签订，使沙皇俄国取得了在中国东北修筑中东铁路干线的特权。1898年，随着俄国在中国领土上修建中东铁路的开始和工程的全面开工，大批俄国工人、工程技术人员、管理人员、商人等涌入“北满”[①]地区，哈尔滨迅速发展成为俄侨在华的聚居中心，第一批俄国人开始长期在哈尔滨生活。此外，日俄战争爆发后，哈尔滨成为补给地，俄国各行各业的人们奔向哈尔滨。进入20世纪，俄国的十月革命以及随后的内战使得大批俄国难民出逃。其中，远东

① 1896年《中俄密约》签订后，俄国开始在中国东北境内修筑并经营铁路——中东铁路（东清铁路、东省铁路）。该铁路西起满洲里，经哈尔滨抵绥芬河，并有一支线自哈尔滨经长春、沈阳至大连。日俄战争后俄国将长春以南至大连的铁路让给日本，而满洲里至绥芬河、哈尔滨至长春的中东铁路仍掌握在俄国手中（后被称为“北满铁路”）。这样，俄国独占中东铁路的局面变成了俄日两国共同控制。中东铁路的南支线转让给日本后改成“南满铁路”，从此，日本在东三省南部取代了俄国的地位。通常南满和北满的分界线也以松辽分水岭作为地理界线，此线以南的区域被称为南满，以北的区域称为北满。“南满”和“北满”的划分是帝国主义侵略中国的结果，今天“满洲”这个词在地理意义上已经成为历史。

的白军裹挟着难民，分别从东北、新疆和蒙古三个方向进入中国，他们大部分都留在了东北、新疆。还有许多对十月革命持怀疑态度的知识分子以及各阶层受教育程度较高的人们，纷纷来到哈尔滨这一理想的避难地，因为自中东铁路开始修建以后，奔赴中国东北地区的人越来越多，也使该地区城市越来越繁华。哈尔滨的快速发展吸引了各种各样职业的人，有的来自遥远的俄国西部，有的来自中亚地区，还有的来自东欧；他们中有俄罗斯人、乌克兰人、白俄罗斯人、立陶宛人、土耳其人等。由于哈尔滨的人口不断增加，城市建设需求扩大，各种就业机会也随之增多，加之当时哈尔滨的工资待遇比较高，而消费水平却很低，于是哈尔滨的俄侨人数成倍增加。1922年前后，从俄国国内战场溃退下来的高尔察克白卫军官兵及其家属，以及追随他们的知识分子和沿途居民也大量涌入东北，使整个黑龙江省的俄侨人数剧增到20万，仅哈尔滨一地就有15万余人，一度超过了当地的中国居民人数。这些侨民并不全是浪迹天涯的穷人和冒险家，他们中有沙皇时代的贵族、官吏、军官、地主、资本家，也有医生、工程师、作家等知识阶层。由此可知，哈尔滨的俄国侨民并不都是出于政治原因才到中国来的，也有许多出于其他目的，如精神、文化、物质等方面的追求。

北京因有帝俄驻华公使馆、北京东正教会等机构，一些俄侨也将此作为登陆中国的第一站。北京的俄侨，绝大部分属于一战后陆续从俄国本土出逃的难民。这些俄侨中的大部分后经北京东交民巷外国商团介绍，前往上海、汉口、大连、青岛等地方工作。1920年10月中旬，在北京召开了中国俄侨组织代表大会。大会成立了一个委员会，作为协调所有中国俄侨团体的统一组织。在20世纪20年代，北京俄侨的命运随着中国政治的起伏和中俄、中苏关系的变化而变化。北京俄侨群体在这一时期流动性也很强，许多人仅仅在北京驻留一下又前往别地。他们离京的主要原因是到其他地方找工作。北京只是许多俄侨的中转站，许多人的目的地是上海、天津等有外国租界、俄国人相对集中的城市。北京仅保留形式上中国俄侨中心的地位。1930年10月，在北京召开了“远东俄侨团结大会”，会后成立了以前中东铁路局长霍尔瓦特将军为中心的协调机构“俄侨组织代表大会”。俄侨团结大会在北京的召开说明，尽管北京俄侨人数不多，但因有霍尔瓦特这样有影响力的人物存在，北京在中国俄侨的心中仍具有很重要的地位。

上海俄侨的形成则相对复杂。1894年中日甲午战争以前，上海俄国侨民极少，且多为至汉口经营丝茶而路过的俄国商人。1896年编外驻沪领事馆升为总领事馆。同年，华俄道胜银行上海分行开设。20世纪初，俄国义勇舰队公司开辟海参崴与上海间班轮，从此，上海的俄侨逐年增加。从1905年日俄战争到1917年十月革命前夕，每年来华人数都在360人上下。十月革命后，一大批旧俄贵族、军人及其家属离国到沪，在上海人们习惯称他们为“白俄”或“旧俄”。1918年有2000多名俄侨到沪，但大部分是在上海中转去往他国。1922年10月，以高尔察克为首的白军在远东地区被红军打败，引发苏俄远东地区的白军军人和反苏维埃的俄国难民大量南迁。先是一些较富裕者乘船自海参崴到上海，如洛赖斯顿号轮船一次载入400余名俄国难民，到12月底已约有800人到沪。继而一再有溃退的白军军人整编制地由海路到沪，特别是1922年12月斯塔尔克的舰队和1923年9月格列博夫的舰队到沪事件，引起上海全城震动。1924年中苏恢复邦交，并就中东铁路管理达成协议，引起东北地区特别是中东铁路旧俄雇员的恐慌。1925年上海五卅运动罢工、罢课、罢市，上海外资公司出现雇员短缺，再次出现东北俄侨大批南下，仅当年就有1535人到达上海。1929年中苏发生边界冲突，1931年“九一八”事变发生，1932年“伪满洲国”建立，东北局势连年动荡使中东铁路等部门经济效益急骤下降，又一次引发东北俄侨大量南下。20世纪30年代起，又有一批俄国侨民陆续迁入，仅1929—1936年到达上海的俄侨就有7363人。按上海俄侨公共联合会会长格列博夫等人的估计，20世纪30年代中期上海的俄侨约19000～21000人。上海的俄侨成为在数量上仅次于日本侨民的外侨。俄侨起初在闸北、虹口百老汇（今东大名路一带）居住，20世纪20年代后期起在霞飞路（今淮海中路）中段两侧形成聚居社区。俄侨来到上海初期较为贫困，大多居住在公共租界，只有少部分较富裕的人才能够居住在法租界；而到了1941年，全市俄侨有72.82%都已经居住在法租界，并推动了法租界霞飞路（今淮海中路）地区商业、文化的快速繁荣，对上海社会经济、文化的发展产生过重要影响。上海俄侨的主要构成人员是反苏维埃的沙俄时期的旧贵族、旧官僚、旧军人及其家属。1940年苏联卫国战争爆发，大多数俄侨政治态度发生变化，关怀祖国的爱国热情普遍高涨。1943年苏联最高苏维埃主席团做出决议，凡是侨居中国的旧俄侨民均可获得苏联国籍，至1945年有2000多名上海俄侨提出入籍申请与返国要求。卫国战争胜利后，上海俄侨出现入籍申请高潮，由于苏联国内恢复战争创伤需要大量的人才与劳动力，1947年苏联政府宣布逐步召返在外侨民。1948年，人民解放军逼近长江流域，未入苏联国籍的俄侨向美国及国际难民组织要求移居第三国。上海白俄侨民协会向美国、阿根廷和驻日美军司令提出移民申请。上海解放后，继续有俄侨离沪他去。至此，绝大多数上海俄侨或回苏联，或迁居第三国，上海俄侨社区走向消亡。

虽然历史上与俄国素有交往的满洲里、大连，文化古都和民国政治中心的北京，西部边陲新疆，以及中国对外交流传统口岸上海、天津、青岛等地也是俄国侨民的主要聚居地，但是20世纪20年代初俄侨在华聚居的中心在哈尔滨。哈尔滨俄侨中心的形成远远早于欧洲的俄侨中心和上海的俄侨中心，哈尔滨的俄侨人数也远远超过欧洲俄侨中心的人数。《风雨浮萍》一书估计当时在华的俄国侨民为15～20万，中国当时接纳了全部俄侨的10%～20%。由于沙皇俄国在满洲的经济活动和东正教传教团的传统影响，满洲在十月革命后大批俄侨到来之前就拥有俄国人修建的发达的基础设施，其中最主要的是1898年开始修建的中东铁路。1912年在哈尔滨的7万居民中有三分之一是俄国人，50多个企业由俄国人掌握。因此，侨民的适应过程以及精神和物质方面的自我确认过程相比在欧洲更为顺利。自然，哈尔滨也就成为俄国侨民理想的侨居地。当时，哈尔滨已经办起了俄国磨坊、油坊、啤酒厂和蜡烛厂，还开设了俄国银行，创办了大学和印刷厂。Г.В.梅利霍夫在《在中国的俄罗斯侨民（1917—1924）》（莫斯科，1997）一书中谈道：侨民中有相当一部分人是西伯利亚和远东的精华，还有一些人是圣彼得堡、莫斯科和俄国中部地区各行各业的专家。最早到满洲来的人都是西伯利亚地区中高级知识分子的代表——医生、教师、工程师和技术员，还有鄂木斯克和西伯利亚其他地区高等院校的教师、演员以及沙俄军队的高级军官等。他们中的许多人都从事文学创作。

由于居住在哈尔滨的俄侨人数众多，俄国人在这里先后开办过69座中小学校，建立了工、农、商、医、药、法律、师范、音乐、美术及其他艺术等方面的专科学校。此外，还有享誉国内外的哈尔滨工业大学、哈尔滨政法大学、北满工业大学、商业学院、师范学院等高等院校。在哈尔滨修建的东正教堂多达21座，哈尔滨的俄侨新闻、图书业也颇为发达，俄侨报刊超过400种。俄侨经济的兴隆，为俄侨文化的繁荣提供了生长滋润的沃土。正是因为有了这个背景，俄国侨民才得以在完全是东方国家的中国保留了俄罗斯的文化传统和民族特点。同样因为这个背景，那些地地道道的、属于“白银时代”的俄罗斯侨民诗歌和文学才得以产生。加之东北壮阔的自然风光、神秘的原始森林，众多的江河湖泊、多样的少数民族的生活与习俗、古老的东方文化，使得俄罗斯侨民文学在这种自然与社会的大背景下产生并发展起来，并打上了深深的中国烙印。

从上述分析的俄罗斯侨民在我国出现的原因、时间上不难看出，分布在我国哈尔滨等地的俄罗斯侨民主要是第一次移民浪潮时期的侨民，在哈尔滨生活和居住的第一代的俄罗斯侨民居多。“第一浪潮”中侨居的俄罗斯人几乎保留了俄罗斯民族和社会的所有传统。侨民生活实质上就是俄罗斯社会在中国的一个缩影，侨民界“实际上就是一个微型的俄罗斯”。然而，从其民主性和对俄罗斯社会产生的影响来看，毫无疑问，文学占据绝对第一的位置。究其原因，首先，侨居中国的俄罗斯人员中始终有作家队伍相随，其中不乏俄国文学创作者及文学理论和评论界人士，有革命前就已闻名于世的作家，也有来华后才开始创作的新人；其次，也是最主要的，移居者普遍具有较高的知识水平。俄侨在中国的居住从20世纪初一直延续到20世纪50年代初，而且大多数都是“第一浪潮”时的俄罗斯侨民及其子孙，其文化层次较高，他们在哈尔滨有自己的文学团体、刊物和出版社，这就为文学的生长和繁荣提供了适宜的土壤。中国俄罗斯侨民文学也正是在这样一个背景下产生的，俄侨在中国繁衍生息，写下了令人难忘的历史，留下了一大笔宝贵的文学遗产。

相比之下，哈尔滨堪称俄侨在整个东方的集中地，中国俄罗斯侨民文学的创作也正是从哈尔滨开始萌芽并发展壮大的，在某种情况下，哈尔滨俄侨文学常常成为中国俄侨文学的代名词。中国俄侨文学作品崇尚意志，风格坚强刚毅，个性鲜明，具有独特的地域色彩和浓厚的思乡情结，它们以独特的中国民俗的书写和对中国文学的译介，在俄侨文艺界独树一帜。中国俄侨文学对俄罗斯文学乃至中国区域文学的发展做出了重要贡献，其民俗文学对研究我国的区域民风习俗也具有一定的参考价值。

当时的中国俄罗斯侨民文学体裁多样，创作形式涉及诗歌、小说、散文、随笔、书信等，其中尤以诗歌为最。无论是创作人数、创作数量、创作题材，还是艺术特色和社会影响力，诗歌都占据了明显的主导地位，应该说，中国的俄罗斯侨民文学是俄国“白银时代”的文学特点与中国文化相结合的产物，是俄国“白银时代”的文学到中国以后在时间上的延续、空间上的拓展。据不完全统计，当时哈尔滨的俄罗斯侨民作家出版的诗集总共有60余部之多。他们建立了自己的文学团体、诗社，出版了自己的报纸。他们在继续从事创作的同时，还编译了《道德经》《诗经》《中国诗歌精华》，以及《中国的传说》《历史传说》等介绍中国历史故事和人物的图书。

1932年，日本侵占东北，建立“伪满洲国”，俄侨的文学生活变得复杂起来。日本占领后的最初几年中，哈尔滨俄侨的文学生活尚未遭到严重破坏，在20世纪30—40年代，还定期出版了一些散文集和诗集；以尼古拉·古米廖夫命名的阿克梅派创作小组，以尼古拉·巴依科夫命名的东方民俗派创作小组，1937年还出版了名为《古米廖夫》的文集。1941—1942年又有两本题名为《激浪》的作品集问世。但随着日军在哈尔滨的势力不断增强，大多数侨民作者不堪忍受亲日俄侨的胁迫；加之1935年苏联政府向日本出售中东铁路，许多学校被日本人接管，学校禁止俄语授课，俄侨在中国东北的处境发生了急剧的变化，大批工人纷纷失业，大批知识分子失去了赖以生存的职业，其中经济实力雄厚的纷纷南下上海或迁居欧美、澳大利亚。这一时期，许多文学艺术家也离开哈尔滨投奔上海，大批作家和诗人在“孤岛”上海苟且偷生，当时有不少作品反映了侨民的这种心态。例如，巴维尔·谢韦尔内的长篇小说《卡马河上的雾》和《夫人》就流露出作者对侨居生活的厌倦和对祖国的思念。

哈尔滨俄侨的南下带动了上海俄侨出版事业的空前繁荣。20世纪30年代中期，上海成为俄侨文学、文化的又一中心。1925年，俄侨创办谢尔巴科夫图书馆，这是上海地区藏书最丰的俄侨图书馆。1933年上海俄国广播协会播音台成立，它被公认为俄侨最成功的广播电台，电台主要转播《上海柴拉报》和《斯罗沃日报》的新闻。在教育方面，上海俄侨的成绩也十分显著。俄侨初到上海时因没有自己的学校，部分有条件的俄侨将子女送入公共租界和法租界外童学校。1921年俄侨创办了俄国正教学校，这是上海最早的俄侨学校，教学采用1906年俄国国立正教学校教学大纲。1924年俄国正教协会商业学校开始招生，这是由上海俄国正教协会创设的学校，其教育完全参照旧俄商业学校的教学大纲。1933年，上海俄国商法专科学校相继创办，同年还创办了《上海柴拉报》女子职业训练班。该女子职业训练班于1935年更名为俄国女子职业学校，旨在使俄侨女性掌握一技之长，提高女性的就业机会，使其能自食其力。上海的俄侨教育主要侧重于职业技术方面的培养，俄侨在上海先后创办了10所职业技术学校，是普通中小学和幼儿园总数的两倍。尽管如此，20世纪30年代末，上海俄侨学生在上海外国学校就读的人数仍占俄侨在学学生总数的2/3。

据1929年的统计，上海有13000名俄国居民；到了1935年已达2万人。在上海这座国际城市里，当时的俄侨竟占外国居民人数的一半以上。随着上海俄侨人数的不断增加，有共同精神诉求的人越来越多。1927年俄侨在上海建造了第一座教堂——天使长教堂，到1933年，上海俄侨所建造的教堂共有13所，其中，圣尼古拉斯教堂和亨利路圣母大堂成为上海俄侨社区存在与繁荣的重要标志。为了帮助上海贫困的同胞，俄侨在上海建立了俄侨救济会、俄侨普济会等17个慈善团体，包括慈善协会、收容所和孤儿院。由于旅沪俄侨中有为数众多的医师，1926年俄侨在上海开办了最大、最重要的医院——俄国正教会医院，其前身为1923年设立的俄侨贫民诊所。到1938年，上海有过6个主要俄侨办医疗机构、3个医学团体。教堂、慈善机构以及医疗机构的设立，不仅保障了俄侨在上海的宗教集会场所和基本的医疗服务，也为那些贫穷的、没有工作的人，特别是老弱病残者与孤儿提供了慈善救助。

从哈尔滨南下的俄侨到了上海之后，其中的作家与南方的同行汇聚，效仿哈尔滨的文学团体建立了上海的俄罗斯侨民文学活动中心。1933年第一次会议仅有五六位参加者，后来增加到几十人，最多时发展到几百人。他们和上海俄侨一起，开始创办新闻出版、图书发行及图书阅览机构，推动了俄侨在上海的传媒和图书馆事业的兴旺发达。20世纪20年代，俄侨在上海至少创办过24种报纸、28种杂志、3座广播电台，出版了大量的图书，开设了10多家公共图书馆和一批专售俄文书刊的书店。

《上海柴拉报》是远东地区最大的俄侨报纸，为远东唯一出版早、晚两刊的俄文日报，也是上海第三外侨大报。1936年，该报日销量达6000份，仅次于《字林西报》和《大美晚报》，与《上海泰晤士报》并列第三位，该报执掌上海俄侨社区舆论导向，对国际俄侨社会和整个上海社会也有影响。《斯罗沃日报》1929年创刊，1941年停刊，居上海外侨报纸第5位，为上海各俄文报刊中附设出版社并经营最成功者，也是唯一可与《上海柴拉报》相匹敌的俄文大报。

俄侨在上海创办的各类杂志中，《边界》（上海版）于1927年创刊，延续了哈尔滨版的办刊宗旨，以短篇小说、长篇小说、诗歌与妇女专栏、漫画、填字游戏等为主。1929年创刊的《白光》主要刊登诗歌、小说和图片。《帆》于1929年在沪创刊，以文学、艺术和政治内容的文章为主。《星期一》是1930年创刊的一本大型文学艺术杂志，除发表小说和诗歌外，还介绍俄侨画家的作品。《光明》是一本图文并茂的周刊，创刊于20世纪30年代初期，主要刊登短篇小说。1934年创刊的《妇女杂志》虽然发行量较少，但系当时远东俄侨出版的独一无二的妇女刊物。1937年底创刊的《俄罗斯纪事》是一本月刊，经常刊登文章讨论政治、经济、哲学、文学、艺术、自然等方面的世界性问题，刊物的一半篇幅发表新老俄国作家的文艺作品。1943年创办的《前夕》作为月刊，除发表一些世界形势和苏联形势的分析、讨论俄侨问题外，还长期拥有文学作品、专辑、读者评论、幽默等固定文学栏目。

20世纪30年代中期，上海已成为名副其实的俄侨出版中心之一，上海俄侨出版的俄文书籍的数量可与巴黎的俄侨出版业相媲美。上海一些主要的报刊均附设出版社和印刷所，其中，办得最为成功的当属《斯罗沃日报》出版社，它于1936年出版的《俄国人在上海》最具影响，该书编者走访16500人次，有2000多人为该书出版提供过材料；拍摄收集了1600张照片，人物涉及俄侨各界人士，上至将军和帝俄高官，下至普通士兵和舞女。《俄国人在上海》是30年代上海俄侨栩栩如生的生活全景画。此外，书中还记述了白俄难民船抵沪经过，介绍了上海的国会等组织，以及俄侨在文化艺术、教育文体、新闻出版、工商财贸等领域的大事，此书被认为是“自俄侨在国外定居以来，最严肃、最有分量的出版物，是上海俄侨最大的历史纪念碑，必将流芳百世”。同时，《俄国人在上海》也不失为研究在华俄侨乃至上海历史的一部十分重要的著作。

中国俄罗斯侨民文学是特殊时代中俄文化交流的特殊产物。依前文所述，整个俄罗斯侨民文学中“第一浪潮”的文学成就最高，而第一代俄罗斯侨民作家主要分布在俄罗斯周边国家的广大地区；中国作为俄罗斯的邻国，有已经形成的以中东铁路沿线为中心的俄侨聚居区，自然成了这些躲避社会动荡局势的侨居者的理想去处。即包括中东铁路沿线人员在内的俄罗斯侨民，仅在哈尔滨足以构成一个小社会，他们有着自己相对的独立性和特殊性，并且有着自己的经济。他们当中有相当数量的人从事文学创作，平均每万名讲俄语的人中就有3～6名作家。虽然天津、北京等地聚居过大量的“白俄”，也有俄侨的文学活动，但是只有哈尔滨和上海是俄国文化在中国的两个聚集区，因为只有这两座城市拥有较大的出版机构、较强的编辑力量、较强的作家队伍以及广泛的俄国读者。当时的文学出版主要以诗歌、小说、剧本、散文、回忆录为主，其中诗歌的出版量比较大，俄侨中诗人也显得最为活跃。很多作家在侨居期间拿起笔来回忆那些可以从中汲取力量和希望的往事，回忆普希金和托尔斯泰的形象。但这些作家都是人们不熟悉的、不知名的人物，他们用写作的方式争取生活的权利，争取同祖国的人有共同的感受对象。同时，他们的作品还描写集体逃亡时经过的千里原始森林，表现出对这一地区现状的关心；他们还必须适应中国。对某些俄罗斯侨民来说，中国是一方乐土，中国文化具有很强的诱惑力，“中国”是把他们这些侨民作家连接在一起的又一个主题。

哈尔滨之所以在很短的时间内就成为中国俄罗斯侨民文化、文学创作的中心，原因之一就是来到哈尔滨的侨民，特别是“第一浪潮”时期的侨民，绝大多数是受过高等教育的，有一定的文学素养。其中，大部分学者、神学家、大学教授、创作人员、教师、记者、官员和军人都积极参与了哈尔滨的教育事业。他们在较短的时间内建立了7所高等学校。1920年建立了高等经法培训班，一年后发展成为法律系和中俄技校，稍后成立了中俄政治学院。1921年建立了高等医学院和俄日学院。1924年又建立了东方商校、师范学校。20世纪30年代初建立了符拉基米尔高等学校。所有这些文化、科研和教育中心广泛地传播着俄国的文化，也推动了在哈尔滨的俄国青年学生的创作热情。他们创办了大量的杂志、周刊和日报，出版了大量图书，扶持了一批年轻的诗人和小说家，这些新人连同老一代的俄罗斯作家，形成了汹涌澎湃的文学创作热潮。

从1896年签订《中俄密约》到十月革命前，作为俄侨在华聚居中心的哈尔滨已经是俄侨书刊的出版中心。俄侨在中国生活、工作、传教之余，还学习汉语、满语、蒙语和藏语，从事中国古籍的翻译和研究工作，特别是随传教士团来华学习的留学生，有的后来成为著名的东方学家和“中国通”，他们撰写的有关中国的著作具有一定的学术价值。在历届传教士团的成员中，有70余人撰写过有关中国和亚洲的著作。其中，北京传教士团印书馆1909—1910年出版的四卷本《北京俄国传教士团成员论文集》，可视为全面反映中国政治、经济、文化、民族、宗教状况的一部小型百科全书。从1917年到20世纪30年代初，由于特定的社会背景和侨民自身的政治立场，当时的图书出版物呈现出光怪陆离、错综复杂的景象。尽管作者分属不同的党派或组织，但矛头都针对布尔什维克党，希望推翻新生的苏维埃政权。其中，比较有代表性的有阿·甘恩（阿·古特曼）所著三卷本《俄罗斯和布尔什维主义》（上海，1921）。这一时期出版的图书中，有相当数量是重要历史人物的回忆录。由于受作者的立场和观点的影响，这些作品具有一定的局限性；但它们提供的第一手资料，对研究当时的历史却有一定的独特价值。例如，曾任西伯利亚政府行政委员会主席和高尔察克全俄政府供应部部长的伊·伊·谢列布列尼科夫撰写的两卷本《我的回忆》〔第1卷《在革命中：1917—1919》（天津，1937）；第2卷《在流亡中：1920—1924》（天津，1940）〕，记述了他在临时政府、十月革命、西伯利亚政府和高尔察克时期的经历，以及决定逃亡国外的前因后果。他的另一部著作《大撤退》（哈尔滨，1936），回顾了白俄军队在远东溃散的经过。从俄侨出版的图书中，我们也看到了一部分俄侨知识分子从彷徨到探索的思想演变过程。著名俄国政治活动家、立宪民主党人乌斯特里亚洛夫是路标转换派的主要思想家。他先后于1920年和1925年在哈尔滨出版了《为俄罗斯而斗争》和《在革命的名义下》两本书，1934年又在上海出版了《我们的时代》一书。这一时期出版的法律方面的著述也很多，如《现代中国民法》（两卷本，1926—1927）、《中国不动产法律关系》（1925）、《中国土地山林之基本法规》（1928）、《法和力量》（1929）、《通向未来国家之路》（1930）、《法律新观念及当前的主要问题》（1931）、《哈尔滨法学与政治经济学》（1933）、《中国商法概况》（1930）和《中国新登记法和规则》（1930）、两卷本的《中国行政法规概论》等等。

20世纪初，俄国十月革命及国内战争使大批侨居者涌入我国东北，哈尔滨的俄侨人数成倍增加，他们之中有很多知识分子。他们的到来，给哈尔滨原本很活跃的出版事业又注入了一股新的活力，哈尔滨市的新闻出版事业也随之蓬勃发展。据《东省出版物源流考》一书统计，1920年哈尔滨新增刊物25种，1921年32种，1922年30种，1923年25种，1924年17种，1925年31种，1926年13种。1901—1926年，仅哈尔滨市就发行报纸102种、杂志141种，全部报刊为243种。另据哈尔滨铁路局北满经济调查所1936年8月内部出版的《哈尔滨市内发行露文定期刊行物总目录》（自1927年1月1日至1935年12月31日）记载，共有俄文报纸51种、杂志106种，为数众多的广告、号外、电讯等临时出版物尚不计在内。仅出版社就有数十家，例如中东铁路公司出版社、窗口出版社等。

正是在这些报纸、杂志、出版社的扶持下，才涌现出一批出色的俄侨作家、诗人，才使得他们的作品为广大俄侨乃至后人所了解。20世纪上半叶，俄侨在华曾创办过数以百计的刊物。《风雨浮萍》课题组通过查阅4家大型图书馆（哈尔滨图书馆、上海图书馆和北京两家图书馆）的馆藏资料，列出了这些图书馆收藏的俄侨当时在华出版的908种图书目录，包括500多种定期刊物、近千种出版的图书。俄侨用自己的创作活跃和繁荣了哈尔滨、上海等城市的文化生活，增进了中俄两国文学界的沟通和了解，也为传播中国古典文学做出了贡献。

第二次世界大战中，特别是1942—1943年，苏联政府大量征召青年人入伍，因此，几乎所有的青年诗人都相继离开哈尔滨，哈尔滨的俄罗斯侨民所剩无几。1945年8月苏联红军进驻哈尔滨后，留在哈尔滨的俄国侨民大都通过媒体被邀参加晚会，作家们则收到了个人请柬，不久便遭到了厄运。苏联内务人民委员会直接在会场上逮捕了一万多名与会者，并用闷罐车将他们运往苏联境内。所有不受苏联欢迎的诗人和小说家均遭到逮捕，被流放到西伯利亚集中营，许多人因此丧生。一些幸存者获释后，虽然由政府安置工作，却不得不承受被打入另册的痛苦。虽然上海的俄侨是在华俄侨中生活条件最好的，在法租界商业最繁华的霞飞路上，95%的商店由俄侨开设，上海的俄侨在经济上较有保障，但在1937年上海沦陷后，部分俄侨开始向美洲转移，20世纪40年代后期，大部分俄侨企业或歇业，或盘予华人，俄侨的经济活动、文化活动伴随着俄侨社区的缩减而消亡。1949年，时值普希金诞辰150周年，苏联新闻和文学工作者联合会举行了纪念活动，为上海俄侨文学写下了最后一页。

20世纪50年代初，一场空前规模的大垦荒运动在苏联掀起。由于第二次世界大战给苏联造成了巨大的人口损失，为解决垦荒运动所急需的劳动力，1945—1948年，苏联最高苏维埃主席团陆续发布了恢复国外俄侨国籍的法令，该法令适用于生活在国外的所有俄罗斯侨民[1]。1945年11月和1946年1月，苏联又两次发布命令，号召其在中国的侨民返回祖国、恢复国籍。苏联政府曾于1947年8月开始，从中国集体遣返了一批居住在沿海大城市的侨民。斯大林去世后，苏联政府再度

① 这里既包括1917年之前的俄国侨民，也包括1917年之后的苏联侨民，故统称为“俄罗斯侨民”。

将目光投向了其在华侨民群体，于1954年和1955年对多年侨居在上海、青岛、旅大（大连）、哈尔滨、内蒙古、伊犁、北京、天津等地的侨民进行了集体遣返，中国政府对此给予的回应是“这是一件重大、复杂的政治任务……应当采取主动配合，积极协助，适当照顾，给予方便，尽速送走的方针”①。新中国成立之初，在中苏关系正日益走向友好时发生的在华俄罗斯侨民集体遣返事件，与当时中苏两国的国内政治经济形势、中苏关系及东西方冷战环境密切相关，成为当时中苏外交关系的一个重要内容。据统计，1954年从中国遣返的侨民计24807人，虽然他们只占在华俄侨总数的20%，但远远超过了当时苏联政府计划从中国遣返的人数。至1955年集体遣侨结束时，共有87000名在华侨民回到了苏联，其中新疆65000人，其他各地22000人。至此，随着绝大多数在华俄罗斯侨民陆续回国，苏联政府组织的在中国的集体遣侨活动基本结束。

大部分俄罗斯侨民虽然愿意回国，但仍有少部分人不愿回国，转而寻找前往西方资本主义国家的途径，这部分群体中，知识分子和略有资产者居多。1954年6月，仅东北地区的俄罗斯侨民就有三四十人取得了巴西的入境许可证。除此之外，20世纪30年代的日本入侵中国、20世纪40年代的中国国内战争也是造成俄侨流散到世界各地的原因之一。这样一来，繁荣一时的哈尔滨和上海等地的俄侨聚居区不复存在，曾经在中国生活了半个世纪之久的俄罗斯侨民，到了20世纪50年代大部分回到了祖国，一部分迁居到美国、澳大利亚、巴西等南美洲的一些国家以及欧洲等地，在那里，俄侨作家们继续撰写并出版新作。俄罗斯侨民在中国的文学活动随着两次大规模的集体遣返基本停止，从此，活跃于20世纪初到20世纪50年代的由侨居到哈尔滨、上海等地的俄罗斯人在中国大地上用俄语创作的文学现象，随着俄侨的全面离开而消失。

①参见关于无国籍苏侨申请复籍问题，1955年12月1日，中华人民共和国外交部档案馆藏，118/00295/01/182。

不少俄罗斯侨民曾在中国从事文学与文化活动，留下了许多作品。虽然中国的哈尔滨、上海和法国的巴黎一样是俄罗斯侨民诗人的主要聚居地，但巴黎的俄罗斯侨民文学向来就有人留意，而中国的俄罗斯侨民文学则很少有人问津。直到20世纪80年代，俄罗斯侨民文学成为文学研究的一个热点，国外出版了一批哈尔滨侨民作家的作品，中国的俄罗斯侨民文学才开始受到关注和重视。这些作品包括《拉里萨岛》(奥伦堡，1980)、《东方之歌》(也门，1989)、别列列申的回忆录《两个小站》(1982)、沃林的《俄罗斯诗人在中国》(《大陆》第34期，1982)、彼得罗夫的《松花江边的城市》，以及热姆丘仁娜娅、阿布罗西莫夫的作品，它们的出现极大地推动了俄罗斯乃至世界其他国家的学者对中国俄侨历史和文学的关注。

俄国侨民在华期间出版的大量图书，为我们今天的研究提供了宝贵的历史资料。虽然有些图书因出版时间短暂、销售范围狭窄、机构变迁及战乱等原因，现已无从寻觅，但还有不少被保留至今。国家社会科学基金项目“十月革命后俄国侨民在中国的活动”课题组曾走访了哈尔滨、上海、北京、青岛、天津、大连等地有关图书馆，发现了当年俄侨在中国曾出版过、至今仍被妥善收藏的书籍近千种。李延龄教授主编的10卷本《俄罗斯侨民文学》于2005年在中国青年出版社出版，共750万字，收集了30位作家和66位诗人的作品。在李延龄教授看来，这也只是中国俄侨文学的冰山一角。由于受条件所限，虽然还有不少出版物至今尚未被发掘出来，但仅就这些我们所掌握的历史资料，已足以说明中国俄罗斯侨民文学的数量之多和出版之活跃，也足以说明中国俄罗斯侨民文学之丰富。其创作体裁十分广泛，长篇小说、中篇小说、短篇小说、戏剧、诗歌、日记、回忆录、历史传记、儿童文学，无所不有。特别是诗歌，无论是创作人数、创作数量、创作题材，还是艺术特色和社会影响力，都明显占据主导地位。应该说，中国俄罗斯侨民文学是俄国国内“白银时代”文学思潮与中国文化相结合产生的硕果，是俄国“白银时代”的文学进入中国后在时间上的延续和空间上的拓展。

俄罗斯侨民作家在创作中苦苦探寻人生哲理，抒发个人的内心感受。他们以细致入微的观察和精湛的艺术笔触，写出了侨民复杂的内心世界，勾勒出发人深思的生活画面。题材涵盖了对祖国的思念、对家乡的回忆、对美好浪漫爱情生活的渴望、对现实生活的窘迫与苦闷、对未来前景的迷惘、对祖国命运的担忧，以及对养育他们的第二故乡的热爱与眷恋。当然，作品也展现了战争的残酷，哈尔滨土匪的猖獗，日本人赤裸裸的侵略行径，上海大都市的繁华与堕落，北京、杭州等城市的美丽与民俗之独特等，内容几乎涉及那一时期俄侨生活的每一个角落以及思想的所有细微深处，而这一切的创作都发生在中国大地。也正是由于俄侨身处中国的哈尔滨、上海等地，远离当时俄罗斯社会意识形态的控制和影响，其作品中的思想内容才得以在一个宽松的、比较自由的环境和氛围中表达出来，这也是中国俄侨作家不同于俄国本土作家创作的最大区别之所在。因此，他们的作品便自然具有了俄罗斯文学和中国文学的双重特征。中国俄罗斯侨民文学是中俄合璧的文学，其作品既保留了鲜明的“白银时代”的文学特征，又刻有深深的中国烙印，是俄罗斯精神气质与中国乡土文学相结合的产物，这种中俄合璧的文学在世界上是独一无二的、绝无仅有的。随着20世纪50年代中期最后一批俄罗斯人的离去，曾经由侨居到中国哈尔滨、上海等地的俄罗斯人在中国大地上用俄语进行的文学创作也走向消亡。

第三节 中国俄罗斯侨民文学研究现状

20世纪80年代，中国俄罗斯侨民文学这一特殊的文学现象在世界范围内成为一个研究热点。我国大致是从20世纪90年代开始对中国俄罗斯侨民文学给予关注的，国内最早出现的中国俄罗斯侨民文学研究成果，应该是已故学者刁绍华教授于1992年发表的两篇文章《二十年代哈尔滨俄侨诗坛一瞥》（《学术交流》1992年第5期）和《重放异彩的哈尔滨俄侨文学》（《求是学刊》1992年第5期）。若从这一年算起，我国的中国俄罗斯侨民文学研究大约走过了25年的历程。之后，国内有关中国俄罗斯侨民文学的研究相继问世，出现了一批具有代表性的成果，根据这些成果的特点可将其大致分为三个阶段：1992—2001年为研究的起步阶段，2002—2009年为发展阶段，2010—2015年为快速发展阶段。

为使统计数据尽可能地全面、准确，我们分别在中国知网的“主题”“篇名”“关键词”“摘要”的检索条件中依次输入“俄侨”“俄罗斯侨民”，检索后进行粗略阅读并挑选出文学相关项，然后再合并同类论文题目。最后统计发现，国内公开刊物上发表的关于中国俄罗斯侨民文学研究的学术论文有114篇，平均每年刊发量为4.75篇。其中，2000年之前仅有10篇，2000—2010年共有53篇，而2010—2016年刊发51篇，接近总刊发量的一半。另外，有硕士论文9篇，这些硕士论文也都集中出现在2011—2013年，2013年之后应该还有相关硕士论文的出现，因受查阅范畴所限，我们还无法准确统计。但无论怎样，可以看出，我国关于中国俄罗斯侨民文学研究处于持续升温的状态，特别是2011年后，相关学术研究论文和学位论文的数量出现了非常明显的增长。从目前问世的整体研究论著来看，尽管研究成果还谈不上十分丰硕，研究成果的质量还有待提高，但毫无疑问，我国的中国俄罗斯侨民文学研究已初具规模并形成了自己的特色。

一、概念的界定与历史面貌的梳理

20世纪90年代，我国学者开始梳理俄罗斯侨民文学在中国发生和发展的过程，相关研究首先从早期俄侨在我国重要的居住地哈尔滨地区的历史资料的挖掘和文学面貌的梳理开始。1992年后一批相关著述陆续出现，如刁绍华的《在华俄侨文学一瞥》第一次对中国俄罗斯侨民文学的概念给予界定，认为中国俄罗斯侨民文学“主要指侨居我国哈尔滨、上海等的俄人的文学，也可称作在华俄侨文学”，而在俄罗斯这一文学现象常常被称作“远东俄侨文学”。他指出“哈尔滨曾是远东俄侨的文化中心，有过相当繁荣的俄语文学，产生过许多颇有成就的作家”；同时，论证了俄罗斯侨民文学文学与俄罗斯本土文学的不同，他认为俄罗斯侨民文学“一方面继承俄国文学的传统，与19世纪末20世纪初俄国文学的‘白银时代’相衔接，另一方面又与其故国隔绝”。李仁年的《俄侨文学在中国》从俄罗斯侨民文学在中国的主要分布、不同的发展阶段、主要特点及其与中国的关系上，来探究中国俄罗斯侨民文学的现实意义。荣洁的《哈尔滨俄侨文学》则侧重强调哈尔滨俄侨文学是20世纪俄罗斯文学史中的一个独特现象，同时介绍了侨居哈尔滨老中青三代俄侨的主要代表诗人、作品与诗集，明确提出“哈尔滨俄侨作家、诗人都有一个共同的特征，即他们都受到中国文化、哲学的影响”。凌建侯的《哈尔滨俄侨文学初探》论证了“哈尔滨的俄罗斯侨民文学是特殊时代中俄文化交流的特殊产物”，并提出“其民俗文学对我国研究解放前东北地区民风习俗具有参考价值”。穆馨的《俄罗斯侨民文学在哈尔滨》简要介绍了哈尔滨俄侨作家及其作品、俄侨文学协会、俄侨文学刊物、俄侨文学流派，特别强调了哈尔滨的侨民文学“并不逊色于俄侨居住的中心——欧洲的文学的发展，虽然在哈尔滨的侨民作家中并没有定居于巴黎的杰出的老派作家……但是他们的文学个性鲜明、独具特色”。冯玉文的《俄侨：历史与文学三重映象》介绍了哈尔滨俄侨与俄侨文学形成的历史背景。王亚民和郭颖颖的《哈尔滨俄罗斯侨民文学在中国》介绍了哈尔滨俄侨文学形成的历史及与其相关的社团、出版等机构和活动。苗慧和刘洪波的《中国俄罗斯侨民与俄文学活动》认为“俄侨作家和诗人的作品反映了中国历史、东方风俗、中俄关系，具有极其宝贵的研究价值”，俄侨“用自己的创作活跃并繁荣了哈尔滨等城市的文化生活，增进了中俄两国文化界的沟通和了解”，同时，二人将哈尔滨的俄侨文学发展分成三个阶段：19世纪末—20世纪20年代中期、1926—1935年、1936—1945年。除此之外，李萌在其专著《缺失的一环：在华俄国侨民文学》中，用整整一章的篇幅详细介绍了俄侨来华的历史背景和在华兴衰的历史过程，还专门另辟章节重点论述了1920年之前和之后的中国俄侨文学情况，将俄侨诗人划分为四代，并一一作了介绍，对俄侨在华创办的几百种报刊中最具代表性的10种文学报刊给予概述，同时，阐述了俄侨在中国出版大量文学作品的缘由及其特色所在。

1992—2001年这个阶段的研究可以被看作中国俄侨文学研究的第一阶段，主要工作是介绍哈尔滨和上海俄侨文学的出现、人员构成和历史状况。可以看出，中国已经开始注意在华俄侨的文学现象，时间上和国外的研究基本保持同步，但国内的研究从程度上看，显然还处于认知中国俄侨文学的起步阶段。

二、文学作品的挖掘整理与翻译出版

尽管20世纪90年代我国开始关注中国俄侨文学，但对其作品本身的翻译和介绍并不多。虽然1992年和1994年刁绍华教授分别在《二十年代哈尔滨俄侨诗坛一瞥》和《在华俄侨文学一瞥》两篇文章中最早介绍了中国俄侨诗歌的几个片段，但是国内首次完整译介中国俄罗斯侨民诗歌的应该是齐齐哈尔大学的李延龄教授，他在2000年第3期的《俄罗斯文艺》上，以《中国俄罗斯侨民诗人作品选》为题发表了他本人翻译的15首诗歌，涉及代表性的俄侨诗人12人，其中3位是女性诗人。这些诗歌是阿尔谢尼·涅斯梅洛夫的《关于俄罗斯》《跨越国境》《故乡》《齐齐哈尔附近》，瓦·别列列申的《怀乡病》，尼·谢果廖夫的《黄昏》，米·什梅塞尔的《松花江上的白天》，莉·哈茵德洛娃的《俄罗斯》，叶·聂杰里斯卡娅的《这是一个梦》，米·沃林的《战争结束》，尼·扎瓦茨卡娅的《心思》，格·萨托夫斯基的《航船》，尼·沃赫金的《告别》《回忆中国》，阿·巴尔卡乌的《回忆》。可以看出，作者挑选的用心，既考虑了作品创作的不同时期、作家的不同性别，也兼顾了作品的不同主题、风格和艺术特色。这一组诗歌的刊发，首次揭开了中国俄侨诗歌神秘的面纱，使读者第一次真切感受到俄侨诗歌的艺术魅力。

2001年刁绍华教授的《中国（哈尔滨—上海）俄侨作家文献存目》问世。在该书的代序中有这样一段话："刁绍华教授二十余年如一日，研究、整理了解放前俄侨留下来的大量报刊书籍，录存文学作品和文艺论文的篇名和书名，同时又通过俄、美、法等国的学者友人，取得其所在国大图书馆中的馆藏资料，辑成现在这部《中国（哈尔滨—上海）俄侨作家文献存目》。该专题如此丰富的资料，不仅国内独一无二，而且在世界也居领先之列。"该书展示了历经半个世纪之久的中国俄侨文学的多样性和丰富性，其所提供的240位作者的具体作品题目和它们的出处，为今后的研究提供了文本指南，对国内外在华俄侨文化研究工作给予了实质性促进。

紧接着，一年后的2002年，李延龄教授以主编身份组织了国内一流的翻译队伍，由北方文艺出版社和黑龙江教育出版社翻译出版了"中国俄罗斯侨民文学丛书"，此套丛书一经问世便引起了世界范围的关注和强烈反响。该套丛书共分五卷，其中诗歌占了三卷，它们是由南开大学教授谷羽翻译的《松花江晨曲》、李延龄教授与中国社会科学院研究员乌兰汗（高莽）翻译的《松花江畔紫丁香》、北京大学教授顾蕴璞和李海（张有福）翻译的《哈尔滨，我的摇篮》。三卷诗歌共有651首，涉及诗人达61人之多。其中，被翻译作品超过20首的诗人有阿尔谢尼·涅斯梅洛夫（58首）、莉·哈茵德洛娃（38首）、瓦·别列列申（36首）、尼古拉·沃尔金（36首）、叶甫盖尼·雅诗诺夫（26首）、阿列克谢·阿恰伊尔（25首）、尼古拉·谢果列夫（22首）、叶·聂杰利斯卡娅（20首）。同年，第6期的《俄罗斯文艺》选登了17首中国俄罗斯侨民文学诗选，均选自此三卷诗歌集——《松花江畔紫丁香》《松花江晨曲》《哈尔滨，我的摇篮》。目前，从有文字记载的资料上能够查到的中国俄侨诗集有70余部，由于受经费和人力资源所限，还有大量的诗歌作品没有出版成册，相当多的作品还没有被完整发现，甚至有的可能只剩篇目长存于世。但仅仅从这三部诗集中即可以看出，哈尔滨的俄罗斯侨民诗人人数之多，创作领域之广，不由得让我们赞叹那个年代里俄罗斯侨民对诗歌创作的痴迷。虽然，他们的艺术天分和创作技巧各不相同，但是，他们却推动了中国俄罗斯侨民“诗歌浪潮”的兴起。即使现在看来，这股“诗歌浪潮”也依然具有独特的社会意义和艺术价值。

除诗歌外，还有一卷小说，是由国内俄语界知名的教授——上海外国语大学冯玉律、南京大学石国雄、大连外国语学院孙玉华、华东师范大学徐振亚翻译的。小说卷中包括1部长篇小说和42个短篇小说，涉及作家11个，所收录的尼·巴依科夫的长篇小说《大王》和阿·黑多克的短篇小说堪称其中的杰作。哈尔滨俄罗斯侨民小说家们的作品继承了俄罗斯传统的现实主义创作方法，没有故弄玄虚、矫揉造作的描写，使我们了解了那个时代俄罗斯与中国社会的某些真实侧面。他们朴实生动、严谨细腻的心理描写，又让我们感受到俄罗斯侨民心灵的脉搏。无论是长篇小说的恢宏，还是短篇小说的精巧，都彰显出哈尔滨俄侨作家驾轻就熟的创作能力。在这些作家的创作中，我们可以看到普希金那种平易明快的叙事风格，屠格涅夫那种对大自然的细致描绘，托尔斯泰那种准确深刻的心理剖析。除此之外，哈尔滨俄侨作家小说中的朴实无华与中国气息亦独具艺术魅力。

另一卷是回忆录，是由黑龙江大学教授荣洁、当时辽宁师范大学的副教授唐逸红和在读研究生李蔷薇翻译的。回忆录是哈尔滨俄罗斯侨民文学一个独特而有意义的组成部分，内容大致分为：对20世纪初遥远、神秘、壮美、自由的世外桃源哈尔滨的回忆和描写；对俄罗斯侨民在哈尔滨的文学创作与文学活动的回忆；对俄罗斯侨民在哈尔滨的音乐和戏剧活动的回忆；对俄罗斯侨民在哈尔滨的宗教及其他文化生活的回忆。作者以自己的人生经历和切身体会还原了历史情景，不是通过后来的史学家们，而是通过历史的当事人和经历者的叙述，再一次让读者对俄罗斯侨民文学在中国产生的历史背景和社会基础、文化氛围等有了更直接的了解，真实地记录了俄罗斯侨民背井离乡的各种原因、复杂的内心世界、孤寂的情感经历、艰苦的生存环境、丰富的社会文化活动和崇高的精神追求。可以说，回忆录为读者提供了一把开启俄罗斯侨民文学的钥匙。

北京师范大学的吴泽霖教授对该套丛书给予高度的评价，他说："这套丛书是独一无二的，是精益求精的，是引人入胜的，是具有非凡价值的。"顾蕴璞教授说："此套丛书标志世界文学地图上的又一个新大陆；涵纳了俄罗斯和中国的两种文学传统；实现了三个创举：中俄文化交流史上的创举，俄罗斯侨民文学研究史上的创举和中国，特别是它的黑龙江省文学史上的创举。"在笔者看来，这套丛书也是中国文学史上的一个创举，它为重新描绘中国现代文学的"版图"提供了新的学术成果和依据。2004年李延龄教授也因此获得了普京总统亲自为其颁发的"友谊勋章"。之后，李延龄教授在2005年再次主编了700多万字、10卷本的俄文版《中国俄罗斯侨民文学丛书》，这足以说明，我们看到的中国俄罗斯侨民文学只是其中的"冰山一角"，其历史价值和艺术价值还远远没有被挖掘。

综上，2002年后中国俄罗斯侨民文学的研究进入了一个全新的历史发展时期，对这些俄侨文学作品的挖掘、整理与翻译出版，为后来国内乃至全球范围内的中国俄侨文学全面而深入的研究提供了重要的资料保障和操作可能。这一阶段可以被看作国内中国俄侨文学研究的第二阶段。应该说，这一阶段具有重要的承上启下的意义。随着中国俄侨文学作品的整理与翻译出版，我国出现了对作家、作品的专门研究，一批新的作家被挖掘，一些作家和作品被重新认识，同时，出现了对中国俄侨文学与中国文学和文化关系的探讨性研究。

三、文学研究的全面兴起

随着对中国俄侨文学基本面貌的梳理、作品的整理与翻译出版，出现了有关中国俄侨文学创作的社会、地域、文化环境及其成因的探究，与此同时，作家、作品个案的分析与研究也随之兴起，展开了对其史学价值与意义的讨论，从而推动中国俄侨文学研究进入了一个崭新的阶段。

一是专题研究论著问世。

20世纪80年代颇有一些对中国俄侨历史、文学感兴趣并有志于深入研究的学者，但大多由于资料的缺乏和对在华俄侨历史、文化活动总体情况把握的不足对项目望而生畏。1993年汪之成的《上海俄侨史》、1997年李兴耕等的《风雨浮萍——俄国侨民在中国(1917—1945)》、2003年石方的《哈尔滨俄侨史》的出版，对这种现状的改观大有裨益。这三部论著重点对哈尔滨、上海、新疆等地俄侨移民潮这一特殊历史现象的发生、发展，以及俄侨军事、经济、教育、文学、宗教、艺术、犯罪等各类活动的历史进行了回顾与研究，三部论著均设专门章节介绍了俄侨报刊与新闻出版、作家与诗人及其部分作品出版篇目，尽管它们所占篇幅很小，但对了解俄侨在华文学发生、发展的社会历史背景与文化状况很有帮助。众所周知，任何一种文学都离不开与之匹配的文化背景，因此，三部史学著作的问世为文学的具体研究创造了可能。2007年出现了两本比较重要的著作，系统而全面地研究了在华侨民文学，做出了可圈可点的学术贡献，一部是李萌的专著——《缺失的一环：在华俄国侨民文学》，一部是王亚民的博士论文——《20世纪中国俄罗斯侨民文学研究》。《缺失的一环：在华俄国侨民文学》一书除了对俄侨来华的历史背景和在华俄侨文学概貌做了梳理外，还介绍了阿尔谢尼·涅斯梅洛夫和瓦·别列列申两位作家。对涅斯梅洛夫的研究侧重于小说，重点介绍了两种题材——军事题材和平民题材。对别列列申的研究主要是以其在不同国家和城市的生活时间作为历史分期来进行的，共分为俄罗斯、哈尔滨、北平、上海、旧金山、天津、香港、巴西八个时期。该书第一次比较完整地勾勒出俄侨文学在华的基本面貌，对涅斯梅洛夫，特别是对别列列申的研究，堪称我国目前最全面的作家专题研究成果。王亚民的博士论文《20世纪中国俄罗斯侨民文学研究》分九章对哈尔滨俄罗斯侨民文学的概念界定、回忆录、诗歌、小说进行了系统分析与研究，既有群体作家和诗人的研究，也有个别重要作家和诗人的专章阐释；涉猎文学体裁全面，作家作品研究较为细致，特别是另辟专章论证了哈尔滨俄罗斯侨民文学与俄罗斯文学和中国文学的关系及其在文学史中的地位。荣洁等撰写的《俄侨与黑龙江文化——俄罗斯侨民对哈尔滨的影响》（2011）一书，有一章分别介绍了阿尔谢尼·涅斯梅洛夫、伊万诺夫·尼卡诺拉维奇、阿尔弗雷德·黑多克的生平、创作情况及相关评论，另有一章介绍了基奇吉娜、伊万诺夫、塔斯金娜初到哈尔滨的情况以及在哈尔滨的生活与文化活动，该书补充和丰富了中国俄侨作家的研究，对哈尔滨俄侨文化生活给予了较为详细的论述。尽管这几部专著研究的范围有限，探讨的问题还不十分全面深入，但它们对中国俄侨文学研究的学术贡献值得肯定。

二是诗人与诗作成为研究重点。

中国俄侨文学形式多样，几乎涉及文学的所有体裁，而诗歌作品最多，诗人的创作也最为活跃，这与俄国“白银时代”的文学传统一脉相承。诗人及其作品研究自然也成为学界研究的重点，学者们共发表论文37篇；而被誉为“本世纪后半叶第一流的俄罗斯诗人”的别列列申则成为当之无愧的第一热点，有关他的文章达15篇，对他关注持续的时间也最长，这在众多俄侨诗人中可谓凤毛麟角。近两年，李萌的《别列列申十四行诗创作的艺术特色》《为什么莱蒙托夫成了哈尔滨俄侨诗人的精神偶像？——从别列列申的创作看普希金与莱蒙托夫的影响》，可以被看作有关别列列申诗歌研究乃至中国俄侨诗歌研究的重要突破。李萌的两篇文章都以别列列申的诗歌创作技巧为研究对象，探讨其在词汇、诗步、诗韵等方面与俄罗斯诗歌传统和中国古典诗歌的关系。别列列申之所以被宠爱，可能与作家诗歌的创作主题及其中国写作有关，与“远东第一俄侨诗人”涅斯梅洛夫富有哲学思想的诗歌相比（仅有4篇研究），别列列申的作品更易理解，更易引起共鸣。除此之外，特别值得一提的是，我国学者对俄侨女性诗人的研究文章达13篇，这些研究或探讨女性个体创作经验，或将女诗人作为群体进行研究，探寻其崛起的社会成因和作品的共同特点。与此同时，以前未曾进入读者视野的同时期女性作家受到关注，如格·卡丘洛娃、维·西多洛娃等。女性诗人研究的出现不仅丰富了中国俄侨诗歌的内涵，也大大拓展了中国俄侨诗人研究的范围。中国俄侨诗歌研究，内容涉及诗人的生平、创作、作品主题、艺术特色、比较研究、翻译研究等领域。

三是主题研究成为热点。

随着对中国俄侨诗歌、小说研究的深入，直接或间接涉及俄侨文学主题的研究不断出现，相关论文约35篇。从这些研究来看，中国俄侨文学主题大致可分为四类：

第一，对祖国的回忆和对故乡的眷念。俄侨文学直言不讳地抒发了侨民对祖国、对本民族及其传统文化至死不渝的情感。与此同时，也有对俄罗斯命运的担忧与绝望的情感宣泄。俄侨文学对祖国爱恨交错的复杂情感和对故土魂牵梦萦的思念常常相伴而生。第二，对“第二故乡”中国的描绘。由于俄侨异乡人的特殊身份，不仅对容纳他们的中国充满感激，而且因暂时恢复了平静和安宁的生活对中国怀有好感。俄侨文学充分表达了对侨居地中国的热爱，这里既有对“第二故乡”东方风土人情的喜爱和对奇异自然风光的赞美，也有对“第二祖国”及其文化的深深留恋与惜别之情，但俄侨文学中所表达的对中国的热爱和赞美时常与对俄国的眷恋与歌颂交织在一起。第三，对爱情的向往。爱情是人生不可或缺的部分，但由于俄侨社会背景的复杂、生活处境的艰难，加之与侨居国文化的差异，爱情对于侨民来说是一种可望而不可及的梦幻。俄侨文学除了抒发因爱而生的伤感、寂寥、惆怅、苦闷、凄怆，以及对浪漫、美好、温馨、激情、现实爱情的渴望外，还将这种无以寄托的复杂情感升华为一种超世俗的淡然宁静和坚忍不拔的品格；抑或与东方神秘主义相结合，通过对宗教、梦境、虚幻世界、人鬼两界的描摹，在非现实中寻求理想爱情的寄托。第四，对命运的思考与书写。面对时代的更迭与命运变幻莫测，人生经历的复杂坎坷与反复无常，作家们对个人命运的悲叹与生命意义的自我认知、对生存困境的抗拒与精神超脱的寻求、对历史变迁的思考和民族前途的忧患、对饱受战争和鸦片残害的中国未来命运的担忧……几乎构成他们每一篇创作不可或缺的内容。这些作品在表达个体精神迷茫的同时，揭示国家命运与个人命运的关系，诉说对国泰民安的渴望和对自由心境的向往；与此同时，也思考和挖掘人在不同处境下的人格状态和心理感受，表现身处逆境、身份卑微的小人物高尚的心灵和崇高的精神世界，张扬人性的力量和对理想的追求，以积极的方式实践生活的意义，成为中国俄侨文学不朽的主题。另外，对人与自然的关系、对人类共同的未来命运进行的哲理性思索，使中国俄侨文学具有了普遍意义和崇高品格。

四是小说研究异军突起。

前文中已经谈到，对于占中国俄侨文学超过半壁江山的俄侨诗歌，研究文章有37篇，而关涉小说的研究文章竟达60篇，这是笔者在统计之前完全没有料想到的。这60篇中有关小说概述的有17篇，涉及主题和题材的有21篇，分析形象与语言的有6篇，有关小说思想与文化的有16篇。被关注最多的小说家是尼·巴依科夫，共5篇，其次是阿·黑多克，有关他的研究有3篇，其中，巴依科夫的长篇小说《大王》被多次书写。学者们不约而同地都聚焦于该书，盖因其被视作“生态文学的开山之作”。研究主要揭示了作者自然和谐的生态观，阐释了中国传统文化“天人合一”。而祝文宇将巴依科夫回忆录《在篝火旁》与著名美国生物学家、生态作家蕾切尔·卡森《寂静的春天》的自然观所做的比较研究，以及对美国自然主义作家杰克·伦敦对巴依科夫创作影响的研究，观点颇为新颖。研究者认为，巴依科夫的回忆录《在篝火旁》“在保证纪实文学真实性的同时，突出了故事情节本身‘奇’与

‘险’的特点。在创作风格上该作品受到来自美国自然主义作家杰克·伦敦的影响”。总体来讲，虽然国内中国俄侨文学研究中，小说研究篇幅占比不少，但研究比较分散，蜻蜓点水似的概述和泛论较多，着眼于细微之处的具体研究甚少，除了巴依科夫与黑多克外，对其他小说和小说家细致深入的专门研究成果尚不多见。

五是中国俄侨文学属性探讨。

我国的中国俄侨文学研究有一个特别令人瞩目的亮点，就是对中国俄罗斯侨民文学姓“中”还是姓“俄”问题的探讨。目前，学界取得了较为一致的观点，即认为中国俄侨文学“是俄罗斯的，也是中国的”。这一研究观点是在对中国俄罗斯侨民文学与中国历史、文化、文学关系的探讨中确立起来的，并在中俄两国学者中获得了共识。与此同时，出现了将中国俄侨文学纳入中国文学史范畴的研究，以及有关中国文化与思想如何被艺术地反映在俄侨文学作品中的研究。在俄罗斯，涅斯梅洛夫“已经被写入《20世纪俄罗斯文学史》和《俄罗斯侨民文学史》中”。而在我国，王亚民的《中国现当代文学中的俄罗斯文学》论证了俄侨文学的中国文学属性。刘晓丽在其有关伪满洲国文学的系列研究中，将中国俄侨文学称作中国俄系文学，并与中国日系文学、朝鲜系文学等一起纳入东北文学、伪满洲国文学研究的范畴。她的其中一个研究观点认为，俄侨作家尼·巴依科夫“对当时的东北作家颇有影响，疑迟的小说和睨空的山林秘话都有尼·巴依科夫的笔法。尤其是睨空的山林秘话，融故事、传说、掌故、知识、小说于一体，这种文体和尼·巴依科夫的博物小说有许多相似之处”。《黑龙江文学通史》（彭放，2002）第一卷中独辟一篇，专门对“哈尔滨俄侨文学”做了梳理，并对别列列申和巴依科夫两位对中国文学与文化的书写和传播有卓越贡献的作家给予了单章介绍。此类研究成果的问世，为中国俄侨文学是中国文学的组成部分提供了事实根据和理论支撑。

六是国外研究成果集体登场。

《俄罗斯文艺》2012年第1期一次性刊发了17篇中国俄侨文学研究

的文章，堪称中国俄侨研究成果的一次盛大展示，其中，有12篇译自国外学者的研究文章，这也是第一次将国外的中国俄侨文学研究成果集中介绍到我国。这批成果的出现，首次开启了我国与国外中国俄侨研究的对话，具有里程碑的意义。这12篇系列研究，在内容上突破了以往侧重作家生平、作品介绍、史料挖掘和整理的局限，具有如下几个特点：

一是增加了以往不曾研究过的诗人，如拉·安捷尔先、格·卡丘洛夫等；二是涉及了以往国内鲜有的研究主题，如儿童主题、宗教主题等；三是俄侨文化成为重要研究对象，如美澳日俄的中国俄侨文学与文化研究、哈尔滨俄侨文化、天津白俄身份、新疆俄侨迁移等；四是对国内已有论述的作家的研究更加深入，如涅斯梅洛夫、莉·哈茵德洛娃、娜·伊里因娜、维·扬科夫斯卡娅等；五是开始关注俄侨文学语汇、俄侨文学杂志；六是研究地域不再局限于哈尔滨、上海而扩大至天津、新疆；七是出现了俄侨文学与文化的比较研究。

尽管其中某些观点还有待商榷，但不可否认的是，这组文章的集中亮相极大地推进和深化了中国俄侨文学的研究，探索领域出现了可喜的深入和转变。这些译文的发表成为国内学者就中国俄侨文学与问题研究寻求与世界对话和接轨的一次成功尝试。令人称道的是，这些研究不再局限于对中国俄侨文学的肯定与赞美，而是提出了不同的批评观点，且颇具说服力。该系列文章无论是在选题还是研究方法上，都令人耳目一新，拓展了学术研究视野，使国内的研究者看到了自己的差距，也看到了未来可能的新的研究领域和方向。

综上所述，2010—2015年中国俄侨文学研究无论是从研究成果的数量、选题的广度，还是从成果的质量、研究讨论的深度来看，都进入了一个明显的快速发展阶段，特别是国外研究成果的引入和有关中国俄侨文学属性探讨等一批研究成果的出现，引起了学界较为广泛的关注，具有一定的学术价值和社会影响，有效提升了中国俄侨文学的影响力。

近25年来，我国学者在中国俄侨文学研究领域取得了一些成绩，从中国俄侨文学概念的界定到历史文献的梳理，从文学作品的整理与翻译到专门研究论著的问世，从文本细读到比较研究等新方法的应用，从个体研究到群体研究，从俄罗斯文学研究到中国文学研究，大大丰富了全球俄侨文学的研究范畴，也为重写中国现代文学史提供了重要的资料基础和理论依据。然而，我们也应该清醒地认识到，已有的研究还存在以下一些不尽如人意的地方。

一是研究成果不丰盛，且描述性的多，研究性的少。中国俄侨文学研究文章共有114篇，涉及诗人及其诗作的有37篇，小说研究有60篇，书讯、采访、会议报道及其他17篇。其中，对中国俄侨文学历史面貌的梳理、诗歌翻译与欣赏、作家作品的介绍等描述性的文章分别占18篇、7篇和25篇，而剩余47篇研究中，有11篇是译自日本、澳大利亚、俄罗斯学者的研究成果。若除去这11篇，国内真正的研究性文章只有36篇，这与体量庞大的中国俄侨文学的总量相比，成果数量甚微；相反，介绍性、描述性的文章达50篇之多，占研究成果总数的45.45%。统计显示，中国俄侨文学研究总体上仍处于初始阶段。

二是研究质量有待提高。已发表的文章针对主题研究的多，针对思想性和艺术性研究的少。尽管国内研究出现了对中国俄侨文学与俄罗斯文学传统的探究以及对作家创作思想、艺术特点的分析，但更多限于文学主题的研究，且赞美之词居多，鲜有审美批评。因此，提高学术性认知，避免简单重复的研究，立足文本细读，进行深入分析与思考，力求发现作家的创造力和作品的丰富性以及作品的局限与不足，方可产生见解独到、思想深刻，具有原创性、理论性并富有启发性的高质量学术成果。

三是研究视野狭窄，研究方法单一。总览整个中国俄侨文学研究成果，不难发现，有关哈尔滨俄侨文学的研究居多，有关上海等其他地区的俄侨文学研究鲜有成果问世，且研究多集中在个别作家及作品上，对一批长期刊登侨民文学的杂志还不曾涉猎，缺乏将俄侨文学置于外国文学与中国文学两个大背景上进行比较研究的格局，如中国俄侨文学与俄罗斯本土文学的研究，中国俄侨文学与法、德、美等其他国家的俄侨文学的比较研究，哈尔滨俄侨文学与东北文学、上海俄侨文学与“孤岛文学”关系的研究等，此外也需要引入新视角、新理论、新方法。

四是批评与争鸣不够，没有形成有效的对话。虽然《俄罗斯文艺》培育、扶持、见证了中国俄侨文学研究成长、发展的过程，发表了一些高质量、有价值的文章，国内也有《国外文学》《当代外国文学》《求是学刊》《新文学史料》《广西社会科学》《上海师范大学学报》等一些较高级别的学术期刊对该文学现象的介入，但总体看来，园地还是集中在少数学术期刊上，而且大部分文章多见诸一些地方杂志或非专业性刊物，影响有限，基本处于各说各话、各自为政的状态。虽然中国文学界的学者也开始关注这一领域的研究，但也仅有冯玉文的《俄侨：历史与文学三重映象》（《黑龙江史志》2005年第4期）、《俄侨文学主题初探》（《黑龙江社会科学》2006年第1期）、《俄侨文学中的哈尔滨》（《学理论》2010年第17期）；王劲松的《流寓伪满洲的白俄“虎人”作家拜阔夫》（《新文学史料》2009年第4期）；周青民和张福贵的《中国在华俄侨文学研究述评》（《广西社会科学》2015年第2期）等寥寥几篇，而这些研究尚缺乏有关俄侨文学与中国现代文学关系的深入探讨。

五是重量级的专门论著乏善可陈。进入21世纪后，一批国外研究成果，诸如《远东俄罗斯侨民文学史概论》（2000）、《中国俄侨诗歌选集》（2001）、《瓦列里·别列列申创作研究》（2003）、《阿尔谢尼·涅斯梅洛夫的诗歌艺术》（2004）、《远东俄侨文学与中国文学中的东方主题》（2010）、《远东俄侨诗人》（2012）等重量级著作相继问世，国外中国俄罗斯侨民文学研究取得了令人瞩目的成绩。相比较而言，国内同等质量的专门论著屈指可数。

第二章
中国俄罗斯侨民文学的回忆录研究

回忆录是中国俄罗斯侨民文学一个独特而有意义的组成部分。无论是欧洲的俄罗斯侨民文学，还是中国的俄罗斯侨民文学，回忆录都是俄罗斯侨民文学创作的一个重要题材。这不仅仅因为回忆录是俄罗斯文学创作的一个传统，还因为在这些作品中，作者以自己的人生经历和切身体会还原了历史情景，使我们对俄罗斯侨民文学产生的历史背景、社会基础、文化氛围等有了更直接的了解。回忆录真实地记录并客观地反映了俄罗斯侨民背井离乡的各种原因、复杂的内心世界、孤寂的情感经历、艰苦的生存环境、丰富的社会文化活动和崇高的精神追求。通过他们的回忆录，读者了解到中东铁路建设的原因和目的，感受到紧张繁忙的劳动场景；同时也窥见了大批俄罗斯侨民浩浩荡荡的集体大迁徙中惊心动魄而又充满神奇的经历，体味了他们初来哈尔滨时的陌生和举步维艰，分享了他们将哈尔滨建设成“东方圣彼得堡”的满足与喜悦和成为“上海艺坛半壁江山”的成就与自豪，以及如同生活在“我的城市”一般的自由自在。通过他们的回忆录，读者跟随他们一起聆听了美妙的音乐，感受了不同戏剧演出的艺术魅力，经历了运动场上的拼搏，与他们一起在神圣的殿堂倾听了上帝的声音与对上帝的诉说。

通过梳理中国俄罗斯侨民书写的以他们在中国的生活与社会活动为内容的回忆录，本章将其主题分为以下几个方面：一、对20世纪初遥远、神秘、壮美、自由的世外桃源哈尔滨的回忆和描写；二、对中国俄罗斯侨民在哈尔滨的文学创作与文学活动的回忆；三、俄侨在哈尔滨的音乐和戏剧活动的回忆；四、对俄侨在哈尔滨的宗教及其他文化生活的回忆；五、对俄侨在上海的音乐艺术活动的回忆。

第一节　20世纪初的哈尔滨

20世纪初期，俄罗斯人为什么来到哈尔滨？哈尔滨是怎样形成的？最初的哈尔滨又是什么样的？从拉里萨·克拉夫琴科的《初始哈尔滨》、弗谢沃洛德·伊万诺夫的《20年代的哈尔滨》、尼古拉·巴依科夫的《1902年初到满洲里》等回忆性文章中，我们可以窥见一斑。

早期的哈尔滨实际上是一个几乎没有人烟的茅草丛生的高岗地。中国俄罗斯侨民拉莉萨·克拉夫琴科在《初始哈尔滨》中这样写道：

> 1898年3月，天气干燥而寒冷，脚下的土地依然坚硬，乍暖还寒，走在上面吱吱作响，工程师阿达姆·什德洛夫斯基带着工程师、25名工人、医生、气象员，50名来自库班草原的哥萨克警卫员，乘着30辆大车，重要的还带着两普特一锭的白银(小锭，用它偿付在异国土地上的一切开销，因为卢布自然是不流通的)，从海参崴出发，穿过乌苏里斯克和波尔塔夫斯卡娅、三岔口的边境居民点，经宁古塔大道进入满洲。目的是要走村落间的泥泞道路，要摸索着步行到达松花江边，那里给经黑龙江过来的载重船准备好了地方。

实际上正是阿达姆·什德洛夫斯基在1897年夏天选取了老江桥作为江面上的交汇点。什德洛夫斯基知道，在阿什河旁边中国烧酒酿造厂的院子里住着几个俄罗斯人，他们是勘测队留在满洲过冬的人，他们正在等他。可以想象出当时的场景，当这支队伍不远万里，经历千辛万苦，克服重重困难终于到达目的地与自己的同事汇合时有多么喜悦和兴奋。文章中写道，这些留守人员迎接这支队伍就像迎接俄罗斯的“鲁滨逊”一样。而当时的这支先遣队伍中，“因长途跋涉而胡子老长、难以辨认的男子汉们相互拥抱着，相互拍着肩膀。于是，这个被踩实了的农家小院和酒厂跟前泥抹的房子，被认为是哈尔滨城市的诞生点，也就是日后被称作‘旧哈尔滨’的地方”。根据文中的记载，他们相见的那一天是1897年的4月11日。

但是“哈尔滨”一词从何而来，一直是个有争议的问题，不过我们可以从《初始哈尔滨》中了解到一些对这一争议问题的认识。

据这篇文章，“哈尔滨”这个名字不是汉语，是音译过来的，有几种解释和说法。一种认为“哈尔滨”的意思是“高高的河岸”“快乐的坟墓”。另一种认为，该词来自满语，是“浅滩”“渡口”的意思。这实际上也合乎逻辑，因为什德洛夫斯基选择这个地方，就是为了当作最方便的江桥渡口。还有一种观点，认为该词是蒙古语的“哈阿巴”，意思为“羊的肩胛骨”，指平坦江岸上隆起的岗地，是指后来哈尔滨南岗所在的高地。再有一种较为接近真实的说法是，俄国旅行家艾·阿涅尔特在游历了满洲各河流之后，于1896年写道：

> 一开始，松花江两岸能看见灌木林。在往下4俄里的右岸上，有个居民点叫“浩滨”，附近坐落着一个大葡萄酒厂（1896年毁于大水）。往东北方向7俄里，在岗地上是另一个大酒厂。浩滨是离酒厂45俄里的阿什河边上的一个码头。从1897—1898年，两个工厂及其周边的土地被铁路（指后来的中东铁路协会）购买了，变成了铁路的码头和村子。

这样，文中从另一个侧面又提及了阿什河城这个俄罗斯铁路工作人员驻扎的第一大站，也提到了那些白酒厂，尽管看起来有些离奇，但这个城市就这样开始了自己的第一步。

再回到前面拉莉萨·克拉夫琴科的回忆，什德洛夫斯基勘察完沿江一带的地方后，没有找到安排中东铁路建设办公室的适当地方；其他人员应该在5月份乘第一艘船来这里，新建房子根本来不及，于是，什德洛夫斯基决定将那个曾经有过纪念意义的相逢的白酒厂买下。这个地方是曾经被红胡子抢了之后又废弃的，里面有32座土坯或者是满洲灰砖砌的房子，在当时的他们看来，“宛如一个小镇”，于是经过与从阿什河找来的工厂主的谈判，花了8000两白银（从那些两普特重的银锭上割下来的）全部买了下来。而且，在他们看来，“按最近的居民点‘浩滨’的发音，日常说话和公文里就开始把铁路局叫‘哈尔滨’了，带着对原词的、俄语式的扭曲”。于是，不管各种说法和谐音的问题如何争论，“高高的河岸”“羊肩胛骨”和“渡口”这三点结合到一起，城市便以独特的面貌出现了。

在拉莉萨·克拉夫琴科的回忆中，还有一个引起争论的问题是哈尔滨的奠基日，从对这一问题的不同看法中，我们也可以了解到哈尔滨初期建设的一些情况。一种说法是：

> 1899年5月16日，在离松花江岸8俄里的地方，建造了第一个铁路建设者的简易房。四周很快发展起一个不大的居民点，稍晚被叫做旧哈尔滨……

另外一种说法是：

> 4月26日，城市的第一个气象站主任维谢洛夫写下了观测的第一行日记，于是，从第一个有文字记录的角度来看，哈尔滨的正式奠基日可以认为是1898年4月26日。

第三种说法认为，中东铁路开始修建的那一天，也就是1898年5月28日，理所当然应该成为城市建立的标志。

若从俄侨保存的当时题有“哈尔滨第一个车站——1900年”的旧照片上来看，也可以说哈尔滨车站是城市的起始点，自然，车站的奠基日也是城市的奠基日。但是，在拉莉萨·克拉夫琴科看来：

> 城市的开始应该是以什德洛夫斯基为首的马帮从高处往灰色背景上的洼地和黄色大江上张望的那个时候："这里将建成一座城市"并且这个日期，如果正确理解威谢洛夫佐洛夫的题词的话，那是"到达的第二天"，即1898年4月12日。

当然，这只是中国俄罗斯侨民一些回忆录中的一面之词，虽然能给我们提供一些资料，但是"哈尔滨"一词的由来、哈尔滨的初始状况究竟是什么样的，还有待从历史的角度，顺着哈尔滨市志的线索去了解和证实。

当时哈尔滨码头街区的主要街道已经有了中国大街的名字，这又是从何而来的呢？随着铁路的修建，一些来这里施工挣钱的中国居民，以极快的速度往地里打了许多木橛子，盖起了泥土房子，修平了道路。黑尔可夫公爵下达命令拆除木橛子，可是没用，于是，只好让新开辟的地段合法化，这样便出现了"中国街"。拉莉萨·克拉夫琴科从1902年其祖母来这里时的照片上看，这里与之前相比已经发生了很大的变化，从照片上还可以清楚地看到用来修建教堂的圆木上的组装顺序号，看来当时的教堂是在哈尔滨组装的。稍晚，开始用从阿什河运过来的中国砖和从顾乡屯的军需站运过来的带着"中东路"印迹的大红砖。而这张照片底下的题词是"松花江大街起点，哈尔滨，1901年"，背景上，远远的还有一些不知名的房了。在作者记忆中的哈尔滨街区，"已经是各种楼层的楼房了"。若不是当时建设中东铁路的总工程师阿·伊·尤戈维奇批准这条北线方案的路线，如果真采用了在老沙沟建桥跨越松花江的"南线方案"的话，松花江上出现的则可能完全是另外一座城市了，哈尔滨的面貌和命运，想必也就大不相同了。

而在《1902年初到满洲》中，作家尼古拉·巴依科夫记录了他初来哈尔滨市的情景、沿途的景色和遭遇，这些经历后来都在他的小说中有所体现。他写道：

> 齐齐哈尔至哈尔滨间的铁路两侧是空旷无人的一马平川，甚至连灌木丛、小树都难得一见；地势平坦得像张桌子，一些地方长着荒草……沿途的居民点不多，平原上只有寥寥几处草房。

而哈尔滨车站的站房是一座长长的木刻楞[①]房子，里面用木板隔出各种办公用的房间和候车室。当时的哈尔滨还是一片旷野，杂草丛生，水洼星罗棋布，最热闹的地方是老哈尔滨火车站附近，即便当时的后阿穆尔边防军司令部、气象站、电报局、医院这些主要部门，也都还在临时搭建的土坯房里，新的办公地刚准备打地基。临时修建的地下窝棚作为哥萨克士兵的兵营，还有几间中国工人住的大草房。当时，道里道外还是一片荒地，傅家甸到规划的新城区之间也是一片大沼泽地，沼泽地里长满了苔草和芦苇，野鸭和田鹬随处可见。而哈尔滨的周边地区更是人烟稀少，几间茅屋孤零零地守着几块耕地。哈尔滨新城区刚刚开始规划，还没有开工建设，所谓的街道都是土路，没有石砌的路面，雨后十分泥泞，到处是风沙、尘土。

这就是侨民记忆中的早期的哈尔滨，荒芜却宁静，落后却自然。

当然，在中国俄罗斯侨民的回忆中，也无不流露出他们初到东北时对满洲里这一“荒无人烟……森林茂密，生长着著名的人参、老虎和乌拉草”地区的向往，以及这一地区的神秘魅力对他们的吸引。满洲自然界的独特，原始森林、草原、高山等罕见而美丽的原始风貌令他们感到震惊。未被开垦的参天大树蔓藤缠绕，那里生活着从未被惊吓过的野兽和鸟类。满洲原始村落中的神话、传说及萨满仪式更为这片土地笼罩上神秘的色彩。而到了20世纪20年代，哈

① 东北、内蒙古一带的方言词，指用原木、枕木盖的房子，也是俄罗斯族典型的民居，具有冬暖夏凉、结实耐用等优点。

尔滨可谓一座迅速崛起的国际化都市。“中东铁路的建设促进了哈尔滨这个城市的建立和发展，也使它成为20世纪前半叶俄罗斯远东所有侨民的文化中心”。事实上，中东铁路后来的的确确发展成为俄罗斯人赖以生存、生活和发展的生命线，并以此为中心，出现了以俄罗斯侨民为主要居民成分，以东正教堂为主要建筑特色，以鲜明的俄罗斯文化为活动内容的独特社会风貌，从而形成了具有“东方的圣彼得堡”之称的哈尔滨独特的人员构成与城市文化。20世纪初，俄罗斯对哈尔滨这个城市和整个铁路沿线地区的生活了解得还很少，虽然它已经被称作“东方的圣彼得堡”，连街道的名称都与圣彼得堡的一样：花园街、第一大街、第二大街、大直街。但是当时谁又能认真地将这个遥远的地方，与旧俄时代的省会城市圣彼得堡相提并论呢？毕竟它与俄罗斯的任何一座城市都不完全相像，这里是东方，是东西方元素神奇地融汇在一起的地方。短短的20年里，在中国人和俄国人的共同努力下，哈尔滨的“生长”速度与满洲里植物的生长速度一样快，在松花江与中东铁路交汇处，一座城市从无到有，从小到大，已经傲然耸立在松花江平原上。而且，哈尔滨居民的生活方式截然不同于传统的中国生活方式。那时，长城以内的中国还是一个与世隔绝的国度。自从中东铁路建成之后，哈尔滨不仅仅成为“东方的圣彼得堡”，而且简直就是一个联合国，中国人、德国人、印度人、犹太人、朝鲜人、希腊人、土耳其人、波兰人、捷克人、日本人、俄国人同在一起生活和学习。这片土地上居住着不同国籍、不同民族、不同信仰的人，他们和睦相处，自由生活。因此，一批批的俄罗斯侨民纷纷来到这片神奇的毫不排外的土地。中国俄罗斯侨民作家叶列娜·塔斯金娜的《在时代和文化的十字路口上》是这样描写这一场景的：

在哈尔滨这片土地上曾和平居住过不同国籍、不同民族、不同信仰的人。在大直街等地方还可以找寻到旧哈尔滨的一些影子，这些地方曾坐落着犹太教堂、清真寺、亚美尼亚教堂、孔庙……可以说，哈尔滨是一个多民族共存的城市。

而且，哈尔滨教区在鼎盛时期拥有教堂60座，神职人员达100多人，这在尼古拉神甫的《哈尔滨的宗教生活》中有清楚的记载："1940年前哈尔滨仅东正教堂就达20座。"黄包车、双轮马车与现代化的汽车并驾齐驱，穿梭于大街小巷。白白胖胖的俄国"马达姆"[①]与被讥为"又不能干活，又不好看，对男人没有什么用的"裹着小脚的中国女人并肩前行。带三根横木的电线杆子间隔匀称地竖立在大街上，电线就在这被奇异的人群包围、不讲究地点的杆子上挂起来，令人感到新鲜而奇怪。外国人的烤羊肉店与中国人的小铺比邻，洋人的乳品店与东方的丝绸店紧挨。俄国人过节时，中国人出售鲜花。特别是1924年苏联和中国共同管理中东铁路后，哈尔滨出现了"多元化"的局面：俄国宗教音乐、各类传统宗教活动与苏联五一节、十月革命节共欢庆；苏联贸易机构与俄国公司并存；苏侨作家、诗人与俄侨作家、诗人在文艺团体中共同谈诗说文；报亭卖着不同政治派别的报纸。在中东铁路工作的有俄侨、苏侨，有取得中国国籍的俄罗斯人，也有根本没有国籍的俄罗斯人。街上有相当多的各类俄国商店和宾馆，各种俄文报刊杂志与俄文广告令人眼花缭乱，还有各式俄国浆果和花楸果酒、飘着香味的俄式大面包和灌肠、品种繁多的各种首饰和教堂用具、圣像。俄侨依旧可以按俄国的方式生活，谢肉节吃薄饼，复活节去教堂做礼拜。这里物价低廉，不用为生活发愁，也没人干涉你的生活，更没人问你来自哪里，这一切常常使俄侨们忘记了他们身处异乡，而产生了身处故乡的错觉。的的确确，当时的哈尔滨到处都可以看到让他们产生错觉的东西，特别是在文化氛围上，哈尔滨仿佛是一座真正的俄国城市，不仅到处都是俄国人的面孔，更重要的是，这里保留着俄国的语言、风俗、教堂、学校、商店、剧院、报纸和杂志，甚至连中国商

①俄语中对已婚女人的称呼。

店的招牌和街名都是俄文的。这里有美丽的自然环境，宽松的社会气氛，令俄侨感到亲切的文化小环境；这里仿佛不存在语言的障碍、饮食的差异、文化的隔膜，没有阶级、派别、政党之间的斗争，没有战乱的纷扰。侨民们可以在俄国人办的学校接受职业技术教育和钢琴、小提琴、芭蕾舞等各类俄罗斯传统的艺术教育，也可以在俄国人办的法语、德语、英语、拉丁语、日语、蒙语、汉语夜校班及私立中等教育预备训练班接受专门知识与技能的学习。

对于俄罗斯侨民来说，哈尔滨不只是理想的避难之地，更是世外桃源、人间天堂。中国当局也从不干涉俄侨的事务，东西方各民族的文化特征在这片自由而包容的土地上神奇地交融在一起。正如塔斯金娜所说的，哈尔滨的伟大如同彼得堡一样，也在于它是俄罗斯文化与东方文化的汇聚地。这里既有商会，又有工商联；既有中国人办的学校，也有俄国人办的学校。旧俄时代的、西方的、当地的出版物成为俄侨文化生活的主要支柱；俄侨自己创办的报刊、杂志成了报道外界和中国新闻的主要来源，也成为俄侨的精神支柱和与祖国联系的纽带。美国、德国、日本以及苏联的影片统统涌入哈尔滨，这些影片和电影杂志虽然还非常幼稚，但却成为俄侨了解世界的窗口，也使俄侨得到了心灵和精神上的慰藉。众多著名的，甚至是享誉全球的俄国演员在哈尔滨举办过高水准、多场次、种类繁多的音乐、戏剧等舞台演出，不仅丰富了俄侨的业余文化生活，而且也为俄侨提供了解俄国及世界艺术遗产与洗涤心灵的机会。

若不是1931年日本人占领满洲，也许俄侨会永远生活在他们已经熟悉并热爱着的这片自由而神奇的土地上。

第二节 各类出版物争奇斗艳

20世纪初期，随着哈尔滨俄罗斯侨民数量的不断增加，远离祖国的时间越来越长，俄罗斯侨民不仅急于了解国内的情况和变化，而且对他们生活于其中、与其生命息息相关的哈尔滨所发生的大小事件和各种信息也越来越感兴趣。生活相对安定之后，侨民们开始关注国内国际形势，渴望得到本民族文化的精神食粮，对报刊、杂志、图书的需求也就不断提高。“1901年，哈尔滨建成第一座俄文图书馆，到了1927年，图书馆的数量已经增加到27座，藏书总量近25万册，所有图书馆均向公众开放”，这一具体的统计数字在塔斯金娜的《在时代和文化的十字路口上》和《雾中的灯光》中都有明确的记载。塔斯金娜还说，这些应运而生的图书馆、印刷厂、各类报刊杂志，“不仅仅是侨民了解世界、了解侨居国所发生事件的信息来源，而且也是他们精神生活的支柱，尤其在保持民族本色方面”，它们如同“雾中模糊的灯光，给在异国他乡的俄侨生活带来了点点亮光”，这些出版物也成为建立在俄国文化基础上的小型爱国主义教育的读本。

我们从俄侨不同的回忆中都可以看出，当时中国的俄侨出版界十分活跃，出版物也丰富多样，文艺刊物更是不胜枚举。比较有影响的有《丘拉耶夫卡》文学月报（它在当时的旅华俄侨中有相当的凝聚力，成为东方俄侨文学活动的中心，《丘拉耶夫卡》在其存在期间出版了40余部诗集。1933年起，《丘拉耶夫卡》的部分成员陆续移居上海，这样哈尔滨的《丘拉耶夫卡》于1935年春解散了），及后来的不定期文集《门》、双周刊《远方》等。哈尔滨还有一些儿童刊物，如少儿双周刊《矢车菊》《儿童娱乐杂志》和《玩具》等，其中一本红色封皮的双周刊《小燕子》，给侨民留下了深刻的印象，只要谈到哈尔滨孩子们的生活，不可能不联想到《小燕子》。可以说，哈尔滨的俄国儿童是读着这本杂志长大的，而且，订阅该本杂志的还有来自德国、法国、土耳其、中国和日本的孩子们。此外，还有《探照灯》周刊、《七日》周刊、半月刊《锣》等文艺刊物，幽默杂志《快活的居民》《乌鸦》《芸芸众生相》《凡人凡事》等，以及《体育运动》《戏剧与艺术》《家庭之友》《青年之友》《生活与学校》《建筑艺术与生活》《养马与运动》《美容与健康》等大众读物。

在俄侨众多的出版物中，面向青年学生的刊物占有相当的比例。不同年龄的学生、不同的学科都有自己的出版物。中学生刊物有《中学生之友》、《中学生》（哈尔滨男子中学学生出版）、《起步》（俄国陀思妥耶夫斯基中学一年级学生刊物）和俄罗斯天主教贵族学校学生出版的《觉醒》杂志。大学生创办的刊物有《俄罗斯大学生》（哈尔滨俄国大学生协会出版）、《哈尔滨高校》、《青年言论》（中学生联盟和大学生协会刊物），以及由流亡学生小组出版的《我们生活的时代》、哈尔滨商业学校校刊《学生时代》、帝国陆海军中等武备学校校刊《士官生》《俄华工业学校校刊》等。此外，还有妇女刊物、军事刊物、犹太人刊物、哥萨克的刊物等。

20世纪40年代，哈尔滨发行了两份由哈尔滨教会主办的杂志《团体公报》和《神圣的粮食》，这是具有宗教性质的有关东正教神学、哲学和文学的杂志。除此之外，还出版了许多娱乐性的杂志。这些旧书、旧报、旧杂志、旧丛刊、汇编集册的泛黄扉页，虽然年代已经久远，但就某方面而言，它是俄罗斯侨民在远离祖国的漫长岁月中精神生活的唯一写照。

作为俄侨另一个聚集地的上海，最早的俄侨报纸《上海新时报》出现在1920年，由俄国女诗人叶・康・格德罗伊茨创办。随后又出现了《罗西亚回声报》（又译《俄罗斯回声报》）、《自由的俄国思潮》《上海俄文生活日报》（又译《上海生活报》）、《新言论报》、《罗亚俄文沪报》等一批早期俄侨报纸。俄侨最大的报业集团柴拉出版社在上海出版的《上海柴拉报》在当地各主要外文报纸中名列第三，仅次于英文《字林西报》和《大美晚报》，发行量为6000份。此外，还有《上海俄文日报》（又译《斯罗沃报》）、《时报》、《俄罗斯旗帜》等等。在此有必要再补充一些有关俄侨出版活动的情况。除在20世纪20—30年代中东铁路部门有俄侨出版的报刊外，上海俄侨40年代陆续出版了《时代》《今日》两个俄文半月刊，中文版《时代日报》《时代》周刊，以及《苏联文艺》和《苏联医学》等刊物。中文版《时代》周刊以苏籍犹太人匝开莫的名义注册，主编由我党地下工作者姜椿芳同志担任，1941年8月正式出版。周刊大量报道苏德战争情况，及时传播反法西斯阵营的正义声音，对当时正在浴血抗战的中国人民起了鼓舞作用。1941年12月7日太平洋战争爆发，原来依靠英美势力出版的中文报刊全部被查封。《时代》周刊打着“苏商”招牌，因为苏日还有外交关系，日方无法公然禁止。1944年2月，日伪当局借口外国人不得在中国出版本国文字以外的报刊，勒令中文版《时代》周刊停刊。《时代日报》也是用匝开莫的名义创办、实际上由我党地下工作者领导出版的一张四开的小型报纸，1945年起发行，编辑部不足20人。该报全面报道中国和国际消息，有时事杂感、一周国际述评等专栏；副刊和周刊有《新生》《新园地》《新妇女》《新文艺》《新音乐》《新语文》等。1947年解放战争开始后，设半周军事述评专栏，报道战况，分析战局，对读者了解真相起了很大作用。1948年6月3日，国民党当局以所谓“扰乱金融”“鼓动学潮”“歪曲军事报道”等罪名勒令该报停刊。此外，1937年11月，随着对日战争的开始，上海一些俄侨出于爱国热情自发组织“归国者联合会”，创办了《回祖国报》，1940年改名为《新生活报》（亦称《俄文新生活报》，并附晚刊），后为俄侨在上海的机关报，该报一直出版到1952年。俄侨在上海和天津同时出版的《俄文日报》（意译《俄文每日新闻报》），1949年7月1日起改名为《苏联公民报》。20年代中期，苏联驻华顾问团曾在广州出版过机关刊物《广州》，最初刊名为《广州的布尔什维克》（用此刊名共出版了6期），印量不多，约100份。《广州》杂志经常刊登讨论中国革命问题的文章，人们都十分乐于阅读并为它撰稿，杂志因而享有很高的声誉。1927年《广州》杂志沿用原刊名继续在汉口出版。

然而，在这些众多的杂志和出版物中，毫无疑问，《边界》是一本办刊时间最长、发行量最大、波及面最广、影响力最为持久的综合类刊物。只要是谈到俄侨在中国文化生活的文章和回忆录，几乎都会提到《边界》。如俄侨诗人尤斯吉娜·克鲁森斯滕—彼德列茨的《关于"边界"》、佚名的《文章和评论》、叶列娜·塔斯金娜的《在时代和文化的十字路口上》和《雾中的灯光》、叶列娜·瓦西里耶娃的《儿童杂志〈小燕子〉》，等等。从中我们得知《边界》创刊于1926年，每逢周六出版，每期24个版面，开本为31×22，每逢节假日增至30～40个版面。1927年创发上海版，成为上海俄侨最主要杂志之一。《边界》整整存在了18个年头，到1945年8月苏联红军进入中国东北禁止出版该杂志为止，总共发行了862期，这个年限和数字对于任何一本侨民杂志来说，都是非常可观和了不起的。可以这样说，对于一个在国外发行的出版物来说，10年是一个相当长的时间，这是普通刊物在正常条件下都望尘莫及的一个年限。

杂志的创建与当时"黎明"出版社的M.C.列姆比奇、Г.Н.希普科夫、E.C.考夫曼的支持分不开，他们不仅给予杂志社物质上的支持，还常常将印刷厂供其使用。虽然主编从第一期的希普科夫到罗柯托夫，再到叶菲莫夫换了几任，但杂志的出版者一直由考夫曼担任。杂志创办早期条件艰苦，既没有经验和足够的资金，也没有合作伙伴，更没有专业的通讯员和摄影师，杂志除了负责人外只有5名工作人员，因此，常常是一个人负责几个人的工作。即便在如此艰苦的条件下，这本杂志却慢慢拥有了一大批固定的撰稿人、读者、订户，其中不乏杂志的崇拜者。

《边界》每期通常至少刊登1～2篇俄国作家的小说、1～2篇翻译小说、7～8篇当地和国外题材的特写，还有两个版面是题材严肃的长篇翻译小说。另外，还有一篇篇幅不大的图书索引，向读者介绍远东和俄国出版社出版的新书。通常杂志还有妇女之页、书刊简介、漫画和俄罗斯传统的十字字谜等。杂志的封面常常印有大幅照片，从俄罗斯的歌剧明星到好莱坞的电影明星，从良种赛马到拳击明星，从新生儿的彩照到圣诞老人的图片，应有尽有，期刊还常常配有优美的插图。《边界》在1931—1936年的繁荣时期，发行量接近2500份，大部分杂志在哈尔滨和中东铁路沿线就被销售一空，大约有二三百份的杂志被传到了上海、北京、青岛，以及韩国和日本，其余流传到了有俄罗斯人居住的地方，如波罗的海三国、波兰、捷克和欧洲其他国家，以及土耳其、南北美洲和澳大利亚。虽然杂志的主要投稿人员是哈尔滨的小说家和大批的诗人，但是杂志也拥有世界各地固定而忠实的通讯员，如来自巴黎的乌普科夫斯基，来自柏林的捷斯巴杜里，来自旧金山的巴热诺娃，来自罗马的阿姆菲捷特罗夫，来自布鲁塞尔的米罗留波夫和巴拉克申，还有来自澳大利亚的谢雷舍夫和北非的布雷金夫妇撰写的文章和报道。可以说，世界各地的俄罗斯侨民业余诗人和专业诗人都向《边界》杂志投过稿。除此之外，现在看来更显其历史价值的是一些记录满洲生活和历史的文章，如有关三河的哥萨克村落的描写，1932年哈尔滨大洪水的记录，1932年日本入侵哈尔滨的报道；俄罗斯最伟大的歌唱家夏里亚宾等人来哈尔滨的巡回演出，松花江边的十字架游行，哈尔滨人冬泳的情景，松花江广场和体育馆进行的各种体育活动以及哈尔滨街景和街道的老照片等。可以说，当时几乎所有发生在哈尔滨的事情都被记录在了《边界》这本杂志里，因此，《边界》也成为俄国人在中国生活和反映中国生活的真实记录。除此之外，杂志不仅仅反映东方的日常生活和现实，也成为对接西方的独特窗口，许多内容都摘自当年欧洲和美洲的出版物。

《边界》与哈尔滨的其他出版物相比，政治性不是很强。在《边界》问世之前，哈尔滨的诗人和作家根本没有定期发表作品的可能性，因此，《边界》创立伊始，当地所有的文学力量便蜂拥而来，《边界》

也为所有具有艺术品位的文学爱好者敞开了大门。可以说，当时几乎所有的哈尔滨俄罗斯侨民文学家们都在《边界》上发表过文章，一批年轻的撰稿人从此成长为作家和诗人。是《边界》帮助他们认识了自己的使命，帮助他们取得了显著的成绩，使他们在当地和整个侨民界都得到了认可，其中许多人出版了自己的作品集。杂志的作者中也不乏闻名远东和国外的作家和诗人。俄罗斯侨民中一些著名的作家和诗人，如涅斯梅洛夫、巴依科夫、黑多克、别列列申、阿恰伊尔、列兹尼科娃、哈茵德洛娃等都是最先在《边界》上发表了自己的作品，而且他们也是在这本杂志上发表作品最多的作者。有资料表明，当时哈尔滨有近60位诗人曾积极从事诗歌创作，而且他们的作品大多发表在《边界》杂志上。毫无疑问，这一切都得归功于杂志编辑部所具有的自我批评精神和友好的合作氛围。虽然《边界》还不是一本纯文学性质的杂志，也刊登一些具有轰动效应的文章，要知道，在当时的条件下，在哈尔滨要出版纯文学性质的杂志是完全不可能的。但是，编辑部除了尽量让读者了解国际大事、涉猎人们关注的迫切问题外，当时还明确制订了目标，尽可能地广泛采用文学作品，并大力支持俄罗斯侨民作家和诗人。在《边界》存在的那些年代里，发表的文学作品的内容大致可以分为四类：第一类是描写被俄国抛到异国他乡的俄罗斯侨民的命运；第二类是描写第一次世界大战和国内战争的惨状；第三类是描写满洲自然界罕见的令人震惊的美丽和神秘而独特的东方文化；第四类是描写俄侨对祖国的思念。正是《边界》激发了哈尔滨俄罗斯侨民对文学的兴趣，也正是《边界》促进了哈尔滨俄罗斯侨民文学活动的活跃与繁荣。最终，《边界》也使聚集有众多著名俄罗斯侨民作家和诗人的巴黎出版商们不得不对它刮目相看。

令人感到惊奇和兴奋的是，在1945年8月《边界》发行最后一期第862期之后的半个世纪，也即1992年，《边界》又得以在符拉迪沃斯托克重新出版。与半个世纪之前不同的是，杂志的封面上有两个期刊号“第1（863）期”。其实重新出版《边界》的这一想法曾得到著名俄罗斯侨民诗人别列列申的支持，他认为“中国俄罗斯侨民的创作遗产一定会汇入祖国文学这条共同的河流，到那时，不再会有本土文学与侨民文学之分”。现在，该杂志不仅继续刊登远东和美国的俄罗斯侨民的作品，还刊登历史、文化与地方志方面的资料，以及中国、日本、越南的古典文学。同时，也发表来自莫斯科、西伯利亚和俄罗斯远东地区的诗歌与散文。今天的《边界》从涉及的内容上可以说是一本反映着半个地球之多地区生活的文学杂志，其影响波及太平洋周围的许多国家。

毫无疑问，《边界》是当时中国俄罗斯侨民，特别是侨民诗人和小说家的精神支柱。它是联系中国的俄罗斯侨民和世界各国俄罗斯侨民的纽带，是俄罗斯侨民情感抒发和情感沟通的阵地，是中国俄罗斯侨民文学爱好者成长的舞台，因而它也就成为中国俄罗斯侨民文学诞生的摇篮。除此之外，《边界》同时也培养和教育了身居他乡的俄罗斯年轻的一代。在遥远的异国他乡，《边界》不仅为俄罗斯的文化和艺术事业做出了不懈的努力，也为中俄文化的交流做出了应有的贡献。

为了更加深入、具体地了解《边界》为何能具有如此广泛的影响力，以及为何成为中国俄侨的精神家园，我们将以1939年出版的《边界》为例，做一个管中窥豹的考察。

第三节　俄侨在中国的知音：《边界》

《边界》创刊于1926年8月22日，起初是曙光（又译为柴拉）出版社的一个商业性刊物，后由来自阿穆尔边疆区的犹太新闻记者考夫曼将其改造为文艺周刊，并独立创办《边界》杂志社，直到1945年8月10日苏联红军进入中国东北禁止其发行为止。毫不夸张地说，只要论及俄侨在中国的相关情况，几乎没有不提《边界》的。《边界》杂志除大部分在哈尔滨和中东铁路沿线销售外，还传到上海、北京、青岛，还有韩国和日本，以及有俄侨居住的波兰、捷克、土耳其、南北美洲、澳大利亚、波罗的海三国及欧洲其他国家。《边界》总部设在哈尔滨，在上海、天津设有分部。杂志社从最初的5个人，发展到拥有为数众多的撰稿人和地方记者；不仅在上海、天津、青岛等地有常驻记者，还向海外，如巴黎、罗马、华沙、旧金山、神户等地派驻记者。杂志图文并茂，内容丰富，题材多样，集文学、传记、新闻、生活常识、幽默笑话、广告等多个专栏于一体，成为当时最受俄侨欢迎的杂志。与此同时，它也从另一个侧面较为客观地反映俄侨在中国的生活状况与精神追求。

以1939年的《边界》为例，通过对全年的杂志进行细读、梳理和分析研究，可以窥见其当年兴盛之原因。

在上海图书馆航头书库找到的资料显示，1939年《边界》杂志共发行了46期。杂志的开本为31 cm×22 cm，通常为24个版面。作为文艺性杂志，文学作品占据了大半篇幅，全年杂志中有诗歌182篇、小说36篇、小说译作80篇、戏剧2篇、回忆录3篇、长篇小说连载3篇。除此之外，杂志每期还刊登地方新闻、人物传记、欧美作品选摘、幽默漫画、俄罗斯传统的十字字谜、妇女生活、流行时尚，等等。从第六期开始增加了世界之窗板块，刊登当时世界范围内的时事新闻。另外，杂志内外封常设2～3个广告页，为俄侨开办的各类企业、学校、文艺团体等组织提供宣传。

中国环境优美、人民朴实善良，一切仿佛都在向俄侨张开怀抱，他们将哈尔滨称为“第二故乡”，称中国为“第二祖国”。他们对哈尔滨这座城市有浓厚的归属感，对整个中国产生了强烈的好奇心，在华俄侨的生活虽然艰辛但也充满了乐趣，这一切也都反映在杂志上。1939年的《边界》每期都有介绍俄侨在中国工作与生活的各类文章，少则一两篇，多则四五篇，第七期甚至开辟了足足五个版面来介绍他们在华的生活。可以说，《边界》展示了俄侨在中国生活的全景图。同时，《边界》从另一个侧面再现了当时的中国民俗和城市风貌。综览1939年的《边界》，其内容大致分为以下七类。

一、文学创作

俄侨中知识分子所占比例较大，其中，许多人来中国之前就从事文学创作活动。虽然当时的稿费很低，刊物印刷条件也很差，但这并没有浇灭俄侨从事文学创作的热情。与其他刊物相比，由于《边界》的政治性不强，又专门为俄侨诗人和小说家开辟园地，因此，当《边界》向所有文学爱好者敞开怀抱的时候，大家便踊跃投稿。可以说，当时几乎所有的俄侨文学家们都在《边界》上发表过自己的作品，其中就包括作品极富中国风情并被誉为“中国俄罗斯侨民最富代表性的诗人之一”的涅斯梅洛夫、哈尔滨最著名和最受崇敬的诗人之一别列列申、文学社“丘拉耶夫卡”的创办人阿恰伊尔、创作个性十分鲜明的作家黑多克、自由温馨的女诗人聂杰利斯卡娅、具有阳刚之美的女诗人哈茵德洛娃等等。许多年轻的撰稿人从《边界》脱颖而出，成长为优秀的作家和诗人，俄侨作家都以在《边界》上发表自己的作品为荣。《边界》每期都会刊登相当篇幅的文学作品，包括诗歌、小说、回忆录、戏剧、散文等几乎所有文学体裁，每期所占篇幅是杂志所有栏目中最多的。就1939年出版发行的所有杂志来看，每期刊登3～5首诗歌、1～2篇小说、1～2篇国外小说译作、1篇小说连载，2～3篇图文简讯，还有篇幅不大的书评栏目。文学作品占8～12页，占杂志总页数的30%～50%，可见《边界》对文学的重视和俄侨对文学的喜爱程度，难怪很多人都以为《边界》是一本纯文学杂志。

尽管1939年杂志每期都刊登1～2篇小说，但总体来说数量比较少，而且没有固定的撰稿人。诗歌占比最大，1939年刊登的诗歌中，发表数量最多的诗人有阿恰伊尔、别列列申、涅斯梅洛夫、德米特里耶娃、涅捷尔斯卡娅、杨科夫斯卡娅、列兹尼科娃等。虽然他们的诗歌题材不同，风格迥异，但都有一个共同的主题，那就是心系中国，思念祖国。这里特别值得一提的是俄侨女诗人，这一年度发表的182篇诗歌中，女诗人的作品多达88篇，发表作品的女诗人达18位。她们敏锐善良，以女性细腻的笔触和独特的视角为我们展示出一个形象丰满、立体的女性世界。

可以说，《边界》是中国俄侨文学的摇篮，它孕育了众多的诗人和小说家。正是由于它的存在，我们才得以看到一个世纪前的俄侨在中国的生活状况及其复杂的心路历程，才得以了解一个世纪前的中国哈尔滨、上海等城市的风貌和民俗民情。

二、中国书写

《边界》不仅反映了俄罗斯人的生活，也反映了中国人的生活。俄侨对中国的热爱流露在杂志的字里行间，我们既能看到中国奇异的自然风光，也能看到原始落后的少数民族。北京古城、杭州西湖、山海关、湘潭等地是俄侨经常游历的地方，著名俄侨诗人别列列申曾称中国为“天堂”、自己的“家舍”和“我的中国”，他将中国比作“温柔的继母”，称“黄皮肤、矮身材的人们”为“我的兄弟”。在俄侨眼里，“中国式的庭院”、眼前飘过姑娘们美丽的“短脸儿”和小伙子“温和”的话语声，似“神仙的天堂”！一些富有东方色彩的词频频出现，如荷花、蝴蝶、菊花等，这些美妙的词令他们“怦然心动”。对中国文化的“痴迷”还反映在俄侨对中国诗词的热爱中，在他们看来，中国诗词言简意赅，却含不尽之意，思想深邃。他们不仅翻译中国诗词，还常常仿中国诗词进行创作，杂志第6期便刊登了俄侨翻译的唐朝诗人盖嘉运的《伊州歌》。如此冷门而小众的诗人连我们国人都少有耳闻，俄侨对中国文化的熟知不禁令我们刮目相看。

俄侨对穿着旗袍，走起路来“两只脚儿怯生生”的东方女性的描写可谓不吝辞藻。对上海女性的妩媚、纤细、水灵、羞涩刻画生动，小脸蛋上如“花瓣落上”，眼睛细长如窄缝却“黑黝黝”，“杨柳细腰令人倾倒”，“纤纤细细的手”可谓“空前绝后”。女孩子纯洁如玉，“从未被人吻过”的嘴唇始终羞答答的，让人情不自禁要说出“我爱你，妞儿”。而对南方景色的秀美、小桥流水的宁静情有独钟，因此，竹林、老牛、拱形石桥、小庙、胡同、瓦房、花瓶都成为俄侨描摹的对象。上海郊区块状的农田、运河的碧绿、竹林的青翠、河中的水藻、水塘上的村舍成为上海乡村的真实写照。

中国民俗对俄侨来说既新奇又充满神秘感，他们对中国文化的热爱也情不自禁。春节房前屋后的鞭炮声中充满了欢乐，“大鼓小鼓拼命地敲打”，显得特别热闹，“胡琴、喇叭、锣声”，“蹦蹦跳跳的民间舞蹈”，令人“神魂颠倒”，大街小巷充满“喜气洋洋”的气氛。大街上捏面人的中国汉子“手指灵巧”，中国古代的名刹古寺到处都“香烟如雾”“佛事红火”，千手观音虽然“青铜铸就”，却是世上“最美丽”的“闪耀星光”。在俄侨看来，中国习俗“全都有着奇异的欣快含义”。“烫嘴的烧酒”如“热烈的语言”；“精灵鬼怪，四方神仙”相貌奇异，如幽灵般“在迷雾中游荡蹦跳”；“老子的聪慧过人”如“迷人的歌曲”“泼洒心间”。这一切仿佛“台风或者雷电”“凶猛地跃起”，猛烈地撞击着、拍打着他们的心田，他们“贪婪地吸收着”这一“陌生”而又“殊异”的文化中的“乳汁”。

然而，肮脏、杂乱、破败、萧条的街景与市民生活也表达了他们对被誉为“东方巴黎”的上海的批判。街上“土黄色的，灰不溜秋的”房子肮脏不堪，老人“驼着背挤在幽暗的角落”；几个光脚的小孩儿“正在水洼里爬来爬去”；一个生病的乞丐躺在地上，“旁边立着个大垃圾箱子”；“中国女人聚集在小铺旁”叽叽喳喳；柜台后的店员“光着膀子，在没完没了地打麻将”；赌徒在“阴沉沉的房子”里“斜眼看人”；小饭馆里人们慢悠悠喝着啤酒，但“杯很脏”；窗户上“糊着破窗纸”，门帘像“破布条”；“油味儿、炭火味儿、豆味儿”直刺鼻孔，让人没法忍受，就想“快一点儿走过”。俄侨笔下的上海形象与20世纪三四十年代中国文学中上海的灯红酒绿形成了鲜明的对比。

特别值得一提的是，米哈伊洛夫撰写的《神秘的西藏》，杂志用近

10个版面的篇幅分别刊登在第31期和第33期上。用他的话说，“西藏是一个神秘的、少人问津的、独具特色的，有着自己鲜明特点的地方，正因如此，她会紧紧抓住每一个到这里来的人的眼球”。《神秘的西藏》介绍了西藏民俗民风和俄侨与当地居民的经商活动，而且配有大量的实景照片。西藏的荒凉寂静、藏民的集体狩猎、活佛居住的寺庙、寺庙门前的集市、可以结婚生子的喇嘛、女性装饰奢华的长辫子、走在崎岖险峻山路上的背夫、不远万里朝圣的男女、背水的藏族妇女、广场上载歌载舞的戴面具的藏戏、羊皮做成的水上交通工具等等，都一一做了详细介绍。由于米哈伊洛夫在西藏经商，长期生活在西藏，有机会近距离与当地居民进行深入交流，这为他平静自如、全面深入地观察、记录西藏的风土人情和生活状况提供了十分便利的条件，这不仅为俄侨、为世界揭开了西藏的神秘面纱，也为了解和研究20世纪三四十年代的西藏提供了鲜活的、可资借鉴的历史资料。

三、音乐戏剧

俄罗斯人性格开朗奔放，能歌善舞，热爱音乐、美术、舞蹈等一切艺术，在华的俄侨也不例外。艰苦的条件并没有剥去俄罗斯人喜欢制造快乐、追求艺术的基因，相反，他们把它带到中国，并在这里发扬光大。

俄侨在中国举办的主要文艺活动基本在《边界》上都有所反映。为了弘扬俄罗斯民族音乐，俄侨音乐界人士在中国创办了许多音乐社团和音乐俱乐部。哈尔滨被冠以“音乐之城”的美誉，而“上海国际艺坛的半壁江山”也被俄罗斯音乐艺术占据。从1939年的杂志内容可以看出，20世纪20—30年代，爵士乐是中国俄侨最喜欢的音乐风格之一。杂志第1期和第9期分别介绍了一位在哈尔滨长大，并在哈尔滨组建了爵士乐队的叶儿莫尔，后来叶儿莫尔爵士乐队已经在上海很有名气，曾在1920年末及1930年初被誉为“远东最优秀的爵士乐队”。另一位是哈尔滨钢琴家索科洛夫，他领导的爵士乐队也在短时期内走红，但是远不及叶儿莫尔乐队，因为叶儿莫尔乐队“在当时的爵士乐领域无人能及”（《边界》第9期）。

俄侨的戏剧、舞蹈活动同样丰富多彩，表演形式也多种多样，有歌剧、舞剧、话剧、儿童剧等等。根据《边界》第14期的内容，曾经有戏剧团体在哈尔滨巡演上百场之多，可见俄侨对歌剧表演的热爱。虽然俄侨在华的戏剧活动多姿多彩，但俄侨最喜爱的还是芭蕾舞。杂志多次以图文并茂的形式介绍世界各地著名的舞蹈家以及他们的演出活动，更多次撰文介绍在哈芭蕾舞表演的盛况，如第17期的《力量、灵巧和优美：“阿斯特三重奏”在舞台和体育上的成功》一文中就详细介绍了俄侨芭蕾舞团“阿斯特三重奏”的成长过程。他们在短短两年内获得巨大成功，不仅在中国各地巡演，其足迹还遍及日本。

虽然俄侨中不乏天才的画家，但根据《边界》第7期杂志的描述，尽管哈尔滨是一座不折不扣的文化城市，各种艺术形式在这里百花齐放，然而“只有绘画艺术远远谈不上繁荣”（《边界》第7期）。与哈尔滨萧条的绘画现状相比，上海20世纪30年代的绘画艺术却达到了极盛时期。上海俄侨美术家中有许多人不仅擅长绘画，经常举办自己的画展，还精于建筑设计和艺术装饰，同时创办了许多广告美术设计公司，参加舞台美术和舞台布景设计。上海繁荣的绘画艺术盛况，使哈尔滨俄侨画家羡慕不已。哈尔滨俄侨画家扬诺维奇·茨路利斯基坦言：“这对哈尔滨来说不仅仅是一种损失，更是一种谴责：我们对自己的画家关注得太少了！”（《边界》第7期）

四、科教文化

俄罗斯人热爱自然，渴求知识，在中东铁路沿线安定下来后便开始从事对科学的探索活动，自然，这与沙俄建造中东铁路，意在发掘中国东北地区的资源以及他们在远东地区的侵略扩张的目的不无关系。从1908年开始，俄罗斯人在东北地区陆续成立了一些科研团体，其中包括1908年成立的俄国东方学家协会、1912年成立的满洲农业协会和

1929年在哈尔滨成立的自然科学和地理俱乐部。在该俱乐部成立十周年之际，1939年第16期《边界》专门撰文介绍这一组织。他们在东北地区收集各种文物，包括照片、书籍、图画等。俱乐部举办过314次学术会议、570次报告，内容涉及地质学、古生物学、地理学、土壤学、植物学、建筑学、民族学等方方面面。同时，俱乐部成立自己的出版委员会，创办自己的《年鉴》，刊登成员的论文报告和研究成果。

俄侨在科学研究领域取得的累累硕果自然离不开他们对教育的重视。从1898年中东铁路的修筑开始，后来到20世纪二三十年代，俄侨在哈尔滨甚至上海等地建立了一套完整的涵盖小学、中学、技校、大学的教育体系，使俄侨的子女像在国内一样接受正规的教育。很多公立学校不仅招收俄罗斯人，还积极鼓励中国人来上学。值得一提的是，哈尔滨的很多学校实行的都是免费教育，免费教育不仅仅针对俄罗斯人，对中国人也一样实行。与此同时，俄侨非常重视中等职业教育。仅从1939年的《边界》杂志便可以得知，当时的俄侨在中国设立的专业技校包括缝纫学校、美发学校、刺绣学校、美容学校、舞蹈学校和外语学校等，除了这些，还有警察学校、齿科学校等。这些学校的办学目的主要是解决俄侨子女的教育和就业问题。随着俄侨子女从中学学成毕业，开办大学便成为顺理成章、水到渠成的事情，俄中理工学院（哈尔滨工业大学的前身）便是其中最负盛名的学校。翻阅1939年的《边界》杂志，就会发现哈尔滨基督教青年联盟在俄侨教育和科研事业中所起的不可磨灭的作用。联盟不仅扶植了一些科学研究机构，还开办了几所学校，包括幼儿园、小学、附属中学、夜校和几所大学。附属学校常常定期举办夏令营等活动，组织学生外出游览。

五、体育娱乐

在中国的俄侨文化生活中，体育活动同样占有重要地位。俄侨很会安排他们的休闲时光，冬季最受欢迎的体育活动当属滑冰和滑雪。当时在哈尔滨的道里区建有体育场，一到冬天，体育场里的基本设施就会拆除，然后把体育场浇成冰场。每天早晚向俄侨开放，每逢周末这里都异常拥挤。对于那些热爱户外运动的人来说，体育场里人工的冰场显然满足不了他们的需求，他们更多的是去户外滑雪。1939年《边界》杂志有3期介绍了滑雪运动，如第2期介绍的是哈尔滨滑雪爱好者组织到满洲里滑雪的情况，这些爱好者中不仅有俄罗斯人，还有日本人、中国人等。第7期的文章作者把滑雪奉为“最健康、最令人愉悦的运动”，而冬季结束之时的第10期，则恋恋不舍地发表了题为《滑雪，十二月再见!》的文章。由此可见，俄侨对滑雪运动的热爱。

到了夏天，游泳则成了最好的消暑方式。杂志中不仅介绍游泳的好处，还刊登学习游泳的基本方法和建议。水上运动除了介绍游泳外，还专门介绍划艇。有的学校成立了划艇俱乐部，经常举办比赛。俄罗斯人喜欢日光浴，或者去别的城市避暑。1939年第28期《边界》就为读者推荐了几处避暑胜地，包括我国河北的北戴河、青岛的崂山，还有朝鲜的几个地方。除此之外，他们常常举办网球、乒乓球、田径等各种比赛，在这些比赛中，俄罗斯人总能得到冠军。《边界》杂志常有此类报道，一般都以图文形式对冠军得主给予介绍。

六、女性之友

翻阅1939年的《边界》杂志，印象最深的是对女性的关注与关爱。与女性有关的版面基本上每期都占三四页。除第14期和第18期由于未知原因缺少“妇女之页”外，其余每期都设有此专栏，有关于服装的、发型的，也有关于化妆等当时最时尚和潮流的内容。追星也是俄侨妇女生活中必不可少的调味品，当时最炙手可热的好莱坞明星的各类新闻都深受俄侨女性的欢迎。

这里重点介绍1939年开设的几个妇女栏目。

首先是“妇女之页”，它是杂志专门为女性同胞开设的专栏，通常没有作者。起初有三个版块，分别是“时尚”“保养”和“烹饪”，后来又增加了“小贴士”。“时尚”这部分主要是教女性如何穿衣打扮。

有趣的是，20世纪三四十年代与现在一样，时尚和潮流的风向标永远离不开“巴黎”。“保养”版块主要介绍女性如何美容护肤。这部分内容之广泛与细致堪比当今专业的女性报刊，如何防晒、如何应对雀斑、如何保养牙齿和唇部、如何做面膜等等，其内容即使在当下对女性也有一定的指导意义。“烹饪”板块主要列举了一些菜谱，教家庭主妇们如何烹饪，其中不乏中国菜肴的介绍。“小贴士”刊登的是一些生活中的小常识。“妇女之页”的内容异常丰富，且广泛程度超乎想象。可以说，这些内容教育和造福了俄侨中的每一位女性。

其次是“美丽探讨”栏目。这个版块中，“美”和“优雅”是出现频率最高的词。第18期和第34期中分别介绍了女性优雅的坐姿和走路方式；第20期中教大家怎样在聊天的时候防止冷场，告诉女性不仅要拓宽视野，还应具备幽默感和真诚的态度；第46期中给初次参加宴会的“小白鼠”们提供如何展现自己的建议。《边界》杂志追求美好、树立自信、追求卓越品位的女性观影响着每一位俄侨女同胞。在第11期中专门和读者探讨了女性为何要追求美丽的问题，认为“每一位女性都完全有机会变得更美，这也是她的责任”。第6期写道：“时光流逝，一切都在变化，但女人要永远记住，保持魅力和美丽是永恒的真理。”第17期中认为，真正的优雅在于“润物细无声”，而非引起人们好奇的目光。该栏目不仅深谙时尚之道，更带有进步的女性观。

再次，翻阅1939年全年的《边界》杂志，发现“好莱坞”也是一个关键词。杂志经常刊载有关好莱坞明星的动态，一般都配有图片，经常开辟专栏探讨好莱坞明星光环背后不为人知的故事。第16期讲述了他们耀眼背后的辛酸，他们常常不得不签下各种限制自由、非人性化的合约。比如有的明星某段时间内不能结婚生子，有的不能滑雪，有的不能和妻子共同拍照，有的不能一天抽十根以上的烟，等等。第5期中则称好莱坞为“无子之城”，该文分析了好莱坞女星不愿生子的原因，并对明星们的这一做法持否定态度。女性不是仅靠美貌就能成为好莱坞大牌，女性只要有知识、有个性，也可以成为明星。杂志虽然介绍明星但不盲目追星，始终不忘弘扬正确的人生观和价值观。

除上述三个版块外，《边界》对女性的关注还突出表现在教育方面。第23期和第30期分别介绍了哈尔滨和上海开办的女子美发学校和专业学校。第23期的文章探讨女子就业难的问题。第30期的文章直接把专业学校称作“女人独立性培养工厂”。这些技校的开办在一定程度上缓解了俄侨妇女的工作危机，并给她们提供了基本的生活保障，给处在困苦、迷茫中的俄侨妇女以教育和帮助。

七、世界之窗

1939年《边界》有很多版面专门介绍国际时事和名人轶事，报道俄国国内局势，刊登俄侨在中国及世界各地的状况，这些内容的来源主要得益于杂志在世界各地派驻的记者。

第二次世界大战爆发以后，杂志随之增加了与战争相关的版面，及时报道前线的消息。其中不仅有对法西斯头目希特勒、墨索里尼的介绍，更有对轴心国海陆空军事力量的分析和同盟国作战细节准备的探讨。俄侨对战争的痛恨和厌恶在第6期有关西班牙国内解放战争的文章中表露无遗，该文章认为，在当今军事科技不断进步的年代，毫无疑问，战争对前线士兵造成的伤害最大，同时也给后方人民带来了深重的灾难。

杂志经常刊登各国名人轶事，这些内容拓宽了在华俄侨的视野，成为他们津津乐道的话题。1939年第31期讲述了世界上第一位在80天内完成环球旅行的女记者奈丽·布莱。她72天就完成了环游世界的任务，比科幻作家儒勒·凡尔纳小说《80天环游世界》还少8天。值得一提的是，第17期为读者介绍了俄罗斯大文豪列夫·托尔斯泰之子列夫·利沃维奇·托尔斯泰，文中特别提到他喜欢中国哲学，崇尚孔子和老子的思想，崇尚“人之初，性本善”，提倡“道法自然”“无为而治”的哲学思想。第9期为读者讲述了1938年诺贝尔文学奖获得者——美国女作家赛珍珠的生平和文学创作。文中说，赛珍珠在中国生活多年，创作过很多有关中国题材的作品。作者对她给予很高的评价并认为，正是因为她，欧美才得以了解中国这个遥远而神秘的东方国度，这也是她获奖的原因之一。

中国俄侨十分关注生活在世界其他国家的同胞们的生活和工作状况，他们互通信息，共同勉励，分享快乐。1939年第2期详细讲述了侨居法国的同胞是如何度过圣诞节假期的，杂志刊登了有关诺贝尔文学奖获得者、著名作家布宁在巴黎的情况。第6期、第13期、第40期分别讲述了在澳大利亚、日本和非洲的俄侨生活。澳大利亚的俄侨合唱团在澳大利亚建国150周年的庆祝典礼上展示了自己的风采；侨居日本的俄罗斯人则时常举办舞会，舞会上所展示的舞蹈、所穿的礼服、所吃的糖果都是俄国传统的；身处非洲的俄侨在克服生活困难的同时感受着“黑色大陆”的热带风光。虽然他们的生活条件同样艰苦，但跟中国的俄侨一样，即使身处逆境仍饱有乐观豁达的精神。他们经常举办合唱表演、舞会和文化节等活动，在异国他乡不忘继承和发扬自己的传统文化。

除此之外，杂志专门开设了一些趣味百科版面，主要介绍五花八门的趣味知识。1939年第1期罗列了多位占星家的预言；其他各期中有如何从头发颜色判断女性的性格、爱情、品位、职业和健康状况，如何看面相、手相，探讨梦境所蕴含的奥妙等，这些内容大大增强了杂志的娱乐性。杂志偶尔还会刊登从其他刊物上转载的文章，但数量很少。如第7期就选摘了法国周刊“Вю”有关古今占卜师对欧洲命运的预言。令人惊讶的是，占卜师竟然预言到1939年会爆发世界范围的战争。第18期、第26期转载了英国杂志《素描》的内容，特别值得一提的是，第26期上转载了当时法西斯头目希特勒从小到大不同时期的照片，还附有其生平简介。看得出，杂志与当时时事政治的贴近性是很强的。

1939年《边界》杂志的内容不仅实用而且非常超前，内容的丰富程度在当时可谓无与伦比，杂志及时反映着当时的世间百态，其内容已经超越最初的定位，不再是一本简单的文艺周刊，而发展成为一本集文学性、趣味性、实用性于一体的综合性期刊，并从多角度、多侧面记录并见证了俄侨在异国的生活轨迹，折射出他们崇高的精神追求，其中对女性的关注，在当时男尊女卑的时代更是成为杂志的亮点。《边界》不仅是俄侨诉说衷肠的知音、精神寄托的家园，也是我们了解俄侨在中国文化生活的一面镜子。俄侨先进的西方音乐艺术、教育理念、女性观等客观上对中国哈尔滨、上海等地的文化产生了积极的促进作用。与此同时，中国文化也潜移默化地影响着他们。《边界》不仅提供了弥足珍贵的史料，也成为中俄文化交流的历史见证。

第四节 “丘拉耶夫卡”诗社

在中国俄罗斯侨民文学的回忆录中，我们发现，中国俄罗斯侨民的文化活动，特别是文学活动基本是围绕着“丘拉耶夫卡”诗社展开的。

20世纪初，斯基塔列茨和古谢夫·奥连布尔格斯基等著名作家在哈尔滨短暂旅居，大大鼓舞了哈尔滨的侨民文学活动。斯基塔列茨和古谢夫·奥连布尔格斯基都曾参加过1922年成立的文学艺术小组，这个小组隶属于商业协会，艺术小组出版有作品集《松花江之夜》(1932)。紧随其后，在一群侨居青年文学爱好者的积极参与下，为了不忘记母语，为了保持对诗歌的热爱，同时也希望能够回到俄国，成立了以年轻的诗人阿恰伊尔为首的晚间文学沙龙“绿灯社”，此后不断发展壮大。1926年，在“绿灯社”的基础上，成立了另一个文学联盟“丘拉耶夫卡”。这个名称来源于侨民作家格奥尔基·格列别什科夫的多卷本小说《丘拉耶夫兄弟》(1913—1936)的主人公。阿恰伊尔建议采用此名字，是因为小说主人公是阿尔泰地区的第一批俄罗斯移民，小说描写的是这群年轻人生机盎然的创造精神，这很符合当时在中国的俄罗斯侨民的状况和他们所面临并亟须解决的诸多问题。取这样一个名字，是希望中国的俄罗斯侨民也能像这群年轻人一样，富有蓬勃的朝气和不畏艰难的首创精神。

由于大部分年轻的俄罗斯侨民在哈尔滨的学习生活都非常紧张，除了身处异乡需要不断谋求职业而不断学习外，还有另外一个因素，那就是他们始终十分重视本民族悠久的文化传统，以及对本民族文化的继承与传承所肩负的责任，再加上俄罗斯人与生俱来的文学天赋和对文学的热爱，因此，在哈尔滨不仅俄文图书馆遍及城市的每一个角落，各类文艺杂志纷繁多样，而且也不乏专门的文学活动小组。其中，在俄侨界影响最大、参加人数最多、持续时间最长的要数“丘拉耶夫卡”诗社。而且，“丘拉耶夫卡”诗社的不少成员后来都走上了职业的创作道路，并成为著名的俄罗斯侨民诗人和小说家。

弗拉基米尔·斯洛勃得契科夫在他的《丘拉耶夫卡》一文中，对“丘拉耶夫卡”诗社的出现、诗社的活动、诗社的成员组成、诗社的诗人与其他诗人的争执与矛盾、诗社的成就等给予了全面的介绍。曾担任《丘拉耶夫卡报》主编的诗人瓦列里·别列列申，他写的对该报纸的回忆，实际上是对报纸的性质、内容以及在世界范围内的俄侨界的影响力等方面的介绍。另外，塔斯金娜的《生日快乐》、拉丽萨·安捷尔先的《在岛屿上》等回忆性文章也都介绍了当时“丘拉耶夫卡”的活动情况。这样，我们便可以从成立到发展、从活动形式到活动内容上对“丘拉耶夫卡”进行全面的了解。

“丘拉耶夫卡”每周星期二举办公开的晚会，对所有的自愿参加者开放。晚会常常邀请一些文化活动家做报告，参加人员过千人。除此之外，“丘拉耶夫卡”每星期五还组织聚会，而星期五的聚会是封闭式的，专门讨论分析会员自己的作品。在星期二的公开晚会上，安里·帕格森有关科学与哲学的本质区别、俄国美学发展中的艺术与艺术间的关系，以及尼·康·廖里赫在谈到谢尔吉·拉多涅日斯基的宗教功绩时所阐述的“人之所以成其为人，是因为人的心灵因充满智慧而感到温暖，它善于接受美德”等一系列报告，深深吸引着每一位听众，报告人渊博的学识和出色的演讲技巧尤其使年轻人为之倾倒。报告之后，一定有“丘拉耶夫卡”的成员朗读早已经润色好的诗歌。其实，诗歌朗诵才是晚会的主要部分，是认识“丘拉耶夫卡”“人物”的好机会。星期二的公开晚会上，和诗人们同台献艺的还有音乐家们，参加晚会的每一个人都会从报告和诗歌中汲取知识和力量，还能从音乐家们的表演中获得心灵的愉悦和满足。

可以说，“丘拉耶夫卡”诗社是一个真正意义上的文学社团，它吸引了许多有志于写作和欣赏诗歌的人。由于这个小组中几乎所有的成员都写诗，所以这些聚会很快就具有了诗歌小组的特点，后来发展到近于诗歌社团的性质。在诗社早期的活动上，著名的俄罗斯侨民诗人阿恰伊尔指导大家朗读，分析俄国的名著，指导大家写诗，他常说：“写那些想写的东西，不要考虑该怎么写，会不会有人喜欢。”他的这些话为那些刚刚踏上写作之路的年轻人的自由创作，以及个人风格的充分展现，指明了正确的创作方向。在诗社的例会中，会员们不仅常常朗读并分析安娜·阿赫玛托娃的诗，也朗诵马雅科夫斯基的诗歌，这恐怕是当时苏联国内所没有的现象。颓废派、先锋派、未来派的诗歌常常成为他们朗读和研究的对象。他们不仅分析苏联境内作家的作品，也分析境外俄罗斯侨民作家的作品，既学习帕斯捷尔纳克、谢尔文斯基、可·皮里尼亚克的作品，也探讨梅列日科夫斯基、布宁、萨沙·切尔内伊的作品。诗社充满了特别浓厚的创作气氛，诗歌的创作问题是大家共同关注的问题，大家讨论现代文学和艺术的发展道路，会员们学习并研究В.布留索夫的《诗学基础》、Б.托马舍夫斯基的《文学理论》、В.日尔蒙斯基的《诗歌理论》和《韵脚：历史与理论》、安德烈·别雷的《象征主义》、Н.舒尔果夫斯基的《诗歌创作理论与实践》等等。例会中，最重要的一项内容是分析会员们自己的作品，他们当众朗读自己的作品，与会者当场进行详细的分析讨论，并提出中肯的批评建议。一般每首新诗都由作者自己朗读两遍，第一遍是为了给听者一个总体的印象，第二遍是为了分析诗歌的结构和形象。朗读之后紧接着是介绍自己的诗歌，以便使听众更好地理解。当时，诗社的每一个人都非常积极，所有的成员每周都要朗读自己的诗歌，听取别人对自己诗歌的批评意见。在这里，诗社的诗人们在探讨诗歌创作的技巧与规律的同时，也渐渐形成并日臻完善了“丘拉耶夫卡”诗社诗人们的创作特点，因而，诗社吸引了一批诗人和小说家参与其中，如莉迪娅·哈茵德洛娃、米哈伊尔·什梅谢尔、米哈伊尔·沃林、格奥尔基·格拉宁、瓦列里·别列列申、尼古拉·别捷列兹、谢尔盖·谢尔吉、鲍里斯·尤里斯基、阿尔弗雷德·黑多克、维克多利娅·扬科夫斯卡娅、塔玛拉·安德烈耶娃、弗谢沃洛德·伊万诺夫、阿尔谢尼·涅斯梅洛夫、瓦西里·洛基诺夫等等。晚会常常在艺术家们的音乐声中，在诗人朗诵自己的作品声中结束。“尤其是30年代的上半期，‘丘拉耶夫卡’是哈尔滨文学生活中引人注目的现象之一。远离了俄国和世界文化的中心，它依然是一个影响广泛的特殊文学协会。在这里，在这个遥远的中国城市，那些被命运抛弃来的俄国知识分子们的创作生活变得异常活跃。”

诗社从1932年7月开始联盟《哈尔滨日报》，以副刊的形式每周出版发行一期两个版面的《年轻的丘拉耶夫卡》报。主编是维吉，他是当时定居美国的著名俄国年轻女诗人玛丽娅·维吉的父亲，还是著名的诗评家。副刊有两个版面，内容包括社论，文艺散文，文学和艺术方面的文章、报道和新闻栏目，另外常常刊登一些诗歌作品和一些评论性的文章。随着力量的壮大，从1932年12月27日开始，“丘拉耶夫卡”诗社开始出版自己独立的文学报，将原来的两个版面改成八个版面，诗人瓦列里·别列列申担任主编，同时，报纸也由《年轻的丘拉耶夫卡》更名为《丘拉耶夫卡》。哈尔滨的文学生活不是十分丰富，在这种情况下，《丘拉耶夫卡》报的发行也就具有了非同寻常的意义，而且还受到了世界俄侨之都巴黎的瞩目和阿达莫维奇本人的赞扬：“如果巴黎的俄侨有时间仔细读一读这份哈尔滨报纸的话，他们会大吃一惊的。”当然，诗社的成员也把自己的作品发表在《边界》或其他国内外刊物上。在《丘拉耶夫卡》报存在的时期，共出版了四部诗集——《云梯》《七人集》《映山红》和《小河弯弯》。

1932年2月6日，日军侵入哈尔滨，在最初的几年里，俄罗斯侨民的文学生活并未受到大的影响。1932年至1935年，“丘拉耶夫卡”诗社继续积极开展活动，日本军国主义者和少数俄国法西斯分子诱使“丘拉耶夫卡”诗社成员成为其雇佣文人的企图没能得逞。但由于1942—1943年，俄国反动政治势力采取高压政策，迫使青年人加入其军事化组织，因此，几乎所有的青年诗人都相继离开哈尔滨，迁居上海。1943年以前，上海就已经存在着“星期一”“星期三”“星期五”这些文学社团，逃到上海的“丘拉耶夫卡”诗社成员大多都加入了这些组织。在两三年的时间里，上海聚集了几乎所有“丘拉耶夫卡”诗社的积极分子，于是大家决定按照哈尔滨的形式组织“上海的丘拉耶夫卡”诗社。可是，随着中国国内形势的变化和国内战争的开始，以及苏联国内对俄侨政策的改变，俄罗斯侨民纷纷离开上海，有的回到了祖国，有的去了澳大利亚、巴西、美国等地继续他们的侨居生活。从此，“丘拉耶夫卡”诗社在中国大地上消失。

然而，回想过去，无论是在远东还是在欧洲的俄罗斯侨民界，哪儿能有像“丘拉耶夫卡”“星期二聚会”和“星期五聚会”这样的晚会，“能使上千名渴望呼吸俄国文化气息的人聚集在它的周围呢”？正是这些聚会让他们彼此传递着俄罗斯的灵魂，正是这些聚会在一部分俄罗斯人的心灵，特别是年轻人的心灵成长过程中，播下了俄罗斯文学这颗能够滋润心田的种子。这些人当中，许多人的名字已经载入俄罗斯历史和诗歌的史册。同时，“丘拉耶夫卡”诗社所留下的丰富的文学遗产和其中独特的俄罗斯情结将分散在整个亚洲、美洲、澳大利亚和欧洲的俄罗斯侨民联系在一起，将那些远离俄国的游子和自己历史悠久的故乡联系起来，也将其独特的中国写作和中国情结传播到世界各地。他们当中许多人的诗歌、散文、小说都得到了广泛的认可。在远东和西欧的定期刊物上，“丘拉耶夫卡”诗社成员们的作品得到了广泛的传播，不少成员出版了自己的诗歌集、作品集。而那些离开哈尔滨来到其他国家的诗社成员，利用他们在“丘拉耶夫卡”诗社学到的知识和能力，不仅在诗歌领域，甚至在其他文化领域都做出了自己的贡献。在巴西，瓦列里·别列列申出版了15部诗集，还出版了回忆录及译自汉语和葡萄牙语的诗歌。在澳大利亚，米哈伊尔·沃林出版了带英文的俄语诗集，另外还出版了12本用英文撰写的论述印度哲学的书籍，以及许多短篇小说和文章，他的书籍还被翻译成多种语言文字。在美国，维克多利娅·扬科夫斯卡娅出版了多部诗集并定期在美国发表自己新创作的诗歌和短篇小说。在俄国，近百岁的作家黑多克还一直发表着他的系列散文作品。娜达丽雅·列兹尼科娃出版了多部长篇小说和诗集。在文学和文化艺术领域，“丘拉耶夫卡”诗社的成员们成绩卓越。作为俄国文化的独特现象，“丘拉耶夫卡”诗社及其代表成员们，毫无疑问，将一定会成为值得人们认真关注和研究的对象。

第五节　缤纷的哈尔滨音乐戏剧舞台

如果说文学还是部分中国俄罗斯侨民的活动的话，那么音乐艺术则是中国俄罗斯侨民的大众艺术活动，而且是十分丰富活跃的大众艺术活动。这一活动几乎延伸到了每一个侨民领域和侨民阶层，伴随着中国俄罗斯侨民度过了一个个愉快的夜晚和令人兴奋的节日，为寂寥的俄罗斯侨民的生活增添了无尽快乐的涟漪。可以说，自从第一批中东铁路的建设者们踏上中国土地的那一刻起，直到20世纪50年代俄罗斯侨民现象在中国的结束，音乐艺术活动一直伴随着俄罗斯侨民的生活。哪里有俄侨，哪里就有文艺演出，哪里是俄罗斯侨民的中心，哪里就是俄侨音乐活动的中心。因此，20世纪20—30年代侨民聚集的哈尔滨自然变成了俄罗斯侨民的音乐之都，随着20世纪30年代中后期侨民中心移至上海，那里又成了俄罗斯侨民的另一个音乐中心。中国俄罗斯侨民众多篇幅与此有关的回忆，便是最好的说明，例如《哈尔滨的剧院：开端》《在音乐的世界里》《一个小提琴家的回忆：音乐之城哈尔滨》《30年代哈尔滨的戏剧舞台和音乐舞台》《轻歌剧》《30—40年代哈尔滨芭蕾舞演员的创作》《我是怎样成为演员的》《我的生活和音乐》《关于爵士乐并谈我自己》《哈尔滨交响乐协会的第十场室内音乐会》《荷花》《塔吉娅娜日》等等。我们随着俄罗斯侨民作家的回忆录，可以感受早期演出条件的艰苦，也可以亲临各种演出的现场，领略艺术家们的风采，感受艺术家们和观众们对艺术的热情，经历他们在艺术道路上不懈奋斗的艰辛和快乐。

哈尔滨早在20世纪20—30年代就被称为"小巴黎"是不无原因的。那是一个交响音乐会、室内音乐会、爵士音乐会、歌剧、戏剧、芭蕾舞和其他艺术形式繁荣的时代。当时，哈尔滨以自己多样的文化生活聚集了众多俄罗斯的歌唱家、音乐家。夏天，铁路协会的花园里每天晚上都有交响乐团的演出，冬天则上演歌剧、轻歌剧、话剧。有中国俄罗斯侨民自己组织的，也有来自俄罗斯的，还有来自其他国家的轻歌剧团、芭蕾舞团、交响乐团等各种类型的巡回演出、艺术季节的演出、个人专场音乐会、演奏会、告别会演、慈善演出，以及其他不定期的各种文艺演出等。众多世界著名作曲家的作品，知名的古典芭蕾舞剧，经典的戏剧、话剧，以及当时流行的歌剧、轻歌剧，几乎都在哈尔滨的舞台上或片断或完整地上演过，哈尔滨的舞台因此而变得丰富多彩。另外，一些俄罗斯艺术家长期定居哈尔滨，开办各类音乐、舞蹈学校，吸引了不少慕名而来的人们，这使得哈尔滨成为名副其实且闻名遐迩的"音乐之都"。

早在1903年夏天，哈尔滨还是一个不大的村子的时候，剧团业主A.A.伊万诺夫就开始了他在哈尔滨的音乐活动。虽然观众不多，演出进行得也不顺利，再加上经济困难，原本计划一年的演出，却在夏季演出结束后停止了。然而，从那以后开始不断有不同的俄国剧团来到哈尔滨从事各种不同的演出，包括1910年的艾维利娜·德涅普洛娃和科斯佳·绍尔斯坦的巡回演出团，1910—1911年的丹尼洛夫剧院的冬季演出季，1912年夏季达尔马托夫剧团的巡回演出，等等，而且演出的内容多样，有轻歌剧、喜剧、话剧，以及由各种歌剧、独幕轻喜剧、芭蕾舞幕间剧组成的室内晚会等。由于演出更多的是向票房看齐，更多的是迎合观众的趣味，主要以娱乐为目的，因此，当时的演出没有任何意识形态的思想内容。

到了20世纪20年代后，大批演员开始陆续从俄罗斯来到哈尔滨，其中也吸引了当时一批俄罗斯国内知名的艺术家和走红的演员，像K.祖博夫、维拉·费奥多洛夫娜·科米萨尔热夫斯卡娅、奥尔涅夫、格利高里·格利高里耶维奇、克拉夫琴科等，这些艺术家们都来自俄罗斯不同的大剧院。各种演出大大活跃了俄罗斯侨民们的生活，仅1923年5月27日到1923年9月20日这段时间，由瓦尔沙夫斯基组建的室内剧院仅戏剧演出就达110场，不仅重演了《白痴》《复活》《大洪水》《秋天的小提琴》《阿列克谢王子》等一批旧的剧目，而且还上演了《图兰朵》《火焰》《这样的女人》《第十二夜》等一批新的剧目。各种演出不仅激起了俄罗斯侨民们对戏剧的兴趣，也培养了他们的品位。《图兰朵》上演了50多场而观众的兴趣丝毫不减，便是最好的明证。同时，各种不同的演出也促使剧团不断向俄罗斯国内高水准的剧团看齐。

由于哈尔滨良好的演出环境，不仅使众多俄罗斯国内的演奏家、歌唱家等著名演员云集于此，也吸引了世界各地著名的音乐家、歌唱家来此巡回演出，其中有不少是俄罗斯国内或世界著名的。当时哈尔滨著名的四重奏乐队的尼古拉·亚历山大罗维奇·希费尔布拉特是享誉欧洲的小提琴家，他曾在世界著名的梅克伦堡公爵的四重奏乐队里演奏。柳波芙·鲍里索夫娜·阿普杰卡列娃是一名出色的钢琴家。该乐团从演奏成员的组成上来看，可以与欧洲最好的乐队相媲美。列奥·西罗塔是鲁宾斯坦国际钢琴比赛的获奖者，这位罕见的客人在哈尔滨举行过个人专场钢琴音乐会。毕业于圣彼得堡音乐学院的钢琴家列昂尼德·达维多维奇·克鲁采尔，既能演奏又能指挥，曾经在柏林高等音乐学校、东京音乐学院任教授，为哈尔滨的观众献上了自己的音乐会。亚历山大·莫吉廖夫斯基是一位著名的音乐家，还在革命前，他就赢得了杰出的、富有造诣的音乐家的美名。除此之外，有从纽约专程来演出的利奥波德·戈多夫斯基，波兰钢琴家克里亚列夫斯基，法国的大提琴家莫里斯·马雷夏尔，还有米哈伊尔·埃尔登卡、米沙·艾里曼和米哈伊尔·皮阿斯特罗都在不同时期来到哈尔滨演出，冈萨列兹的意大利歌剧团的演出更是受到人们的热捧。除此之外，各种作曲家、演奏家、歌唱家以及文学家和社会名流的诞辰纪念音乐会、某些事件的周年纪念音乐会、告别演出会、答谢音乐会，等等，数不胜数。几乎所有世界著名作曲家的作品都曾经在哈尔滨演奏过，格林卡、柴科夫斯基、拉赫玛尼诺夫、贝多芬、门德尔松、亨德尔、舒伯特、威尔蒂、普契尼的曲目常常可以在节目单中看到。虽然每一个人、每一个团体的演出都有自己的风格和对音乐的独特理解与诠释，但是，每一个听众都能从他们的演奏中明显感觉出他们都受过非常良好的音乐教育。他们的演出富有巨大的、无法遏制的激情和无穷无尽的、纯洁而高尚的热情。

来哈尔滨演出的歌唱家更是不胜枚举。来自巴黎的优秀的歌唱家亚历山大·伊里伊奇·莫茹欣，他音色优美，近似于男中音的男低音给人印象深刻。意大利演员瓦尔的花腔男高音和涅里的抒情男高音的精彩表演让人无法忘怀。来自苏联出色的歌唱家弗拉基米尔·伊万诺维奇·卡斯托尔斯基，他优雅的风度、细腻的乐句处理、近乎完美的声音，令人心醉。俄罗斯音乐史上最伟大的歌唱家之一，曾为俄罗斯最伟大的作家列夫·托尔斯泰单独演唱过的著名歌唱家费多尔·伊万诺维奇·夏里亚宾，在他生命的最后两年（1936年3月来到哈尔滨，

1938年去世）来到了哈尔滨，这使得整个哈尔滨沸腾起来。应该说，这位伟大的歌唱家在哈尔滨的几场音乐会，应该是他生命中举行的最后几场音乐会。享誉全球的著名戏剧演员维拉·费奥多洛夫娜·科米萨尔热夫斯卡娅的到来，成为那一年哈尔滨的一件大事。著名的维亚利采娃在哈尔滨的巡回演出盛况空前，剧院的票房收入令人难以置信。俄罗斯著名女歌唱家丽吉娅·雅科夫列夫娜·丽普科夫斯卡娅美妙的歌声令人欣喜若狂。歌剧演员佩京娜虽然在哈尔滨生活的时间不长，但在哈尔滨蒸蒸日上的演艺事业，为她后来进入美国一流歌剧演员的行列奠定了基础。还有那些众多在哈尔滨曾经演出过的，虽然并没有什么头衔却深受观众喜爱的歌唱家，人数之多已无法一一列举。

毫无疑问，这些一流的高水平的演出给哈尔滨观众带来的不仅仅是节日般的欢乐，对他们来说，更是一种艺术美的充分享受。

舞台艺术的繁荣是判断一个城市和地区艺术水准高低的标准之一。20世纪20年代，虽然还没有形成统一的芭蕾舞组织，但是哈尔滨的芭蕾舞已经具备了足够的力量。20世纪30年代，在芭蕾舞导演、演员弗拉基米尔·康斯坦丁诺维奇·伊热夫斯基的指导下，不仅编排了乌克兰舞、黑山舞、西班牙舞、鞑靼舞、匈牙利舞，还编排了芭蕾舞双人舞、三人舞、四人舞，后来导演了《睡美人》《蓝鸟》，他和妻子同时也是这些演出中的主要男女主角。在这些演出中，他们充分展示了他们马林剧院高超的舞蹈技巧，因此常常被观众点名演出。1931年，铁路协会举办了歌剧、轻歌剧和话剧演出季节，在这些歌剧和轻歌剧中常常有双人、三人芭蕾舞的表演。虽然哈尔滨远离欧洲和美洲的文化中心，但是铁路协会却成了当时“远东俄国艺术的奥林匹斯山”，它成为哈尔滨重要的文化中心。

在伊热夫斯基夫妇去北京之后，哈尔滨组建了一支独立的“先锋”芭蕾舞歌舞团，后来发展成为具有一定规模的歌舞团，工作人员超过了100人，团里除了芭蕾舞演员外，还有合唱演员、独唱演员、交响乐队及一些戏剧演员。早在20世纪30—40年代，许多古典的芭蕾舞剧和芭蕾舞剧中的经典片段都先后由哈尔滨的俄侨艺术团体和来此淘金的俄国国内的演出团体搬上了舞台：《罗密欧与朱丽叶》《胡桃夹子》《葛蓓莉娅》《天鹅湖》《灰姑娘》《睡美人》《蓝鸟》《冰上芭蕾》《镜子的玩笑》《尤拉》《肖邦曲改编的组舞》《地狱中的俄耳浦斯》《舍赫拉查德》等等。仅仅弗拉基米尔·米哈伊洛维奇·卡普伦·弗拉基米尔斯基一个人在哈尔滨芭蕾舞台上指挥过的演出就难以计数，更不要说，他还成功地指挥过《鲍里斯·戈都诺夫》《沙皇的未婚妻》《浮士德》《黑桃皇后》等戏剧，以及为数不少的歌剧演出。除此之外，不同音乐晚会和各种娱乐晚会上，芭蕾舞片段的演出常常是必不可少的节目。

哈尔滨的轻歌剧演出十分活跃。由于轻歌剧欢快、轻松、幽默、娱乐性较强的特点，又集歌唱、舞蹈、表演为一体，所以非常符合当时人们的需求，因此，几乎当时流行的轻歌剧都在哈尔滨上演过，比如《风流寡妇》《科伦宾娜》《茨冈人的爱情》《马戏公主》《爱情的夜晚》《舞女》《黑玫瑰》《蒙马特勒的紫罗兰》《卢森堡伯爵》《骠骑兵的爱情》《荷兰小姑娘》《未婚妻集市》《国王在行乐》《火的祭祀》《蓝色的马祖卡舞》《马里翁的婚礼》《舞女》《在情感的浪潮中》《波兰血统》《美丽的叶莲娜》《伪侯爵》《薄伽丘》《伯爵夫人玛丽查》《东方的魅力》《圣诞节的庆祝仪式》《伊科斯上尉》《沿着大海、沿着波涛》等等。尽管有时是同一剧目，但因是不同团体、不同演员、不同版本的演出，观众的热情也丝毫不减，前来看演出的仍然络绎不绝。哈尔滨的轻歌剧演员也常常去上海、北京、天津演出，还去过日本、韩国、印度、菲律宾、爪哇岛进行巡回演出，他们在所到之处都取得了很好的成绩，一些演员甚至还留在了那些城市。这就是为什么人们常说哈尔滨是各地演员的供应地的原因，这一点不仅对中国的其他城市，即使对整个远东地区来说都是如此。

除此之外，纯粹的歌剧演出在哈尔滨也不断上演，比如《波尔塔瓦来的娜塔莎》《多瑙河对岸的查波罗什人》《圣约翰节前夜》《哎，别走，格里秋》《查波罗什人的财宝》《圣诞节的前夜》《鲍里斯·戈都诺夫》《叶甫盖尼·奥涅金》《黑桃皇后》《伊戈尔公爵》《鲁斯兰和柳德米拉》《雪姑娘》《卡门》《恶魔》《金色的小公鸡》《小巧的高跟鞋》《塞维利亚理发师》《特拉维阿达》《玫瑰情人》。当然，一些歌剧的著名演唱片段更是各种音乐活动中必不可少的表演节目。

戏剧舞台在哈尔滨更是异常活跃。自从1919年瓦西里·伊万诺维奇·托姆斯基在哈尔滨开始演出以来，特别是从1938年他在哈尔滨宣布俄国戏剧演出季节开始以后，第一个演出季就上演了18场戏。仅仅过了4年，即1942年，就在哈尔滨为他举行了隆重的纪念演出，多达600场。在这四年里，托姆斯基和他的远东巡回演出团就上演了400场新剧，即使在俄国戏剧史上也很难找到类似的例子，更不要说在俄国侨民史上了。他将古典剧目，俄国古老的舞台剧、儿童剧，以及俄国和外国的新剧目及时地搬上舞台。因此，他赢得了中国当局的尊敬，得到了免费乘火车去中国所有城市演出的许可。他的剧团到过远东地区的每一个俄语角落，那些没有机会来哈尔滨看他们演出的人，对他的感激之情自然难以用言语表达。除此之外，哈尔滨的人们还能有幸看到奥斯特洛夫斯基的《无辜的罪人》《女仆》《肥缺》《瓦西里萨·梅连季耶夫娜》《横财》《没有陪嫁的女人》《鹰与乌鸦》《下流的女人》，托尔斯泰的《伊兹马伊拉·布哈林娜》《沙皇费多尔·伊万诺维奇》，屠格涅夫的《贵族之家》，陀思妥耶夫斯基的《罪与罚》，契诃夫的《天鹅之死》，克雷洛夫的《索菲亚女王》，易卜生的《玩偶之家》，以及其他许多戏剧大师的作品。戏剧演出的繁荣促进了俄侨戏剧的创作，从而丰富了中国俄罗斯侨民文学的创作与创作体裁的多样化。

从中国俄罗斯侨民作家的回忆中可以看出，由于当时的戏剧舞台十分繁荣，因此，催生了与舞台艺术相关的其他服务业的出现和发展，哈尔滨出现了多家专门出租演出服装的公司和专门的戏剧图书馆。这为演员和演出提供了便利，也大大降低了演员的费用支出和演出的成本，也使得更多的剧目能够在短时间内搬上舞台。

哈尔滨演出形式之多样、演出剧目之繁多、表演水平之高超、汇集音乐界名流之众多、观众热情之高涨，恐怕是除了当时的上海以外的其他任何一座中国城市所无法比拟的，这使得哈尔滨的文化艺术生活大大优于当时长城以内的中国各地。许多观众都是从这些不同类型的演出中感受到了艺术的真正魅力。通过艺术家的精湛表演，他们了解并熟悉了俄国和世界经典的文学作品，普希金、屠格涅夫、奥斯特洛夫斯基、契诃夫、陀思妥耶夫斯基、冈察洛夫、西蒙诺夫等众多的作家被他们熟知，正是通过这些演出，俄罗斯乃至世界经典的文化在这些艺术家们的努力下得以传播。

哈尔滨音乐艺术活动的繁荣，培养了众多的音乐艺术爱好者。因此，许多音乐学校应运而生。在20世纪20—30年代，至少有20所不同的艺术学校，一大批有天赋、立志学习音乐的孩子脱颖而出，各类艺术团体成为他们坚强的后盾。如果谈到哈尔滨的音乐教育，首先应该提到的是由哈尔滨教区委员会举办，Г.Г.巴兰诺娃-波波娃担任班主任的一些高级音乐班，它们培养了一批音乐爱好者。1921年，哈尔滨开办了第一所音乐学校，由小提琴家特拉赫滕贝格、钢琴家格尔什果里娜共同组建，学校完全按照莫斯科俄国音乐协会的大纲授课。1924年创办了以格拉祖诺夫命名的高等音乐学校，创办人是20世纪20年代自苏联来到哈尔滨的钢琴三重奏乐队，其成员由В.И.基隆、У.戈尔德施坦、С.施皮里曼教授组成，该学校一直开办到1936年。另外，1934年成立了由钢琴家福金娜-西多罗娃领导的哈尔滨音乐艺术学校。除了上述音乐学校之外，哈尔滨还有一些私立的音乐艺术学校，这些学校大多数都是由一些杰出的音乐教育家开办，比如歌唱家М.В.奥西波娃-扎克尔热夫斯卡娅、А.Н.索洛维约娃-马楚列维奇、В.А.罗久科夫和О.Н.罗久科夫等开办的学校。1947年3月，哈尔滨音乐机构进行了改革，创建了苏联高等音乐学校，这所学校是哈尔滨唯一一所由苏联总领事馆正式批准的音乐学校。学校的教学工作是按照苏联寄来的大纲进行的，自从这所学校成立以后，哈尔滨市几乎所有音乐学校的老师都来到这里任教，这样，以前那些各类音乐学校也就不复存在了。

自1921年到1947年，在哈尔滨的这些音乐教育机构存在期间，培养了一批成绩优异的音乐家大军，他们不仅成为音乐会的演唱者，也充实了哈尔滨的音乐教师队伍，肩负起推广艺术的光荣而崇高的使命。

除此之外，还有叶卡捷琳娜·伊万诺芙娜的戏剧学校，虽然开办的时间不长，却培养了几名职业演员，因叶卡捷琳娜·伊万诺芙娜本人是艺术剧院的演员，曾经还是斯坦尼斯拉夫斯基的学生，能在短时间内培养出几个职业演员也就不难理解。安娜·尼古拉耶夫娜·安德烈耶娃的芭蕾舞学校闻名远东地区。她本人毕业于俄国皇家芭蕾舞学校，她热爱芭蕾舞，精通芭蕾舞艺术，亲自导演了柴科夫斯基的芭蕾舞剧《胡桃夹子》、格拉祖诺夫的芭蕾舞剧《莱蒙达》和多部儿童戏剧。每年来她这里学习的学生都不少于50～60人，她每年都要为哈尔滨和远东的一些重要舞台补充一些新的、年轻的芭蕾舞演员。在她的芭蕾舞学校学习的还有滑冰运动员、体操运动员。他们在这里专门接受艺术体操的训练，学校还专门为小男孩开设了舞蹈班，对他们进行体操、技巧、芭蕾舞的训练。莫斯科歌剧院的芭蕾舞导演E.B.克维亚特科夫斯卡娅在哈尔滨创办的芭蕾舞学校，是很多孩子向往的地方，这所学校主要招收少儿学生。克维亚特科夫斯卡娅曾导演过一些优美的大型歌剧芭蕾舞，特别是她导演的柴科夫斯基的《黑桃皇后》给人们留下了深刻的印象。她因深厚的芭蕾舞功底和精湛的表演常常使学生们慕名而来，因此，她还开办了短期的提高班，专门招收那些想要学习新知识和提高表演技能的职业演员。不少著名的芭蕾舞演员都毕业于她这所学校，颇具舞蹈实力的日本演员小牧正英就毕业于这所学校。他后来回到日本，在日本取得了很大的成功，还管理着一所著名的芭蕾舞学校。另外，一些中学和机关的舞蹈爱好者协会也开设专门的舞蹈课。除了这些有一定影响力的芭蕾舞学校外，哈尔滨还存在一些不太知名的芭蕾舞学校，如奥克桑科夫斯卡娅芭蕾舞学校等，这些学校为哈尔滨的舞台每年都输送着新的年轻的演员。

各种音乐艺术活动的普及大大丰富了俄罗斯侨民的业余生活，音乐学校和舞蹈学校的建立，不仅给俄罗斯侨民们的生活带来了许多欢乐，而且培养了一批音乐、舞蹈的爱好者。许多俄罗斯侨民都在音乐的伴随下长大，起初他们只不过是当观众，后来，不少人成了哈尔滨音乐活动的参与者和演出者。哈尔滨的音乐艺术生活陶冶了市民的情操，激励他们去理解艺术，激发了他们对崇高而美好的事物的向往。一批女性音乐爱好者因此在商业协会俱乐部组织了称之为“女人圈”的音乐创作聚会，这在当时颇有影响，而且很快吸引了许多歌唱家、演奏家、戏剧演员和音乐爱好者。哈尔滨不少著名的歌唱家、钢琴家、小提琴家、大提琴家、戏剧演员和舞蹈演员，甚至诗人都出席过这里的聚会，并在聚会上演出。哈尔滨还长期存在着一个不对外开放的音乐小组，音乐小组以策划者格尔德涅尔的名字命名。每逢星期天，一些音乐爱好者便聚集在这里。这里有医生、职员，也有职业音乐家。小组活动一般持续2～3个小时，他们表演弦乐四重奏、五重奏，也表演三重奏和奏鸣曲。哈尔滨还有一个大学生业余乐队。乐队的成员主要由哈尔滨工学院的学生们组成，乐队在基督教青年会大厅和哈尔滨工学院都举办过音乐会。除此之外，在各种豪华的私人招待会上，都会邀请哈尔滨著名的歌唱家、音乐家、诗人、戏剧演员前来演出。

哈尔滨丰富多彩和高水平的演出，促使哈尔滨地区的音乐艺术有了更快的发展，加之由于当时撤退到后方的大批军官和所有的供应商、生意人、参战的士兵都变得非常富有，经历了血雨腥风的他们渴望看到戏剧演出和娱乐节目，这更加促进了哈尔滨文艺演出的发展和繁荣。因此，哈尔滨早在1905年就建成了第一家剧院，而且很早就拥有当时一流的演出场所。20世纪的前20年里，“现代”影剧院、“亚洲”影剧院、铁路协会俱乐部、商业协会俱乐部、秋林俱乐部、动力协会俱乐部和中心俱乐部常常举办音乐会，也演出轻歌剧。到了20世纪30—50年代，轻歌剧几乎都在“世界”剧院、“现代”剧院、“巨人”剧院

（后改名为“亚细亚”剧院）、“大西洋”剧院、“地铁歌剧院”，以及铁路协会、商业协会、秋林俱乐部演出。哈尔滨还有一个古巴诺夫剧院，不过遗憾的是，它存在不久便毁于大火之中。这些影剧院中，最好的演出场所要数商业协会大厅、“现代”剧院、“亚西亚”剧院和“大西洋”剧院。

商业协会的演出大厅能容纳700～800人，铁路协会和“现代”剧院都能容纳1000多人，它们的音响效果都非常好。特别是“现代”剧院，从1913年便开始发挥其职能。它曾几次改组，不断改进设备。这是一个漂亮的建筑，共有三层，这里经常举办芭蕾舞剧、轻歌剧的演出，也举行露天音乐会，还放映电影。剧院里面有一个白色的大厅，舒适而又漂亮，一般用来举行室内音乐会、舞会、招待会。剧院附设有布景作坊、音乐方面的图书馆，拥有一流的电影放映设备。哈尔滨人正是在这里看到了世界荧屏上所有的优秀影片。“亚西亚”剧院大约有1000个座位，虽然没有铁路协会、商业协会俱乐部和“现代”剧院那么豪华，但是舞台宽敞，有专门为观众准备的休息室，加之地理位置优越，交通便利，又是一个很好的电影院，所以深受哈尔滨人的喜爱。“大西洋”剧院能容纳2000名观众，主要用作电影院，不过也常常举行轻歌剧和歌剧演出，还举行来访的著名音乐家的音乐会。除此之外，还有很多像基督教青年的大厅、学校、私人寓所、露天演出场所等能够传播音乐文化的地方。

正如我们所看到的，哈尔滨的戏剧生活、舞台生活、音乐艺术生活不仅丰富，而且演出场地舒适，设备良好，这也在很大程度上保证了哈尔滨艺术生活的繁荣与持续发展。

虽然1932年日本侵占中国后，哈尔滨的生活发生了变化，许多艺术家纷纷离开哈尔滨，但是，留在哈尔滨的艺术家们，召集所有能演出的音乐家组成交响乐队继续演出。1945年，俄侨在哈尔滨的生活开始由苏联管理机关管理，那一年，交响乐队更名为红军之家乐队，一直存在到1946年中期，也就是苏联红军撤回国的那一刻为止。留在哈尔滨的艺术家还成立了弦乐四重奏乐队，该乐队一直演奏到1945年末。1954年，西多罗夫举办的告别音乐会，应该说是俄侨在哈尔滨举办的最后几场音乐会之一。那些毕业于苏联高等音乐学校的高年级学生参加了他的音乐会演出。至此，俄罗斯侨民在哈尔滨的音乐活动基本消失。

然而，这些无论是回到祖国，还是继续漂泊他乡的艺术家们，仍然在余生继续着他们的艺术事业。一些中国俄罗斯侨民音乐家回国后，取得了令人瞩目的成绩。鲍里斯·伊波利特维奇被授予"白俄罗斯功勋演员"的称号。1948年赖斯基应邀在里加市的"贝拉科尔德"录音工厂工作，从1961年起便开始担任白俄罗斯明斯克广播和电视台的乐队指挥，他和他的乐队在苏联也赢得了荣誉。1976年弗拉基米尔·米哈伊洛维奇·卡普伦-弗拉基米尔斯基被科米-苏维埃社会主义自治共和国（现为俄罗斯科米共和国）授予艺术功勋活动家的荣誉称号。芭蕾舞演员H.B.科热夫尼科娃起初在哈尔滨演出，后来在上海演出，并成立了自己的芭蕾舞学校。离开上海后她在澳大利亚悉尼的俄国学校教了18年的芭蕾舞，培养了许多芭蕾舞演员，其中有些演员在自己的国家取得了令人瞩目的成绩。伊拉·佩京娜在哈尔滨长大，后签约在美洲巡回演出。她是杰出的声乐教师A.H.索洛维约娃·马楚列维奇的学生。她不仅能演唱优美的女次高音，而且还能用5种语言演唱，曾扮演过50多个角色，无论是塑造喜剧人物还是悲剧人物，都获得了极大的成功。

第六节　上海国际艺坛的半壁江山

据俄侨有关其在中国的音乐艺术活动的回忆得知，上海俄侨中有一批沙俄时代一流的艺术家在上海进行大量艺术活动，对上海文化的影响是在沪的其他国家侨民所不可比拟的。在查阅大量历史资料后，我们发现，20世纪20年代俄侨在度过了初来中国的艰苦岁月后，物质生活刚刚趋于稳定，他们便开始追求精神生活上的满足和愉悦。加之20世纪30年代大批俄侨从哈尔滨南下上海，在短短的几年中，俄侨的文艺活动便在上海取得了牢固的地位。他们创办话剧团、轻歌剧团，爵士乐和古典乐同台竞争，各类话剧、歌剧、芭蕾舞、音乐会、演奏会使上海观众为之倾倒，他们的名字频频出现在上海的报刊、广播中，有些霓虹灯的广告招牌常年闪烁着俄侨音乐家和音乐团体的演出活动，有的艺术团队甚至常年占据当时上海知名娱乐场所“百乐门”和上海第一座西式剧院兰心大戏院（现上海“兰心大剧院”）的舞台。截至1937年初，俄侨在上海成立过23个主要文学艺术团体。20世纪20—30年代俄侨音乐家是上海乐坛的主要力量。公共租界工部局交响乐队成员多半是俄侨音乐家，1934年全队45人中俄侨占24人；管乐队30人中俄侨占19人，1937年后乐队一直都由俄侨指挥。法租界公董局乐队25名队员全部是俄侨，上海法文协会乐队35人中大半是俄侨。

1931年俄国室内剧团成立，演出大量轻喜剧与果戈理《钦差大臣》、陀思妥耶夫斯基《罪与罚》、屠格涅夫《父与子》等经典话剧，他们还排演了曹禺的《日出》。1934年俄国歌剧团成立，仅在1934年至1940年的7年间，演出剧目包括《席尔瓦》《印度舞女》《茨冈之恋》等53个剧目，参与演出的有旧俄功勋演员罗森等137人。1935年上海俄侨成立俄国歌舞团，又称“ADC歌舞团”，演出以芭蕾舞为主，这是中国境内最早的芭蕾舞团体，主要演出剧目有《第四交响曲》《天鹅湖》《巴黎圣母院》《睡美人》等。马克列佐娃、斯韦特拉诺娃和索科列斯基等知名芭蕾舞演员各自开设舞蹈学校，胡蓉蓉等第一批中国芭蕾舞人才便出自他们的门下。此外，知名指挥家马申主持的捷列克哥萨克合唱团、科德钦男声合唱团在上海国际音乐比赛中获得一等奖。可以说，20世纪30—40年代遍布上海各个娱乐场所的乐队、合唱队几乎全部或大部分由俄侨组成。此外，俄侨在上海成立了俄国职业戏剧协会、俄国音乐教育会、文艺沙龙团体——赫拉姆联谊会等，发展与弘扬俄罗斯艺术，培养上海俄侨艺术青年，帮助失业或贫困的音乐工作者。

特别值得一提的是国立上海音乐专科学校，这是上海俄侨音乐教育最重要的基地。上海俄侨知识分子中一部分在离开俄国之前就已经是活跃在俄国国内的音乐教育家、演奏家，他们中的许多人在俄国受过完整的专门的高等音乐教育，又有过在俄国高等院校任教的经历。1927年中国近现代音乐史上的第一所独立的专业音乐教育机构——国立上海音乐专科学校[①]成立伊始，教务主任萧友梅广聘外籍音乐家任教。当时俄侨因生活所需，又逢音乐技艺和梦想无从展示和实现之时，他们便欣然接受国立上海音专的邀请。1929年国立上海音专改组，萧友梅任校长，他再次扩大对俄侨音乐家的聘用。到1930年，在该校专任的11名教授中，俄侨人数有6人之多，在6名兼任教授中俄侨就占了4人，而到1947年春，该校共有教授38人，其中一半为俄侨。俄侨承担了学校一半以上的教学任务，这些俄侨音乐家不但为中国的音乐教育植入了西方的音乐教育理念，而且为中国培养了大批杰出的音乐人才，对中国专业音乐教育事业的发展起了积极的影响。其中就包括培养出李翠贞、丁善德、吴乐懿等的俄侨钢琴家、国立上海音专首任钢琴系主任鲍·斯·查哈罗夫，刘诗昆的启蒙老师、钢琴家、教育家鲍·马·拉查列夫，为中国培养了第一批大提琴专业和教学人才的大提琴教育家、国立上海音专第一任大提琴系主任的伊·舍夫佐夫，推举出《牧童短笛》《牧童之乐》并将李献敏、周小燕推上世界舞台的阿·尼·切列普宁（中文名为齐尔品），培养了周小燕、郎毓秀、温可铮、高兰芝等可谓“桃李满中国”的声乐教育家弗·格·舒什林（中文名为苏石林），1930年曾被评为上海最受欢迎的演员之一的钢琴家、作曲家、音乐理论家谢·谢·阿克萨科夫，等等。除此之外，小提琴教授格尔佐夫斯基、声乐教授列维京娜、钢琴教授普里贝特科娃，以及托姆斯卡娅、斯拉维亚诺娃、谢利瓦诺娃和斯皮里多诺夫等，不胜

① 简称“国立音专”，现为上海音乐学院。

校举。学校学制与莫斯科音乐专科学校同样采用九年制，另设演员进修班一年共十年级。课程设置也与俄国音乐学校相同。所有实践课都由俄籍教师负责，用英语讲授，有时直接用俄语。俄侨对中国西洋音乐发展的影响还包括音乐观念、表演、审美、教育、生活以及音乐产业等，构成了推动中国近现代音乐发展的重要动力之一。

1936年创办的以阿克萨科夫任校艺术委员会主席的第一俄国音乐学校也是重要的音乐教育基地。许多知名音乐家，如马克列佐夫、阿克萨科夫、奥尔菲耶娃、沃林娜、谢利瓦诺娃、托姆斯卡娅等20多人均各自开设不同的音乐学校。当时马克列佐夫的音乐学校完全按照英国皇家音乐学院钢琴教学大纲授课，学生完成学业学分后可获英国皇家音乐学院文凭。

俄侨音乐家成为上海西洋音乐活动中绝对的中坚力量。他们为自己的生存而奋斗，并在艺术上取得了许多成就。上海的俄侨音乐教育与演出活动不仅是中国近现代音乐史的重要内容，也是20世纪上半叶上海城市音乐文化史上的一个缩影。我们只须列举一二，便可感受到俄侨为中国西洋音乐的教育、传播、发展以及上海城市音乐的繁荣所做出的卓越贡献，也可从另一个侧面对上海之所以成为中国近现代西方文化传播的桥头堡有一个深切的体会。

一、中国钢琴音乐教育的开拓者：查哈罗夫

国立上海音乐专科学校在中国专业音乐教育史上书写了浓重的一笔，它不仅仅是中国专业音乐教育机构独立设置的开端，更重要的是为中国的专业音乐教育院校在课程安排、专业设置、教学管理等方面提供了诸多典范。就在这一中国近现代音乐史上第一所独立的专业音乐教育机构中，俄罗斯侨民音乐家曾为学校专业的建设和发展做出过突出而卓越的贡献。他们为中国培养了大批音乐人才，对中国音乐的发展产生了极其深远的影响，在中国的音乐发展史上谱写了浓墨重彩的一笔。

查哈罗夫（又译扎哈罗夫）十月革命前考入圣彼得堡国立音乐学院钢琴系，跟随雷雪提斯基学派的艾希波瓦学琴，与20世纪著名作曲家普罗科菲耶夫及著名钢琴家涅高兹是同窗好友。他曾去维也纳师从于戈多夫斯基，毕业后留校任教7年（1915—1921）。他的妻子西西里-汉森是世界顶级小提琴家，受教于世界音乐史上最优秀的小提琴师之一，培养出海菲兹、津巴利斯特、埃尔曼、帕尔洛等许多世界顶级小提琴家的奥尔。1921年查哈罗夫放弃教授位置，为她弹伴奏，在全世界巡回演出，8年间他们遍游了欧洲、美洲、亚洲。后来他们来到中国演出，先是在哈尔滨，后在上海。当时上海的俄侨已有几万人，他遇见不少熟人，在音乐圈子里更是遇到了一些朋友，于是他决定留在上海，而妻子不愿留下，要继续进行巡回演出，两人便各奔东西。1929年恰逢国立上海音乐专科学校改组，经上海工部局乐队意大利籍首席小提琴家富华（Foa A.，后任国立音专小提琴系主任）的推荐，受时任国立上海音专校长萧友梅所聘，成为该校成立后的首任钢琴系主任，这也是中国的第一个钢琴系。它的建立标志着中国真正开始了培养专业钢琴演奏人才的历史，也标志着西方钢琴艺术在中国有了系统传播的基地，从此中国专业钢琴教育开始纳入正规化的教学体系。在他的指导和影响下，学校的钢琴教学焕然一新，后来他的学生李翠贞、范继森、吴乐懿先后担任该钢琴系主任，形成中国的“上海钢琴学派”。正是在萧友梅和查哈罗夫等人的共同努力下，中国从原来处于较低的钢琴演奏水平，迅速提升到一个较高的水平层次上，这是中国钢琴教育史上一次突破性飞跃，并对中国今后的钢琴音乐教育产生了极其深远的影响。

杰出的音乐理论家、音乐教育家、翻译家廖辅叔是中国音乐界一位少有的学贯中西、博古通今的专家学者。1930年2月到1937年“八·一三”上海沦陷期间，他任教于国立音专，这7年他恰好与查哈罗夫共事，因其外语好，和查哈罗夫没有语言方面的障碍，因此他们的交流甚多。他对查哈罗夫的印象是才艺过人、严谨负责、慷慨善良。

当时，萧友梅慕名聘请查哈罗夫担任国立上海音专钢琴系教授，他竟毫不客气地说：“中国音乐学生好比刚刚出生的婴儿，用得着我去给他们上课吗?”萧友梅求贤若渴，曾“三顾茅庐”，重金聘请大名鼎鼎的查哈罗夫。要论当时上海音专给他的条件，就实际情况来看应当是相当优厚的。依照音专的规定，专任教员月薪200元，负责教12个学生，而查哈罗夫只教8个学生，月薪却达280元。后来，他的学生也从8个增加到15个，月薪提到400元，这可是当时校长一级的薪金。1932年学校成立音乐委员会，查哈罗夫作为7个委员之一，专门负责管理音乐会的演出事宜。萧友梅还曾借查哈罗夫的名望，要求南京教育部恢复音专原来的独立学院。

跟随查哈罗夫学琴7年的丁善德教授曾说，查哈罗夫把巴赫的赋格曲和莫扎特、贝多芬、舒曼等人的奏鸣曲、协奏曲带到了钢琴教学中。自从“查哈罗夫到音乐院后，音乐院变了，真正好的曲目都来了。弹得程度深的人都弹肖邦啊、贝多芬奏鸣曲，好的、经典曲目都来了，那时都不知道的……”查哈罗夫对中国钢琴水平的提高起了关键性作用。许多人慕名跟他学习，有的在未考试之前就跟他学习，为的是考取后能分在他的班上。

查哈罗夫的教学非常严谨，跟他上课一点都马虎不得，甚至会有吃不消的感觉，学生都很怕他。据廖辅叔回忆，当时萧友梅的妹妹萧婉恂跟查哈罗夫学习，也许以前她的老师是看在校长的面子上吧，学分给得宽松。到了学期结束，查哈罗夫认为她的程度与她所得的学分不相称，不仅没有给她学分，而且要重新评定。他特别注重学生的音乐实践，总是费心地为学生提供登台演出的锻炼机会，而且每当学生办演奏会时，不用说曲目选择和演奏指导，就连租场子、登广告、推销门票这类繁琐的事务，他都亲力亲为，台上用的钢琴、琴凳、灯光都必须由他自己先试过。演出的当天，连从早饭开始吃过些什么他都要知道，凡是应该想到的他都会想到。为确保音乐会的演出成功，让学生从中体验到成就感，同时激励学生奋发图强，可以说他把自己的心血全都倾注在学生身上，甚至搀扶着他们一步步成长。

查哈罗夫对音乐的诠释有自己的独到之处，他认为演奏技巧并不是最重要的，他认为音乐的演奏重要的是在于对音乐的理解。好的音乐家要体会作品的命意与变化，要丝丝入扣地将作品的主题和内容转化为发自内心的情感并细腻、贴切地表达出来，这一理念在他的即兴演出中便可窥见一斑。查哈罗夫教学中的认真负责和对学生的严格要求，都成为后来中国钢琴教育的优良传统。

查哈罗夫在国立上海音专任教15年，不仅教授钢琴演奏技巧，还向学生介绍大量世界钢琴文献，大大提高了学生的演奏水平和音乐修养，为中国先后培养了一大批音乐专业人才，为开创中国的钢琴专业教育奠定了良好的基础，深受上海国立音专师生的敬重，他自己也常常陶醉其中。

周日他常常给学生免费加课。到了暑假，他常叫学生继续到他家上课。依照当时查哈罗夫私人授课的收费标准，一节课要10个银元，这是上海最高一级的收费标准。当时5个银元基本就是一个穷学生一个月的伙食费。有个学生坦诚地告诉查哈罗夫，他付不起私人上课的学费，查先生便免去了他的学费，直接让他来上课。他的学生吴乐懿第一次与上海工部局合作公演，查哈罗夫非常兴奋激动，要知道这可是中国钢琴家第一次与上海工部局乐队合作。

教学之余，查哈罗夫还作为演奏家活跃于20世纪20年代末至40年代初的上海乐坛。查哈罗夫十分注重课外艺术实践，特别是对演出相当重视。自从他来到学校后，无论是学生音乐会还是教师音乐会，无论是毕业音乐会还是主题音乐会，无论是校内音乐会还是校外音乐会，都少不了他的身影，而且他常常担任开场演出。据不完全统计，从国立上海音专正式成立到1936年的7年间，总共举办了49次学生演奏会。在他的参与下，音专学则明确规定每学期举行学生演奏会2至4次。除此之外，上海每年秋季总有一系列室内音乐会在静安寺路113号美国妇女俱乐部会堂举行，那是音专部分外籍教师和工部局交响乐团部分成员共同组织的，开音乐会的时候最忙的总是查哈罗夫。除了弦乐器重奏及个别的独奏、独唱节目之外，别的节目差不多都少不了他。钢琴独奏就更不用说了，四手联弹的第一双手、三重奏的钢琴部总有他的份儿。二重奏鸣曲，不管是小提琴还是大提琴的，钢琴部也非他莫属，所以他每一次几乎都是从开头忙到结束。他也的确是公认的带头人，每隔一个时期还要与工部局管弦乐团合作演出一部钢琴协奏曲，1933年，查哈罗夫与梅百器领导的上海工部局乐队合作，在上海演奏了刚出版的拉赫玛尼诺夫的《第四钢琴协奏曲》。这一演出活动所创造的不只是在华首演，似乎至今尚是唯一演奏此曲的人。查哈罗夫有时也开他学生的专场钢琴演奏会，1935年5月1日，查哈罗夫的学生丁善德在上海新亚酒店举行的毕业音乐会，亦是中国钢琴艺术史上第一次由中国钢琴家举办的独奏音乐会。查哈罗夫在上海的音乐教育活动和音乐演出活动不仅为中国增添了异国风情，也丰富了当地的音乐生活，客观上推动了西洋音乐在当地的传播，为中国的音乐发展起到了推动作用。

查哈罗夫在国立上海音专担任钢琴系主任期间，采用俄国经典的传统教学方法，大大提高了学生的演奏技能和音乐素养，使国立上海音专钢琴教学水平得到显著提高，为中国音乐教育提供了新的理念和思想，对中国音乐家在创作风格、表演技巧方面产生了深远影响。“最初在国际上打响的是钢琴演奏，这自然还得归功于查哈罗夫打下的好基础……李名强1958年在罗马尼亚第一届乔治·艾涅斯库国际钢琴比赛中获得第一名，1960年在波兰第6届国际肖邦钢琴比赛中获得第四名”[①]，刚好丁善德于这一年应邀去波兰担任肖邦钢琴比赛的评委，那一届评委会的主任委员恰巧是涅高兹。有次晚饭时他问“中国选手为什么对西方的钢琴艺术有这样好的基础，我就介绍了查哈罗夫在上海国立音专对钢琴教学所做出的贡献。他听了后惊呼‘哦！原来他到中国去了！我一直想找他，总打听不到他的下落！’他随即若有所悟地

①丁善德：《上海音乐学院和中国现代音乐的发展》，《音乐艺术》1987年第1期。

说，那就怪不得中国钢琴家能取得好成绩了”[①]。现在的青年音乐家也许不易体会涅高兹谈话的分量，因为他们对查哈罗夫不可能有所了解，但是只要他们听一听下列这些音乐家的名字，也许就能理解查哈罗夫教泽的绵长和他为近现代中国的钢琴教育事业做出的卓越贡献了，李翠贞、萧淑娴、贺绿汀、李献敏、裘复生、丁善德、洪达奇、劳冰心、江定仙、巫一舟、易开基、范继森、吴乐郁、夏国琼（夏曼蒂）、吴乐懿等一批高水平的演奏人才都是查哈罗夫的学生，正是在查哈罗夫的精心培养下，他们成为了中国第一代钢琴家。他们中的许多人继承了查哈罗夫的钢琴教学传统，并在钢琴教育事业上取得了令人瞩目的艺术成就。除此之外，曾受教于查哈罗夫的钢琴家还有许多，包括何瑞荣、刘幼玫、曾叔懋、胡爱迪、任芙蓉、张隽伟、汪琴、唐珊贞、唐爱兰、邝文英、吴瑜瑛、骆梅馨、袁慧焉、何汉心、钱琪、谢绫子、盘美波、宋丽琛等。他们中有的代表中国初登国际音乐舞台，有的一生从事音乐教育事业，有的在专业音乐团体中演绎自己的艺术人生。他们在不同的岗位上传承并发展了俄侨音乐家们高超的音乐演奏技巧和音乐理论素养，同时又为中国培养出一批批杰出的音乐人才，使得俄国音乐的传统在中国得以代代相传。

中国音乐理论家、音乐史学家普遍认为，尽管中国钢琴教育起步较晚，但有着较高的起点，因此，在发展速度上是很快的，而且钢琴演奏还是当时影响比较大的一个领域。比较突出的钢琴家几乎都是从上海国立音专培养的毕业生，如丁善德、李翠贞、李献敏、沈雅琴、夏国琼、吴乐懿等。除此之外，当时所形成的专业钢琴教育和业余钢琴教育的两种教学形式至今仍在沿用，它为中国钢琴教育的发展奠定了基础，因此，该时期是中国钢琴教育史上的重要历史阶段。其中，查哈罗夫功不可没。

查哈罗夫对中国钢琴音乐的创作也有一定的积极推动作用。1934年齐尔品出资，在上海音专举行了一次“征求有中国风味的钢琴曲”

①丁善德：《上海音乐学院和中国现代音乐的发展》，《音乐艺术》1987年第1期。

活动，查哈罗夫作为评委会成员之一，和齐尔品、黄自、萧友梅、阿克萨科夫一起评选出了《牧童短笛》(贺绿汀曲)、《牧童之乐》(老志诚曲)、《摇篮曲》(江定仙曲)、《序曲》(陈田鹤曲)、《c小调变奏曲》(俞便民曲)、《摇篮曲》(贺绿汀曲)。这是中国钢琴曲创作的最初成果，并于1934年在国立上海音专成立7周年的学生音乐会上首演。这次演出堪称中国钢琴音乐创作的一次集中展示，特别是贺绿汀《牧童短笛》的问世，标志着中国钢琴音乐创作已经进入了一个新的历史时期。这首钢琴独奏曲对其后中国钢琴音乐和其他多声音乐创作，尤其是中国风格的复调音乐是一次重大的提升。

二、红遍中国大江南北的伦德斯特列姆爵士乐队

2005年10月14日，俄罗斯艺术科学院院士、著名爵士音乐家、伦德斯特列姆乐队创始人、俄罗斯人民演员、俄罗斯国家奖获得者、圣马力诺国际科学院名誉博士、1998年美国图书协会“年度风云人物”阿列克·伦德斯特列姆在莫斯科去世，享年90岁。他所缔造的“伦德斯特列姆爵士乐队”是世界最古老的爵士乐队，1994年被载入吉尼斯世界纪录，这一年乐队正好年满60周年，甚至比美国著名的贝西伯爵乐队成立还要早一年，被公认为世界历史最悠久之爵士乐队。到他去世为止，乐队已存在整整71年，这一吉尼斯世界纪录又被他延长了11年，至今无人打破。伦德斯特列姆作为音乐家、指挥家在俄罗斯享有盛誉，足迹遍及国内外许多城市，有关他的报道在俄罗斯新闻媒体屡见不鲜。然而，却很少有人知道，他的音乐之旅是从中国开始的，他缔造和领导的这支世界最古老的爵士乐队最初组建于哈尔滨，成名于中国的上海，他的足迹还遍及青岛、武汉等中国多个城市。他曾在中国生活了整整25年，20世纪30—40年代“伦德斯特列姆爵士乐队”在上海红极一时，他本人被当时的上海媒体称为“远东爵士之王”。

伦德斯特列姆1916年生于俄罗斯赤塔市，祖辈是俄罗斯化的瑞典人，伦德斯特列姆是典型的瑞典人名，1921年随家人来到中国哈尔滨。

父亲在哈尔滨远东铁路商业学校教授物理，后来在哈尔滨工业大学任教。哈尔滨远东铁路商业学校是当时远东俄侨最好的学校之一，他自然也在那里学习。据伦德斯特列姆回忆，他正是那时开始走上音乐之路的，在那里可以找到能激发个性和音乐才能的一切：管乐队、交响乐队、俄罗斯乐队、意大利那不勒斯乐队等不同风格的乐队，还有专门学习器乐的班级。伦德斯特列姆和小他一岁的弟弟伊戈尔·伦德斯特列姆的音乐才能源自家庭，虽然父亲不是职业音乐家，但却弹得一手好钢琴，母亲有一副优美的歌喉，而且会弹吉他。伦德斯特列姆家住商业学校的宿舍，他和弟弟是学校合唱团的成员。12岁时他开始师从著名的小提琴家施菲尔布拉特，从此走上了音乐之路。1932年，伦德斯特列姆从商业学校毕业后考入哈尔滨工业大学电子力学部，同时还考入哈尔滨音乐学校专门为俄罗斯人开办的小提琴班学习。当时哈尔滨音乐学校汇集了众多著名的俄侨音乐家、歌唱家、演奏家，他们在那里担任音乐教师。在哈尔滨音乐学校，伦德斯特列姆得到了很好的音乐教育。虽然那时他的主要任务是在哈尔滨工业大学的专业学习，但他晚上常常去大学生舞会伴奏。有一次，伦德斯特列姆在哈尔滨偶尔听到了当时人们还不熟悉的爵士音乐演奏家埃林顿伯爵所演奏的乐曲，特别是《亲爱的古老南国》一曲让年轻的伦德斯特列姆深深迷恋上了爵士乐，而且这一迷就是一生，他的弟弟也被埃林顿吸引。从此，伦德斯特列姆放下手中的小提琴，转而吹奏起萨克管，尽管爵士音乐在当时的家长和老师们看来不是一个正经的“行当”。

年轻的伦德斯特列姆越来越迷恋爵士乐，1934年，他和几位同学组建了自己的爵士乐队，这是哈尔滨历史上第一支爵士乐队。乐队由两把中音萨克管、一把高音萨克管、两把小号、一把长号、钢琴、班卓琴、低音提琴、爵士鼓组成。伦德斯特列姆弹奏钢琴，他的弟弟伊戈尔吹奏高音萨克斯，班卓琴和低音提琴由亚历山大·格拉维斯一人演奏，乐队由9人组成。可是演出需要得到社会的认可，1934年秋，机会终于来临，他们受邀参加由青年宗教联盟组织的“红玫瑰舞厅”演出。他们开始在舞厅中伴舞，并到哈尔滨中央放送局（即广播电台）举办广播音乐会……他们经过一年多学习和演奏的实践，便走上了专业音乐的道路，成为哈尔滨乐坛中一支很有名气的爵士乐队。他们主要学习美国音乐，经常演奏世界著名爵士乐大师埃林顿伯爵及格伦·米勒等人的经典乐曲，演奏完全是美式风格。当时的哈尔滨人称伦德斯特列姆为“龙先生”，一是伦德斯特列姆出生于龙年，二是他名字的“伦”的发音与“龙”近似，他自己对这个称呼也感到很骄傲。

随着日本入侵东北和中东铁路的出售，1935年许多俄侨不得不离开哈尔滨，伦德斯特列姆与其乐队和许多俄侨一起南下来到上海。当时的上海已是世界最大港口之一，城市人口已达数百万，世界各国不同的民族都在这里汇聚。这里与在哈尔滨的生活完全不同，要想在此地落脚，竞争十分激烈。况且那时上海已经有许多来自美国和世界其他国家的乐队，而且俄侨叶儿莫尔爵士乐队[①]已经在上海很有名气，曾在20世纪20年代末及30年代初被誉为远东最优秀的爵士乐队。不过令伦德斯特列姆没想到的是，全球正在风靡的狐步舞在上海也十分流行，甚至更为疯狂，人们常常会跳到深夜。在他看来，这简直是个令人着迷的城市。他想这里一定缺少乐手，于是他决定在当时商业贸易繁华的街区霞飞路（现淮海路）的旅馆、电影院、咖啡馆演出，因为当时各国租界的工作人员都会经霞飞路到南京路。那时，一到夜晚，橱窗和整个街道各种招牌的霓虹灯闪烁，色彩斑斓，五光十色。1936年，他们便与著名的扬子饭店签订了第一份工作合同，为该店的午后茶舞伴奏。因为上海是一个各国侨民聚集的城市，俄国劳动力要比其他国家的劳动力廉价。那时，英国劳动力最值钱，当时的欧洲大陆的人和英国人都视中国人为廉价的劳动力，而俄国人则被视为半廉价劳动力。虽然这些俄国人长着一副欧洲人的脸，可他们中相当一部分是属于当时持有中国公民证的中国公民，拥有英国和美国护照的人劳动报酬很

①叶儿莫尔爵士乐队以俄侨谢尔盖·叶尔莫拉耶夫命名，其成员是俄侨中的中等军事学校的学生。

高，因此，许多人愿意雇佣俄罗斯人。他们的工作不比英国人差，甚至要更好，但付给他们的报酬要比给英国人的少。

1937年伦德斯特列姆乐队应邀赴青岛演出，从此走上了艺术的顶峰。1938年日本占领了青岛，沦陷后一批欧美人士仍客居青岛，他们热捧这支乐队，演出曲目有《玫瑰、玫瑰》《夏天最后的夕阳》《哈喽！上海》等。1938年乐队重新返回上海时已发展到11人。由于在青岛演出大获成功，在短短的两年时间内，乐队便一跃成为沪上著名的爵士乐队之一。1941年乐队终于来到了上海最高级的舞厅"百乐门"[①]演出。百乐门大舞厅外观华丽，内部富丽堂皇，灯光璀璨，再加上一流的爵士乐队和红舞女，成为当时上海上流社会争奇斗艳、社交应酬的首选，也因此吸引了无数社会名流。这里的顾客不仅仅是来跳舞的，而且许多是专门来听音乐演奏的。而舞厅业的竞争，除了舞池等基本设施与装潢之外，最重要的构成就是乐队了，许多客人往往是冲着一支出色的乐队而来的。从此，"百乐门"楼顶亮起了"伦德斯特列姆爵士乐队"的霓虹灯广告招牌，上海刮起了"伦德斯特列姆风"。伦德斯特列姆及其乐队获得了广泛的赞誉，好评如潮，并取代了已于1937年率队离沪定居哈尔滨的叶儿莫尔爵士乐队，成为上海最优秀的爵士乐队。此时的伦德斯特列姆乐队已经从乐队建立时的音乐小青年，成长为一支专业的大乐队，并与美国、欧洲、菲律宾爵士乐队并驾齐驱，当时一些美国爵士明星们听过他们的演奏都赞叹不已。"一份上海出版的《奥林匹亚》（英文）杂志，向该刊读者问卷调查'哪一个是最好的乐队'时，广大读者都认为上海一流的乐队就是阿列克·伦德斯特列姆乐队"。他们在"百乐门"的每一曲演奏之后，都将舞厅的气氛推到一个新的高潮，他们不仅仅是伴奏，而且是在举办真正的一场名副其实的演奏会。此时，乐队已发展到14人，1944年达到19人，伦德斯特列姆乐队成为一支真正意义上的大乐队。伦德斯特列姆也成为乐队的

①始建于1929年，号称"东方第一乐府"，现为上海静安寺的"百乐门大饭店舞厅"。

核心和指挥，只有独奏时他才会坐到钢琴旁。他开始改编俄罗斯民歌，如《船长之歌》《别人的城市》《喀秋莎》等，深受听众的欢迎。当有媒体问到他是怎样将演奏人员长期紧密团结在一起的，其秘诀何在时，他回答说："其原因就在于我们总是将自己的创作视为集体共同的。"

1945年第二次世界大战结束，整个上海欢呼雀跃，并举办了隆重的音乐庆典活动。伦德斯特列姆用拉赫玛尼诺夫的旋律为这次音乐庆典活动创作了一首新爵士乐"过场"，这时伦德斯特列姆的音乐创作出现了许多新的东西，他对音乐的结构更加感兴趣，还创作了以俄罗斯和东方为主题的"海市蜃楼""幽默音乐作品"等等。然而，正当伦德斯特列姆乐队的发展蒸蒸日上之时，苏联开始号召俄侨回国，1947年伦德斯特列姆与其乐队也一起离开上海回到自己的祖国。

伦德斯特列姆在70多年的音乐生涯中，一直担任伦德斯特列姆乐队的指挥，其乐队遍及国内外许多城市。伦德斯特列姆乐队参加了几乎世界上所有著名爵士乐的演出活动，华沙、布拉格、荷兰、法国、美国圣巴巴拉，以及华盛顿举办的纪念埃林顿爵士音乐会等都留下了他们的足迹。众多知名爵士乐手都出自他的乐队，俄罗斯天后阿拉·布加乔娃、当红歌星伊琳娜·波纳罗夫斯卡娅、伊琳娜·阿吉耶娃等，都曾在他的乐队里演唱。伦德斯特列姆乐队作为俄罗斯文化的一张名片，经常参加外交国事活动。1994年8月应中国原文化部的邀请，伦德斯特列姆爵士乐团在上海、兰州、青岛、济南做了为期半个多月的巡回演出。2000年6月在俄罗斯总统普京为美国总统克林顿举办的欢迎晚宴上，其乐队应邀参加，演出后克林顿特邀伦德斯特列姆一起合影留念。2001年8月底，伦德斯特列姆再次来到上海参加以他生活为蓝本的电影拍摄工作，他非常激动，感慨万千，因为这是他曾经度过最美好青春年华的城市，更是令他走上一生迷醉的音乐之路的城市。这一年也是他生前最后一次来上海，他将这次上海之行作为对这座"最可亲可爱城市"的一种独特的朝圣。

2001年8月25日，上海俄罗斯俱乐部经理米哈伊尔·德拉兹多夫在其位于上海俄罗斯俱乐部的办公室，对伦德斯特列姆做了采访。伦德斯特列姆说：

> 大概30—40年代的上海人还能记得我，我是老上海，看着他们和您，如同看到自己的上海老乡。
>
> 许多外国人认为，中国人尽管很可爱，但不够文明，缺少教养，而我对中国人完全是另一种看法。我成长在满洲里，我7岁那年父亲给我和弟弟各买了辆当时最好的德国牌自行车，我们骑着它走遍了满洲里。中国人很善良，我们来到农村，他们自己都没什么可吃的，但拿出所有能吃的东西给我们吃，而他们自己却坐在桌旁。在我的印象中，中国人是最善良的民族。我用中文告诉你："我爱中国，我爱中国人。"……所有到过中国的人无不为他们所亲眼目睹的一切感到惊讶，人们不禁惊叹"中国人太聪明了"！当然，聪明人和笨蛋到处都有，无论是我们俄罗斯、美国，还是中国，但中国人智慧，这是非常重要的。欧洲人常常认为，中国人是些野蛮人，他们才是文明人，说中国人只会保护传统，这恰恰是我为什么说中国人智慧的原因所在。俄罗斯人常说："我向您致以最崇高的俄罗斯敬意。"而我却对朋友们常说："我向您致以最崇高的中国敬意！"①

三、"上海第一名流骑士"维尔京斯基

20世纪初为上海的音乐文化繁荣和发展做出卓越贡献的还有表演艺术家、歌唱家、诗人阿·尼·维尔京斯基，他不仅有着深具磁性的歌喉，而且能自己作词作曲，还因在电影中的出色表演获得了"斯大

---

①Земляк,"Беседа с Олегом Леонидовичем Лундстремом,"//http://www.russian-shanghai.com/articles/interview/post457.

林奖金”，成为20世纪上半叶俄罗斯艺术舞台的偶像之一。他独创的“颓废的”“说唱歌曲”不仅影响了俄罗斯的歌曲文化，对俄罗斯摇滚音乐的发展也产生了巨大影响。20世纪上半叶他曾在上海度过8年的演艺生活，仅在上海就举办过20场音乐会，曾被授予“上海第一名流骑士”荣誉称号，堪称那一特殊年代的传奇人物。

维尔京斯基20世纪初被迫开始了其侨居及世界巡演的活动，曾经历了24年的海外“流浪”生涯，上海成为其海外“流浪”的最后一站，在上海他居住了整整8年，是当时活跃在上海的著名俄侨歌手和诗人。当时上海的俄侨有16000多人，其中不乏声名显赫之士，如在文学创作方面，涅斯梅洛夫、别列列申、阿恰伊尔等许多俄侨诗人的成就都要高于维尔京斯基。在音乐艺术方面维尔京斯基的才能也不是俄侨中最出色的，远没有像查哈罗夫、阿克萨科夫、伦德斯特列姆等人那么大名鼎鼎，为何同样作为侨居者的维尔京斯基不仅能够回到祖国居住在莫斯科，最终还获得了“斯大林奖金”①？要知道，当时苏联政府规定，刑满获释的政治犯及其他可疑分子不得定居在莫斯科、列宁格勒等大城市周边100公里范围以内。那时侨居国外的俄侨或被视为“叛国者”“敌人”，或被视为“间谍”，或至少也是要对其提高警惕的“可疑分子”。许多俄侨都被拒之国门之外，即使是那些抱着满腔热情回国的俄侨，有的被关进了监狱，甚至死在监狱，有的被流放到西伯利亚、远东一带偏僻的地区。然而，维尔京斯基不仅回到苏联，而且生活在首都莫斯科，并于1951年因在影片《注定的阴谋》中出色地扮演主教一角而获得斯大林二等奖金，最终与果戈理、契诃夫、夏里亚宾、乌兰诺娃等文化名人一起安葬在莫斯科新圣女公墓。2011年俄罗斯为纪念维尔京斯基还专门拍摄了纪录片《死后余生》，这不能不说是个极其罕见的例子。那么，维尔京斯基究竟经历了怎样不同寻常的人生旅程和艺术创作道路？

漂泊世界的“杰出说唱演员”。阿·尼·维尔京斯基1889年3月21

①1941年设立，到1953年斯大林去世后停止，和苏联国家奖有同样的地位和性质。

日出生于乌克兰基辅的一户普通人家。祖父是铁路工人，父亲是律师，母亲出身贵族，母亲和父亲在他3岁和5岁时分别去世，从此，维尔京斯基和姐姐娜杰日塔分别在姨妈家寄养，维尔京斯基曾被告知姐姐已经死亡，但多年后维尔京斯基才得以和成为艺术家的姐姐见面。

维尔京斯基在中学时期即对戏剧产生了兴趣，1905年初登舞台，时常在基辅索洛韦茨基剧院的一些业余戏剧表演中出演一些小角色。20世纪初的俄国并未产生多少戏剧明星，维尔京斯基却接触到许多歌剧和轻歌剧演员。他的个人创作风格、世界观在索菲亚·尼古拉耶夫娜·泽林斯卡娅家的定期文学聚会中渐渐开始形成。泽林斯卡娅是女子中学的教师，聪明，有修养，参加聚会的有诗人米哈伊尔·库兹明、弗拉基米尔·艾力斯涅尔，画家亚历山大·奥斯涅尔金、卡基米尔·马列维奇、马尔克·夏加尔、纳丹·阿里特曼等。维尔京斯基受到这些人哲学观、审美观的浸染，并逐渐开始在《基辅言论》上发表当时颇为时尚的颓废主义风格的讽刺小品和短篇小说《肖像》《我的未婚妻》《香烟》《春天》等。维尔京斯基还经常针对夏里亚宾、阿纳斯塔西娅·德米特里耶夫娜·维亚利采娃、米哈伊尔·伊万诺维奇·瓦维奇，以及意大利男高音朱塞佩·安塞尔米和男中音季塔·鲁福等名流的演出在报纸上发表评论。渐渐地，维尔京斯基在基辅的文艺圈中变得小有名气。

但基辅已无法给他更多的机会，年轻作家的心向往着更广阔的世界。

1910年，维尔京斯基来到莫斯科，希望成为莫斯科文艺界的一分子并能出人头地。在经过众多的挫折和历练后，1912年，维尔京斯基在莫斯科阿尔茨布舍娃娅剧场演唱讽刺性模仿歌曲并获得成功，开始在文艺界崭露头角。同年，他还出演多部无声电影，如《从奴役到解放》《没有王冠的国王》等，并同著名演员莫茹辛、霍洛德娜娅建立起了私人友谊。在莫斯科期间，维尔京斯基有机会接触到布洛克、马雅可夫斯基、谢维里亚宁等未来派诗人的作品，他的诗歌创作深受谢维里亚宁的审美和情趣的影响。

1915年，维尔京斯基的演艺生涯进入新的阶段，他开始在阿尔茨布舍娃娅剧院有了自己的固定节目《小丑咏叹调》，在这个节目里，他自己作词、谱曲并演唱。他也开始在彼得堡剧院、咖啡馆和众多小型艺术剧场演唱自己的歌曲并获得成功。他常以叶赛宁、布洛克、阿赫玛托娃的诗歌作曲，但也常常自己作词作曲，其中较为著名的有《探戈玉兰》《黑人》《稍等》《欧洲人的后裔》《福楼拜的鹦鹉》《在遥远蓝色的卧室》《舞会》等等。他新颖、独特的原创歌曲常常令观众惊叹不已。当时就有评论说，他的演唱过于怪诞，但他却十分高兴，认为尽管赞美不多，但终于有媒体评论、报道、关注他了。到1916年，他的演唱事业已取得巨大成功，此时的维尔京斯基已经成为演艺界著名的歌手，其他剧院也常邀请他去演出。于是维尔京斯基于当年自建剧团，兼演员、导演、编剧与作曲于一身，1917年11月在莫斯科举办了最后几场音乐会，然后他应邀前往南方巡演，先后在基辅、哈尔科夫、叶卡捷琳娜斯拉夫（现第聂伯罗彼得罗夫斯克）、敖德萨、克里米亚、塞瓦斯托波尔巡演两年。此时，苏联红军已经进入克里米亚，1920年秋，维尔京斯基随白军弗兰格尔余部撤至君士坦丁堡。维尔京斯基先在一家名为“黑玫瑰”的夜酒店内演唱茨冈歌曲，后去郊外俄罗斯聚居区的“斯特拉”花园开始演出自编的剧目。维氏声名很快传遍土耳其全境，甚至连苏丹王宫亦邀请他去表演，他开始参加各种招待会和国宴。他在土耳其化名购买了假护照，这样他得以摆脱“俄侨”的身份在任何一个国家工作、旅行，其后他便前往罗马尼亚、波兰、巴勒斯坦、黎巴嫩等地开始巡回演出，之后又去了德国（1923—1924）、法国（1925—1934）。维尔京斯基擅唱古老的茨冈浪漫曲，演出地点既有三流咖啡馆，也有上等大饭店，时而由一支小乐队伴奏，时而仅有吉他或钢琴伴奏。其优雅、倾心、激情的演唱风格和丰富多彩的音调及意味深长的各种手势，使所有听众都难以忘怀。维尔京斯基旅居法国近十年，除了在大剧院演出外，晚间还常在一些著名的咖啡馆与各界名流聚会和演唱。1934年，维尔京斯基赴纽约演出，可容纳2500位听众的市政厅大剧场内座无虚席，轰动一时。维尔京斯基的歌曲大多表达了广大俄侨的思乡之情，如《那怕再看祖国一眼》《他乡之城》《在这小城中》《关于我们，关于祖国》《啊，流着眼泪多么甜蜜，多么痛苦》等，深深触动着每一位漂泊海外俄侨的故乡情愁。维尔京斯基在世界各地漂泊、演出期间，结识了许多朋友，其中就有夏里亚宾、查理·卓别林、玛琳·黛德丽、葛丽泰·嘉宝等。1935年，他来到中国上海，与其他地方一样，他在中国也取得了惊人的成绩，仅在上海就举办过20场音乐会（夏里亚宾在上海也只举办过2场），场场爆满，他也被上海的俄罗斯情调、色彩吸引，于是决定在上海定居下来。

1943年苏联卫国战争期间，维尔京斯基从中国回到苏联。回国后，他马上去前线巡回演出，创作了许多爱国歌曲《歌唱我们，歌唱祖国》《我们的悲伤》《在俄罗斯的雪地上》《另一种歌曲》，1945年，他创作了献给斯大林的歌曲《他》。尽管他的婚姻很幸福，但许多歌曲都流露出忧伤的情绪，如《离别》《无人需要的信件》《酒吧女郎》《挽救》《猴子查理》《一无所有》《秋》等。与此同时，他投身电影事业成为苏联著名演员，并获得了斯大林二等奖金，他的艺术声誉此时也达到了顶峰。但在生命的最后日子里，他经历了严重的精神危机。1956年，他在写给妻子的信中说："今天我脑海里逐个回忆我的熟人和'朋友'，我竟没有发现一个朋友!"

1957年5月21日的演出，成为他生前的最后一场演出，据妻子莉迪娅回忆："当他唱了十首还是十二首歌曲后，有观众请求唱一首《告别晚餐》，维尔京斯基装作没听见，开始唱另一首歌，但这个人又请求了一遍，维尔京斯基认真地回答说：'晚上吃饭有害健康。'全场哈哈大笑，维尔京斯基的搭档已拉响了和弦。就这样，他的最后一次演出是以他最著名的歌曲《告别晚餐》结束的。"回到宾馆后他因心脏病突发而离世，享年68岁。

维尔京斯基去世后，夏里亚宾称其为"杰出的说唱演员"。由于维尔京斯基有着丰富的人生经历，能将人物形象贴切地再现出来，并准确地传达给观众，因此只要一提到维尔京斯基，人们就会想到他生动的手势、动作、表情和独特的说话语气与口吻。维尔京斯基说："我无法把自己归类为艺术家，而更像是个文学界的波西米亚人……在我的创作中，我所感兴趣的不仅仅是完成它，而是找到一些特定的词语把它们组合起来，发出声音，构成我自己独有的音响。"的确，维尔京斯基是用自己的歌喉、自己独特的情感表达方式来演唱自己独创的诗歌，他的作品深受"白银时代"艺术思潮和审美的影响，主要反映当时社会的颓废、个人的迷茫和空虚与无力的挣扎，十分符合时代的情趣，因此，他更多的是一位具有诗才的表演艺术家。他还常常根据歌曲风格别出心裁地着装，取得惊艳的舞台效果，这些让他在歌唱家行列里独树一帜。

评论界将他的成功归因于他的歌曲反映了"社会精神文化领域的危机"。他的创作风格也是独特的，对一个主题能应用多变的象征和意象将人的情感物化为外在，大量使用外来语指称，并往往使用出人意料的比拟来弱化或消除人们对于世界物质性的固有感觉。通过这些方式，他的作品表达了人无法被理解和在无情的物质世界中的无力感。世界的冷漠、情人的离别、无望的爱情，生活中这些看似平凡的变故却通过维尔京斯基的艺术手段演变成了可怕的悲剧。有的人因他的作品而感动落泪，有的人对其嘲笑讽刺，但观众从来不会无动于衷……因此，他的歌曲也避免了当时抒情歌曲的窠臼，将一种更精致、更优雅并且和最新的文化艺术趣味相通的艺术歌曲形式呈现给观众，这成为他的一大创新和对艺术的重要贡献。

尽管维尔京斯基的音乐会取得了巨大成功，他一年演出100～150场，他的诗集和歌曲集也在国外出版，但由于维尔京斯基被认为是忠实于颓废主义，"颓废"的标签刺激着苏联时期的刊物，因此，在当时的苏联出版他的作品还是十分谨慎的，甚至很少有对他音乐会的评论。

1935年，维尔京斯基离开美国来到中国。一开始他住在哈尔滨，举办了多场音乐会，1936年2月在可容纳1500名观众的美国剧场举办了最后几场。后来他来到俄侨众多的上海，开始在一些小餐厅演出，但收入微薄，他第一次感受到了生活的窘迫。1942年他迎娶了小他34岁的格鲁吉亚姑娘莉迪娅，第二年女儿玛丽安娜诞生，为了生活，他每天不得不演出两场。那时，日本人占领着上海，物资十分匮乏，抗战爆发后维尔京斯基一家的境况每况愈下。莉迪娅回忆说，在上海沦陷期间，外国商品、药品的流通统统受阻，甚至连获取阿司匹林也变得异常困难。在每次演出前，维尔京斯基都会将演出服从当铺里典当出来，演出结束后又会把它重新典当出去。

维尔京斯基的第一场大型演唱会在上海兰心剧场（现上海兰心大戏院）举办。这个只能容纳600人的精致的小剧院隶属于戏剧艺术爱好者协会，会员多为英国人。协会每年会在这里举办一至两场演出，每逢周日是交响乐团的表演，其余时间基本上是俄罗斯艺术家们的演出，演出通常是歌剧和芭蕾舞。租借这个场地并不容易，维尔京斯基的首场演出被安排在了白天。一些保守的歌唱家、音乐家们预测维尔京斯基的演出会以失败告终。一些政治团体也反对维尔京斯基，他们认为他的具有颓废情绪的歌曲会对年轻人造成不好的影响，像《巴西巡洋舰》《香蕉柠檬新加坡》，还有《黄色的天使》等，但当幕布缓缓拉开后，观众都安静了下来。钢琴上铺盖着一条白底花色的披肩，上面放着一束鲜花，这可不是上海兰心剧场的风格，观众一下子被吸引住了。维尔京斯基唱了很多老歌《芭蕾舞演员》《巴西巡洋舰》《夫人》《落叶》等，尽管这些歌曲被其他演唱者演绎过多次，但是这次完全不同，甚至不能被称为歌唱，他的歌声让人感觉好像整个世界都变得昏暗了。他的声音既单薄又刺耳，有时又像在喃喃自语。他那张像猫头鹰一样并不漂亮的脸上的表情和他的肢体动作都很有特点，他是个能创造出属于自己东西的真正演员。他带领听众离开现实生活，时而带领他们来到海上，或是来到不为人知的盛开着大朵郁金香的国度，时而哄着听众在西班牙小调中入睡，时而他又似“胡说八道”，但这些看似废话的“胡言乱语”却往往让人们很受启发。演唱会结束后，如雷鸣般的掌声经久不息，观众徜徉在他所营造的万花筒般的世界中久久不愿离去。

由于维尔京斯基第一场大型演唱会的成功举办，人们都在期待着他的第二场演唱会，自然第二场演出依旧座无虚席，于是维尔京斯基决定开办自己的卡巴莱餐厅，这种餐厅常常带有歌舞表演。维尔京斯基分别从一个法国银行家和自己的女友那里借了钱。他给餐馆命名为加尔杰尼亚，餐厅装饰豪华，用蓝色丝绸装饰四壁，餐厅里摆满珍稀植物，他还聘请名厨，提供精美的葡萄酒。紧邻舞台专门隔出一个小厅，可以近距离地观看维尔京斯基的表演，不过那里价格昂贵。他演出时，两个厅的观众都是满满的，在整个演出过程中，观众都兴致勃勃，十分亢奋。来这里消费的大多是外国人，俄罗斯人很少来这里消费，不难想象这对于一个普通俄侨来说，花费100美元在这里度过一个夜晚太过于奢侈了，当时100美元对于大多数俄侨可是一个多月的收入，最终餐厅因经营不善而破产。维尔京斯基所有的家当被拍卖，包括他的小丑演出服。维尔京斯基颇受打击，于是他去青岛海边度假。当他再次返回上海时，他和复兴餐厅签订了工作合同，在那里他不仅有了薪酬，还多了一张办公桌。

在上海演出时他的许多歌曲深受广大俄侨的喜爱，如《暴风》《忌妒》《海盗杰米》《无火之烟》《扁桃树花盛开》《在那玫瑰色的海面上》《马拉》《水手》《送行曲》《黑侏儒》《混血》《我的爱犬之歌》《巴西巡洋舰》《典雅的玫瑰》等。他的激情演唱风格常常引起听众的阵阵欢呼。除举办各种演唱会外，维尔京斯基还是上海俄国广播电台的主要演唱家。为表彰其卓越的成就，1936年由艺术家、文学家、戏剧家、音乐艺术家组成的上海俄侨“赫拉姆俱乐部”授予维尔京斯基“上海第一名流骑士”的荣誉称号。

维尔京斯基在上海生活了8年，结识了不少俄侨，并成为上海俄侨中的积极分子。他一直和俄罗斯侨民协会保持联系，常常应邀出席各种活动、家庭庆典、婚礼、命名活动等。维尔京斯基受到当时的苏联驻上海大使杰·瓦·博戈莫洛夫的青睐，在苏联公民招待会上，常常会出现维尔京斯基的身影。俄侨在上海成立了自己的俱乐部，维尔京斯基成为其中一员，他的名字也正式刊登在官方的名单中。渐渐地，有人开始不喜欢他说话的语气，认为他很傲慢，有人认为他的笑话比较粗俗，有时维尔京斯基也常常遭到冷嘲热讽。上海俄侨“赫拉姆俱乐部”里最活跃的戏剧家小组想让上海的诗人们在维尔京斯基面前演出讽刺诗歌小品，请他来评判并给予指导，不想却惹火了上海的俄侨诗人们——“这个维尔京斯基是谁？难不成是古米廖夫？还是勃留索夫？”他们声称要抵制审阅行为。另外有一次，在某个晚会上维尔京斯基朗诵了自己一首关于狗的诗歌，结尾是：“……你曾是人，而我曾是狗。”掌声刚停，从一张小桌旁传来一个在法国警务处供职的俄国人的声音：“亲爱的维尔京斯基，您的诗作令我们感动，您下次来上海的时候，我们会把您的身份证挂在您家的母狗脖子上，而狗项圈就套您脖子上吧。”幸好维尔京斯基是个特别幽默的人，听到这里他和在场的人一起笑了起来。在上海，维尔京斯基遇见了来上海巡回演出的夏里亚宾，他们成了知心朋友，夏里亚宾曾劝说维尔京斯基带着家人回国。有一次午餐时，有人突然宣布说，上海出现了三位伟大的俄罗斯人：夏里亚宾、阿列欣、维尔京斯基。维尔京斯基有点儿难为情，生气地说：“不对，是夏里亚宾、维尔京斯基、阿列欣！”据说，维尔京斯基妻子的妹夫是苏联秘密警察机关内部事务人民委员的官员，许多俄侨都开始远离他们。

命运多舛的1937年夏天，当时日本正准备对上海发动第二次进攻，上海成为日军包围的孤岛，上海俄侨生活中最繁华的20世纪30年代也就随之逐渐趋向衰退。1940年他在著名的俄侨杂志《边界》上发表了题为《上海》的诗歌，猛烈抨击了在日军魔爪下的“罪恶的城市”。1941年12月8日太平洋战争爆发后，日军迅即占领上海全市，在沪俄侨的生活更是每况愈下，作为俄罗斯文化艺术主要组成部分的音乐活动大受打击。

1942年第二次世界大战期间，苏联处在危难时刻，他创作了歌曲

《我们的悲伤》，表达了他相信祖国并愿意与祖国站在一起的心愿，维尔京斯基被部分俄侨指责为在歌声中表现出一种对苏联当局的听天由命之屈从，他在上海乐坛的影响与地位也日渐下降。维尔京斯基感到自己在国外的前途已很渺茫，便做出了一个大胆的决定——回到祖国去，但他要乘坐的上海至海参崴的“北方号”轮船已停航，回国的行程不得不中断。1943年3月维尔京斯基做了最后一次尝试，他致信给苏联人民委员会副主席维亚切斯拉夫·米哈伊洛维奇·莫洛托夫：“尊敬的维亚切斯拉夫·米哈伊洛维奇，我知道此时当我们的祖国正在全力以赴地投入战斗的时候给您写信得需要多么大的勇气，但我相信，在您这位伟大的政治家的心中一定能找到一个可以诉说痛苦的地方，也许，其中就包括我能诉说痛苦地方。”[①]同时，他表达了对祖国深处危难的痛苦和担忧：“我在国外漂泊20年，这已经是对我的最大惩罚，任何一种惩罚都有尽头，即便是永久的流放都可能因良好的表现和虔诚的忏悔而减刑，而当你眼看着祖国处于危难时刻，你却对此无能为力，这才是最残酷的折磨。”维尔京斯基请求给予机会为自己的祖国贡献自己所有的力量，甚至是生命。结果他拿到了回国许可，于是1943年10月维尔京斯基带着妻子、3岁的女儿、岳母回到了苏联。

接下来便是忙碌而落寞的余生。不像大多数回国的侨民那样，维尔京斯基一家并没有被遣送至远离莫斯科的偏远地区，而是住在了莫斯科著名的高尔基大街（现特维尔大街）。的确，为了反抗法西斯的侵略，鼓舞人民的斗志，苏联号召国内外的人民团结一致，不少侨居国外的俄侨纷纷申请回国，参加反法西斯的战斗，苏联政府也需要维尔京斯基这样一位具有影响力的侨居人物返回国内。于是，维尔京斯基很快开始为伤员、孤儿演唱，每月演唱24场，由于他曾是侨民，所以基本上没有报酬。尽管场地很小，有时也没几个听众，但他还是十分满足。一年后他们有了第二个女儿阿纳斯塔西娅。维尔京斯基为自己

①Биографии, “История жизни великих людей, ”http://www.tonnel.ru/? l=gzl&uid=352.

的两个女儿创作了一首脍炙人口的歌曲《写给女儿的歌》。之后，维尔京斯基开始在全国各地的音乐会、俱乐部及文化宫演唱，到处都受到热情的欢呼，他先后举行了4～5次全国巡演，举办了不下3000场的演唱会，平均每年200余场，取得了辉煌的成绩。在苏维埃政权下成长起来的一代人，无不被这位来自遥远的异国他乡的同胞艺术家倾倒。但严密控制下的媒体对他的成就却置若罔闻，更不用说为其出唱片集了，维尔京斯基的100多首歌曲在苏联只发表了不到30首，而且每场演出都要接受审查。在莫斯科和圣彼得堡演出几乎不可能，他很少被电台邀请，他的唱片几乎未被发行过，报刊也很少对他的演出进行任何评论。尽管维尔京斯基很受欢迎，但苏联官方媒体仍对他怀有戒备之心。谢卡乔娃在《苏俄电影演员传记》中有这样一段记述："战争结束后很快就有支持社会主义建设的听众团体反对抒情歌曲。他们没有直接指向维尔京斯基，但很明显说的就是他。他的唱片被停止销售，并从唱片目录中删除。他的歌曲再也没有被传唱，报刊媒体对他的盛大演出一致保持沉默，就好像这位杰出的歌唱家不存在似的。尽管他举办过多场音乐会，但媒体对他只字不提，也没有发行他的唱片，这让他很是难过。"维尔京斯基去世前一年在给苏联文化部副部长的信中写道："此前的一切让我以为，我好像并没有回到祖国。有关我的信息只字未提。报刊媒体每次都说这次没有报道。或许永远不会有了。但是我有成绩！人们喜爱我（请原谅我的勇气）。"①

维尔京斯基在其生命的最后几年一直面临精神危机，在他生命的最后，他撰写了回忆录《没有祖国的24年》，小说《烟雾》《等级》，电影剧本《没有祖国的烟雾》，作品集《漫漫长路……》。

直到20世纪70年代末，苏联国内才开始发行他的唱片和CD，先后共发行13张CD、4张MP3，其中，《写给女儿的歌》《祖国面前》《珍贵的遗物》《忆女演员》《最后一杯酒》《郁闷不已的歌》等歌曲最为著名。

①Биографии, "История жизни великих людей," http://www.tonnel.ru/?l=gzl&uid=352.

1989年基辅出版了《没有祖国的24年》，1990年莫斯科出版了他的作品集《漫漫长路……》，这里面包括他撰写的回忆录、诗歌、歌曲、小说以及一些信件，1999年托木斯克出版了《维尔京斯基诗歌和歌曲集》。苏联国家电视台、俄罗斯联邦TB、HTB等多个电视频道以及多家地方电视台分别在《俄罗斯小丑》《偶像谈偶像》等栏目对维尔京斯基做了多场专题报道，并播放了有关维尔京斯基的纪录片《死后余生》。

维尔京斯基独创的"颓废的""说唱歌曲"不仅影响了俄罗斯的歌曲文化，也对俄罗斯摇滚音乐的发展产生了巨大影响，特别是在1995年鲍里斯·格列边西科夫出版了《维尔京斯基歌曲集》后。但对于大多数人来说，维尔京斯基都是一个现实的传说。正如在无比伤感之余的维尔京斯基本人所坚信的那样，数十年后人们终于重新承认了他的非凡成就。这位曾经在舞台上带给人们欢笑、思考的神秘"小丑"，随着时间的推移和被尘封历史的渐渐揭开，将被后人不断了解和缅怀，他在上海的演艺生活也将作为特殊历史阶段的特殊现象载入中俄文化交流的史册。

四、钢琴家、作曲家、指挥家、教育家、音乐理论家和音乐活动家谢·谢·阿克萨科夫

谢·谢·阿克萨科夫于1890年出生于俄国萨马拉知名的阿克萨科夫家族，曾祖父谢·吉·阿克萨科夫是19世纪俄国著名的作家、戏剧评论家、东正教派的著名代表、俄国著名的文化庇护人。在俄国文化史上，谢·吉·阿克萨科夫的阿勃拉姆采沃庄园曾是19世纪俄国文化生活的中心之一，果戈理、屠格涅夫曾受其庇护，果戈理焚烧的《死魂灵》的第二部正是创作于此。对屠格涅夫来说，谢·吉·阿克萨科夫是文学前辈，也是一位严厉的评论家，屠格涅夫很乐意听取他对创作的意见，谢·吉·阿克萨科夫的女儿们对屠格涅夫女性形象的创作有着很大的影响。除此之外，托尔斯泰、丘特切夫、别林斯基、赫尔岑等也常常聚集在他的庄园里创作、交流、讨论时事。

根据家族的传统，男孩子都要从事法律知识的专业学习，而谢·谢·阿克萨科夫很小就显示出很高的音乐天赋，于是家人把他送到了著名的莫斯科波利万诺夫私立学校学习。这里曾是俄国著名的诗人别雷、沃洛申、布留索夫，象棋大师阿列欣，著名印象派画家戈洛文以及许多知名俄国社会活动家学习过的地方。之后阿克萨科夫进入莫斯科音乐学院学习，毕业后继续跟随著名指挥家格列恰尼（俄国著名的作曲家、指挥家、音乐教育家里姆斯基-科萨科夫的学生）学习指挥，在伊古姆诺夫（俄国著名钢琴家、指挥家、音乐教育家帕布斯特的学生）的指导下学习钢琴，在知名的音乐批评家恩格利那里学习音乐史，跟随作曲家、指挥家科洛先科学习作曲。由于父亲坚持要他继续接受法律方面的高等教育，于是他考入圣彼得堡皇家亚历山大贵族学校。他在学习法律的同时也没有放弃对音乐的学习。多年来他一直在圣彼得堡音乐学院知名指挥教授作曲家、强力集团的继承人李雅普诺夫（帕布斯特的学生）那里接受音乐教育，在李雅普诺夫的指导下，阿克萨科夫的指挥和作曲能力得到了很大提高。1914年当24岁的阿克萨科夫从皇家亚历山大贵族学校毕业后，根据家族的意愿他进入政府办公机构任职。然而，这份工作令他疲惫不堪，于是他决定全身心地投入音乐事业。在半年时间里，他独自在莫斯科、明斯克、基辅及其他城市举办个人钢琴音乐会，并开始在圣彼得堡和基辅的依之科夫斯基等出版社发表音乐作品，成为俄国音乐界一颗耀眼的新星。然而，第一次世界大战和十月革命的爆发使他不得不离开心爱的音乐和他的祖国。

1918年他和众多侨居的俄侨一起来到中国的哈尔滨，后来又移居到上海，他在第二故乡中国度过了近30年的黄金岁月。据上海俄侨伊·奥德耶夫采夫回忆，大概在1946年，阿克萨科夫一家和他们（奥德耶夫采夫）家一起搭上了从海参崴到鄂木斯克州的火车。之后阿克萨科夫一家来到鄂木斯克州的塔拉，阿克萨科夫在那里的一所音乐学校教授钢琴和音乐理论。在鄂木斯克州的8年里，阿克萨科夫创作了钢琴三重奏曲（1948）、钢琴协奏曲（1952）、钢琴梦幻舞曲（1952）、音乐会练习曲（1954）、浪漫曲和众多歌曲作品。

1954年苏联文化部“为了音乐教育工作”派他到明斯克一所附属于明斯克音乐学院的音乐学校（十年制学校）教书。来到明斯克之后，阿克萨科夫“成为苏维埃音乐文化的积极活动者”。他的作品经常在音乐会上被演奏或被演唱。这一时期他创作了许许多多脍炙人口的作品，如音乐会序曲（1956）、交响梦幻曲《在涅曼河上》（1958）、交响诗《如拉夫斯基森林》（1961）、《青年进行曲》（1956）、《列宁之歌》（1958）、《我的白俄罗斯》（1958）、《明斯克之歌》（1958）以及一些练习曲、圆舞曲和众多浪漫曲。1962年，阿克萨科夫的名字第一次出现在“伏尔加”年鉴上。20世纪60年代初，曾经的上海人、上海苏维埃俱乐部社会活动家阿克萨科夫被选为苏联作曲家协会的会员。

1968年9月，阿克萨科夫在明斯克逝世。

阿克萨科夫去世后，苏联《文学报》称其为“天才的音乐家、作曲家”。同时写道：“当著名东正教家族的代表逝去后，我们感到似乎历史的脉络被终止，消失在无法返回的过去。但从历史文化发展的角度，我们又强烈地感觉到本世纪与过往的一个世纪之间的联系是多么的密不可分。”文章高度评价了阿克萨科夫对俄罗斯民族文化的传承做出的贡献，然而由于历史和意识形态的原因，苏联方面对其在中国的移民生活及其音乐创作成就则避而不谈，直到1999年阿克萨科夫才广为人知。这一年，著名俄罗斯移民研究专家梅里霍夫的著作《中国巡演：夏里亚宾和威尔金斯基不为人知的一页》中选登了音乐家阿克萨科夫有关对伟大的男高音歌唱家、苏联首位“人民演员”称号的获得者、对世界歌剧艺术以杰出影响的夏里亚宾创作道路及其音乐探索新特点的一些述评。阿克萨科夫以其非凡的才能和对音乐细腻精准的理解，分析了夏里亚宾对音乐的独到理解和阐释。今天看来，这些观点仍然具有一定的启示意义。而这些观点却早在半个多世纪前的1936年就已经发表在中国出版发行的《上海柴拉报》《言论》和《曙光》等俄侨创办的报纸上。由于梅里霍夫的这部新著，阿克萨科夫才为众人所知晓。从而，揭开了阿克萨科夫鲜为人知的侨居中国近30年的历史及其取得的辉煌成就。

据目前搜集到的资料显示，1918年阿克萨科夫携带妻子和其他逃亡的俄国知识分子一起从符拉迪沃斯托克来到中国哈尔滨。由于没有住房，没有工作，在哈尔滨生活的最初几个月，阿克萨科夫一家的处境十分艰难。很快阿克萨科夫在哈尔滨中东铁路当上了一名小官吏，但生活还是入不敷出，于是他一边在中东铁路工作，一边在哈尔滨俄侨创办的第一所格拉祖诺夫高等音乐学校任教，同时重新开始音乐创作。1924年由于中东铁路交由中苏共管，以前沙俄的工作人员都被解雇或是受到解雇的威胁，许多俄侨不得不前往上海。由于政治动荡，无法从事音乐教学和施展自己的才能，阿克萨科夫也被迫前往上海。

此时，还有相当一部分俄国侨民经其他城市或经水路侨居到上海。这些知识分子中的一部分在离开俄国之前就已经是活跃在俄国国内的音乐教育家、演奏家，他们中的许多人在俄国受过完整的专门的高等音乐教育，又有过在俄国高等院校任教的经历。因此，1924年的上海很快就出现了一股“俄国音乐风”。俄侨音乐家们起初偶尔，之后经常出现在上海的各类音乐演出中，当时上海最著名的工部局交响乐队中也出现了越来越多的俄侨音乐家的身影，到1935年，俄侨音乐家在交响乐队中已占有60%的席位。之后俄罗斯音乐家和歌唱家组建了“俄罗斯文学和艺术协会”。协会开设音乐讲座，内容涉及俄国音乐及其代表人物，如格林卡、达尔戈梅日斯基、柴可夫斯基等。紧接着，一个接一个的钢琴班、大提琴班、小提琴班、声乐班在上海出现，阿克萨科夫立即成为这些音乐活动中的积极组织者和参与者。

1927年，阿克萨科夫和查哈罗夫、齐尔品、拉扎罗夫、舍夫佐夫等人被时任上海音专教务主任的萧友梅聘为该校的教授，阿克萨科夫担任国立上海音专的音乐理论和音乐史课程的教学工作。我国早期一大批著名的音乐家，如李翠贞、萧淑娴、贺绿汀、李献敏、裘复生、丁善德、洪达奇、劳冰心、江定仙、巫一舟、易开基、范继森、吴乐懿、周小燕、郎毓秀等都曾是他的学生。他在国立上海音专授课的同时，创建了上海俄国音乐教育协会并担任副会长。在那里以教授和音乐家的身份讲课，宣传世界音乐作品，与此同时，他还在其他不同的音乐组织和协会授课，如上海著名的“星期一”联谊会、艺术俱乐部、艺术短剧表演中心等。除此之外，他在《上海柴拉报》和《言论》《曙光》等报纸每周发表音乐书评，开办音乐专栏。在1930年3月3日举办的一次会议的报告中，阿克萨科夫阐述了印象派音乐的兴衰史，用大量诙谐生动的例子和音乐演奏对听众的问题给予回答。阿克萨科夫不仅是一个杰出的音乐家和钢琴家，更是一个有趣的、内涵丰富的老师。阿克萨科夫还开办了他的私人音乐工作室，在那里，他教授钢琴、音乐理论、音乐史和乐曲创作等课程。同时，他还担任上海室内音乐协会的理事。

阿克萨科夫和俄侨音乐家们经过长时间的努力，渐渐得到上海上流社会的接受和认可，这为俄侨的创作、演出等音乐发展活动提供了空间。由于出色的音乐才能和辛勤的工作，他们取得了不少的成绩和荣誉，开始有了丰厚的报酬和生活保障。迁居上海的俄侨指挥家、歌唱家、钢琴家创建音乐学校、工作室、私人班，甚至是音乐学院，吸引大量中国人来这里向俄罗斯音乐家学习艺术，俄罗斯教授也在他们身上创造了奇迹。

阿克萨科夫常常以钢琴家的身份独自进行巡回演出，观众反响十分强烈。《上海柴拉报》上刊登了一份观众的来信：“请允许我们感谢这些音乐会带给我们难得一见的音乐和审美的愉悦。”精挑细选的节目，高水平的精湛演出，像阿克萨科夫、查哈罗夫、舍夫佐夫、克雷洛娃、布尔斯卡娅以及其他一些优秀艺术家的参与，使得观众的反响更加热烈。尤其是阿克萨科夫以俄罗斯神话传说创作的作品，极富才华，具有穿透力，给听众留下了深刻的印象。有则消息说，阿克萨科夫获得了当时美国最大的山姆福克斯出版公司要出版他的音乐作品的邀约，阿克萨科夫打算先把他的钢琴与弦乐等作品寄去，因为翻译和印制音乐作品是一个非常复杂但又必不可少的一个过程，特别当涉及像阿赫玛托娃、列米佐夫、布洛克等一些新锐诗人的作品时就变得更加困难。还有评论家说，他的作品如同抒情诗般美妙，正是对音乐的极大兴趣和痴迷才使得他的演出炉火纯青。另外，周日版图文并茂的《北方中国日报》几乎用整版篇幅报道作曲家阿克萨科夫的创作，上面印有阿克萨科夫的肖像，对他的生平介绍充满溢美之词。文章还附有他最新作品《浪漫练习曲》的手稿，手稿下面有他本人的签名。《北方中国日报》评论道："阿克萨科夫的作品引起了上海音乐迷的极大兴趣。"

20世纪20年代末，在阿克萨科夫的倡导下创办了"俄国音乐教育协会"，他和普利贝特科娃、查哈罗夫共同起草了《俄罗斯音乐启蒙教育理念》。同时，他还打算在上海实施两项伟大的计划，一是排演歌剧《鲍里斯·戈都诺夫》，二是举办音乐讲座。为了尽快推进计划实施，音乐家们在银行借了巨额贷款。但由于设备不足，缺乏经验和过于理想化，加之在商业运行中不切合实际，最终导致协会关闭。

1930年2月，阿克萨科夫第一次作为指挥家登上上海的舞台便引起极大的反响：

> 现居上海的音乐评论家和作曲家阿克萨科夫创作了30部浪漫抒情曲以及大量钢琴曲、交响乐、奏鸣曲、合唱曲、歌剧等等。在他创作的初期，阿克萨科夫是一名单纯的抒情诗人，这一时期的阿克萨科夫可以归为格列恰尼诺夫和阿连斯基一类的作曲家。但在其音乐创作的后期，阿克萨科夫开始新音乐的探索。我们把这一风格定义为现实主义风格，奇特而鲜明的"新现实主义"。

他这一时期的作品用俄国著名女诗人安娜·阿赫玛托娃的作品来阐释十分贴切，安德烈·列米佐夫的作品思想也是阿克萨科夫常用的音乐主题，他的音乐中没有平庸的老生常谈的东西，他是最纯净的抒情诗人。音乐晚会将俄罗斯的音乐作品与上海相连接，《上海柴拉报》以“阿克萨科夫演出获得巨大成功”为题，详细报道了他室内乐作品音乐会的盛况：

昨日美国妇女俱乐部会堂（曾在静安寺路113号）的极为美丽的大厅里人潮涌动，大厅内被涌入的听众堵得严严实实……音乐会以阿克萨科夫的小提琴、大提琴、钢琴三重开场，阿克萨科夫本人弹奏钢琴，富华和舍夫佐夫分别演奏小提琴和大提琴。作曲家将古典元素融入其中，作曲优美，形象生动，不仅给人以愉悦之感，并且令人为之倾倒，作品无疑将被列入优秀音乐作品之行列……作为钢琴家的阿克萨科夫在上海的音乐界已家喻户晓，而作为作曲家，这还是他第一次在上海演出。阿克萨科夫的三重奏是其最早创作的作品，作品刚一问世就充分显示了他的音乐天赋与才华。三部曲中难度最大的是《摇篮曲》，最壮观的是《秋歌》，最优雅的是《在你身旁》。这些乐曲分属不同流派，甚为优美。这要求作者不仅要有独立创作的能力，而且要有深厚的音乐文化底蕴，特别是《摇篮曲》达到了一定高度，既没有一丝做作，也不显得苍白无力，堪比拉赫玛尼诺夫的《晨》。每章演奏结束后，观众雷鸣般的掌声经久不息。特别是，当他的音乐中精准地表达阿赫玛托娃、列米佐夫的诗歌内涵时，听众更是对阿克萨科夫痴迷不已。整场演出结束后，阿克萨科夫应邀连续返场三次。

阿克萨科夫不仅是一名伟大的音乐家，也是一位不仅在过去而且在将来都会为我们开拓视野的作曲家。他是上海为数不多的音乐史专家和音乐评论家之一。之后，评论界充分肯定了他音乐的创新能力：

> 在柴可夫斯基、阿连斯基之后，应该相信，我们有能力为听众找到一种新的音乐表达语言。但要想找到这种新的原始的强有力的声音，需要广博而巨大的精神财富，阿克萨科夫就是其中之一。

他的作品细腻、独特，饱含丰富的情感，旋律极具诗歌的表现力，富有画面感，特别是《夜》《献给未婚妻》《当我死的时候》《摇篮曲》《玫瑰的漩涡》被认为是不可多得的经典之作。因此，阿克萨科夫于1930年被评为“上海最受欢迎的演员之一”。20世纪三四十年代在上海红极一时的“远东爵士乐之王”伦德斯特列姆出于对阿克萨科夫作品的喜爱，几乎他的每场音乐会都会前去聆听。

阿克萨科夫在音乐方面不断革新，常常不惧冒险的尝试。1930年2月在著名俄侨画家M.A.季琪金娜的画展预展上，阿克萨科夫第一次提出用音乐给不同的绘画“配插图”的设想。画展以独特的音乐会的形式开场，并取得了巨大的成功，这在很大程度上得益于天才的音乐家阿克萨科夫。

1935年12月，俄罗斯教育界在上海开办了第一所俄罗斯音乐中学，阿克萨科夫担任这所中学的艺术委员会主席并兼音乐史、音乐理论课教师。

1935年11月，“东方”和“上海丘拉耶夫卡”两个组织合并，成立了新的文学、音乐、艺术、科学联合组织“天幕”，阿克萨科夫被推选为该组织的主席。该组织出版的文集《大门》在俄罗斯青年中享有很高的声誉。阿克萨科夫为使更多的年轻人热爱音乐，积极响应巴黎俄侨音乐界复兴俄罗斯音乐的倡议，积极参与各种音乐社会活动，讲述和宣传欧洲俄罗斯音乐家的现状和他们的音乐活动，探讨音乐艺术在年轻人中应占据的位置，并积极组织和参与各种音乐会的演出和活动。阿克萨科夫还在《上海柴拉报》开辟音乐专栏，呼吁并唤醒人们对音乐的关注和重视，希望联合世界各地的俄侨音乐家建立具有共同理念、统一旗帜的俄罗斯民族音乐艺术。这些富有激情的文章在年轻人中引起了不小的震动。

毫无疑问，阿克萨科夫与其他俄侨音乐家们在上海的音乐活动，也为上海的音乐发展客观上起到了积极的推动作用。

从上述的历史资料中不难看出，俄侨音乐家在中国哈尔滨、上海等地的音乐活动曾经对中国的音乐教育事业和音乐发展做出过重要的贡献，对我国城市音乐文化的繁荣与发展起到了积极的推动作用，中国俄侨音乐家及其文化艺术活动理应载入，也必将载入中国音乐教育史、中俄音乐关系史乃至中国音乐史。

第七节　哈尔滨、上海：形象与想象

一、哈尔滨："家园"的重建

中东铁路的建设者与俄罗斯侨民在中国哈尔滨工作、生活了整整半个世纪，他们的到来以及在"北满"地区的各种活动，都给这片土地留下了至今抹不去的深深印迹，使之不同于当时中国长城以内的任何一个城市，很早就成为一个面向世界、有机会接受其他民族先进文化的一个独特而别样的地区。在20世纪的初期，当中国大部分的城市还与外面的世界相隔绝之时，哈尔滨便已经开始了与来自欧洲第一大国——沙皇俄国的密切联系，并在生活的各个层面与沙皇俄国文化交流。

随着时间的推移，东方绚丽多彩的风俗习惯在某种程度上已经成为他们日常生活的一部分，中国大地上生活的喧闹、欢快，同时又充满忧伤的情感，中国文化对他们的潜移默化，在俄罗斯侨民的文学创作与回忆中，我们都能真切地感同身受。然而，俄罗斯毕竟是个十分珍视自己祖国历史、文化、习俗的民族，因此，从饮食起居到工作方式，从建筑风格到宗教生活，从专门的职业教育到各种私立学校的成立，从商业技术学校到高等院校的成立，从私人的音乐聚会到各种专业的大型演出，从临时搭建的舞台到专门影剧院的建成，哈尔滨无不渗透着俄罗斯文化的特质，反映着俄罗斯民族独特的生活方式，映照着几代俄罗斯侨民热爱生活的激情，凝结着俄罗斯民族的智慧，体现着俄罗斯民族较高的精神追求。这一切的一切都以不同的形式，或深或浅，或具体或模糊，或有形或无形地影响着哈尔滨，影响着哈尔滨的人们，影响着哈尔滨人们的生活方式和思维方式。其结果也使得哈尔滨在短短的半个世纪之内，没有经过漫长的文化历史变迁，而直接一跃发展成为一个国际化的文化都市，这里倾注了俄罗斯侨民的心血，蕴含着俄罗斯民族的智慧。

20世纪20年代，随着连接东西方的中东铁路的建设及其与西伯利亚大干线的汇合和哈尔滨工业、商业中心的形成与发展，随着中学教育的不断完善，当地的高等教育成了亟待解决的问题，于是哈尔滨的高等学校应运而生。根据当时对年轻人调查问卷的结果，以及中东铁路的建设和亟待开发这座城市而急需一批掌握技术的工程师与懂得地方经济和国际法的经济师和法律专家，创办培养工程师和法律人才的院校被提上了议事日程，并于1920年3月和1920年5月，分别成立了高等经济法律学院（1922年更名为法律大学）和哈尔滨工业高等技术学校（1922年更名为哈尔滨工业大学）。俄罗斯教师是学校的主要力量，学校全部用俄语授课，但为中国专家开设了俄语预科班，还专门配备了中国老师。一些知名的学者、工程师、教授和有教学经验的人被吸纳到学校，许多老师曾毕业于沙俄时期的彼得堡大学、莫斯科大学、贝斯土热夫女子学院等著名大学。有的是著述颇多的历史学专家，有的是土壤学专家，有的是举办过个人画展的著名“巡回派”画家，有的是出色的文学家，而且由于当时学科分类不那么细，也不那么具体，因此对老师的要求很高，不仅要有广博的知识，还要认真备课，不少老师根据需要编写了专门的教材和教学参考书。无论是教历史的还是教音乐的，无论是教文学的还是教绘画的，无论是教法律的还是教自然科学的，每一个老师都在教学生知识的同时培养学生的审美情趣，也十分注重培养学生的爱国主义情操和道德情操。尽管有的老师并不懂教学法，但是他们的人品、他们善于积极引导学生的能力、他们拥有的渊博的学识和文化底蕴，以及他们所肩负的使命感，紧紧吸引着那些渴求知识的年轻学生们。这些教师当中不乏对学生的未来产生巨大影响的人。

学校参照苏联高校的教学大纲制订自己的教学计划。学校招生人数逐年递增，仅哈尔滨工业大学第一批就有110人，1925年增至445人，到1926年已达650人。到1949年时，学校的中国学生达5000人之多，后来发展到8000人，学校便逐渐开始用汉语授课。法律大学除了按十月革命前俄国法律学校的教学计划安排课程外，从办学的第3年起逐渐开设了中国国家法和民法、民事诉讼法。虽然学校由于日本人的入侵、俄侨的纷纷离去，以及与师范学院不成功的合并，曾被迫于1937年关闭，但是，在那些年学校培养了297名毕业生，其中20个毕业生是中国人。

由于各学校都遵循俄罗斯高校优良的传统教育体系，因此培养出一批优秀的专业人才，对哈尔滨的教学、科研、生产等领域产生了积极的影响，而且各学校在教学计划的制定中充分体现地方特色，设立与东方有关的专业和课程，为以后与哈尔滨地方各领域的合作提供了条件。除此之外，学校的老师积极参与社会和企业、商业机构的工作，更大地发挥他们的才能和专长，以及对社会的积极影响，有些教授还兼做记者和评论家。学校不定期组织公开讲座、各种演讲比赛和辩论会。随后，哈尔滨交通大学、东方商业学院、日俄学院、医学院、基督教青年联合会学院等陆续成立。各学院除了日本人统治时期外，大多数用俄语授课，有的学院也用英语教学，还开设法语、德语等西方语言课程，这些高等学院的成立为哈尔滨培养了一批急需的专业人才。学生毕业后，有的官居要职，有的在法律界工作，有的活跃在经济、教育领域，有的专门从事东方学研究，有的成了记者、评论家，还有一些人从事文学创作活动，在哈尔滨地区的教育、科学、技术、经济、法律、医疗等领域做出了自己的贡献，并极大地促进了哈尔滨地区在各领域向高水平发展，使哈尔滨不仅成为政治、经济的中心，还成为文化和科技出版的中心。许多学生毕业后留在了哈尔滨工作，为哈尔滨的地方建设与各个领域的工作提供了高素质的工作人员，哈尔滨城市的文化水平因而有了很大的提高。

俄国中东铁路行政管理处在“北满”地区成立之后，鼓励俄国专家、学者在不同的学科领域、从不同的方面研究这一地区。因此，俄罗斯对满洲地区的研究和中国文化的研究也为这一地区的发展起到了积极的促进作用。哈尔滨建市后不久，成立了俄国东方学家协会。从1909年起，在近10年的时间里，协会定期出版《亚洲通讯》杂志，刊登反映学会活动的研究文章。他们的目的已不仅仅局限于研究满洲这一地区，而是透过社会政治、文化、经济、语言和法律等关系来研究东亚问题，这无疑促进了俄国和亚洲各民族的宏观交往与亲密接触。协会只吸收那些受过专门的东方学教育或者出版过著作的人成为正式成员，但是，所有感兴趣的人都可以参与协会的工作。杂志发表了《与远东家族史相关的社会学与东方学》《现代日本》《论中国神话》《中国大豆在对外市场上的工商业意义》《乌苏里地区的经济概述》《满洲的森林业》等研究性论文，还就亚洲的民族学和经济学问题做了一系列认真的评述。1912年，成立了满洲农业社，研究农业领域的现状和前景，并发行了《北满洲的农业》杂志。这样一来，满洲的科技力量开始形成，直到1923年，当所有地方志组织和其他协会联合成统一的满洲地区研究协会时，他们的工作成果就显得更加突出。他们对满洲地区的资源和经济发展前景进行了研究，对后来系统地研究满洲起了巨大的作用。随后，满洲地区研究协会又增设了俄国东方学家协会和满洲农业协会，并成立了自然部、地理部、民族学部、贸易部、工业部、艺术部、编辑出版部等许多部门，又补充了地区文化发展部、医疗—兽医卫生部、养马—育马部、旅游—教育部、社会学部，还建立了试验园。有植物群系园地，有地方植物群的分类，有饲料植物、野生植物、培植植物的示范基地，有野地植物和菜园植物的实验部门，有果树栽培苗圃。试验园专门负责培育有发展前景的高产农作物，除此之外，还建立了松花江运河生物实验站。众多的著名科学家和满洲的知识分子代表都加入了满洲地区研究协会的工作，其中包括土壤学家、植物学家、考古学家、气候学家、汉学家、东方学家以及经济学家。中东铁路行政管理处给协会提供全方位的物质支持，极大地促进了各学科与各科学家之间的合作，使协会的科研工作取得了丰硕的成果。直到1928年中国官方将其查封之前，该协会已经发行了90种出版物，其中包括《满洲地区研究协会公报》《满洲地区研究协会著作》《经济概述》《满洲通讯》，以及各种科普著作和简报等。毫无疑问，这些研究成果和著作至今都有其重要的研究价值和参考意义，为后来乃至当今的研究者提供了有关这一地区最早的宝贵资料。

1923年，俄罗斯侨民在哈尔滨建设的博物馆开幕。博物馆展出的满洲整体自然景观及经济发展前景，考古学、历史学、民族学的展览，矿产、森林及其他资源的储藏分布图等，将这一地区广阔的发展前景充分展示了出来。博物馆大厅通过立体透景画陈列出鸟类标本、爬行动物标本和两栖动物标本。展厅中最吸引人的是民族风俗展，其中《蒙古一家人在帐篷里吃饭》尤为醒目。与实物大小完全相同的人物、生活日用品的模型，逼真地传达出游牧民族的生活环境。博物馆还在地下室建有标本作坊、照相洗印室、专门的工作室、图书室、仓库。博物馆不仅是富饶的满洲地区的活百科，也讲述了满洲人的文化和历史。另外，历史学教授B.C.斯塔里科夫独自考察时，在黑龙江尚志市亚布力附近发掘出原始人的村落遗址，并通过考古研究证实，纯河谷地是他们居住的地方。他还发表了一系列有关中国人的物质文明和破解契丹文字方面的论著。哈尔滨20世纪三四十年代的报纸上，可以找到许多特写和随笔，记录了科学家和研究者们的旅行、考察，以及对中国自然界和物质文明的发现和发掘。某种神秘的鸟儿、非常罕见的甲虫、1.2万年前人类加工过的树块、萨满巫师的象征物等，人们总是在不断的新的发现中惊奇地讨论着，热烈地争论着。

20世纪二十年代是哈尔滨体育活动最繁荣的时期。每个星期六人们都会去哈尔滨药铺街的运动场看比赛，有田径比赛、自行车比赛等，而且每场比赛都有乐队伴奏。到了冬天，运动场上就会浇出一条220米长的跑道，变成滑冰场，而乐队则搬进“小暖房”继续演奏。20世纪三十年代以后，哈尔滨修建了市体育场和体育馆，在这里举办排球和篮球比赛。每逢星期四，基督教青年联合会学院校舍的三楼都有室内比赛，由中国人组成的地方队也常常加入其中。松花江上常常举办划船、赛艇和3千米的游泳比赛，获胜者都可获得证书。而速滑和花样滑冰比赛，一般一个赛季举办两次比赛，比赛设个人冠军和团体冠军，俄侨运动员总是独占鳌头。除此之外，哈尔滨队（主力队员基本都是俄罗斯侨民）也常常去外地比赛，而且他们总是雄居榜首。20世纪三十年代，哈尔滨的铁路总工厂是拳击爱好者的“圣地”，每年这里都举行“皮手套骑士”比赛。冬天在舞台上比赛，夏天露天进行，而且总是挤满了观众。各种体育协会的成立，各类体育比赛的开展，前面介绍的各类音乐、戏剧等娱乐活动，大大丰富了哈尔滨市民的业余生活。

当然，在哈尔滨生活过的人是不会忘记画家罗巴诺夫的。哈尔滨每次的作品展览会上，他的作品总会赢得广泛的关注。他始终保持着旺盛的创作力，其作品也是经久不衰。罗巴诺夫在哈尔滨生活了将近25年，他熟悉哈尔滨及其周边的每一个地方，他有数百幅反映哈尔滨和松花江的绘画和雕塑作品。哈尔滨的圣尼古拉教堂、圣阿列克谢耶夫教堂、波克罗夫斯基教堂、索菲亚教堂、伊维尔教堂以及乌斯宾斯基墓地都成了他创作的对象。他还创作了一系列以中国庙宇为题材的绘画，如《极乐寺》《在极乐寺的篱笆里》《香炉供桌》《极乐寺的春节》《大乘殿》《孔庙建筑之一》《孔庙的桥和拱门》《孔庙寺院里的石板和神兽》等。除此之外，哈尔滨城市的街景、哈尔滨四季的变化、哈尔滨周边地区的劳动场景，都被画家用自己的画笔和不同的色调，以自己独特的视角和感悟，一一记录在画布上，如《哈尔滨：南岗一角》《冬天的博物馆大院》《开着的丁香丛》《光大奇耶夫卡养花业》《王岗康拜因收小麦》《庄稼人》，以松花江为题材反映哈尔滨四季的绘画有《松花江上》《推一推》《帆船》《松花江上的游艇》《松花江的黄昏》《松花江的深秋》《冰封前的松花江》《松花江开航》《松花江上卸沙》。另外，他还出版了石印画集《哈尔滨风景》，并配有中文、日文的说明。罗巴诺夫通过他的绘画，为我们直观地展示了当时哈尔滨城市的风貌、美丽壮观的松花江风景、生动的劳动场面、独特的地方风俗，为读者真实地了解那个年代的哈尔滨提供了直观、生动、鲜活的画面，也为研究和再现当时哈尔滨的城市原貌、自然景观、风土人情、气候特点，以及城市的变迁提供了可资借鉴的资料。

1910年东北地区鼠疫蔓延，大批人员死亡，而且有继续发展的趋势，这不仅震动了整个铁路管理机构，也引起世界的广泛关注。“所有国家的杰出医疗力量云集哈尔滨……与这个中世纪的传染病做斗争。全世界的参与带来了良好的效果，很快传染病得到了控制[①]”。中东铁路协会为此花费了巨额资金，他们暂时关闭车站，几乎每天都对各车站和邻近村镇的居民实行最严格的管制和监督，立即隔离被怀疑有病的人，发现有死人的房子马上烧掉，修建了专门的隔离村，将被怀疑有病的人安置在那里，为他们迅速修建了简易的房子，有消毒功能的洗澡堂、洗衣间，禁止他们使用自然水源，免费为他们提供所有的给养。可怕的鼠疫终于被果断的决策、得力的领导、严格的管理、医疗工作者奋不顾身的牺牲精神战胜。然而，在这次与鼠疫的斗争中，35位俄罗斯医生和医务人员殉职，也有10万当地中国人失去了生命。但是，因此而积累下来的许多灵活具体的措施和科学的控制方法，为以后的防范提供了宝贵的经验。因此，满洲在以后的整整10年之内没有

① 李延龄主编《中国，我爱你》，李蔷薇、荣洁、唐逸红译，北方文艺出版社，2002，第357页。

发生过一次鼠疫，这在当时是相当了不起的。他们所采取的这些控制措施，即便在今天看来仍然是比较先进的。当哈尔滨遇到天灾人祸时，俄罗斯侨民义无反顾地投身其中，为当地的稳定和发展做出了不可磨灭的贡献。这一事件当时被俄罗斯电影摄影师拍成纪录片，在世界很多国家的银幕上都上演过，并引起了很大的反响。

哈尔滨是一座散发着浓郁俄罗斯气息的城市，它拥有独具俄罗斯民族特色的诸多教堂、学校、慈善机构，几乎完整地保留了俄罗斯民族的风俗习惯。每当谈到哈尔滨宗教生活的时候，不能不谈到与俄罗斯人生活息息相关的社会慈善活动，它给每一个俄罗斯人的心中都留下了许多神圣而美好的回忆。

哈尔滨教区始建于1922年，在其鼎盛时期拥有60座教堂，有100多个神职人员，仅哈尔滨市内就有21座教堂。每个教堂都各具特色，而且功能各异。圣尼古拉大教堂是哈尔滨的宗教活动中心，是哈尔滨的“教堂之父”，受到所有教民的敬仰。当时，哈尔滨所有的重大节日、大型宗教活动都在此教堂举行。教堂的一个主要功能和宗旨就是给那些突遭不幸的人们提供资金上的帮助。圣母报喜教堂曾是俄罗斯东正教驻北京教士团哈尔滨分会的会馆，每年主显节（圣诞节后的第12天）的那一天，全城的东正教教徒都会云集在这里。做完大弥撒后，宗教游行队伍从这里出发走向松花江。神父走下冰制的台子，把十字架放入松花江的冰窟窿里，水顺着凿开的冰槽流出，信徒们用流出的圣水洗礼，并把圣水装进随身携带的器皿中，有些圣徒还跳入不远处的冰窟窿里。伊维尔教堂是座七圆顶的教堂，是专门为在日俄战争中牺牲的将士们修建的，他们的名字被铭刻在教堂的穹顶和柱子上，这是哈尔滨唯一一座用马赛克拼制圣像的教堂。教堂开办了老人院、孤儿院，还开办了慈善食堂，穷人可以在这里吃到非常便宜的或是免费的饭菜。喀山—博戈罗季茨基男子修道院主要从事慈善事业，随着修道院周围居民点的出现，修道院开始为这个区的教民服务。修道院开设了慈善医院，医院设有免费的药房和门诊部。另外，修道院附设有印刷厂，宗教书籍都在此印刷。斯科尔比亚申斯克教堂是专门为了纪念革命时期遇害的俄国沙皇尼古拉二世一家人而修建的。卡姆斯基教堂是老年人和孩子的庇护所，教堂设有圣像画的作坊，女孩子们在这里学习绘制圣像。索菲亚教堂雄伟壮丽，建筑风格独具特色，其殡葬所是教堂的慈善机构，专门为穷人和那些无亲无故的人们送葬。教堂拥有自己的图书馆，吸引着许多神学爱好者。哈尔滨还有阿列克赛教堂、波克罗夫斯基圣母教堂。除此之外，哈尔滨还有一处东正教信徒的墓地乌斯宾斯基。另外，哈尔滨开设了几所宗教学校，学校既开设神学课程，也开设一些实用课程。

哈尔滨每年都有各种各样的慈善活动，其中，1月25日的俄罗斯苦难圣徒塔吉亚娜日影响最大。它既是大学生们的节日，也是一个影响广泛的慈善活动。塔吉亚娜是俄罗斯大学生的保护神，按照俄罗斯多年来的习俗，每年的这一天，许许多多的人都会聚集在教堂里一起做祈祷。庄严的仪式结束后，人们在校园里简单地庆祝这一节日。晚上举行盛大的舞会，其目的不仅仅是娱乐，更是捐助那些贫困学生，因此舞会都有最低消费。参加这一活动的除了俄罗斯侨民外，还有中国人、朝鲜人等。自然，他们都不同程度地受到了俄国文化的影响。毋庸置疑，俄罗斯乐善好施的宗教文化对当地朴实的民风起到了积极的影响。

当然，各种物质文化交织在一起的哈尔滨也不乏一些低级的娱乐场所，比如各种档次的饭店及赌博性质的台球馆、鸦片馆等不雅场所。哈尔滨的俄罗斯侨民知识分子用宗教、道德的理念和俄罗斯文化传统，为俄罗斯侨民青年筑起了一道防护屏障，他们在这方面做出了伟大的贡献。宗教在这方面起了至关重要的作用，特别是圣弗拉基米尔神学院在培养俄侨青年的道德方面做出了自己积极的贡献。1934年，神学院创建了圣约翰宗教协会，这个协会在十几年间始终召唤人们要“团结、和睦、仁慈”。1944年，《宗教协会导报》发布了《告读者书》，指出，为了实现理想，在为人的幸福、人的灵魂和肉体的健康而斗争时，协会的会员不许吸烟，因为它对吸烟者和周围人的身体健康有害；会员们不许喝白酒，因为白酒是永远的罪恶，由于它，一个家庭甚至全世界会发生许多不幸的事。

俄罗斯侨民的各种文化活动促进了当地大众文化的普及与水平的提高，尽管这些教育和娱乐活动大都是针对俄罗斯侨民举办的，但不乏当地人的参与。

二、上海："天堂"与"地狱"

20世纪初上海俄侨人数稀少，那时还未形成俄侨聚居地和文化中心，而且20世纪初之前上海鲜有俄侨贸易和商业，只是设有汉口俄侨大茶商在沪的分理处。1896年，华俄道胜银行在上海设立。随后出现了几家俄侨小商行，如古布金-库兹涅佐夫公司、莫尔恰诺夫-佩恰特诺夫公司（阜昌洋行）、利特维诺夫公司（顺丰洋行）以及波波夫和纳克瓦等。1904—1905年，日俄战争期间及战后，南京路（今南京东路）开始出现一批俄侨商号，1907年后陆续出现了俄侨寄售商店、食品店、布匹店、银行办事处等。1914年第一次世界大战爆发后，俄国在上海采购金属、机器、化工产品、油漆等战略物资以及大量生活用品，在沪俄侨商号明显开始增多。1916年由俄侨药物学博士约费以荷商名义注册的信谊化学制药厂是远东最大的综合性药厂，药厂附设信谊大药房。1917年十月革命后，随着上海俄侨人数的迅速增多，上海最初聚居俄侨的南京路、百老汇路（今大名路）一带，俄侨商号快速增加，到了20世纪20年代中期，俄侨的商业发展已经开始向富裕的法租界汇聚，法租界霞飞路上95%外国人开设的商店都由俄侨经营。俄国第一面包房于1927年创设，所制面包、糖果、点心为正宗俄罗斯风味，成为上海最好的俄式面包房。据1928年6月4日《南中国的新生活》报道，俄侨在霞飞路新设近20家百货店、10家食品店、30家服装店、5家大型糖果店、5家西药店、5家钟表首饰店、3家照相馆、2家餐具店、5家理发店、5家出租汽车行、3～4家皮鞋店、5～6所报亭、4家糕点铺、多家玩具店，还有花店、金鱼店，一批小吃店和咖啡馆，总数不下于100家。到了20世纪20年代末，霞飞路上的女式服饰鞋帽零售、女装和童装制作、时新的布店与百货店、西式食品店，还有男式西服衬衫店和咖啡馆等，几乎都由俄侨经营。1934年霞飞路、马斯南路口西侧的霞飞商场开张时，共有27间店面、10间套房，而租赁者几乎都是清一色的俄侨。老大昌法兰西面包房，又称西老大昌，是俄侨于1937年与法侨等合资开设的，为今上海著名的老字号“老大昌”食品店的前身。1940年开设的乔治照相馆，为法租界规模最大、声誉最好的照相馆之一，是知名的上海人民照相馆的前身，现更名为上海人民摄影公司。到了1946年底，上海俄商银行的资本总额由1942年的3.8万元迅猛增加到1500万元。法租界内俄侨企业总资产至少达200万元，月资金周转额五六十万元，因此当时上海的中外人也称霞飞路为东方涅瓦大街和罗宋大马路。到了20世纪30年代初，俄侨在上海的经营范围已涉及各个行业领域。上海的俄侨在经济上较有保障，因此是在华俄侨中生活条件最好的。20世纪20年代末，上海第一流的医师、建筑师和工程师中有10%以上为俄侨。全市俄侨医师由最初的2人发展到132人，占法租界公共卫生救济处公布注册的314名外籍医师的42%，俄侨开业医师占比接近一半，俄侨医师人数位居上海第一位。此外，还有许多俄侨牙医、兽医、助产士和护士等。

俄侨在商业上的成功也推动其在文化领域崭露头角。他们首先开办各类学校，为年轻一代俄侨提供受教育的机会，如俄国正教学校、俄国正教协会商业学校、上海俄国商法专科学校、第一俄国音乐学校、马克列佐夫教授音乐学校、俄国医药学校，还专门为女性学习而开办了女子学校，如前身为《上海柴拉报》女子职业训练班的俄国女子职业学校、俄国女子中学，此外还有专收俄籍学生的法国小学、天主教俄童学校，以及俄国红十字会上海护士协会幼儿园、俄童托儿所等。俄侨十分注重基础教育和实用技术教育，他们仅在上海开办的职业技术学校就有10所。其次，加强和丰富音乐艺术生活，这一方面是因为俄侨可以发挥自己的一技之长，为其在上海的生存提供良好的谋生手段，另一方面则是满足上海俄侨及外侨日益高涨的文艺娱乐生活的需求。有关俄侨在上海的音乐艺术和教育活动在前面已设专节“上海国际艺坛的半壁江山”给予了详细描述，在此不再赘述。

上海俄侨的绘画、设计艺术也非常值得在此一提。1918年，卡尔梅科夫去泰国时途经上海并在上海举办了个人画展，这应该是最早在上海出现的较有名的俄侨画家。此次画展取得了空前的成功，收入高达26000银元，这也是上海第一次正式接触俄国绘画艺术。利霍斯基1920年定居上海，是上海著名的建筑艺术家之一，上海亨利路东正教圣母大教堂便出自他的设计。俄侨画家波德古尔斯基因参加设计上海沙逊大楼、法国夜总会等知名建筑而名噪一时。俄侨著名漫画家萨波日尼科夫1925年便进入中国最大的英文报社《字林西报》，其漫画杰作为他赢得了世界声誉。知名的肖像画家扎瑟普金1925年侨居上海，成立了自己的画室，为各国驻沪领事、外交官及各国外侨社会活动家绘制肖像，他的中国风景画也颇具特色。科万采夫曾在哈尔滨、大连等地生活工作，1933年移居上海，他是大文豪列夫·托尔斯泰弥留时肖像的作者，此肖像画为其成名作，为他带来了巨大的世界声誉。许多俄侨在上海从事广告设计、开办广告美术社，上海的广告业务，包括许多大型外商企业的广告业务几乎都被俄侨承揽。然而，俄侨画家在20世纪初却很难靠绘画和设计养活自己，通常都去各种商号兼职，到了20世纪30年代，上海的俄侨画家已经可以靠绘画养活自己了。

上海的俄侨体育团体也随着俄侨人数的增加逐渐壮大，如1930年成立的“俄罗斯之鹰”体操协会，会员一度达到359人，此外还有上海万国商团俄国联队、俄国田径协会、俄国国际象棋小组、俄国网球小组、俄国狩猎钓鱼协会以及多家骑马协会等。网球、足球、篮球、排球、乒乓球、羽毛球、摔跤、拳击、体操、自行车、国际象棋、曲棍球、水球等，都是俄侨喜爱的运动项目，并在各类国际比赛中屡获佳绩。若翻阅《边界》杂志，许多都是以体育活动和体育人物为封面的，显示出俄侨积极、阳光、健康、向上的精神面貌。

俄罗斯女子素以美貌著称，尽管俄侨以难民身份定居上海，但从1927年起，《上海柴拉报》便开始举办选美比赛，而且基本上每年举办一次，参加人员既有俄侨，也有在沪的各国女性，获奖者被冠以“上海女皇”和“上海小姐”的美名。1930年选美比赛的奖品为一辆别克牌小轿车和一个高约83厘米的银质大奖杯。1938年选美比赛完全按照好莱坞的标准评选世界标准美女。历届“上海小姐”都出席招待会，尽管票价不菲，但观众热情极高，出席招待会的各国驻沪记者多达几十人。自1930年开始，还增加了最漂亮的孩子评选，参选儿童必须小于12岁。

上海的俄侨文学可谓独特，当时上海出现了不少文学协会，我们仅以俄侨的“星期一”为例，便可知上海这一文化中心的魅力。“星期一”成立于1929年，发起者主要是一群俄罗斯青年作家和诗人，会员虽以成名之文学家居多，但亦有不少其他艺术工作者加入。该协会经常举办文学晚会，在众多的文学协会中最为活跃，其宗旨就是吸引上海年轻的俄侨文学爱好者，并将其培养成职业的文学家。在短短的4年时间里，“星期一”很快发展成为一个具有很高文学水准的协会。同时，“星期一”发行了两份在上海颇具影响力的报纸，一份是《上海柴拉报》，另一份是《斯罗沃》，同时，斯罗沃出版社出版各类图书70种，包括小说、教科书、儿童读物。1930年9月，“星期一”还出版了自己的第一份杂志《星期一》。1930—1935年的6年时间里，“星期一”出版了五期以“星期一”命名的文集，在此期间协会人数达到45人，其中11人来自中国哈尔滨以及朝鲜、蒙古国、法国、意大利、美国、巴西等国家，其余34人均来自中国上海。1934年，俄罗斯著名作家布宁与“星期一”建立了联系，并成为协会的名誉会长。可以说，到了20世纪20年代末，特别是20世纪30年代初期，上海的俄侨文化生活焕发了勃勃生机。20世纪30年代中期，上海成为继哈尔滨之后在中国的又一个俄侨文化中心。

然而，从20世纪20年代中期起，特别是1931年“九一八”事变后，东北俄侨南下，上海白俄妓女大增，因公共租界一度禁娼，大多变为地下妓院，其中80%为酒吧伴舞舞女，上海的中高级外国妓院中也以俄籍妓女为最多。而据保护上海俄侨妇女儿童国际委员会的统计，秘密卖淫和偶尔卖淫的俄侨妇女总数为1615人。在1925年前，上海俄侨中很少有严重刑事记录，但自20世纪20年代中期起，大批职业罪犯从苏联国内和哈尔滨等地南下，上海俄侨犯罪现象急剧上升。1927年，公共租界有318名俄侨犯罪，其中119人犯有重罪，俄侨刑事犯罪率一直在上海外侨中居首位。据1930—1947年上海俄侨犯罪情况统计，俄侨在上海犯罪人数在外籍犯人中的比例基本一直保持在75%～85%，其中盗窃明显高居犯罪榜首。上海也因此成为俄侨淘金和娱乐的"天堂"，同时也成为部分俄侨沦丧以致沦为阶下囚的"地狱"。

有趣的是，俄侨文学家和中国文学家对20世纪20—30年代的上海都曾有过"天堂"与"地狱"的书写。那么，俄侨心目中的上海到底是怎样的一座城市，与同一时期中国人心目中的上海又有什么不同？我们可以从他们的文字中窥见一斑。

文学不仅是俄侨表达情感的手段，也是其对外部世界的认知、理解和接纳的途径。在俄侨回忆录和其他文学作品中，有不少对20世纪早期上海这个国际大都市的描写。

中国现代文学中有关20世纪20—30年代上海的书写由来已久，形象也各异，从渔村到洋场，再到向现代化都市迈进、中西文化交汇、消费文化盛行的嬗变等，这些文字中都昭示着上海的演变轨迹。而在同一时期的中国还存在着有关上海的另一种完全不同的书写，它们反映了中国俄侨对上海国际自由港的想象，同时也真实地记录了20世纪20—30年代上海的众生相。虽然这两种文字产生在同一时期，书写的是同一座城市，但两种文字记录中的上海却有着完全不同的面貌。对两种文学中的上海进行比较，我们可以从一个全新的视角了解那一时期上海的另一幅画面。

它是一座革命之城。上海自开埠以来，就一直居于中国现代化的中心地带，在很大程度上扮演着中国现代化领头羊的角色，是现代民族国家主体意识的代表和体现。中国现代文学中上海形象被赋予了整个民族热烈企盼现代化的情感，人们从“上海形象”的展示当中，能够更多地领会到有关民族独立、社会解放、迈向现代文明的诸多宏大的叙事价值，“革命性”便成为其最为突出的表现。因而上海常常被描绘成革命的“飞地”，如中国左翼作家联盟的发起人之一殷夫的红色鼓动诗歌《别了，我的哥哥》（1929）表达了“我”和“哥哥”的手足之情与民族、国家的需求相比只能处在次要的地位，完成了“我”向一个阶级作告别，将“上海形象”塑造成为新兴的无产阶级建立新的国家革命的策源之地，使“上海形象”成为一种具有革命感召力的代表。殷夫还在《上海礼赞》（1929）中，把上海说成“中国无产阶级的母胎”。蒋光慈的《短裤党》（1927）描写了1927年上海工人武装起义直至取得胜利的艰苦斗争。那时的上海完全“被沉郁的，令人不爽的空气所笼罩着”。在左翼文学中，罢工、工人、暴动、压迫、传单、阶级、包身工、屠杀、口号、被迫出卖自己的舞女、帝国主义的铁蹄、军阀的刀枪、纱厂、资本家的恶毒、女工利益、肺病、反动派、革命党人、革命、工会、斗争、暗杀、敌人、打倒，构成了上海“革命城市”的基本景象。

它也是一座租界之城。上海租界特征成为左翼文学的另一重要书写。这一时期大量表现上海经济破产的作品纷纷出现，以《子夜》（1933）为代表的一批作品开始对国家殖民性进行思考。在茅盾的小说中，作家将上海现代性的租界特征作为主要的表现对象，如华洋分居、杂居、异国情调的大街和建筑成为上海的主休，以租界形象代替上海形象，以工厂、烟囱林立标志被侵略的工业现代化的发展，作品中表现出作家拯救上海的强烈的使命感。1934年《新中华》杂志以“上海的将来”为题发起征文，寓居上海的茅盾、郁达夫、林语堂等纷纷应征。他们的文章多半从国家立场出发，认定上海是帝国主义统治中国、国际资本对中国经济侵略的中心，并大量使用“剥削阶级”“吸血”“压榨”“国际资本帝国主义”“畸形”等词汇。上海似乎不是中国人的上海。郭沫若在其《月蚀》中写道："可怜的亡国奴！可怜的我们连亡国奴都还够不上，印度人都可以进出自由，只有我们华人是狗。"公开斥责外族对中国人的凌辱与压抑，揭露和批判外国殖民者对中国的侵略与剥夺。在郭沫若的回忆录《创造十年》（1932）中，记录了他从日本刚回到上海时看到黄浦江上景色时的万般感慨：随着"船愈朝前进，水愈见混浊，天空愈见昏朦起来，杨树浦一带的工厂中的作业声，煤烟，汽笛，起重机，香烟广告，接客先生"，上海就"象盛着葡萄酒的玻璃杯碰在一个岩石上"一样，乌烟瘴气，杂乱无章。在郭沫若看来，中国人在上海之所以生计艰难，其关键原因之一就是上海是一个被侵略的城市。城市车水马龙，欧式的摩天大楼林立，陌生的人群穿行在商业化的被侵略的都市中，这是与传统乡土中国经验全然不同的另外一种都市形态，这种城市让人感觉冷漠，没有温暖，寂静无声，甚至死气沉沉。

不难看出，这一时期的中国现代文学具有强大的政治色彩，或者说，文学更多的是从政治的角度出发的。

它还是一座奢靡之城。20世纪30年代，上海城市的物质与消费现代性前所未有地凸现。此时的上海已经成为世界第五大都市，到了1936年，总行设在上海的西方洋行有771家，上海成为被强行拉入世界现代化进程的城市。在它崛起和走向大都市的历程中，不可避免地体现了某些具有世界普遍意义的特点，西方城市化进程中的问题在上海无法避免，它的消费性、堕落畸形等特点随之派生而出，这就导致中国现代文学中的娱乐消费上海的书写。巴黎是上海的榜样，上海被西方人称为"东方的巴黎"，外国人的休闲娱乐成为上海城市文化的一部分。这一时期的作品所描写的是中国过去见所未见、闻所未闻的新现象和新事物，"聚焦上海的夜总会、咖啡馆、酒吧、电影院、跑马厅等娱乐场所，追踪狐步舞、爵士乐、模特儿、霓虹灯的节奏和色彩"（穆时英，《上海的狐步舞》，1932）成为上海城市的图景，奢侈消费、做"买办"成为争相追逐的目标。灯红酒绿与失业抢劫、烟囱林立与经济萧条、车水马龙与门庭冷落混杂并存。郭沫若在《上海印象》(1921)中是这样描写上海的："游闲的尸/淫嚣的肉/长的男袍/短的女袖/满目都是骷髅/满街都是灵柩/乱闯/乱走。"而"坐汽车的富儿们在中道驱驰，伸手求食的乞儿们在路旁徙倚"(《上海的清晨》，1923)。在20世纪20年代末期，石评梅将上海直接视作沙漠："上海地方繁华嚣乱，简直一片闹声的沙漠罢了！……我半分的留恋都没有，对于这闹声的沙漠。"(《一瞥中的上海》)。在茅盾《虹》(1929)这部作品中，主人公梅对她的引路人、革命者梁刚夫说：

> 上海当然是文明的都市，但是太市侩气，你又说是文化的中心。不错，大报馆、大书坊，还有无数的大学都在这里，但这些就是文化吗？一百个不相信！这些还不是代表了大洋钱、小角子，拜金主义就是上海的文化。在这个圈子里的人都有点市侩气，不错，上海人所崇拜的就是利。

穆时英在《上海的狐步舞》(1932)中以"上海。造在地狱上面的天堂！"开篇，将上海都市人灵魂的喧哗和骚动，特别是把沉溺于都市享乐的摩登男女的情欲世界揭露无疑：

> 上了白漆的街树的腿，电杆木的腿，一切静物的腿……revue似地，把擦满了粉的大腿交叉地伸出来的姑娘们……白漆的腿的行列。

将上海描写成一个充满肉欲、色情当道的社会。

总的来说，20世纪20—30年代的中国现代文学中的上海书写常常带有否定性的认知。

如果说20世纪20—30年代中国现代文学中的上海书写主要表现的是从租界特征到新中国上海的国家想象和对殖民主义下的上海现代化

的想象的话，那么20世纪20—30年代的俄侨文学中的上海书写则在于本地特性的强化和突出；如果说中国现代文学用工厂、小汽车、灯红酒绿、经济萧条为我们展示了一个充满强烈生存欲望的现代化都市的上海的话，那么俄侨文学则为我们提供了一幅新奇神秘、颇具东方之美的城市画卷，虽然这幅画卷略显杂乱肮脏，但却温暖并生机盎然。

一是民俗之独特。中国民俗对俄侨来说既新奇又充满神秘感，他们对中国地方文化的热爱也情不自禁。尼古拉·斯维尔特洛夫1931年从哈尔滨移居到上海后发表了许多诗篇，1934年在上海出版过一本诗集，他的作品具有很强的艺术感染力，他的《中国的新年》《大街上》《千手观音》对上海民俗有不少生动的记录。房前屋后的鞭炮声中充满了欢乐，“咚咚咚……锵锵锵”，显得特别热闹，“胡琴、喇叭、锣声”“蹦蹦跳跳的民间舞蹈”，令人“神魂颠倒”，整个大街小巷充满“喜气洋洋”的气氛，祈求家人平安、买卖兴隆、万事如意是所有中国人的愿望，也成为俄侨心中最大的愿望。大街上人来人往，捏面人的中国汉子“手指灵巧”，捏出的面人或“转动像舞蹈”，或高大威武，或滑稽可笑，尽管面人只有“五分一个”，但个个栩栩如生，活灵活现。人们“你挤我撞”，四周的人里三层外三层“好像一堵墙”，都在“看热闹”，热闹、喜庆的场景装点着大街小巷的节日气氛。中国古代的名刹寺院到处都“香烟如雾”，“佛事红火”，千手观音虽然“青铜铸就”，却身躯“圣洁”“美丽”，好比“如丝如缕”的“淡蓝的香烟”，凝视着“九霄云外”，人们在她面前“点燃蜡烛”，把烧纸投向“圣洁火焰”，并“双膝下跪”拜倒在她“威严神像的脚下”，祈求着幸福，因为观音是“先知”，是在“为神代言”，因此庙宇佛塔“亿万年不变，始终如一”地供奉着她。在俄侨的笔下，观音是世上“最美丽”的“闪耀星光”。在俄侨看来，中国习俗“全都有着奇异的欣快含义”。“烫嘴的烧酒”如“热烈的语言”；“精灵鬼怪，四方神仙”相貌奇异，如幽灵般“在迷雾中游荡蹦跳”；“老子的聪慧过人”如“迷人的歌曲”“泼洒心间”。这一切仿佛“台风或者雷电”，“凶猛地跃起”，猛烈地撞击着、拍打着他们的心田，他们“贪婪地吸收着”这一“陌生”而又“殊异”文化中的“乳汁”。

二是城市之脏乱。肮脏、杂乱、破败、萧条的街景与市民生活也成为俄侨文学中对上海的另一种写照。奥莉加·斯科皮琴科的《上海僻巷》中对上海街景与市民阶层的刻画可谓入木三分，街上“土黄色的，灰不溜秋的”房子肮脏；一个生病的乞丐躺在地上，“旁边立着个大垃圾箱子”；小饭馆里人们慢悠悠地喝着啤酒，但“杯很脏”；“油味儿、炭火味儿、豆味儿”直刺鼻孔。尽管上海“有无数的摩天大楼”，“和北京一样繁华热闹”，“马路上汽车很多”，但“黄浦江和其他河流色泽浑浊、肮脏，即便是整个上海似乎也满是灰尘。这里你看不到像北京那样的蓝天”。“百万富翁住在豪华的大房子里，而穷人住在茅草里，有的穷人则直接住在黄浦江的舢舨上。这是一座极具矛盾的城市，奢华与贫穷、信誉良好的银行和地下银行窝点，诚实的人和骗子并存”。“高档餐厅和妓院是那些来上海的世界各国的海员们经常光顾的地方，那里海员间常常发生殴斗事件，也难怪这些地方被称为‘血淋淋的胡同’”。而在整个远东，“上海因其酒吧、妓院和来自欧洲和亚洲的白色妓女而名声不好。从这方面讲，上海与世界其他港口城市相比不坏也不好”。

三是外国人之乐土。在奥尔加·伊利尹娜·拉伊尔撰写的《东方缘》一书中，有一章专门描写作者20世纪30年代初到上海时的印象。“上海简直是太大了，有无数的摩天大楼”，但“建筑不属于中国风格，汽车很多”。当时上海城市分为三个主要部分，“北部是以英国人和美国人为主的国际租界。市中心是法租界，南面是中国城。上海周边有众多郊区的和乡村。日本人有自己的租界，但实际上他们已占领了整座城市，其中包括英美管辖的国际租界和法租界，国际租界更侧重工业和商业，而法租界更生活化一些，主要以居住为主”。霞飞路上的俄国人要比中国人多得多，那里的大部分商店都是俄国人的。“尽管俄侨没有国籍，但俄侨在上海都可以绝对自由地生活，那些英语好的人可以在国际租界和法国人那里找到工作，许多旧式军人在警察局或法国、英国的军队工作，不懂英文和法文的人很难找到工作，许多人受雇于富有的中国人给他们当保镖”，因此，“国际租界比城市其他地方秩序要好”。在俄侨笔下，上海是一个国际自由港，是外国人的乐土。

这一时期俄侨笔下的上海形象与20世纪20—30年代中国现代文学中的形象存在着明显的不同。上海在俄侨的笔下更多的是一个极具地方特点和个性的、外国人占主流的中国南方大都市。尽管俄侨文学中也存在一些对上海的否定认知，但更多的却是赞美之词。

纵观20世纪20—30年代的中国现代文学和俄侨文学中对上海的不同书写，一个有趣的共同点是，无论中国现代文学还是俄侨文学，无一例外都是从外部来描写上海的。

中国现代文学基本上反映的是上海从开埠之初的渔村如何走向现代都市这一历史转型时期所面临的新的问题和矛盾，更加刻意渲染被压迫和奴役的租界之城和不断与其抗争的革命之城的形象，以及上海金钱的铜臭气味和腐败堕落的本质。因此，中国现代文学中的上海便成为中国知识分子追求左翼、表达革命理想之地，成为中国知识分子寻求自身解放和对国家殖民性的思考，同时也成为一个怪物、幽灵，一个地狱和天堂并存的所在。自然，这样的书写与20世纪20—30年代中国正处在内有军阀的连年混战，外有帝国主义列强的侵略这一历史上动乱、黑暗的时期是分不开的，加之20世纪30年代初的世界经济大萧条，欧美经济恐慌影响到当时中国的民族工业，特别是轻工业受到严重打击，已濒于破产，国家正处在民族危亡的关键时刻。即便是当时处在民族资本主义的黄金时期、完全可以用“繁华”来形容的上海，更是由于工商业、金融业特别发达，外国企业、外国资本尤为集中，所遭受的冲击也更加明显。因此，这一时期中国现代文学中的上海书写就更加凸显了其革命性、殖民性和矛盾性，其目的在于深刻反映当时的社会历史现实，起到使人们警醒、感奋的战斗作用。

相比之下，俄侨文学中的上海没有了中国现代文学所肩负的责任感和使命感，而更富东方韵味，更富生活气息，更具城市活力。俄侨文学中无论是上海女性之娇美，还是南方小桥流水之秀美，无论是街道弄堂里小商小贩的吆喝声，还是租界里川流不息的人群，处处都散发着浓浓的生活气息和城市活力。自然，这与俄侨的身份和当时的处境是密不可分的。由于上海俄侨中相当一部分是沙俄时期的贵族和知识分子，他们在离开俄国时有着显赫的身份、令人羡慕的社会地位、优越的生活条件、丰厚而稳定的收入，生活可谓养尊处优。然而，由于俄国国内局势的变化，一夜间他们失去了自己的家园，甚至妻离子散，不得已远赴陌生的国度，往日家庭的温暖、安逸的生活、美好的前程瞬间化为乌有，甚至连基本的温饱和栖息之地都难以得到保障。在异国他乡，除了突入眼帘的东方异国景致之外，便是与他们形单影只形成鲜明对比的自在、热闹、充满活力的生活气氛，此时的这一切对于背井离乡的俄侨来说，成为他们渴求的生活理想。因此，俄侨笔下的上海如世外桃源般宁静，但又不失生活的喜庆与温暖。虽然华洋混居，欧式建筑林立，却有着自己与众不同的城市个性和特点，并极富现代国际都市的活力。随着他们在上海生活的安定以及对中国文化进一步的了解，中国文化的博大精深深地吸引着他们，并令他们折服，故而中国文化又成为他们笔下常常认知与赞美的对象。然而，令人遗憾的贫富差距、破败肮脏的城市一角、底层人民生活的艰辛勾起了他们内心深处之隐痛，同病相怜的境遇和处境使得俄侨更加理解和同情上海底层人民生活的苦难与挣扎。因此，20世纪20—30年代的俄侨对上海的认知和书写便更加突出了抒情性、东方性、自由性，其目的在于抒发自己的情感，寄托自己的理想，汲取东方文化之精髓以满足其精神的需要。

俄罗斯侨民作家的回忆录和文字记录所提供的第一手资料，使我们初步了解了他们的物质生活和精神生活的概貌，而要真正深入他们的情感世界和心灵深处，还需要研究他们的各类文学作品。在那些作品中，记录着他们更多更丰富的敏锐观察，波动着他们更深更细微的情感涟漪。

第三章

诗歌创作研究(上):瓦列里·别列列申

中国俄罗斯侨民文学的出版主要以诗歌、小说、回忆录、剧本、散文为主，其中诗歌的出版量比较大，中国俄罗斯侨民文学家中诗人的创作也最为活跃。这与俄国国内“白银时代”的文学传统是一脉相承的，中国俄罗斯侨民诗人的创作从风格上讲，基本上是属于“白银时代”的。也就是说，从时间上讲，发生在中国20世纪初的俄罗斯侨民文学是1890年至1920年俄国“白银时代”文学创作在中国的延长。从文学思潮和艺术特点上讲，它又是俄国“白银时代”多样的创作手法在中国的延续。中国俄罗斯侨民作家中很多诗人或有象征主义的特点，或有未来主义的特点，或有阿克梅主义的特点，抑或兼有多种特点。

哈尔滨的俄罗斯侨民作家出版的诗集众多。目前，从有文字记载的资料上能够看到的诗集就有70余部，除了我们前面提到的《丘拉耶夫卡》存在期间出版的4部诗集《云梯》《七人集》《映山红》和《小河弯弯》外，还出版了许多个人诗集，如奥莉加·斯科皮琴科的《故乡的热潮》《致未来的领袖》《逃亡者之路》，莉迪娅·哈茵德洛娃的《台阶》《朝霞》《彷徨》《沉思》《日期、日期》，拉丽萨·安捷尔先的《沿着大草原》《岛屿》《拉丽萨之岛》，叶里扎维塔·拉钦斯卡娅的《一串钥匙》；叶列娜·达丽的《拍岸浪》《在亲爱的边界线上》，叶列娜·涅杰利斯卡娅的《门槛前》《白色的小树林》，维克多利娅·杨科夫斯卡娅的《浪迹诸国》，法依娜·德米特里耶娃的《信封里的花》，伊吉达·奥尔洛娃的《神秘的玫瑰》，玛丽安娜·科洛索娃的《歌的大军》《上帝啊，拯救俄罗斯!》《我不会屈服》《剑声铮铮……》《铜的轰鸣》，奥利加·捷利托夫特的《易逝的歌》，玛利娅·维吉的《诗集》《淡蓝色的草》，薇拉·孔德拉多维奇-西多洛娃的《恢复原状》，娜塔利娅·

列兹尼科娃的《大地之歌》《你》，塔依西娜·巴热诺娃的《一个西伯利亚女人的歌》，尼娜·扎瓦茨卡娅的《光明的戒指》，谢尔盖·阿雷莫夫的《温柔的凉亭》《回声》《不带闪电的竖琴》，雅可夫·阿拉肯的《幻想与思索》《遥远的回声》，阿列克谢·阿恰伊尔的《言简意赅》《艾蒿与太阳》《小路》《金色天空下》，瓦西里·敖布霍夫的《沙岸》，瓦列里·别列列申的《途中》《美好的蜂房》《海上之星》《牺牲》，费多尔·卡枚什纽克的《疼痛的音乐》《花瓣》《碑文》，格奥尔吉·萨托夫斯基的《金船》，米哈伊尔·沃林的《穿越诗行》，尼古拉·谢果列夫的《往昔的火花》，弗谢沃洛德·伊万诺夫的《火热的心》，阿尔谢尼·涅斯梅洛夫的《阶梯》《血色的反光》《没有俄罗斯》《小车站》《白色舰队》《穿越大洋》《大祭祀之妻》，鲍里斯·沃尔科夫的《在异国道路的灰尘里》，列夫·格罗塞的《心灵的思索》，瓦西里·洛基诺夫的《诗中的哈尔滨》，尼古拉·彼得列茨的《回归》；米哈伊尔·斯普尔戈特的《断口》《黄皮肤人》，韦涅季克特·马尔特的《歌儿》《黑色的房子》《樱花瓣》《美好的城市》《三个太阳》。其中，有的被李延龄教授整理，在国内出版了十卷本的《中国俄罗斯侨民文学丛书》（俄文版），一些被翻译成中文，汇集成五卷本的《中国俄罗斯侨民文学研究丛书》出版。还有一部分由于受经费和人力资源所限，还没有出版成册，相当多的部分还没有发现整理，甚至有的可能永远留下的只是篇目。

我们从这些仅存的诗集名称和出版数量中可以看出，中国的俄罗斯侨民诗人人数之多、创作领域之广，不由得让我们赞叹那个年代里俄罗斯侨民对诗歌创作的痴迷。中国俄侨的诗歌浪潮是那些年间最有意义的文化生活现象，它不仅促进了许多有天赋的诗人的创作，而且还成为他们的精神源泉，帮助他们保留住了俄罗斯的根。虽然他们的艺术天分和创作技巧各不相同，但是他们却推动了中国俄罗斯侨民“诗歌浪潮”的兴起。即使现在看来，这股诗歌浪潮也依然具有其独特的社会意义和艺术价值。然而，由于历史的原因，它们却被尘封了半个多世纪。直到20世纪80年代，俄罗斯侨民文学成了世界文学研究的一个热点以后，特别是国外出版了一批哈尔滨侨民作家的作品后，中国的俄侨文学才开始受到关注和重视。

虽然中国俄罗斯侨民诗人的经历各不相同，性格有刚有柔，声音各有特色，但他们的作品内容丰富、题材多样、情感真挚。研读他们的诗歌作品，可以大至将其分为三类：第一类是描写他们身居异国却对俄罗斯苦苦思念和怀旧的情绪；第二类是反映侨民远离故土、身处逆境的坎坷生活经历；第三类是表达他们对久居的中国，特别是对他们献出过全部心血的哈尔滨极其深厚的感情，以及对中国异域风土人情的描摹和赞美。阅读中国俄罗斯侨民的诗歌作品，我们可以感受他们呼吸的气息，触及他们跳动的脉搏，不难发现他们那些用生命凝结成的诗行中间跳动着的一颗颗鲜活的心灵。

本书将以独立的篇章重点研究哈尔滨侨民中最有才华的诗人阿尔谢尼·涅斯梅洛夫和最有中国韵味的诗人瓦列里·别列列申。另外，还有一些诗人，如有音乐天赋的阿列克谢·阿恰伊尔，诗风酣畅淋漓、具有阳刚之美的莉迪娅·哈茵德洛娃，自由温馨的叶列娜·涅杰利斯卡娅，小才女尼娜·扎瓦茨卡娅，被战争磨炼得无所顾忌的列昂尼德·叶辛，从不妥协的、勇敢的玛丽安娜·科洛索娃，沉静的、笃信上帝的奥莉加·斯科皮琴科等，在同一章中给予研究和解读。其他众多的诗人由于本书的篇幅所限，将留待以后研究。

第一节　漂泊中吟唱的一生

瓦列里·别列列申，原名瓦列里·弗兰采维奇·萨拉特柯-彼特里谢，出身于白俄罗斯的波兰贵族，1913年7月20日生于俄罗斯贝加尔湖旁的伊尔库茨克市一个铁路工程师的家庭。1920年随父母侨居到哈尔滨，1943年侨居上海，1952年移居里约热内卢，1992年在那里去世。

1928年，当时只有15岁的别列列申首次在刊物上发表作品，从此便开始了他的文学创作道路。别列列申最初的作品一开始并没有立即得到社会的承认，他更没敢想日后能成为一位旅居中国的俄裔诗人。父母把他和弟弟从沸腾的俄罗斯带到中国的哈尔滨，与成千上万跑到这里的贵族家庭一样，只是为了远离整日的枪战与厮杀。苏维埃政权对他们家族怪异的姓氏不具好感："萨拉特柯-彼特里谢！这是高贵的波兰-白俄小贵族的姓！贵族血统！他们是阶级敌人！"因此，当诗人开始创作时曾尝试过许多笔名，最终，在当记者的母亲和哈尔滨最负盛名的《边界》周刊总编罗柯托夫的建议下，选用别列列申作为自己的笔名。

1932年10月，别列列申申请加入由著名俄侨诗人阿恰伊尔创办的"丘拉耶夫卡"文学小组，该小组后来发展到近于诗社的性质。后来他还担任了该诗社创办的《丘拉耶夫卡》报的主编。1932年开始与《边界》杂志合作，直至1945年该杂志停刊。与所有年轻诗人一样，他也是在《边界》的扶持下成长起来的。1937年，他出版了自己的第一部诗集《途中》(1932—1937)。他早期具有代表性的诗集有《美好的蜂房》(1939)、《海上之星》(1941)、《牺牲》(1944)等。作品展现了诗人对美好事物和理想的追求，反映了诗人对上帝、美与丑、人类的精神和未来的人类命运的探求。据他本人讲，他的创作深受勃洛克《暴风雪》《白色的死亡》的影响，但这种影响持续的时间并不长。很快在古米廖夫的创作中，别列列申找到了正确的方法，并沿着古米廖夫的道路一直走到60年代末。之后，他又借鉴了曼德尔施塔姆超理性的东西。

别列列申在哈尔滨政法大学毕业以后开始学习汉语，并开始接触中国文学，希望将来能当一名中国民法学的教授，但由于日本军队的进驻，满洲里原有的俄罗斯教育体系逐渐萎缩，1937年法律系不得不关闭，这样一来，别列列申的这一梦想被打碎。同年，他进入圣弗拉基米尔学院神学系学习，翌年在喀山圣母修道院剃度为修士。1939年迁居北京，他加入了俄罗斯东正教传教士团，在图书馆整理资料，在小学任教并继续学习汉语，研究中国文化。与20世纪20—30年代来中国的其他俄罗斯传教士不同，别列列申能讲一口流利的汉语，而且对它一生情有独钟。

1939—1943年别列列申出家为僧，深居简出，远离昔日的侨民环境与报纸杂志，远离因古米廖夫与曼德尔施塔姆等文学问题而引起的喋喋不休的争论。但是长达四年的清教徒式的生活使诗人颇感疲惫，于是，他迁居到了上海。在那里，别列列申重新见到了昔日“丘拉耶夫卡”的大多数成员。不久，他脱下僧衣，成为苏联塔斯社驻上海站的翻译，并拿到了苏联护照。从此，别列列申改变了神职人员的身份。

虽然苏联政府没有怀疑别列列申有法西斯主义倾向，但他从没有盲目地提出回国的申请。可能他早就知道，许多当年哈尔滨和上海的朋友与熟人都被肃反委员会关进了监狱。1950年，别列列申曾试图移居美国，但在旧金山刚一登岸就被遣送回中国，因为美国联邦调查局怀疑他是中国或苏联的特工人员。1952年，别列列申经由香港移居巴西里约热内卢定居，1958年加入巴西国籍。这样，巴西成了诗人的第三个故乡。此时，留在中国的俄罗斯侨民已经寥寥无几。

他移居巴西后还常眷恋养育他30多年的中国。他在巴西定居后，把屈原的《离骚》、老子的《道德经》和许多唐诗译成俄文，向西方介绍了大量的中国文学作品，如白居易的诗《琵琶行》、鲁迅的短篇小说《药》等。若没有对中国文化的挚爱，没有深厚的中文功底，没有坚韧不拔的顽强毅力，是很难完成这样繁难而艰巨的任务的。

别列列申在巴西的最初日子并不怎么好过，因为那里没人需要他的诗。为了填饱肚子，他有时到珠宝店站柜台，有时去教书……总之，只要能生存，他几乎什么都做过。

经过将近20年的沉默之后，别列列申终于在60年代末重返文坛。1967年，命运终于向他露出了微笑。偶然刮来的一阵移民风把哈尔滨时的一位旧友尼古拉·彼得列茨的遗孀、女诗人尤斯吉娜·克鲁森斯滕-彼得列茨吹到了巴西。当年，她通过关系移居到美国的加利福尼亚州。从那一年的夏天起，在尤斯吉娜的帮助下，别列列申的诗开始刊登在纽约、慕尼黑、法兰克福等地一些颇有名望的侨民杂志上。首先是法兰克福的出版社，不久，巴黎、阿姆斯特丹、霍利奥克等地的侨民出版社紧跟其后纷纷出版他的诗集，共达9部之多。第一部是1968年在德国慕尼黑出版的《南方的家》，这是他在中国就已编定但没能出版的诗集。时过3年，他又在法兰克福播种出版社出版了4部诗集：《秋千集》（1971）、《禁区》（1972）、《涅沃山上》（1975）和《爱丽儿》（1976）。继在巴黎出版《三个祖国》（1987）之后，又在纽约出版了3部诗集：《内心深处的召唤》（1987）、《两个人——又是一个人？》（1987）和《追赶集》（1988）。此外，别列列申还在美国出版了自传体长诗《没有对象的叙事诗》（1989）。另外，重新编订和出版了当年在中国出版的4部诗集，取名为《客居中国的俄罗斯诗人》（1989），在荷兰印行。

别列列申是那种可以用多种语言进行诗歌创作的天才，他除用俄文、中文外，还曾用葡萄牙语写过诗集《皮酒囊把我们灌糊涂了》。

自然，别列列申是一位地道的有着俄国血统的诗人，然而，他在自己的《三个故乡》一书中写道："所有这三个故乡（出生地俄罗斯，居住地中国与巴西）都未能满足我内心世界的饥渴。我如今对上帝的信仰是不可动摇的，但也曾有过被上帝遗弃的那种深深猜疑、叛逆、绝望以及痛苦的感受。"

诗人带着这样一种坚定而又迷茫的矛盾心情度过了自己的一生，在巴西里约热内卢郊外的一座演员避难所里，告别了他人生旅途中的最后一缕阳光，于1992年11月7日在孤独中与世长辞。

第二节 多样的中国风格与情调

别列列申的创作题材极为广泛，思乡、爱情、生死、孤独、悲欢离合、宗教，以及第二故乡的风土人情、文化、自然景物等，几乎都是他创作的主题。

诗人一生都在异国漂泊，生活艰辛潦倒，暮年客死他乡，但在他的诗歌中，尽管常常带有忧伤和孤独、迷茫和彷徨，却很少有对命运的抱怨和对社会的愤恨。诗人对给予他坚强、豁达血统的俄罗斯充满了刻骨铭心的思念和热爱，特别是他在中国生活的早期，写下不少有关思念祖国的诗篇："总也忘不掉那六个字母①，为什么一直都忘不掉她？／美洲找也找不到的国家，／我想去但去不成的国家。"又如："岂止我深深眷恋俄罗斯？／我发誓爱她的体魄强健，／爱蓝色眼睛，金色发辫，／只爱她一个，爱到永远！"（《俄罗斯》，1944）每当任何与俄罗斯相关的事物出现时，都会让诗人感到激动，内心难以平静："如今，天职之音回荡，／故园之声在心中歌唱，／'伏尔加'这自由词汇，／天外飞来掀起了波浪。"（《迷途的勇士》，1947）无论俄罗斯曾怎样对待诗人，诗人都绝对不会指责："你怎么会有过错？／无论温存还是住房，／都无法代替祖国。"（《南风》，1948）无论情形发生怎样的变化，诗人将永远"恪守自己的方式"，不忘自己"属于不朽的俄罗斯"："我们一步步地穿越／世上古已有之的边境；／我们愿把自己的首都，／随身带往世界的京城。／……在各个共和国与王国，／我们潜入陌生的城市，／我们会组成国中之国，／我们永远聚拢在一起。……俄罗斯，我们只想你！我们发现了我们自己！……暂时忘却古代的纷争，也不去计较各种战乱，我们知道——俄罗斯／日出时刻霞光

① 俄文的"俄罗斯"这个词是由六个字母构成。

最灿烂！……我们恪守自己的方式——／纵然异邦的星光寒冷，／纵头颅落地难免一死，／我们属于不朽的俄罗斯！”（《我们》，1934）他坚信总有一天一定能回到祖国的怀抱：“在2040年，／（请原谅，也许会错三四年）／自由之光将遍洒祖国的每一寸土地，／洗刷清白的我将会前往那里。”（《2040年》，1973年）

别列列申长期生活在中国，他对中国的山川景物、风土人情，逐渐由陌生到熟悉，由熟悉到喜爱。他学习汉语，发自内心地认同中国文化，热爱中国文学和艺术，结交中国朋友，到中国各地游历，并把他的感受写入诗篇。他的诗歌明显受到了中国古典诗歌的影响，从意境到意象都有几分中国诗词的情调和韵味。从有年代标记的诗篇中，我们不难发现，40年代后诗人将更多美丽的诗篇献给了养育他的第二祖国——中国。

“我肯定要回中国，在死的那天。”别列列申称中国为“天堂”、自己的“家舍”、“我的中国”：“这个奇异的又喧闹的天堂，／好似久游之后回归的家舍，／经过了这么一些居住生活，我已经了解了你，我的中国。”（《中国》，1942）诗中作者俨然将自己作为中国的一位普通公民来对待。在《我，一定回中国》中，诗人坚定而明确地表达了自己最终的归宿，认定自己的根一定在中国：“别了，永不回还的幸福体验！／我平平静静、明明确确知道，／我肯定要回中国，在死的那天。”还有什么样的爱能比叶落归根更能表达诗人对中国这一故乡的思念与热爱?！在诗人的心中，中国就是他生于此死于此的故乡！诗人将中国比作“温柔的继母”，称“黄皮肤、矮身材人们”为“我的兄弟”，认为“这里的童话独一无二”，“令我幻想”，就连这里“夏夜的星星也对我奇异地闪烁”，这里的一切都是那么美，那么神秘，让诗人身心倍感愉悦。诗人感到，自己仿佛“来到了亲如故土的世界”，他对中国的爱仅仅次于对自己祖国的爱。除了祖国外，中国是诗人最爱的国家：“我博大的心爱宇宙一切国家，但，唯独对你的爱超过对中国。”（《怀乡病》，1944）他明确称中国为“第二个祖国”，而且喜爱那里的丝绸、茶叶，喜爱那里的扇子、荷花，喜爱那里天堂般单纯的语言，喜爱得“由衷”，喜爱得“绝不掺假”：

分不清什么是经度纬度，
但机敏的我爱新奇亮色，
没曾想流落到丝茶之国，
那里扇子驰名荷花很多。
语言单纯繁复让人着迷，
这么说话该是天堂使者？
我由衷的喜爱绝不掺假。
从此爱上了第二个祖国。

（《三个祖国》）

“此地岂非神仙的天堂？”诗人把许多赞美的诗篇献给了中国，我们从他众多诗歌的题目中便不难看出：《中国》《游东陵》《仿中国诗》《中海》《从碧云寺俯瞰北京》《游山海关》《胡琴》《湘潭城》《湖心亭》《北京》……。诗人随时随地都能发现并捕捉到中国的美，在诗人眼里，似乎中国的一切都是美的，景美，人也美。他觉得仿佛来到神仙般的天堂，极目远眺，“山峰之间，／天空开阔，明亮无比。／……／峡谷在下，绿草如茵，／牛羊走来，牧童吹笛，／……／山岩光裸，如同冰峰，／高峻的峭壁倚天而立——／……／悬崖之上有孤松凌空，／冷静恬淡，身姿飘逸，／……／只要死神还追不上我，／……／必来此观赏山的神奇！”（《画》，1941）回首细观，“花园当中我最爱中海，／爱水色澄碧水面宽广：此地岂非神仙的天堂？／法衣洁净才有幸观赏！／……／花影扶疏，如此寂静，／是上苍赐予我的奖赏，／我没有做过更美的梦——／偌大的园林荷花飘香！”（《中海》，1943）诗人有幸能在皇家园林信步漫游，欣赏水色澄碧，感受荷花飘香。然而，更让诗人心动的是穿插其中“五光十色”的墙垣，“中国式的庭院”，眼前飘过姑娘们美丽的“短脸儿”和小伙子“温和”的话语声，这一切似游历于“神仙的天堂”（《中国》，1942）。

“我到愿生在中国南方”诗人喜爱中国，甚至希望能脱胎换骨，出生于一个传统的多子多福的中国文人官宦之家庭，希望能有一个美丽、动听、有意义的中国名字，庄重也好，轻灵也罢，哪怕只是普通的两个中国汉字：

我到愿生在中国南方——
例如宝山或者是成都——
生在和睦的官吏家庭，
多子多福的名门望族。
我的祖父是饱学之士，
说“月笛”二字适宜命名，
或叫“龙岩”，意在庄重，
或叫“静光”，取其轻灵。

如果诗人没有对中国的酷爱，没有对中国文化的谙熟，就不会有这样一种质朴而又真诚的心声。

诗人对中国的喜爱与向往在《湘潭城》（1948）一诗中也有直接的表白：“黎明，云彩飘逸想休息，／早早飘向湘潭城，／清风吹向湘潭城，／河水流向湘潭城。／白天，鸽群飞向山岗，／山岗后面是湘潭城，／傍晚，霞光像只五彩凤，／它愿栖息湘潭城。”

诗人笔下的湘潭城，黎明清风吹拂、河水涓涓，白天鸽群飞舞，傍晚霞光绚烂，就连天边的云朵累了想歇歇脚时，都愿意早早选择湘潭城，在那里飘落驻足；人间的欢声笑语、悠扬婉转的琴声、色彩缤纷、美丽动人的花朵，令人羡慕、让人赞美，可它们却都不约而同地“赞美”“向往”“倾慕”湘潭城，“幻想”自己能与人间天堂般的湘潭城聚会；每当夜幕降临，大地一片寂静，诗人就会按耐不住急切的心情“匆匆忙忙逃离”现实，“飞向”梦中渴望的仙境——湘潭城。让人不得不赞叹和称奇诗人笔下湘潭城迷人的魅力，也充分表达了诗人向往湘潭城的缘由。

紧接着，诗人描写了梦中奔向湘潭城的心情。因为，能奔向“隐秘的幸福仙境”，能在那里找到渴望的“和平与宁静”，而且畅通无阻，那该是怎样的一种惬意。于是，诗人梦中竟情不自禁地欢欣鼓舞起来。然而，当早晨诗人必须从梦中醒来“照原路返回”时，却感到“一路遇见的迷蒙朝雾”，心情立刻变得压抑沉重起来。即便这样的“迷蒙朝雾”都能留在湘潭城，而诗人却不得不离去，这与诗人“逐日服刑的牢笼”相比更是相形见绌，更加凸显了诗人不得已离开湘潭城时的恋恋不舍，但又无奈、遗憾、沉重的心情。

别列列申描写了一天24小时从“黎明”到“早晨”的湘潭城，抒情时间线性发展，形成了一个螺旋上升的环状结构。诗人把湘潭城描写得如此多姿多彩、朦胧飘逸且富有灵动之美，不能不令人迷醉向往。他把湘潭城视作幸福的仙境，并用饱含丰富情感的文字描绘出一幅幅情境，把一座城市刻画得如仙境般幽静，实属罕见。

“中国有多少聪慧的词句！”诗人的作品中，东方特有的词汇频频出现，这源于他对中国的山山水水、花草树木、节气变化、大街小巷、民俗民情、历史文化的了解与理解。因此，一些中国特有的地名如“西湖”“宝山”“中海”“南池子”“前唐城”“山海关”“东陵”，一些表示中国特有事物的名词如“月牙泉”“龙崖”“李白”“文昌君”“胡同”“长辫子姑娘”，还有中国特有的民族乐器如胡琴、笛子等，以及一些富有东方情趣的艺术形象频繁出现在他的作品中，最常见到的有荷花、菊花、蝴蝶、黄莺、扇子、拱桥、鼓楼、芦苇、湖泊等，表达了诗人对中国文化的痴迷：

霜叶红——说起来多么奇妙。
中国有多少聪慧的词句！
我常常为它们怦然心动，
今天又为这丽词妙句痴迷。

（《霜叶红》，1947）

对中国文化的理解：
走过一座空空的小庙，
寂静中我们默默无言。
这里虽是炎热的中午，
却也无力驱散昏暗。
目光慈祥注视着凡尘，
那是金光笼罩的观音，
从天上，从无边智海
飘然降临，保佑我们。
无名的智化来到这里，
他是画家，也是和尚：
一幅幅图画语言精妙，
似在墙壁上放声歌唱。

（《湖心亭》，1951）

对中国民俗风情的熟知：
西天映出了鼓楼的剪影，
庙中供奉着圣明的文昌君，
为了在考场不至于胆怯，
学子们带来了香烛作供品。

（《游山海关》，1943）

又如：

高高的陵墓，墓门朝东，
俨然是两座白色山峦。
……
陵墓墓门的拱形墙壁，
满是图画、姓名与诗篇。

（《游东陵》，1940）

对中国文化的珍爱：

我搜罗贵重的宝石与珍珠，
在雕花的匣子里好好收藏。
我珍视并需要每一个行人，
记住这夜晚、城市与小巷。

（《游山海关》，1943）

从宝石、珍珠到陌生的行人，从普通的夜晚到每一个小巷，似乎凡是中国的，凡是与中国有关的大大小小、有形无形的事物，都要将其放入精美的雕花匣子小心珍藏，铭刻在心永不忘怀。可见中国的一切在诗人心目中的位置。也难怪批评界评论别列列申的诗作是深得中国文化的神韵，认为他的诗歌创作就像中国诗人用俄文写的一样。

第三节　中俄合璧的艺术创作

早在20世纪30年代中期，别列列申就被称为哈尔滨最著名和最受崇敬的诗人之一，他是一位在中国土地上成长起来的俄国诗人。他热爱中国文化，精通汉语，被公认为俄罗斯最杰出的侨民诗人之一。哈尔滨和上海的报刊纷纷给别列列申以很高的评价，认为就其主题的深刻性和形式的完美来说，他的诗远远超出了其他几位作者，甚至巴黎著名诗人安·拉进斯基也在《最新消息报》上撰文赞扬他与"丘拉耶夫卡"的几位成员一起编辑出版的诗集《缠绵集》。其中，特别推崇别列列申，认为就其驾驭素材的能力和诗歌的艺术技巧来说，别列列申最引人瞩目。巴黎著名评论家格·阿达莫维奇也注意到哈尔滨这位青年诗人的才华。别列列申一生漂泊，历经坎坷，饱受战乱、贫穷、流浪之苦。但是无论何时何地，他都没有停止对祖国母亲的思念，对养育他的"第二祖国"的热爱。同时，也留下了一个游子对祖国那种苦苦的、久久不能如愿的、爱恨交错的思念。他为后人留下的不只是优美的诗句，更多的是思考。

一、集多种流派和传统于一身

别列列申在诗歌创作中进行了多年艰苦的艺术探索。他把自己的第一部诗集定名为《途中》，指的是在学诗的道路上。这部诗集收有他在1932—1937年间写的作品，反映了他创作初期的艺术发展轨迹。

别列列申曾说他的老师是丘特切夫、莱蒙托夫和他同时代的拉丁斯基。他同拉丁斯基保持过通信联系。他与这些先哲们逐渐接近的过程，正是他成长为诗人的过程。

从他最早的诗作中不难看出莱蒙托夫对他的影响。作者曾说："我最爱的诗体是十四行体，结构极富挑战性，行文却极优美。”别列列申在诗集《歧路》和《栅栏》的跋中这样说：“十四行体是诗体王国中的皇冠。”“复杂多变的形式往往更能表达诗人的意图，更能使诗歌大获成功。”

事实的确如此，他做到了，他的十四行诗成为诗歌创作艺术的典范。也许，下面这首《命运》（“Жребий”）能够让我们领略诗人驾轻就熟的十四行诗的独特魅力：

Стоял бы я в России над Невой
在俄罗斯，在涅瓦河畔
И выбрал бы одну из перекладин:
是否会有一块天空属于我：
Ведь я и там，бездомен и бесчаден，
在那里，我曾是失去家园的孤儿
В игру живых играл бы， неживой.
哗众的游戏面对我的寂寞也是妄然。
А здесь бреду по серой мостовой，
如今，徘徊在这潮湿的桥头
Но жребий мой высок и тем отраден，
我的心开朗而溢满幸福，
Что，вопреки повизгиванию ссадин，
巴西，你宽容的怀抱接纳了我。
Бразилия，я сын приемный твой!
我流浪的双足从此不再漂泊，
Твоя ль вина， что пришлецам усталым
可是为何已厌倦了奔波的孩子
Нельзя помочь разгульным карнавалом，
却不能与你亲生的孩子一道

Когда твои природные сыны
纵情狂欢，跳起醉人的桑巴舞？
Идет стеной，отшлепывая самбы，
看着他们，
А я смотрю на них со стороны
耳边为何细雪脆脆，
И слушу снег и пушкинские ямбы？
普希金诗歌为何萦绕声声？

一般来说，十四行诗在广义上指的是体式，即整首诗由十四个诗行组成，前面八行和后面六行各自又构成一阕，两阕之间在内容上一般有比较明显的区分。在这个前提下，又产生了两种主要的体式：彼得拉克体十四行和莎士比亚体十四行，前者的特点是前两节要使用环抱韵abba，后者的特点是多用交叉韵abab和毗邻韵aabb。别列列申将这两种体式完美地结合在一起。从内容上延续了传统的创作方法，前八行和后六行在内容上各自构成一个意义中心。而在诗体形式上，诗人却进行了大胆创新。诗歌的前面八行，诗人使用了彼得拉克体十四行体式，也就是使用了环抱韵，而后六行他同时使用了莎士比亚体十四行体式的毗邻韵和交叉韵abab，即第九、第十行使用毗邻韵，最后四行使用的是交叉韵。从而可以看出，别列列申在十四行诗歌创作上的多体式的杂糅和创新。

别列列申还称勃洛克是自己的老师之一。同时，别列列申与其他许多俄罗斯侨民诗人一样，都宣称自己是阿克梅派诗人，甚至干脆称古米廖夫为自己的老师。在《幸福》（1940）一诗中，诗人直接表达了对古米廖夫的喜爱：

记忆不止一次向我展现
充满了痛苦的那座墓园，
长椅上古米廖夫的诗集，
以及黑眼睛里视线的欣喜。

别列列申在艺术上取得的辉煌成就，虽然有其多方面的原因，但首先体现在他对俄国古典诗歌优秀传统的继承和对20世纪初期俄国诗歌“白银时代”的传承，特别是受到当时阿克梅主义的影响。

二、纯朴的诗风

别列列申在诗歌创作的探索中取得了一定的成绩，但他并没有停留在初期的创作中，而是继续进行自己的艺术实验。如果说在他哈尔滨初期的诗歌中占主导地位的是阿克梅主义诗学，那么，到了第二部诗集《美好的蜂房》(1939)，他则转向新古典主义，诗风变得平易简朴：

离开了没有欢乐的地方，
来到你身旁，寂静的湖泊，
我是个缺乏自信的浪子，
只寻求安慰，不想受指责。
我们分别的时间太长久，
但随后我为自由所陶醉，
不再去迷恋轻浮的幻梦，
觉得几个月像长了几岁。

(《归来》，1941)

又如：

在中国的拱形桥梁很多：
上桥时缓慢而且吃力，
下桥时轻松快步如飞……
人难活百岁，桥也非民居。
……
而下桥时轻快如同坠落……
站住，行人，不要太快：
请你别忽视春季花开，
记住朝霞晚霞都很精彩！

（《过桥》，1943）

尽管如此，他后来一生各个时期都十分讲究诗歌的技巧和语言的明晰，这无疑是早年受阿克梅主义哺育的结果。

与此同时，别列列申的诗歌格律严谨，音韵和谐流畅，他的诗极富“音乐性”，十分动听，这在20世纪俄语诗歌中是极其少见的，如上文中提到的《湘潭城》就是一个典型的例子：

黎明，云彩飘逸想休息，
早早飘向湘潭城，
清风吹向湘潭城，
河水流向湘潭城。
……
微笑向往湘潭城，
幻想聚会湘潭城，
胡琴赞美湘潭城，
花朵倾慕湘潭城。

这首诗鲜明的艺术特色就是采用了“重叠”的修辞手法，全诗24行，“湘潭城”一词竟然出现了12次之多，平均每两行出现一次，但读者并不觉得累赘啰嗦，反而感到朗朗上口，极其押韵。

别列列申的第三部和第四部诗集标志着创作的完全成熟，形成了他正统和纯朴的诗风。别列列申一般喜欢采用的诗体结构大多是一个基本思想，首先出现一个概括性的形象，然后再逐渐展开和变化复现。他不进行叙述，也不直接抒发感受，而是把自己对人生重大问题的思索融于清新的诗歌意象之中。因此，他的诗作隐喻丰富，意境幽深，富有哲理性。晚年，他在十四行自传体长诗《涂鸦》中戏谑地说：“是，我是萨拉特卡，也是彼得里什。／从记忆的春天起，我便具有双重人格。／愈入深渊低处／愈见天空明丽。”

三、宗教中寻求心灵的慰藉

20世纪30年代后半期，别列列申有时也用“修士盖尔曼”署名发表诗作，用以强调他诗歌的禁欲主义和逃避现实的性质。但这种禁欲主义人生态度又与他那感情奔放的精神世界相矛盾。一方面，他企图在逃避现实中保持精神平衡；另一方面，作为一个人他又刻意追求进取，这种精神与肉体之间的不平衡和斗争时常出现在他的诗歌中。由于他常常感到前途渺茫，人生无望，因而陷入精神危机而不能自拔。因此，光明与黑暗、绝望与信仰、自我谴责与祈求神灵之间的斗争，成为他诗歌的主题之一。故而，他的诗歌也伴随着诗人无法摆脱的心灵痛苦：“我们永远也难见光明，／一群驼背、瞎子、聋子，／我们要什么金色阳光？／我们有什么人生乐趣？／偶尔忘却驼背与痛苦，／有时候心灵生出羽翼，／刹那间生活着灰姑娘／容光焕发，温柔美丽。／……或许天上的弥撒礼仪，／偶尔也会有不时之需——／需要聋子哑巴咩咩叫，／需要驼背们弯腰行礼？”（《沉默》，1949）

正如当年哈尔滨著名俄侨诗人涅斯梅洛夫评论他的第二部诗集

《美好的蜂房》时所说的，20世纪30年代后半期，别列列申的诗歌实际上只有一个主题，即在逃避现实中肯定自我。

别列列申弃绝了世俗的追求，也摆脱了人世的烦扰。从此，他摈弃了客观现实，与世隔绝，但他也只能将自己关闭在个人的精神世界里："你远离人寰，无尚光荣！／钟声为出走唱着赞歌。／异教女神缪斯拿着竖琴，／在大门旁难以找到位置。／……／在背叛和变幻无常中周旋，／抛弃了自由的人才算英明。／你回到蜂巢，回到蜜储，／在美好的蜂房里百倍欢畅。"

宗教成了别列列申寻求精神解脱的避难所，诗歌自然成了他发泄苦闷的一种手段。别列列申放弃了对自由幸福的追求，也摈弃了爱情。他在一首题为《在爱情面前》的诗中写道："亲爱的，我们永远不要／彼此伸出召唤的手，／但愿不陷进这风暴之中，／别发疯，我严峻的朋友。／你没忘记，夜间损坏了／多少美丽的翅膀？／你可听见，女人如何／大声讥笑忘恩负义？／你听：悬崖上白雪皑皑，／眼泪结成冰，我的朋友，／多少贪婪愚蠢的情种／在骗人的唇吻中昏睡！／你别笑！已经变得浑浊，／你那双蓝色的眼睛！／不，你那张固执的嘴／在微笑：随它的便！"

别列列申对生活表现出禁欲主义的态度，似乎也接受了佛教四大皆空的思想。

四、中俄文化融合下的艺术结晶

别列列申作为俄罗斯第二代侨居诗人，7岁离开祖国，对俄罗斯几乎没有具体的印象，但是他毕竟身体里流淌的是俄罗斯的血液，生长在中国的俄罗斯人的小区域中，在学校接受的是俄罗斯传统的教育，因此，俄罗斯的文化根植于他的血液之中。然而，他又在中国生活了33年，游遍了中国的南北山川，还专门学习研究并深深爱上了中国文化，中国这所大学校是真正哺育他成人的地方。虽然诗人的创作是用俄文书写的，但是诗中所表达的内容却常常涉及中国的景、中国的事、中国的人、中国的情，而且时常使用中国特有的意象来抒发自己的情感。可以说，除了对祖国的思念之外，诗人的创作中有一点是永恒不变的，那就是对中国的眷恋和赞美，并且其世界观和创作都深刻地受到了中国文化的影响。

当年他在哈尔滨政法大学毕业后开始学习汉语，从那时起开始接触中国文学，后来在北京居住数年，进一步了解了中国丰富的传统文化。他后来回忆说，那时他已深深地爱上了中国和她的语言及文化。由于他在中国的文化氛围中长大，深受其熏陶，而且又精通汉语，熟悉中国文学，因此自觉不自觉地从中汲取了丰富的滋养，并最终在中国的土地上成长为一名诗人。因此，中国不仅对他前期的诗歌创作起了至关重要的作用，而且对他后期的创作也产生了巨大的影响。中国不仅是他一生诗歌创作的重要内容之一，而且也是他创作的沃土之一。中国的悠久文化传统、山川名胜、风土人情等等，成了别列列申诗歌创作的源泉和创作灵感。他在北京期间写了《从碧云寺俯瞰北京》《中海》《游山海关》《胡琴》等诗，表现出他对中国文化的热爱。1951年，他游览杭州后，写下了优美的《湖心亭》，不仅对眼前的西湖美景赞不绝口，而且见景生情，联想起丰富多彩的中国古代文化："无名的智化来到这里，／他是画家，也是和尚：／一幅幅图画语言精妙，／似在墙壁上放声歌唱。／啊，这荷花永不凋谢，／雨中的荷花卓然挺立；／有几位圣贤不知疲倦，／端坐在松林的浓阴里。／一把把扇子永远展开，／一只只黄莺歌声嘹亮，／今天、明天一如昨天，／它们歌唱夏日的风光。"

每段诗歌中的前两句是诗人对中国文化的记录和描写，而后两句则是对中国文化的理解和阐释。同时，他在诗歌中生动、娴熟地运用了"荷花""扇子""黄莺""芦苇""蝴蝶"这些中国特有的意象。荷花，出污泥而不染；松柏，冒酷寒而不凋，这都是中国传统文人高尚情操的象征。圣贤端坐松林，寄情山水，怡然自得，物我两忘，这与道家清静无为的思想已经合拍。对中国文化没有深入的了解，肯定写不出这样具有中国情调的作品。诗人还从中国的文化中得到启示，对未来的生活以及生命有了新的认识："依依不舍离开了寺庙，／我们将重新看待生活，／生活的画卷斑驳多彩，／我们的心将变得温和。／须知芦苇和花上蝴蝶，／同样也可以生存久远，／只要用妙笔轻轻描绘，／翩翩性灵凝聚在笔端。"

俄罗斯诗人常常写雪原、写森林、写大海，但很少写山。而在《画》中，别列列申却能够欣赏山的神奇："我有一幅画：山峰之间，／天空开阔，明亮无比。／中国的国画大师绘制，笔触轻灵，堪称神奇。／峡谷在下，绿草如茵，／牛羊走来，牧童吹笛，／……／山岩光裸，如同冰峰，／高峻的峭壁倚天而立——／……／悬崖之上有孤松凌空，／冷静恬淡，身姿飘逸。"这说明他对中国传统文化中"山水诗"的认同与亲近。

他在《西湖之夜》中表达了对屈原和李白等大诗人的崇敬心情，也表现了对中国文化的熟知："每月十六月儿圆，／常言道：'月光照窗前。'／我如今焕发了青春，／来到亲如故土的世界。／屈原心中容不得悲苦，／纵身跳进江中激流。／须发皆白的李白／到湖底捕捞醉月……"

他的诗歌中除了常出现中国特有的意象外，还常常套用中国的谚语，如《离别中》(1973)："一夜三秋。只有一夜分离——／像过了三个秋天。长度相当。"而在诗的末尾作者又将"一夜三秋"化用为"三秋一夜"："我们流泪——就这样生活，／似乎注定了秋天延续不觉，／那一夜闪光。三秋一夜。"

中国人所特有的审美情趣也影响了这位异国诗人，使他以另一种眼光来看待大自然。第二次世界大战后，他写了一首题为《霜叶红》(1947)的诗，以中国人所特有的细腻的审美情感，歌颂秋天的美丽，并透过霜叶看到了秋天的生机，表达了诗人热爱自然、热爱生活的美好感情。这种审美情趣是欧洲人所陌生的："霜红叶——说起来多么奇妙。／中国有多少聪慧的词句！／我常常为它们怦然心动，／今天又为这丽词妙句痴迷。／莫非枫叶上有霜？但是你——／乃是春天鲜艳娇嫩的花朵！／你说：'春天梦多色彩也多，／秋天吝啬，秋天很少树叶。／秋天干净透明，忧伤而随意，／秋天疲惫不会呼唤生命。／秋天的叶上霜是冰冷的铠甲，／秋天傲慢，从不喜欢爱情。'／不错，但秋天中午的太阳，／乃是热烈的光照耀枫树林。／总有短暂瞬间：霜雪融化，／让我目睹霜下红叶与芳唇。"

别列列申在中国生活的后期所写的抒情诗，大多数都可以看出受中国唐诗宋词影响的痕迹。这首诗显然是受到杜牧的七绝《山行》的启发而写成的。同时，别列列申也借此比喻自己虽不得志，但也是有学问有抱负的人，终有一天自己的才能会得到世人的公认。茅盾曾于1958年《霜叶红似二月花》的"新版后记"中这样写道："我以为杜牧此诗虽系写景而亦抒情，末句双关，无论就写景说，或就抒情说，都很新颖，乃前人所未曾设想的境界。这一句（霜叶红于二月花）正面的意思我以为是：人家都说二月的花盛极一时，可是我觉得经霜的红叶却强于二月的花。但是还有暗示的意思，大抵是这样：少年得意的幸运儿虽然像二月的花那样大红大紫，气势凌人，可是他们经不起风霜，怎及得枫叶经霜之后，比二月的花更红。这样，霜叶就比喻虽不得志但有学问抱负的人，也可以说，杜牧拿它来比自己的。"别列列申不也正是拿霜叶来比自己吗？

别列列申晚年步入20世纪后半期第一流俄语诗人的行列，而他在中国期间的诗歌创作无疑为其后来的艺术发展打下了深厚的基础。因此，他十分重视在中国那几十年的生活和创作。1952年1月离开中国前夕，他在天津写了一首题为《最后的爱情》的诗，表达了对中国的惜别之情。诗人即将启程远行，到一个"没有神话和奇迹的国度"去，那里等待他的是"一个没有月光的透明的世界"，他对这个生活了30余年的第二故乡恋恋不舍。在这里，他的"心中曾经孕育了""多少难以忘怀的”形象！他在这里生活虽然恍惚如梦，但也曾产生过“激动”和“五色缤纷”的幻想，他决定要“把这最后的爱情带走”，保持终生。

别列列申的诗歌“从构思到用词，从意象到意境，都与中国诗歌有相通之处，在俄罗斯侨民诗人当中，他的诗最具有中国韵味。别列列申把中国看成他的第二故乡，确是肺腑之言”[①]。

1987年，别列列申在荷兰阿姆斯特丹出版文学回忆录《两个中转站·哈尔滨和上海文学生活一个见证者和参与者的回忆》，书中提供了许多鲜为人知的史实，引起学术界对在华俄侨文学的浓厚兴趣。这部书的字里行间流露出作者对他在中国生活的无限留恋之情。即便是对俄罗斯的描写，他甚至也常常是与中国放置在一起：“贝加尔湖女儿陪我玩耍，／像戏弄狗崽儿把我触摸，／刚开始粗暴地给与爱抚，／随后扇一巴掌抛弃了我。／分不清什么是经度纬度，／但机敏的我爱新奇亮色，／没曾想流落到丝茶之国，／那里扇子驰名荷花很多。”这种有趣的诗歌内容和独特的诗歌意象，完全有别于俄罗斯国内俄语诗人的写作，也有别于中国诗人对中国的描写。中俄两种文化在他的血液中融合，并形成了独特的文化品质与特征，这种不同的品质和特征时常自觉不自觉地流露于他赖于表达思想和情感的诗句中。他在中国出家为僧的前夕，写了一首题为《告别缪斯》的诗：“缪斯，你是我美丽的异教女神，／可是，现在我却首次对你背叛，／为了结成另个更高尚的联盟，／你切切不要为此而伤心哭泣。／……／我和你为尚未出世的书而叹息，／喝一杯帕纳斯美酒，然后分手，／我——戴上我的苦行僧枷锁，／你——还是穿你的古朴披风。”

又如《胡琴》(1943) 中，诗人听到中国胡琴如泣如诉的琴声时的心情：“是谁在远方鞠身俯首，／顺从的胡琴贴近圆肩，／轻移瘦弱而黝黑的手，／拨动琴弦和我的心弦？／由此一颗心出现变化：／盈盈

①谷羽：《在漂泊中吟唱——俄罗斯侨民诗选〈松花江晨曲〉》，《俄罗斯文艺》2002年第6期。

泪水模糊了双眼，／我与缪斯这高尚女俘，／一道分享他人的辛酸。”听着中国人弹奏的哀怨的胡琴声，诗人想象着弹琴人黝黑瘦弱的外貌，眼前浮现出与自己的“缪斯”别离的酸楚情景，从而为我们描绘出一幅独特的中西合璧的画面和场景。

第四节　中国文化传播的使者

“世界上各个国家、各个民族之间的文化和文学是彼此沟通、互相交流的，既从对方接纳自己需要的东西，又向对方施加影响。但是，一个民族对另一个民族文化与文学影响的接受，‘是通过民族中成员个人的接受来实现的’，‘好的文学翻译家和好的文学家一样，是作为民族的代表者在接受着外来文学的影响。他不仅自己接受而已，还要比一般文学家更为直接地把自己接受过来的东西让本民族广大读者去接受’。在这一方面，别列列申就是这样一位民间的文化使者，成为国与国之间、民族与民族之间文化与文学沟通的桥梁。”①

别列列申不仅在创作中汲取中国文化的营养，而且还是一位优秀的翻译家，他翻译了许多从先秦直到鲁迅的中国文学作品。早在20世纪30年代中期学习汉语时，他就曾翻译过李白的一首绝句，并发表在《边界》杂志上，后来又翻译了《木兰诗》等名篇。40年代初，他把自己翻译的中国古典诗词编辑成册，以汉代女诗人班婕妤的《团扇诗》开篇，并以此为书名，收有李白、杜甫、白居易、杜牧、韦应物、李煜、欧阳修、苏轼、柳永、李商隐等名家的诗词。这部中国古代诗歌选集在译者的诗集《牺牲集》（1944）里做了出版预告，但直到1970年才在德国法兰克福得以问世。别列列申在塔斯社工作期间曾翻译过中国古代诗歌（如白居易的《琵琶行》等）以及现代小说和诗

① 谷羽：《对中国文化的依恋与传播》，《国际汉学》2016年第1期。

歌。1949年，上海时代出版社出版了俄文版的《鲁迅选集》，收进别列列申翻译的短篇小说《药》和一些杂文。别列列申移居巴西后，还曾翻译过鲁迅的作品。早在上海，他就已开始翻译屈原的《离骚》，后来在巴西完成，1975年在法兰克福出版。苏联《远东问题》杂志1990年第3期刊登了别列列申的《德道经》诗体译文，他的译文弥补了以往中外翻译家的不足，融会了诗人对《道德经》的深刻理解和高超的翻译技巧。

别列列申在译文前“译者的话”中写道，把《道德经》翻译成任何一种欧洲文字都是很困难的，最大的困难是老子所用的术语。一个外国诗人把中国哲学诗译得那样确切、优美，可以说别列列申是第一个。

在别列列申之前，中国古典诗词已经大量被译成俄文，但在他之前的译者或是汉学家而非诗人，或是诗人而非汉学家，而别列列申则兼诗人与汉学家于一身，他的汉诗俄译质量之完美、技巧之高超，是举世公认的。汉学家符·马尔科夫就别列列申的汉诗俄译评论说：“他的译文永远有其独到之处，因为汉学家和诗人这两种天才的完美结合是极其少见的。”尤·伊瓦斯克认为：“别列列申翻译的中国古典诗人的作品，是现有的俄语译文中最优秀的。”文学评论家瓦西里·别塔基写道：“当他翻译中国古典诗歌时，能够将中俄诗歌的传统惊人地融合在一起……”

别列列申通过其优秀的译文，还把中国古典文学的精品也带给了拉丁世界。1983年，他在巴西出版了《皮酒囊把我们灌糊涂了》一书，书中收录了他翻译成葡萄牙文的一些中国诗歌名篇和用葡萄牙语创作的诗歌，以及一些俄诗译文。别列列申不仅是中国文化传播的使者，也为人类文化的传播做出了贡献。

别列列申在国际上得到了很高的评价。美国加州大学伯克利分校俄罗斯文学教授西蒙·卡尔林斯基早在别列列申生前就指出：“热爱俄罗斯诗歌的人，如果根据诗人创作的质量而不是根据其地位来评价他，那么他们就会逐渐相信，别列列申属于本世纪后半叶第一流的俄罗斯诗人。”

别列列申作为有成就的俄罗斯侨民诗人不仅被载入了俄罗斯文学史册，也必将载入中国文学和中俄文化交流的史册。

第四章

诗歌创作研究(中):阿尔谢尼·涅斯梅洛夫

第一节　命运多舛的人生经历

阿尔谢尼·涅斯梅洛夫（1889—1945）的真实姓名是阿尔谢尼·伊万诺维奇·米特洛波利斯基（Арсений Иванович Митропольский）。他出生于莫斯科的医生家庭，曾就读于武备生学校，参加过第一次世界大战，并获得过4枚奖章，1917年被授予白军下级军官中尉军衔。23岁时开始发表作品，第一篇登载在当时颇为流行的杂志《田地》上，他的第一本书《军事篇章——诗歌和短篇小说》是战争初在莫斯科出版的。1918年，涅斯梅洛夫参加了国内战争，之后来到符拉迪沃斯托克，并于1920年4月在当地的《祖国之声》报上首次用阿尔谢尼·涅斯梅洛夫这一笔名发表作品。涅斯梅洛夫亲眼目睹、亲身经历了那一时期在符拉迪沃斯托克所发生的一切，这一切都成了他以后创作的素材。这期间，由于对现实生活的失望，他一度遁入"宗教王国"开始写与上帝、宗教有关的诗，并重读陀思妥耶夫斯基的作品，应该说符拉迪沃斯托克是涅斯梅洛夫创作走向成熟的地方。1921年，俄罗斯一家军事印刷厂印出了涅斯梅洛夫的第一部诗集《诗》，一年后他又出版了单行本长诗《季赫温》。1924年，也就是涅斯梅洛夫侨居前不久，在符拉迪沃斯托克还出版了一本薄薄的诗集《阶梯》。

涅斯梅洛夫在十月革命后一直没有脱离白军阵营，据一些同时代人的回忆，主要是出自对白军军官荣誉的盲目忠实，他因此对苏维埃政权聘用白军军官担任军事专家也都不曾动心，跟随高尔察克部队转战于西伯利亚。直至1924年，他听信了红军要把白军统统枪毙的传言而从符拉迪沃斯托克率残部穿过原始森林，偷越国境逃入中国东北。我们从他的诗中可以看出他不是没有萌生过归降苏维埃政权的念头："在我们时代没有投降过，因为当年不纳降敌人！"（《致后代》）在哈尔滨侨居后，他除了使用涅斯梅洛夫这个笔名发表作品外，还使用了阿纳斯吉格玛特、罗兹格姨妈、H.赫马诺夫、姆波利斯基、H.阿尔谢尼耶夫、阿尔谢尼·毕皮科夫等笔名。仅在中国的哈尔滨、上海他就出版了8本著作，有诗集《血色的反光》（1928）、《没有俄罗斯》（1931）、《小车站》（1938）、《白色舰队》（1942），单行本长诗《穿越大洋》（1930）、《大祭祀之妻》（1939），还有小说集《关于战争的短篇小说》（1936）。1936年他用笔名尼·多佐罗夫出版了《只有这样的人》，这是一本爱国主义诗集。他还写了长篇小说《卖文人》，但没有出版，只是发表了一些片段。另外，还为哈尔滨出版的勃洛克的《诗选》作了序。

除在中国外，涅斯梅洛夫还在欧洲、美国等俄侨刊物上发表过自己的作品。

初到哈尔滨时，涅斯梅洛夫的生活比较顺利，曾是白军军官的他甚至成了哈尔滨苏侨报纸《远东论坛》的撰稿人，他还把妻子和女儿从符拉迪沃斯托克接到哈尔滨。他的许多优秀作品都是在哈尔滨的俄侨杂志《边界》和《亚洲之光》上发表的。1930年在上海的俄侨杂志《星期一》上发表了在其创作中占有重要地位的长诗《穿越大洋》，也正是在这一时期，他开始了与茨维塔耶娃的通信，这些通信对他的人生和创作产生了一定的影响。他这一时期创作的作品大都反映了当时发生的重大事件，如1929年中东铁路上发生的苏中武装冲突，1931年日本人的入侵和“伪满洲国”的成立，以及俄侨日渐艰难的处境。这时他的个人生活出现了问题，与妻子离异，妻子带着10岁的女儿回到苏联。

诗人的结局是悲惨的。1945年8月，随着苏军对日作战的胜利，涅斯梅洛夫被肃反委员会逮捕，和其他15000名在华俄侨一起被押回苏联，同年9月死于符拉迪沃斯托克附近的格拉捷戈沃监狱。

阿尔谢尼·涅斯梅洛夫献身文学30多年，他创作的地位和意义不仅在俄罗斯文学、中国文学，乃至世界文学中都是显而易见的。在他一生出版的13本诗集和1本小说集中，他的许多优秀作品都很好地体现了普希金和托尔斯泰的传统。他有关诗歌创作的理论，特别是对自由体诗歌的精辟分析和独特见解，为当时对现代抒情诗过分追求形式的创作现象以警示，并预言诗人们反对这种过分追求形式的行动将会开始。

"美国衣阿华大学斯拉夫学教授瓦季姆·克赖德把阿·涅斯梅洛夫的作品选入第一代俄国侨民的诗歌选《方舟》是可以理解的。该书于1991年在莫斯科再版。应该说，阿·涅斯梅洛夫与大名鼎鼎的维亚切斯拉夫·伊万诺夫、伊万·布宁、康斯坦丁·巴尔蒙特、玛里娜·茨维塔耶娃是并驾齐驱的。他像格·伊万诺夫一样，也是侨民领袖，只不过不是巴黎侨民的，而是哈尔滨侨民的领袖。"①涅斯梅洛夫在中国也赢得了大师的声望和中国的第一俄罗斯诗人的桂冠，他被认为是整个远东俄罗斯诗人中最有才华的。他的诗歌大胆、愉快，在他的诗歌中，我们可以感受到马雅科夫斯基、叶赛宁、谢里文斯基的影响。他的作品几乎遍及当时著名的《喇叭茶》《门》《边界》和《星期一》等侨民期刊。同时，他的作品也被刊登在美国的侨民出版物《哥仑布的土地》、芝加哥的杂志《莫斯科》和丛刊《方舟》上。在他死后，他的作品还登上纽约的《新杂志》，这本杂志是战后优秀的侨民杂志。

第二节　独树一帜的诗歌意象

涅斯梅洛夫的创作具有鲜明的个性，他与20世纪初俄罗斯"白银时代"的各现代主义诗歌流派有程度不等的相近之处，受多种流派和思想的影响。在他生命的56年里，他既尝试当过未来派诗人，也尝试做过阿克梅派诗人，但他总是力求在广采百家的基础上唱出自己的声

①伊·伊格纳坚科：《洞察的一致》，《俄罗斯文艺》2002年第6期。

音，他的诗不是某个诗人或某种诗风的简单重复。他的创作也深受俄罗斯古典诗人的影响，曾与莱蒙托夫、古米廖夫、茨维塔耶娃、巴维尔·瓦西里耶夫等保持密切联系。不过，在他成为革命诗人之前，应该说他首先是位浪漫主义诗人，创造出独具一格的诗歌意象，其中关于中国的诗歌意象格外引人瞩目。这在他的作品《触碰》中可窥见一斑：

一条大船，像口大棺材，
一个中国人把它划起，
把双桨匀和地没入水里……
夜幕垂挂着，那是一个
无星的夜，黑的无边际，
预兆着下雨和恶劣的天气。
模糊的灯盏在船尾摇晃——
这无边黑暗中的一个活点，
颤抖的，无助的，微弱的光线……
波浪旋转着，河水在疾奔，
我听见，云儿正驰向后方，
船底不时漫漫地轧轧响。
我感到，这位无言的划船人
趁无力的灯火闪烁的光，
并非把我牵引到岸上。
牵引到神秘莫测的陆界，
沿着这摇晃不稳的水界，
他载去的不是人，而是魂。
于是我忘却愤恨和争斗，
只是亲情地记起你，
存活在这明亮世界的你。

一只小手掌触碰我的眼，
灯光不时地闪亮和颤动，
风把浪花往船舷投送。
如用利刃剖开心扉，
我颤栗着意识到还活着，
从未有比这更美的时刻。
船灯摇晃着，把灯光投向波浪……
我取过双桨，我想唱歌，
我唱了……风便给歌伴和。

除此之外，他的这首诗立刻让人想起普希金的诗篇《白昼的明灯熄灭了》。普希金因创作反诗被流放南俄，他深感压抑，几次要以“游历”为名逃往国外。1820年8月，普希金在黑海北岸的航船上彻夜难眠，这种“逃出俄国”的思想更为强烈，面对黄昏的大海，百感交集，写下了《白昼的明灯熄灭了》这首抒情短诗。涅斯梅洛夫的《触碰》描写的也是诗人逃离祖国时压抑、彷徨、多变的复杂心情。前五段描写了诗人独自孤独地乘着像口棺材的大船逃往国外，却在暴雨即将来临的恶劣天气中，在颤抖的无助的微弱的灯光的模糊引导下，在船底阴森的轧轧声的陪伴下，幽灵般摇摇晃晃，不知漂向何处，让人感到压抑、无助且无奈。后五段描写诗人虽然逃离了祖国，但却感到前途渺茫，对祖国反生思念之情。诗人以欲说又止的曲笔，表现了隐蔽的苦衷。尽管诗人毅然决然地选择离开祖国，但不曾想到自己的心却会留在祖国，离开时反而感到祖国无比的亲切，甚至忘却了曾经有过的愤恨与争斗，表达了诗人千回百转的感情变化。然而，当诗人终于活着来到新的陆地时，心情激动不已，“我颤栗着意识到还活着”，感到“从未有比这更美的时刻”，于是，取过双桨，欢快地歌唱，似乎有着无尽的力量，对未来新的生活充满了无限的希望。这首诗充分表达了诗人对自由的追求、向往，以及张开双臂、满怀期望、快乐迎接的急切心情。原本像口大棺材的大船似乎也变得轻盈灵巧，此时，随着波浪、随着歌声轻快地驶向自由的彼岸。涅斯梅洛夫的这首诗歌感情忧郁而不悲观，韵律低缓而不消沉。

涅斯梅洛夫在他整个的创作生涯中表现出一个诗人真诚的一面，因此在他的诗句中常常出现来自生活的极其坦诚的表白。的确，涅斯梅洛夫在现实生活中经历了许多险恶与争斗，经历了许多的怨恨与不公正的待遇，但他却从不抱怨。诗的最后一段充分表达了诗人豪迈的浪漫主义情怀："我取过双桨，我想唱歌， / 我唱了……风便给歌伴和。"

1924年，他穿越国境来到中国后，写下了类似的诗篇《跨越国界》：

尽管，共同度过的岁月不少，
可我已没用，而且是异教徒。
您，毕竟是位女性，
噢，我祖先的国度。
那么，盛怒之下心灵抛弃的，
那么，气急败坏嘴巴说出的，
这一切又何必？好说好散，
为的，彼此永远不再厌恶。
我所积攒下的一切，
免去欠的那些债务，
全留给你：牧场、畜场，
我仅仅要自由和路。
还有语言，谁与你比都不如，
诅咒或祈祷，无论哪种用处。
它真够出色，是一直伟大到
马雅科夫斯基，从丘特切夫。

那种恭维的词句，合适不？
只能是礼貌、讥笑的冷酷。
——那些已校对过了的诗行，
他们的耐性，可不同凡俗。
我走了。那树木新枝的上头，
是一片空荡荡的、冰色的苍穹。
此刻，我轻轻地吁一口气：
“别了，我知道再无归途。”

这首诗中，字里行间充满激动而又愤满的情绪，浸透了诗人不被理解的苦痛，表现了诗人年轻气盛的极端主义性格和英雄豪杰的骑士风度，是一首典型的浪漫主义诗歌，真挚、热烈而坦诚。诗人知道，作为一个持不同政见者，他已无法继续留在国内，他将永远离开俄罗斯，但在与之告别时却没有羞于自己的言词，而是将自己内心的真实感受及想法和盘托出。也许这样表达更直接，更有力，也更有效。也许这只是诗人内心深处唯一的声音，是诗人无法抑制的强有力的脉搏的跳动，表现出诗人的刚强与桀骜不驯。毫无疑问，如果诗人的命运一帆风顺，如果命运能使涅斯梅洛夫得到正常的发展，他一定会成为特别受年轻人喜爱的诗人。

当然，涅斯梅洛夫不仅仅是一位浪漫主义诗人，也是一位现实主义诗人，《致后代》《老毛子》《哈尔滨的诗》等诗篇便是最好的明证。在《致后代》中，涅斯梅洛夫开诚布公地表达了自己对后辈是否能对他们这些被驱逐者复杂命运理解的怀疑：“路途苦涩，灯塔暗淡，／见你们疲惫，令人憋得慌，／为什么你们这样倔强，／为什么你们不返回故乡？”尽管涅斯梅洛夫并没有极力想为自己辩护，但却又禁不住写道：“只不过你严酷的父、祖两辈，／把我们的根彻底灭绝，／他们自己都摒弃自己，／这样，你才崛起，余孽！／你成长，没有监狱，没有墙，／墙砖被子弹抠出许多纹，／在我们时代没有投降过，／因为当年不纳降敌人！／没有参加过疯狂的战斗，／没有走那条不牢靠的道路，／他将用一种将信将疑／而傲慢的讥笑给我答复。／我们彼此都互不理解，／冷冷地抬起眼皮相望，／于是又一年、一年、一年，／直到最后审判的号吹响！”

涅斯梅洛夫侨居哈尔滨后，可以说是他一生比较平静、比较稳定的时期，亦是他创作最为成熟、最为多产的时期。他的文学事业在哈尔滨和上海得到了顺利的发展，并很快成为众所周知的人物，这与他创造的独特的诗歌意象是分不开的。

侨居齐齐哈尔后，诗人写下了许多极富中国风情的诗篇。当诗人看到当地农民牲畜般地在田里耕作时，对此留下了自己饱含深刻同情的笔墨（《齐齐哈尔附近》，1938）：“车从路的土丘上下来，／咯咯吱吱，一摇一晃。／轭下白额牛的耷拉嗉，／拖到了颈下的地上。／车夫，在他身后赶着，／上半身一直光到腰上。／热乎乎的，热乎乎的，／他一双晒黑了的肩膀。／……几千年前，就是这样，／人和牛，都低下双眼，／再把额头，够向地面，／一道走在同样的路上。”

如果说《齐齐哈尔附近》是诗人对中国东北农民辛劳耕作的同情的话，那么《畦田》则是通过对中国农民在贫瘠的田地上默默而单调地“苦役般劳作”的同情，来表达对自己命运的悲叹与哀怨。因为，中国农民所拥有的“甜蜜的重担”，是诗人向往却永远不可能觅得的，反映了诗人内心痛苦的无处宣泄、精神压力的沉重与难以摆脱的苦闷：“在灰白的干涸的畦田里／吐绿着一片嫩葱的鬃毛，／无垠的草原。无聊啊，／到处是落满尘土的无聊……／一头毛驴，瞎眼而温顺，／拉动水井上水车的齿轮，／一泓清水从地下涌出，／一片绿色而发光的天花板。／流得干土汩汩有声音。／寒冽的水在畦田里流着，形成一股懒洋洋的细流，／假如没有苦役般的劳作，／田里一棵庄稼都不会有。／一个赤膊齐腰的中国人，／像是用晒黑的青铜铸造，／不愿和欢快的笑结交，／不爱和别人随便闲聊。／刚说了一句喉音重的话儿，／他又沉默了并弓背如常——／是个严酷地工作、操劳的／有魔法的奴隶，令人向往。/畦田、围栅，加上铁铲，/我要把整个身心投入畦田！/这是我无法觅得的/令人向往的甜蜜的重担。”

诗歌中流露出他对中国的复杂情感，写出了中国闭塞的农村和沉默的农民的生存状态，字里行间有着作者跨越民族、国家的人文情怀，对人的关爱和对人性的思索。

对生命的认识与思考是涅斯梅洛夫创作的又一主题。1942年在哈尔滨出版的诗集《白色舰队》中收录的《明天见，朋友!》，是诗人最优秀的诗篇之一。从诗篇的名称上，我们自然会将其与叶赛宁生前写的最后一首诗歌《再见吧，再见，我的朋友……》（1925年12月27日）联系在一起。两首诗共同表达了两位诗人对死亡的认识，以及面对死亡泰然自若的冷静与怡然自得的平和。然而，不同的是，叶赛宁是向在世的朋友告别，而涅斯梅洛夫是向死去的朋友告别；在同样面对死亡的冷静面前，涅斯梅洛夫更多了一份对生命失去的惋惜和对生命的珍爱。除此之外，他的诗歌还多了一层对死亡描写的美丽：“像白色大理石，棺呈银白色，/棺材中，鲜花中，隐约可见/熟悉的面孔，高高的额……他走了——我们也要走。紫罗兰的/嫩茎偎向十字交叉疲劳的双手。”也许正是鲜花与紫色，涅斯梅洛夫的诗歌读起来让人觉得少了一层生硬与冰冷，多了一层柔美与暖意，也更加衬托了诗人面对死亡超然的平和、宁静与怡然，也反映了他对生与死的思考。

我们从涅斯梅洛夫的许多诗歌作品中，还可以感受到他对祖国的浓浓的情意，他的不少诗作都献给了他日思夜想的祖国：《圣诞节前夜》《日落时分》《故乡》《关于俄罗斯》《复活节前的莫斯科》。1931年，他出版了诗集《离开俄罗斯》，其中大多数都是对祖国的怀念和对离开祖国后的反思，以及对祖国未来命运的担忧与思考。他的作品几乎是他的生活或是对现实生活中人和事的反映，叙事长诗《穿越大洋》（1930）就是根据一件真实的事情创作的。1922年，远东白卫军的残部占领滨海地区的日子里，几个见习军官搞到一条机动帆艇“喀山”号之后，决定乘坐它驶往美洲，在港口邂逅相遇的水手长被选为船长。

这条船顺利抵达北美洲，创造了越洋航班最小吨位的记录。据流传，船靠岸后，当地居民将“喀山”号抬上岸，在乐队的伴奏下双手抬着船串街走巷，盛况空前。长诗是按照航行的时间和事件发生的先后顺序来描写的。涅斯梅洛夫以这部作品展示了俄罗斯民族坚强、勇敢、狂野、大无畏的豪勇精神，展示了俄罗斯人的聪明智慧，从而对俄罗斯大无畏的民族气概进行了歌颂。

第三节　独具匠心的形式探索

《穿越大洋》是一首诗人于1930年在上海发表在《星期一》杂志上的长诗，这首长诗是诗人在诗体与格律上的创新。全诗共分为十一部分，每一部分又分为不等的若干段落，少则两段，多则十三段。每一段落大部分为传统的四行体诗，间或有两行、三行、八行体诗为一段落的出现，行文极其自如。在一首诗中同时出现两行体、三行体、四行体和自由体的诗句，这在20世纪初的诗歌创作中，特别是在俄罗斯侨民诗人的创作中还是比较少见的。

除此之外，《穿越大洋》在韵脚的处理上也别具一格。全诗绝大部分采用的是古典诗歌严格的毗邻韵和交叉韵，但同时还使用了20世纪初诗体解放潮流中无韵的自由体：

В трех тысячах миль от Сан–Франциско
（Дата） встечен рыбачий бот.
Курс—ост.Невероятность риска
Убеждает в безумьи ведущих его;
Врочем，бот принадлежит рсским，
А им благоразумие свойственно разве?

Иокогама во вторник.Телеграфируйте груз.

Тихоокеанская линия. “Эмпресс оф Азия.”

另外，《穿越大洋》在格律上也有很大的创新，涅斯梅洛夫既沿用了传统的古典格律重音音节诗，也就是在传统的古典格律中，要求一行中的各音部有相同数量的音节，而每一音部中唯一重读音节的位置又必须固定不变。同时，诗人又在其基础上有所演绎和创新，大量使用重音诗，这要求每行的重音数目必须相同，而两个重音之间的轻音数目可以随意，单靠重读音节的重复突出节奏感。诗人将这两种节奏结合在一起，给人以耳目一新的感觉，如长诗的第5部分[①]：

Боцман лениво идет на юг.

/ _ _ / _ _ / _ /　　　—2—2—1

Славно ребята его поют!

/ _ _ / _ _ / _ /　　　—2—2—1

Даже не хочется материть,

/ _ _ / _ _ _ _ /　　　—2—4—

Верится：выпоют материк!

/ _ _ / _ _ _ _ /　　　—2—4—

“Ветер−ветерочек，вей в корму,

/ _ _ _ / _ / _ /　　　—3—1—1—

Ветер−ветерочек，не штормуй!

/ _ _ _ / _ / _ /　　　—3—1—1—

Чтобы каждый парус был пузат,

/ _ / _ / _ _ _ /　　　—1—1—3—

Помоту что нам нельзя назад.

_ _ / _ / _ / _ /　　　2—1—1—1—

①_代表轻音节，/代表重音节；—代表重音节，数字代表轻音节数。

Ветер–ветерочек， Я—кадет，

/ _ _ _ / _ / _ /　　　　—3—1—1—

Был всегда на палочку надет；

/ _ / _ / _ _ _ /　　　　—1—1—3—

А теперь в смоле холщовый зад，

/ _ / _ / _ /　　　　—1—1—1—

Но и задом нам нельзя назад.

/ _ / _ / _ /　　　　—1—1—1—

《穿越大洋》熔宝贵的文学财富、鲜明的形象、各种诗的节律于一炉，读起来收放自如。诗人抛开以往传统而严谨的古典格律的创作风格，进行大胆尝试，将古典诗体与现代诗体有机地结合在一起，从而有了自己独特的声音。正像诗人在《论自由体诗》（1931）一文中所写的，自由体诗应该有三个特点：第一，不存在社会公认的、千篇一律的东西；第二，节律符合民间语言习惯；第三，引入叙事方法，总的来说，即引入散文技巧。同时他还认为，诗人们反对现代抒情诗过分追求形式的行动即将开始。应该说《穿越大洋》正是诗人自己这一行动的开始，在他的诗歌中也充分体现了他所理解的自由体诗的三个特点。

除此之外，全诗大胆无羁，气势恢弘，英勇悲壮，粗犷豪放，极富现代气息，具有史诗般的热情。长诗的最后几行充分揭示了诗人的世界观。同时，诗人也向世人证明了自己诗歌创作的才华。谢尔巴科夫认为，涅斯梅洛夫的长诗《穿越大洋》使每一个思考着的俄侨激动不已。这部作品是才华横溢的远东诗人涅斯梅洛夫的力作之一，它集所有典型的、正面特点于一身。

侨民诗人对革命、战争、个人的得失有不同的理解，在作品中亦有不同的反映，采用的创作方法也不尽相同，其中有一类诗人、作家，他们已到了无底深渊。他们深知，为了拯救自己和集体，他们只有一

条路可走，那就是走灵魂复活的道路。于是他们做好准备，准备把自己的命运与俄罗斯的命运联系在一起，涅斯梅洛夫就属于这类诗人。他尚未完全摆脱掉“可怕的世界”，他还没有彻底相信灵魂能复活，他的心被刚刚发生的重大事件——世界大战、国内战争、流亡攫住，但他确实体验到他已经到了深渊的最底部，在这里一定会有一条复活的道路等待着他。

第五章

诗歌创作研究（下）：其他俄侨诗人及其作品研究

第一节　理性与超脱

理性与睿智、奔放与飘逸是诗人阿列克谢·阿恰伊尔（Алексей Ачаир，原名Алексей Алексеевич Грызов，1896—1960）鲜明的创作个性。阿恰伊尔出生于俄罗斯鄂木斯克市，他的童年是在哥萨克的小镇阿恰伊尔度过的，后来他将小镇的名字作为自己的笔名。1922年，他和父亲一起来到哈尔滨，在这里以教书为生。他一生共出版了五部诗集：《第一》（1925）、《言简意赅》（1937）、《艾蒿与太阳》（1938）、《小路》（1939）和《金色的天空下》（1943）。

虽然阿恰伊尔身处异乡，但他始终保持清醒冷静的头脑。虽身处逆境，却不忘为他人、为社会做些有价值的事情。他积极参与哈尔滨"丘拉耶夫卡"诗社的活动，主动帮助年轻的文学爱好者进行诗歌创作。在《命运的小路》中，诗人尽管认为自己渺小，尽管自己也在摸索中前进，但却乐意尽自己所能，"凭借手杖把命运的小路寻觅"，"还要为其他盲人留下足迹"，同时，还常常表现出诗人豪迈、奔放的心情："切记别弯腰！／要相信苦难都会过去。／要学会微笑，／朋友，千万别放声哭泣！"（《一如往常》，1933）又如："开怀大笑吧，朋友！冰在阳光下融化。／全部生活的意义也会消融？未必！／生活就是欢笑。哭泣算不上生活。／我与你哭泣无缘。我们从不忧虑。"（《生活》）

善于从生活中发现美、捕捉美的禀赋在极大程度上帮助诗人超越了感伤主义的狭隘性，即使是忧郁的宣泄也显得忧而不郁、艳而不俗。作品中的主人公从来都不颓废，诗人通过他们来激励人们追求光明、追求战胜困难的勇气和决心："不必悲伤，我亲爱的年轻朋友，／什么是黑暗，什么是光明？／夜的帷幕正在散去，／黎明的曙光已经浮

现。”（《时光之舟》）

和涅斯梅洛夫一样，“信念”是阿恰伊尔最喜欢的词之一。他把自己对战胜独裁的信念表达在《国度》和《追求》两首诗中。《他驾驶着自由之帆……》表现了主人公胸怀无比坚贞的信念；《台风》歌颂了勇于同贪图安逸和背叛行为作斗争，并坚守自己信念的人。信念在阿恰伊尔的诗歌中同尊严、爱和上帝这些永恒的事物分不开，这在诗集《言简意赅》中的《无神论》一诗中有着充分的表现。

飘逸、灵动是诗人创作的另一种风格。在《杭州》（1939）一诗中，诗人通过湖中“随波浪闪烁浮动的”古寺倒影，“如蜂群嗡嗡的”胡琴、琵琶的弦乐声，如同沉溺在花丛般轻轻的呼吸的城市，似“散发出香甜”如烟气味的空气，调动了读者的眼睛、耳朵、鼻子等各器官的细微感受，从而给予杭州城以立体、全方位、有感知的具体而形象的描述，使得本无生命的杭州城灵动地浮现在读者的眼前，使读者不仅可以真切地感受到它的存在，还可以触摸它，甚至可以与之同呼吸、共摇曳、齐飞翔，并且伴着城市和谐欢快的声音，踏着漂浮如云的香烟，升向“通天的途径”。

阿恰伊尔的诗歌也往往充满苦闷和伤感的情绪。在诗人献给他最爱的姑娘的一首诗《曾经有个小屋，木阶如梯，通向花园》中写道：“我的青春已消逝在遥远的记忆，如烟、似雾。”“日子来了，又走了，亲爱的人，我已忘记，从前的某个时刻你可曾来过?”他的小诗《莫名其妙就会伤心起来》，其题目就极好地反映了伴随诗人常常出现的忧伤的情绪，诗人经常会感到自己被“莫名”的“忧伤淹没”。

“童话——梦境——祖国”在阿恰伊尔的思维和创作中（《我多想回到家乡》）常常交织在一起。他把在祖国生活的细节都汇聚成创作的源泉，诉诸笔端。在他的诗行中，我们经常可以见到诸如“冰凌花”“水晶之雪”“怒雪”“冬夜”“四轮马车”等透着浓郁的俄罗斯风情的字眼。在《草原》一诗中，作者把不可抵御的思乡情结通过一系列斯拉夫民族特有的节日名称抒发出来，如“圣诞节前夜”“谢肉节”“大斋”等，并通过对节日期间田野上铃儿清脆的叮当声和大街上纵饮狂欢气氛的热烈渲染，表达出对家乡浓浓的思念。正如女诗人奥尔佳·捷利托夫塔所说：“阿恰伊尔的诗歌不仅富有音乐性，而且极具艺术观感。”

著名俄罗斯侨民女诗人莉迪娅·哈茵德洛娃的诗歌中所表现出来的理性、坚韧、超脱，不仅仅是她诗歌创作的特点，也是她个人性格品质的写照。哈茵德洛娃童年时来到哈尔滨，称哈尔滨为“我的祖国”，她曾做过记者，这为她的诗歌创作提供了丰富的素材和感悟，主要出版的诗集有《台阶》《朝霞》《彷徨》《沉思》《日期、日期》等。

哈茵德洛娃在《大雪中的山谷山峰》一诗中，曾感叹自己的一生“若一张纸原封未动”，没留下任何美好的有价值的记忆，可是这又是谁的过错，“找谁祈求这幸福”？难道就这样“迷醉整整一生”？虽然诗人也曾受过欺骗，可依然怀着“热烈信仰一次次去叩那些门，相信没有会见诽谤者、伪善人”（《我从信任开始》）。虽然诗人深深地孤独过，甚至连她所喜爱的古米廖夫奔放的诗句都无法让她摆脱孤独，但她却感谢孤独将她带到了人生“非凡的高度”，自我揭开了内心深处的“秘密”，从而有了深刻的反省和冷静的思索（《孤独》）。虽然诗人“变得更聪慧、更严厉，不再用天鹅叫自己”，但是毕竟寂寞的心里不甘心，于是“又听到了别的赞美曲，又重新爱上了花和草”，而且决心“忘记颓废和世俗苦恼，并且用诗人称呼自己”（《我变得更聪慧》），从此对自己的选择无怨无悔。尽管诗人不知道自己未来的栖身之地是一个既有“蓝蓝的天”“走不完的草原”“够不着的山”的美丽地方，但也有“梧桐的喧闹”“大风的叫唤”“夜莺的感叹”（《我当时不知道》）。虽然诗人感觉自己对世态的炎凉冷暖、变化莫测的醒悟有点晚，但却宽慰自己，好在“已经了然”。这些情感与感悟的抒发都反映出诗人面对困难而表现出的乐观、豁达、冷静、超俗的积极向上的超然心态。

面对善恶，面对阴晴，面对艰难的生活，诗人不仅从来没有过丝毫的气馁，反而视自己为“善恶的创造者”，并怀着坚韧而超脱的心情，对能如此走完自己的一生而感到无比的骄傲：“一切都有过：善与恶。／有过分手，有过相逢。／有温暖黄昏，有阴雨傍晚……／都有了，该有的事情。／我，一天都没有气馁。／没把生活叫讨厌的事情。／我就是善恶的创造者，／我，骄傲地走完全程。”（《一切都有过》）

诗人清楚地知道并坚信一切都会过去，光明一定会到来。而且对未来始终充满谜一般的幻想、好奇和期待：“但我高兴还活着，看见了雪，／还能够看见这一次的封河期。／学着去喜欢我所憎恶的一切，／而且，知道第二天清早一起／就要重新地，对着光明敬礼，／就仿佛我那位被忘却的祖父，／读一个他喜欢的诗人写的诗，／那些诗是非猜想的爱情故事……”（《还是那个东西》）

哈茵德洛娃的诗歌不仅内容超俗、心胸坦荡、乐观向上，而且诗风刚劲有力、大气磅礴、酣畅淋漓，其诗歌具有阳刚之美。这在异国艰难的侨居生活中，在复杂的内心无以寄托的时代，在前途的渺茫无所适从的时期，诗人乐观向上的精神就显得更加的弥足珍贵，其坚忍不拔的品格令人敬佩，超然平静的心态令人仰慕。

除此之外，她的诗歌极富韵律之美，诗行常常使用排比句，从而加强了诗歌的节奏，也使得情感的渲泄更加酣畅淋漓，如《你时而是宽容的》：

关门一样，我关闭了从前。
够了，我的跌落、我的峰巅，
够了，掺杂着没有信心的信心；
够了，托里折利真空空间（物理学概念[①]）。

①原文注。

又如：

尽管，把生活叫幻想，
尽管，不爱它，对它鄙视，
但毕竟知道：得乐园的人，
会叹息，一旦把我们回想……

（《幻想》）

哈茵德洛娃的诗歌另一个鲜明的特点是，诗人常常将一句话的中心词提出，并独立放置在诗句的最前面，这不仅从意义上给予中心词以突出，从语调上也起到了强调的作用，从形式上使其诗歌新颖别致、独具特色，同时，还加强了诗歌朗读的节奏感与抑扬顿挫的多样变化：

孤独，这又是你与我私语，
跟我私语别人热情的气息。
…… ……
只好，我也和你悄悄私语，
我从老早到现在的同路人。
…… ……
那雄鹰，自由地飞向苍穹，
不屑一顾人们贫瘠的田地。
那我们呢？是外来人，赤裸孤独，
漫游之神召唤我们。夜煽动着翅。

（《孤独》）

又如：

今天，正当你悲痛的日子，
教堂已经披上了一层神秘，
…… ……
你说，从前痛苦过的人们，
那种情形不也与这很相似？
…… ……
然后，你把那神秘衣裳的
瑟瑟声、叹息声带回家去。

（《寡妇》）

再如：

瞧，我的缪斯，瞧，这梅花鹿，
他们跑得多轻快麻利。
…… ……
画册里，一个拄竹杖的中国人，
迈着匆匆的脚步走过去。
…… ……
瞧，这些阶梯已经弯弯曲曲，
因过去几个世纪的压力。
…… ……
女客，你刚来吗？迷人又客气，
指望你吗？不和我在一起？

（《画册》）

第二节 浪漫与自由

叶列娜·涅杰利斯卡娅（Елена Недельская，1912—1980）十月革命后随双亲移居哈尔滨，1950年离去。出版诗集《门槛前》《白色的小树林》。她的诗歌轻快、明朗，有时虽然伴有淡淡的忧伤，但宁静幽雅、怡然平和。她的诗歌主要描写家庭的温暖、教堂的宁静、享受自然的快乐和对自由的向往。

从她的一些诗歌中我们能感受到诗人始终保持的兴奋与喜悦。通过诗人独特的视角和换位的思考，跟随诗人细微敏锐的心灵感受，任何阴郁、沉重的事物和现象似乎瞬间都会神奇般地变得明丽与绚烂。大雪过后，落满“赤裸裸的槐树”，但却觉得这种寒冷“令人爽快”，在雪花中可以“眯缝起眼睛”尽情享受，可以感受到似“呼吸着明快嘹亮的寒冷”，让人欢乐“让人歌唱”，这一切都是因为诗人感到“年轻力壮”，因为诗人对未来充满着喜悦的乐观（《喜迎雪》）。除此之外，诗人常常从日常生活中极为普通平淡的事物和现象中，能够发掘出其独特与美丽，在平凡中发现不平凡。涅杰利斯卡娅的诗歌总是具有一种能够化腐朽为神奇的魔力。在《隔着火车车窗向外看》一诗中，当诗人看到车窗外荒芜的草地一块块从眼前晃过时，她认为“那不是草地，那是明亮的花畦”，而且是如此之美丽，因为“无人触摸”过，因为“色彩斑斓”如同“花毯般”美丽，且美丽得令诗人如此地“舍不得离开”。

另外，从她的诗歌中，我们还能够感受到诗人身处大自然的神清气爽。“空气里洋溢着幸福，天色蔚蓝，从那里飘来了轻轻的钟声”，仰头看“白云徐徐地飘浮”，在这样“透明而亮丽的远天”下，倍感“思维清晰，心灵清晰”（《清晨》）。中午，炎热“吞吐”，杨树从头顶“拂过”，白云“悠悠飘去飘来”，明丽的花茎接受着“太阳的抚爱”，在琴弦的欢快的歌声中，我们如同与一个“俊美少年”一起，“欢天喜地”地走在路上，不由自主地“乐呵呵”（《夏》）。

向往自由、追求自由也常常是诗人创作的主题。在《白色的小树林》中，诗人表达了对真理的绝对信仰，对未来坚韧的追求与寻觅。因为诗人相信，如果心中保留着真理与善良，“胸膛不会冷却”。尽管诗人经历了不少屈辱与黑暗，但愿意“从生命中清除苦涩灰色的泥浆”，“踏着险恶的小路永远去寻觅和期望”……在自己盖的楼房里，感受白色的小树林里的“清清朗朗”，欣赏那里的“艾蒿随风摇曳”。诗歌中所表现出来的坚强的毅力，对真理的信仰、对自由的渴望，有着极强的感染力和感召力。而且，诗人从中悟出人生苦短的真谛，到那时“受尽磨难的心会理解人生沉重的苦境”，所走过的“昏昏暗暗的曲折道路，仅仅是通向永恒的短近里程”，到那时将会看到“静静消融的云朵”“星光灿烂的天空”（《启示》），“穿行在无人经过的森林”，“聆听树叶萧萧，百鸟啼鸣”，到那时可以“伸出双手去迎接自由”（《离开》），可以“勇敢地微笑期待来日的降临”（《冬夜》）。

涅杰利斯卡娅的诗歌中也常常流露出淡淡的忧伤，但她的忧伤中却总是伴有一种宁静的幽雅、怡然的平和，给人以美的享受：“傍晚的凉爽。／悄悄消失的时光。／昏昏欲睡的花园／温柔舒畅……／雷霆已经响过，留下／熠熠的闪光……／泛黄的书页，纯洁的／泪水滴淌……／深蓝色的苍穹，／清风。白云。／紫藤花谢了，／融融的烦懑。”（《黄昏》）

诗人还通过不同的，甚至是相互矛盾的修饰语的叠加，婉转缠绵地表达了一种繁复而细腻、伤感却让人迷恋的美丽的复杂情感：

冷飕飕蓝幽幽的傍晚缓缓地
来到雾霭笼罩的愁苦人间。
……
思念幸福幽幽、伤残的心，
还有勃洛克水晶般诗歌的火热伤感。

（《傍晚》）

涅杰利斯卡娅的诗歌中没有流露出丝毫的厌倦与痛苦、无奈与压抑，这无论是对于身处异乡的侨民来说，还是对于身处动荡年代的人们来说，她诗歌中始终充满着那个年代少有的阳光与朝气、轻快与欢乐，激励和鼓舞着人们在痛苦中寻找幸福，在艰难中寻找快乐，在动荡中寻找平静。她的诗歌为众多的侨民带来了一缕明丽的阳光、一阵清新的凉风。

小才女尼娜·扎瓦茨卡娅（Нина Завадская，1928—1944）的抒情诗别具一格。她1928年生于哈尔滨，16岁便因伤寒而去世。1944年，在她去世的那一年，出版了她的遗作诗集《光明的戒指》。她的诗歌，写实与抒情相结合，富有独特的想象，比喻大胆却形象贴切，文字简洁干净却意义饱满，如她的《小景》（1942）一诗。我们可以想象，小诗人可能坐在家里，也可能因病躺在床上，看到清晨透过家里窗户的阳光，心情激动而兴奋，内心欢快如小鸟在歌唱，让我们感到她似乎只是即兴将自己所看到的现实景象真实地记录下来：帷幕挂在“宽大的窗户上”，“阳光弥漫的家和花园”，并“透过小小的窗户”“印在喝茶的餐桌上”，随着诗人的描述，读者似乎很轻易地就被带入诗人置身的那个“阳光弥漫的家和花园”。然而，诗人并没有简单地停留在对现实景物的描写上，而是通过形象的比喻对此景给予赞美，充分抒发了对眼下看到的这一“小景”后的欢快喜悦之情：帷幕“鼓得像张帆”，阳光“如同彩色毛线绣的”，穿过小窗的阳光“像金色的补丁”“方方正正”落在干净的地板上，飘浮的云朵“像白泥做成”。

整首诗歌文字简洁质朴，但十分可爱灵动，虽无华丽之词，但给人以舒适华美之感。又如诗人对海滨景色的描写。当诗人看到海岸边浪花飞溅时，心里却感到好似浪花在歌唱，好似愉快地要将自己“撞得粉碎”，犹如“一组乐曲大胆而无畏”。当抬头远望，看见一只海鸥“在远远的海浪上空腾飞”时，只觉得海鸥像“白头巾似的”轻柔而舒展地飘荡（《海滨》）。诗人运用远近、高低、动静、刚柔有机结合的写作方式，将在海滨捕捉到的普通一景，仅仅通过短短的两段八行诗句描写得如此生动和优美，不能不让人赞美其如同诗歌般阳光和清纯的心灵。

诗人年龄虽小，但其诗歌童稚的欢快中常常带有若有所思的忧伤和惆怅。《秋》（1943）是诗人15岁时写下的诗篇。诗歌中蓝蓝的天空却“褪了颜色”，浴场“空荡荡的”，失去了生机的秋天，像只懒洋洋的猫“卧在沙丘上”，沙滩上冒出了“又苦又咸的泡沫”，秋天的大海逐渐变得“越来越沉闷”，人也变得无精打采，没有了往日愉快的心情，从此，“黄昏的惆怅”便不断地接踵而至。诗人抓住秋天海边景色、气候的变化，用“褪了颜色”“空荡荡”“又苦又咸”等词汇，营造了一幅阴沉、孤寂的画面，又通过一只不再敏锐机灵的“卧着”的猫和海风的无心“翻弄”、大海的“沉闷”等缺乏生机的场景的描写，表达了诗人内心淡淡的“惆怅”、忧伤和寂寥。又如她同一年写的《傍晚》（1943），没有仅仅停留在灯光“凄凄”“脚步沉寂”“街灯摇曳”等阴郁、恍惚的景色的描写上，而是对“忧愁”和“忧郁”进行了思考，为什么“所有伟大的忧愁”那么亲近，但却又为何“与人类小小的忧郁”不成比例，表达了诗人对莫名的挥之不去的忧愁难以排解的困惑。

小尼娜的诗歌虽然富有童真，但其中却不乏少年老成的思考，她人虽小却志向远大：“我反复思索着生活，／生活为什么委屈我？／我思念自己的祖国，／可是它我从未见过。／这里既没有穗醋栗，／也没有可歌的白桦……／我不熟悉那片土地／和祖国——能为它而死……”（《心思》）尽管她身处小小的天地，心却向往无垠的远方，她涉世不深却对生活有着深刻的理解。她生在异乡，长在异乡，根本未曾见过自己的祖国，但却因不能为祖国献身而深感遗憾，她小小年纪却拥有如此之博大的胸怀和高尚的情操令人赞叹。

第三节　迷恋与沉思

“中国描写”几乎是每一个中国俄罗斯侨民作家创作的重要主题之一。除了我们前面谈过的作家和诗人外，像叶列娜·伏拉吉、拉丽萨·安捷尔先、尼古拉·斯维特洛夫、米哈伊尔·沃林、弗谢沃洛德·伊万诺夫、格奥尔吉·格拉宁、米哈伊尔·什梅谢尔、玛利娅·维吉、叶列娜·达莉、艾玛·特拉赫腾格、尤斯吉娜·克鲁森斯滕-彼得列茨等诗人和小说家，也有不少献给中国的美丽诗篇。如被认为是近乎于东北乡土文学诗人的叶列娜·伏拉吉（Елана Влади，？—1990），她创作的《搪瓷上的画儿》《煎饼》《回忆哈尔滨》都具有极高的文学价值。作者热爱中国的美丽，热爱中国的温馨生活，喜欢哈尔滨人的热情。如同《煎饼》中所描写的，无论是孩子在饭馆前的吵嚷，姑娘买糖葫芦的脚步匆匆，还是收破烂的哼哼唧唧，大街上商品买卖的热烈叫嚷和街上大饼散发出的香味，都让诗人感到从未有过的热闹、自由，整个城市似尽情地“挥放着春天的气息”。伏拉吉对中国的胡同旮旯描写得如此惟妙惟肖，几乎可以被认为是中国人写的。

拉丽萨·安捷尔先却喜欢中国姑娘水仙花般的淡雅与芳香，婀娜多姿般的轻盈与婉转。她们散发着“甜甜的气息”，仿佛迷人的歌声在身旁“微微缭绕”，“手指纤细如同花茎”，旗袍上鱼儿游荡“像五彩童话”（《水仙花》）。诗人欣赏东方女性的端庄、典雅、含蓄，并用自己精巧的笔墨、细腻的情感、迷人的诗句对此给予充分的肯定和热烈的歌颂。基里尔·巴图林则更喜欢中国姑娘的清纯可爱，“黑黝黝”的窄缝眼睛，“杨柳”般的细腰，“竹节一样”的纤纤细手，青春如早春“樱桃花”盛开，似“绝妙诗，空前绝后”，令人“灵魂飘飘欲仙”，无法不让人温柔地说出“我爱你”（《妞儿》）。维吉对中国南方景色的描写清爽、明净、安逸：“碧绿的运河，/青翠的竹丛，/头上是片无声无息的/酣睡的红色苍穹，是如此的令人心旷神怡。”（《中国风景》）然而，除了众多各具特色的对中国的赞美诗篇外，也不乏俄罗斯侨民作家对中国冷静的思考和担忧。

阿列克桑德拉·巴尔考（Александра Паркау，1889—1954）在《哈尔滨的春天》中就对哈尔滨令人“错乱神经”的风沙天气给予了描述。每当春天来临，“四周幽幽暗暗，昏天黑地”，猛烈的沙土弥漫天空，阳光变成了“褐色烟雾”，中国人戴上了防风眼镜，日本人戴上了“防流感、防瘟疫面具”，于是城市开始在“慌乱中奔跑”，“如恐怖化装舞会”，“在颠狂的舞蹈中、乌烟瘴气中”“粗犷地旋转”，“窒息的狂风”让人喘不过气来，看不到“勿忘草”吐绿，听不到“淙淙小溪”，本该有的“春天情歌”的美丽和浪漫，被这“疯狂春天”“撕得稀破”，让人无法忍受，让人厌烦、痛恨地“牙齿咯吱响”。当然，作者的主要目的不是描写天气的恶劣，而是想以此为衬托，表达诗人对那里曾经有过的“不会再有的可爱的人”的难以割舍的思念。但是，我们也从中看到了作者对当时自然气候的真实记录。我们还通过他在《逃难》中的记录，看到了日本铁蹄下哈尔滨的惨状：“满城的炮弹声轰轰隆隆，脚步声、车轮声、马蹄声……”“马匹、大炮，还有大兵，乱成一团……”轰炸机如黄蜂般轰鸣。满街散落着横七竖八的尸体，其中也有“可怜的儿童”，死尸虽然已经僵硬，可他们却“没坟墓、没棺材、没姓名”……诗人对身处战乱时期哈尔滨百姓的悲惨命运给予了极大的关注和同情，并直接揭露了造成这一悲惨局面的原因，就是“外人已进哈尔滨”，而且专门是“来坑害人命”的。诗人在记录这一惨状时，对日本军国主义明目张胆的侵略和惨无人道的行径及其厚颜无耻，给予了严厉的批驳和揭露。同时，诗人也为中国未来的命运担忧，因为日本人的旗子“发出来刷刷的动静”，来势凶猛。

鸦片对中国百姓的摧残和迫害让伊吉达·奥尔洛娃（Изида Орлова，生卒年代不详）看在眼里，痛在心里。鸦片对中国人的毒害之普遍，到了触目惊心的地步。

整个城市似被“殷殷的红光”“神奇的薄纱”般的烟雾笼罩，星光似“蛇影腾飞”，到处弥漫着“刺人的烟味”，好像所有人的“眼珠里闪烁着麻醉剂”。诗歌一开始通过诗人对整个城市夜晚的勾勒，使读者置身于一种乌烟瘴气、阴森苦涩、压抑低沉、嘈杂混乱、毫无生机的怪异、神秘的城市氛围之中。

诗人紧接着把读者带入具体的一处吸食鸦片的场馆——“大街拐角处”的“茶馆”。傍晚，茶馆外挂着“无数盏姹紫嫣红的灯笼”，茶馆内“雕花茶几上”暗淡的烟灯和“玛瑙的烟袋”吸引着顾客，而与这灯笼高挂、奢侈摆设和用具形成鲜明对比的却是茶馆内“哭泣”的琴弦，“火炕周围”横卧着的“黄面孔”的烟客。在这样一个环境，在短短的一个月之内，茶馆的堂倌“来福”也吸食上了鸦片。他从亲眼看着别人吸烟到亲自尝试吸烟，从看着周围的人一个个因此而家破人亡，丢了性命，到他自己陷入这一泥潭而最终死去。

诗人描写了一个普通百姓惨遭鸦片毒害的悲惨结局，对此给予了极大的同情。但同时，诗歌中也表达了无比的痛心和担忧。尽管周围和身边人们送葬的仪式和哭声就在眼前，尽管人人都能看到吸食鸦片后给自己和家人带来的惨痛后果，尽管知道有多少家庭因此而“穿上白色的丧服”，有多少家庭眼看着自己的亲人一个个都变成幽物般的“幻影”，又有多少家庭在忙于蒙盖“棺材”，忙于“入殓”，可是，又有多少像来福一样的人却还是一个个以此来“打发愁寂的痛苦”，甚至在临死前还不忘“贪婪地”吸食最后一口，这让诗人感到痛心疾首。

诗人不仅揭露了鸦片的毒害之深，痛斥了百姓的愚昧，更为以“来福”为代表的中国普通百姓的生存状态和现实命运所担忧。在韦涅季克特的·马尔特（Венедика Март，1896—1937）的《傅家甸近郊》中也有类似的描写，无论是达官贵人还是赶驴人，无论是富裕的商人，还是已经一贫如洗戴孝的百姓，来傅家甸的唯一目的就是过烟瘾，“傅家甸”已经成为大烟的代名词。中国这样疯狂的、普遍的吸食鸦片的现象，不得不引起诗人们对中国未来命运的深思和担忧。

中国百姓生活的艰苦、生存状态的恶劣、精神上的麻木与无所追求，在奥莉加·斯科皮琴科《上海僻巷》中，也给予了赤裸裸的展示。街上“幽暗的角落”里“灰不溜秋”的肮脏小铺，“光脚、斜眼的”的孩子在“水洼里爬来爬去”，“病乞丐”躺在“大垃圾箱子”旁边，贱价小饭馆那里“杯很脏”，中国女人聚集在小铺旁“正兴致勃勃地”叽哩呱啦地闲聊，商人们“半光着肩膀”“没完没了地打着麻将”，处处都是一幅“漫不经心”的场景，而且“油味儿、碳火味儿、豆味儿”“顽强地钻进鼻孔”。这种情景和环境简直让诗人无法忍受，内心唯一的念头就是“要快一点儿走过人群”，表达了诗人对此环境和状况的不喜欢，甚至是厌恶和鄙视，紧接着表达了对这一现象和这种惯性使然的无力改变的无奈心情。因为，即便是中国的“神仙们望着”这一切，也永远都是“沉默”。对此，人们已经习以为常，没有人愿意，也没有人想过要对此加以改变。诗人对此也给予了自己的思考，也许即便强行加以改变，可能会出现不适应。就像将佛像摆在“乱堆着”的诗稿中，放在“洒过香水”的桌子上，佛像也会“不禁地皱眉头”，因为这样的房间反而“对他是寂寞的”。当然，诗人在表达对不同民族文化习俗接纳的同时，也揭示了中国百姓安于现状、精神空虚，没有更高的精神追求和远大理想的悲哀。

繁华大都市的上海市民生活是如此一个状态，更不要说还处在贫瘠落后状态下农民的生存和精神状态了。当俄罗斯侨民伟大的诗人涅斯梅洛夫侨居中国东北齐齐哈尔后，当看到当地农民如同牲畜般在田地里耕作时，诗人带着痛楚的心情、饱满真挚的情感，表达了对中国农民辛苦劳作的同情。车夫光着晒黑了的肩膀，低着快要“够向地面”

的额头，和牛一起走在同样的路上，几千年前如此，现在仍然如此，没有任何的改变。干涸的畦田里，一个农民如同一头“瞎眼而温顺”的毛驴，弓着腰，没有言语，忘记了笑声，像“操劳的有魔法的奴隶”“严酷地工作”。《畦田》是对中国闭塞的农村、沉默的农民的生存状态的描写，也是对中国农民在贫瘠的田地上默默而单调的“苦役般劳作”的思考，更有着诗人对人的关爱和对人性的深刻思索。

第四节　思念与“背叛”

对祖国的思念是俄罗斯侨民永远无法摆脱的心结，也是俄罗斯侨民文学不可或缺的重要主题。几乎每一个侨民作家都在自己的作品中抒发了对故乡的热爱，对曾经生活过的土地上的山山水水、风土人情的回忆与向往，这种思念常常使得侨民们夜不能寐，不思茶饭，甚至揪心难耐。许多诗人将这种思念之情诉诸笔端，不知有多少诗篇直接以“俄罗斯”和“祖国”为题，也不知有多少诗篇表达了对祖国的深深思念之情。别列列申的《怀乡病》《俄罗斯》《幸福》《无所归一》《安加拉河》，阿恰伊尔的《草原的人们》《哥萨克》《回家的路》《女侨民》，谢尔盖·阿雷莫夫的《朴实的歌》，格奥尔吉·格拉宁的《回归》《童话》《什么也不说》，费多尔·卡枚什纽克的《圣神的罗斯》，格奥尔吉·萨托夫斯基的《我的城市》《一墙之隔》《信》《船》《木匠儿干活轻松快乐》，米哈伊尔·什梅谢尔的《春风》，弗拉基米尔·斯拉鲍奇科夫的《父辈的土地》，尼古拉·斯维特洛夫的《来自祖国的明信片》，尼古拉·谢果列夫的《陀思妥耶夫斯基》《俄罗斯画家》《思绪纷纷》《徒劳无益》，奥莉加·斯科皮琴科的《喜欢躺在压倒的草地上》《春天的喧嚣声》《光丝给针叶侧柏的枝》，叶列娜·涅杰利斯卡娅的《伏尔加河》《远方》《一缕明丽的线》，尤斯吉娜·克鲁森斯滕-彼德烈茨的《炊烟》《会晤》，等等。除此之外，也有对俄罗斯思念中的担忧与绝望的情感宣泄。

尼古拉·斯维特洛夫（Николай Светлов，生卒年代不详）《在国外》一诗中，用“普希金、果戈理、陀思妥耶夫斯基、勃洛克”的“不朽灵魂”“昭示着俄罗斯的下场”。虽然，诗人“克制愤怒，忘却那国家”，可是有家不能回，“有路不能通行”的痛苦，还是令诗人“绝望”。莉迪娅·哈茵德洛娃在《俄罗斯》中也表达了对祖国“又欢快、又悲凄”的复杂情感。虽然，俄罗斯“自由的风”开始呼唤，这让诗人感到欢快，但遗憾的是这呼唤晚了，因为诗人已经感到“疲惫至极”，心已经“沉沉死去”，即便最终带着“不安的叹息”也宁愿在“人家中国土地上”，表达了诗人不愿再回到令她伤心的祖国的痛楚心情。《在异国的天空下》，诗人更是直接表达了对“国家”的深深“痛恨”：“他活像狼崽儿一样痛恨／你那已经丢掉了的国家，／还有那叫莫斯科的城市”。虽然诗人早已将国家“丢掉”，可是对她的痛恨不仅永远不可能抹去，而且始终在心里翻滚，因为她给诗人带来了太多太多的“孤寂”“苦恼”和“失利”。表达了诗人对动荡年代给人们带来痛苦的斥责，也表达了对国泰民安的渴望，因为没有国家的安定就谈不上个人的幸福，从而揭示了国家命运与个人命运的息息相关。

米哈伊尔·沃林（Михаил Волин，1914—1997）对俄罗斯虽然饱经风霜但阴霾弥漫，虽然热血沸腾但盲目迷乱，虽然辽阔无边但结局悲惨的命运给予了书写，表达了对俄罗斯现状的关切与对未来的担忧。诗人将俄罗斯比喻成“无座的雪橇和三套车”“车夫压抑忧伤的歌”“傍晚灰蒙蒙的雾”“雾中孤独阴森的河”“胸膛里止不住的疼”“永远燃烧不息的火”“十字架和哥萨克高筒帽”“大草原和里程标”“无边无际的辽阔空阔”和“子弹穿胸，仰卧冻土，伸开两条胳膊”的“莱蒙托夫”。总共12句的诗篇，诗人竟然使用了多达10句的肯定的陈述句式“你是……”，表达了诗人看到自己的祖国处在如此之现状，且眼看着走向灭亡的痛楚心情，以及无能为力的焦虑和心急如焚的关切。诗人又在《远行的缪斯》中表达了“背叛”“遭遇瘫痪”的、“注定腐烂”的祖国而“不会觉得遗憾”的心情，因为，既然要注定腐烂就应该让其“死亡”，既然已经遭遇瘫痪就应该让其“泯灭”，这是对“陈腐的事物”的弃绝，相信自己的“背叛有迷人之处”，相信“生活包孕着快乐的循环”。诗人在表达对祖国当时现状冷静的分析和思考后，也表达了对自己离开祖国这一正确选择的坚信。不管旁人如何猜测、如何评判，诗人都将会鼓起风帆勇往直前地去追求“明晰、年轻、新鲜”的“另外的土地”，从而客观地揭示了侨民“背叛祖国”的深层原因。

第六章

小说创作研究(上):尼古拉·巴依科夫

小说是中国俄罗斯侨民文学除诗歌创作之外的一个重要组成部分。由于侨民这一特殊的群体，他们对于自己的祖国总有割舍不了的亲情，对于他们侨居的第二故乡也充满深深的热爱之情。从中国俄罗斯侨民作家的小说中，一方面，我们可以看到他们对祖国命运的关切与前途的思考，可以看到他们对祖国怀有的赤子之心，无疑它是一部爱国主义的文学。另一方面，我们从中可以感受到他们对第二故乡——中国息息相关、休戚与共的情怀，无疑它又是一部弘扬正义的文学。他们的作品中有对大自然的热爱，有对真理的探索，有对顽强意志的赞赏，有对勇敢无畏的称颂，有对真善美的歌颂，有对勤劳朴实的讴歌，还有对精神完美的向往，也有对人性的思索、对生命意义的理解和对人生价值的困惑。中国俄罗斯侨民作家用他们纯真高尚的心灵和对生活严肃的态度书写了一个个动人的故事，为俄罗斯文学、中国文学，乃至世界文学增添了一道亮丽的色彩。

中国俄罗斯侨民小说家们的创作继承了俄罗斯传统现实主义的创作方法，没有故弄玄虚、矫揉造作的描写，他们的作品使我们了解了那个时代俄罗斯与中国社会的某些真实侧面。他们朴实生动、严谨细腻的心理描写，又让我们感受了俄罗斯侨民心灵的脉搏。无论是长篇小说的宏伟，还是短篇小说的精巧，都彰显出中国俄侨作家驾轻就熟的创作能力。在这些作家的创作中，我们可以看到普希金那种平易明快的叙事风格、屠格涅夫那种对大自然的细致描绘、托尔斯泰那种准确深刻的心理剖析。除此之外，中国俄侨作家小说作品中的朴实无华与中国气息独具艺术魅力。

本书就自然主义小说家尼古拉·巴依科夫、短篇小说家阿尔弗雷德·黑多克，以及阿尔谢尼·涅斯梅洛夫、薇拉·孔德拉托维奇–西多洛娃、莉迪娅·哈茵德洛娃、加莉娜·莫洛佐娃等作家的作品，从不同的思想意蕴和艺术特点上，对中国俄罗斯侨民小说家的创作以综述。

尼古拉·巴依科夫生于乌克兰基辅的一个法官家庭，然而他却与动植物结下了不解之缘。他曾就读于圣彼得堡大学自然史学系，后转入军官学校，毕业后在高加索近卫军步兵团当军官。该团团长是位民俗学家，爱好野生动物，后为俄国皇家地理学会会长，当时有一只狩猎队专门为他收集各类动物的标本，巴依科夫就在其中。另外，巴依科夫15岁时，结识了他父亲的好友普尔热瓦里斯基，经常听他讲述他在乌苏里地区进行自然考察的情景，还把他撰写的《乌苏里地区旅行记》赠给了巴依科夫，并在赠言里写道："让这本书成为你前进道路上的路标，如果你能到东方去，那就写出它的续篇。"书中惊心动魄的故事使巴依科夫萌发了对东北亚大自然的热爱。出于对中国东北这块神秘土地的向往，1901年巴依科夫申请调到正在组建的中东铁路护路军工作，并举家来到哈尔滨，后定居在现在的绥芬河，被任命为中东铁路护路军第三旅军械官，在这里他度过了14个春秋。在巡视中东铁路沿线时，他被雄伟壮观的东北原始森林深深吸引，足迹几乎遍及东北的山山水水，并根据自己在东北大自然中的体验和狩猎生活写了许多随笔。1914年他的第一部作品《满洲里的密林深处》在彼得堡出版，一年后，这部著作很快又被再版发行。

第一次世界大战爆发后，巴依科夫奉命调回国被派往前线。内战期间，他参加了白军，1920年携家取道君士坦丁堡侨居埃及，后来又到了印度和印度支那半岛。1922年他怀着对我国东北的眷恋之情，以侨居者的身份再次来到东北，在亚布力俄人林场当监工员，在那里一直生活和工作到1956年去澳大利亚为止。同时，再一次开始了他热衷的关于东北原始森林的写作，并写出了一部部深情描绘我国东北大自然风光的佳作。1925年满洲地区研究会出版了他的著作《远东的熊》(1925)，哈尔滨狩猎及垂钓协会出版了《满洲狩猎》(1936)，哈尔滨科学出版社出版了《大王》(1936)。除此之外，还出版了他的《在白天》(1937)、《原始森林在喧泄》(1938)、《篝火》(1939)、《雌虎》(1940)、《一个满洲猎人的札记》(1941)、《树海》(1942)、《神秘之途》(1945)等作品。从上述一部部著作中，我们不难发现，作者的创作主题是与我国东北的大自然密不可分的。

他酷爱东北的大自然，自从踏上满洲野生自然界的那一瞬间起，用他的话来讲，他被震撼了，并且被深深地迷惑了。神秘又特殊的世界充满了神奇和魔力，栖息在原始森林中的居民的生活习俗、迷信、神话、传说和周围的动物界，以及世纪初“树海”的所有浪漫情趣使他的作品栩栩如生。可以说，他的一生都与东北地区的原始森林结下了不解之缘。在他的作品中，可以遇到形形色色的人。这里有满洲的捕兽人、采参人、林中隐士，有俄国的狩猎人、外阿穆尔狭长半岛的边防军、哥萨克和中东铁路的俄国铁路工人，还有种种意想不到的经历，会遇到老虎、猞猁、马鹿等稀有动物。他的创作别具特色，几乎所有的作品都以东北的原始森林为背景，既描写19世纪末20世纪初中俄在东北修建中东铁路时东北地区的自然风貌，也描写当地的风土人情和俄罗斯侨民在东北的日常生活。在东北生活的那些年，他看遍了原始森林中几乎所有令他感兴趣的动植物，这些经历后来都成为他文学创作丰富的素材。他一生著作颇丰，写出了《大王》《兽情夜》《圣诞之夜》《原始森林的真理》等一部部优秀的作品，其中《大王》被译成6种文字，在日本再版多次，他被各国文学评论家誉为“有史以来最优秀的自然小说家”，堪称世界文坛的一颗明星。他的多数作品被译成了英文、日文和其他语言，1968年墨尔本大学俄语系出版的详细图书目录中，收入了巴依科夫发表的300多篇论著。

1956年全家移居澳大利亚，同年逝世于澳大利亚的布里斯班。

第一节　壮丽美妙之自然

对大自然的关注和面对自然的人性思考，是巴依科夫小说的重要特点。而在这方面的力作，首推《大王》。《大王》共有33章，其中包括作者亲笔绘出的栩栩如生的各种动物的插图。这部小说全面体现了他的文学艺术成就和对自然界的考察成果，是作者众多作品中最具代表性的一部。在这部作品中，巴依科夫对东北原始森林中美丽的大自然和动植物的生活做了非常真实而富有诗意的描写，其中，对森林之王老虎的生活和习性的描写尤为细腻、生动。小说中三条主线贯穿于始终，第一条，作者用优美的文笔为我们讲述了一只东北虎从刚刚出生由一个憨态可掬的小老虎成长为森林之王，最后被人类杀害的故事；第二条，以虎仔的出生—成长—死亡为线索，展示了东北原始森林一年四季的美景与变化，以及动植物生机盎然的生活全景；第三条，作者通过老虎的回乡以及它所看见的家乡的变化，透过它的眼睛反映了随着城市的发展与扩张，人类对大自然的肆意侵犯，以及由此而产生的人与自然生存环境恶化的过程。小说表达的不仅是作者对东北原始森林的赞美，更主要是他对人与自然关系的思索和担忧，以及对生态失衡所带来的后果的预言、警告与批判。整部作品在充满诗意和激情的描述背后，蕴含着作者对生态环境的变化、人与自然的关系，以及对人类未来命运等问题的深刻的哲理性思索，使得这部作品散发出一股朴素而又浓厚的哲学意味。

《大王》并不是童话，而是一部关于森林之王——东北虎充满诗意的真实叙述，是作者对原始森林进行多年考察后的生动记载与深刻体验，是作者与那些远离人烟，甚至不知自己姓氏的人们一起狩猎，度过无数可怕的“兽情夜”之后所写出的生动感人、韵味无穷的故事。

书中作者用大量的笔墨尽展东北原始森林四季迷人而美丽的景色，让我们这些生活在现代都市里的人们身临其境地感受了一回不曾感受过的东北原始森林的浩瀚无边、自然景观的多姿多彩、野生动物惊心动魄的厮杀场面和百鸟争鸣的欢快场景。

小说一开始便直接对四季分明的东北原始森林给予了大场景的描绘：

> 早春。原始森林复生了，在其灰褐色的背景上透出了新叶的嫩绿和幼芽的翠色。长在河谷和山坡的稠李和苹果树纷纷开起花来。
>
> 幽暗的密林深处已经出现一串串小铃铛似的白生生的铃兰花。
>
> 山里的空气像水晶一般洁净，充溢着花香和泥土的气息。
>
> 太阳西沉，黄昏的暗影在山丘斜坡上延伸，拖得长长的。
>
> 大秃顶子山那花岗石的峰顶便被落日的余辉染成一片金黄，在深蓝色的天空中闪闪发亮。
>
> 夜渐渐深了。一轮泛红的月亮从附近起伏不平的山脊后面露了出来，向密密的森林洒下一片苍白透黄的光。阴影变得更浓、更黑了。原始森林失去了轮廓，沉没在一片苍茫的夜色中。

作者笔下满洲森林的早春，经过漫长的冬眠之后万物复苏，争相吐绿，含苞待放，空气像水晶般洁净，迷人眼帘，沁人心脾，富有勃勃生机。而早春的傍晚更是被描写得恬静柔美，月亮像大姑娘似的带着一天兴奋后的余温，脸上泛着红光，心满意足地静静入睡。

到了夏季，满洲森林则变得山呼海啸般的喧腾，电闪雷鸣，江河汹涌，风驰电掣：

暴雨下了一整夜。急流沿山坡而下，在深深的峡谷里喧腾。乌云把雄伟险峻的大秃顶子山团团围住，云层中不时传出阵阵雷鸣，闪电如一条条火鞭似的划破漆黑的夜空。巍峨的山峰矗立在云海之上，下方有暴风雨在肆虐，有江河在汹涌奔流，有原始森林在狂风的冲击下发出阵阵呻吟。

东方泛白。暴风雨已经静止，只有远处还响起几声轻雷，但也渐渐停息了。闪烁了几下电光，黎明之前的清风把悬在郁郁苍苍林海上空的云雾渐渐吹散。

秋天来临，漫山遍野的绿叶魔术般变得五彩缤纷、绚丽多姿，宛如节日盛开的鲜花，又似节日披挂的盛装，在深绿色的松柏的衬托下显得格外艳丽。

白天阳光明媚，夜里寒气逼人，天空则常常是万里无云。季风期过去了。原始森林穿上了色彩缤纷的盛装，那不是花朵，而是树叶在像宝石一般闪闪发亮。在森林深绿色的背景上，出现了一抹如番红花一般红里透黄的色彩，那是轮廓分明的枫叶以及白桦和椴树的小叶片；像花边似的葡萄叶闪着紫色的光，而藤蔓和猕猴桃则添上了许多深红色的斑点。

雪松、枞树和冷杉则用浓密的针叶，把这匹在初秋时铺在满洲山林的色彩斑斓的波斯地毯衬托得格外艳丽。

而当万紫千红的金秋即将过去，原始森林便会逐渐脱下色彩缤纷的服装。

夜间冻结的土地上给盖上厚厚一层黄色和褐色的树叶。尽管明亮的阳光洒满了土地的表层，但从蒙古高原和西伯利亚吹来的西北季风带着冷气变得越来越凌厉。到了十月底，零下二十摄氏度的严寒将所有的陆地和水面全冻结起来，变成石头和玻璃。

夹着飞雪的乌云压得很低，飞驰在茫茫苍穹。凛冽的旋风向大山的顶部袭来，给其带上初雪的帽子。

作者通过广角镜头、长短镜头、特写镜头相结合的方法，用细腻的笔触将满洲森林春天的妩媚娇嫩、夏天的湍急喧腾、秋天的绚丽缤纷、冬天的晶莹凌厉尽收眼底，描绘出一幅鲜活生动的满洲森林一年四季自然风光的全景图。从作者的笔下，我们可以看到他对我国东北大自然的偏爱与酷爱，可以感受到他将自己的全部情感融进了东北森林的山山水水、一草一木，并赋予东北森林的万物以热的血液、以独特的灵性，为读者绘制出一幅幅五彩缤纷的美丽画卷。

在这样独具特色而又美丽怡人的大自然中，原始森林的主人们——林中百兽一起共生存，同狂欢，互搏杀，各自扮演着自己在林中的角色，完成着自己在林中的使命。有像喜鹊这般好事的长舌妇们和刺刺不休的鸟儿追赶在野兽的后面，传播着林中的新闻；有只会发出咩咩叫声的山羊，始终一副小可怜样儿；有调皮机灵的金花鼠总是东躲西藏，上窜下跳；有灵活好动的黑貂，长着一副尖尖的脸，光秃秃的鼻子，骨碌碌转的眼睛，既狡猾又凶残；空中翱翔着老鹰，嘹亮的叫声打破了云天之外的寂静；胡獾嘴里带着威胁发出呲呲声，把像镰刀一般尖利的獠牙咬得咯咯响，原始森林的各个角落就这样不时传出独特的声响。秋天来临，马鹿、狍、赤鹿、驼鹿和野猪感到全身充满生命的活力，利用这段时间不自觉地履行大自然伟大的法则——繁殖后代，森林里充满了这些动物惊心动魄的吼声和呼叫，爱情和新生命诞生之歌压倒了其他一切声响。到了冬天，熊和其他冬眠野兽躺在窝里，雪堆把它们遮掩起来，使它们与世隔绝，终于可以彻底放松地休息了，连最基本的吃喝拉撒都无须再考虑。野猪们也随着橡实和榛子的洒落地而不断向南迁移，以保证获取充足的食物，而且它们彼此友好，喜欢好几百头在一起的群居生活。

除此之外，作者用大量的篇幅描写“大王”与森林的刚与柔、动与静之美，并以此相互点缀，相互衬托。在原始森林的大背景上，作者特别突出地刻画了“大王”的形象。每当“大王”出现时，总是以浓彩重墨的形式粉墨登场，而且始终占据画面上最显眼的位置。从故事情节上，作者也以“大王”从出生到长大这一过程为中心线，在展示森林之王威力的同时，围绕着这个中心线向我们全面展示了森林之王与林中众野兽和各种小动物们既憨笨可爱，又凶恶残忍；既聪明伶俐，又狡猾凶险；既和睦欢快，又矛盾厮杀；既互为依存，又不共戴天的弱肉强食的天然的动物链和自然法则。而森林中的百兽之王幼时的憨笨、可爱、机灵、聪慧，成年后的剽悍强壮、威武勇猛更是被描写得栩栩如生。

虎仔出生时，“样子笨拙，软弱无力，像个普通的家猫那样大小。他们的嘴脸好像给压扁了似的，眼睛紧闭着，小耳朵紧贴住脑袋”。几十天后，公仔个头明显变大，有力气，长得挺壮实，在需要使出粗野劲头的场合总是冲在前面。母仔的体型略微小巧，在玩耍嬉戏时总是使用比较有力的武器——耍滑头，使技巧，显显小聪明。母仔总是谨慎理智，而公仔却是勇敢自信。起初，它们追逐飞翔的小鸟、飘舞的蝴蝶、爬行的虫子、溪中的小鱼、奔走的老鼠，还有野兔、松鸡、松鼠、金花鼠、田鼠，然后开始捕捉大一点的黑貂、小狍、斑羚和胡獾等小动物，搏斗中虽然遭遇过多次的失败，也常常挨饿，但它们逐渐积累了知识和经验，慢慢掌握了捕猎的本领，狩猎的区域也越来越大，也敢面对更大、更凶猛的对手了。它们开始跟踪野猪，随着野猪群的迁移而迁移。但是，野猪有丰富的战斗经验，决不会轻易就范，总是狂怒地拼死自卫，用尖利如刀的獠牙给予对方致命的攻击，也常常有老虎在搏斗中反倒负了重伤，成了残疾的情况。有时候，老虎趴在十来步开外的地方，用围困的办法对付野猪，待野猪困倦或稍有疏忽时闪电般扑到它的身上，用沉重的爪子猛击其鼻子，使其改变獠牙冲刺的方向，同时跳到它的背后咬住它的后脑勺，咬断颈椎骨，把它的头扭到一边。偶尔也会不分输赢，但不多见，因此野猪肉是老虎的主要食物。

日子就这样一天天过去，年满周岁的虎仔看上去已经成年了，在它们宽阔而又平坦的前额上清清楚楚地显示出一个“王”字。特别是公仔，它的举止没有了笨拙、傻气和顽皮好斗的劲头，目光变得严肃深沉，它的每一步似乎都经过了考虑，没有一个多余动作。这时的老虎已经身强力壮，成了东北虎的出色代表，具有这一族类所有动物学的特征，这就是森林之王——群山和无边无际的林海的未来统治者。

成年后的大王开始进犯更大、更凶猛的野兽，与富有经验的森林勇士黑熊进行斗智斗勇、惊心动魄的拼杀。在经历了寻觅、跟踪、诱惑、追逐、围困、守候、袭击等一系列计划的成功实施后，黑熊经过面对面的激烈反抗，终于呻吟着、哀号着失去了最后的挣扎，周围的灌木、丛林被压断，泥土被抛出了坑，到处是沾满了鲜血的虎毛和熊毛，大王也沉重地喘着粗气发出呼噜声，吓得爱看热闹的小动物们瑟瑟发抖。而大王在与公鹿“老角”的战斗中，这位曾经使母鹿和年轻的公鹿们吓得发抖而又“妻妾成群”的霸道公鹿，却在瞬间成为大王的盘中餐。在与人的第一次较量中，因女伴之死而仇恨、狂怒的大王，面对杀害女伴的敌人李三，只是轻轻一口便咬住了李三的整个腰部，好像猫耍老鼠似的向上一抛，又在半空中将其咬住，可这似乎还不能解它的心头之恨，它张开大口，只听到李三的颅骨被咬得咯吱吱的碎裂声。然而，作者在描写森林之王的凶猛残忍与血淋淋的搏斗的同时，又用大量的笔墨、细腻的情感，用拟人化的表现手法满怀深情地塑造了我们不曾知晓与感受过的老虎秉性中温情的一面。

从对母仔的关照、谦让、保护，到成年后对爱情发自内心深处的真诚的呼唤；从回家探亲时母了的情意浓浓和弟妹们的欢快相处，到与女伴唱着爱情之歌甜蜜的新婚旅行；从第一个女伴惨死后的仇恨与狂怒，满怀痛苦与复仇的渴望，到对女伴依依不舍的埋葬；从不忍心抛弃母虎，到鼓励母虎一路逃脱猎人的追捕；从冒死舍身营救母虎，到爱怜、心疼自已受伤的女伴；从对受困母虎的焦急狂怒与无可奈何，到为了女伴带伤而殊死报仇；从对山神的守护者佟力不可战胜意志的尊重，到远离人类默默而安详地死去。作者用拟人化的手法，将林中之王作为动物本性与本能中的另一面刻画得入木三分，一个顽皮、剽悍、英武、凶猛但又温情细腻的森林之王被作者塑造得丰富多元，有血有肉。作者不仅用抒情的笔调表现了虎仔幼年时的憨笨可爱、调皮机灵、敢作敢为，还用激烈紧张的笔触展示了令人心惊胆战的血淋淋的厮杀场面。既表现了它威严的自然力量和百折不回的意志，也描写了它最终在强大的人类面前的无奈与束手无策。作者用丰富而饱含深情的笔触向读者展示了一只威严而有智慧、冷酷而又充满温情的雄虎从诞生到成长再到死亡的一生经历。

在《大王》中，巴依科夫采用了角色易位、情感易位的方法，为我们展示了原始而粗犷、神秘而赤裸的大自然，将原始森林的变化和动物推到了主角的位置，而人类却成了配角，成了动物观察和思考的对象，这点与童话故事的结构截然不同。童话故事中，动物由于被拟人化、概念化而失去了动物的本性。而在《大王》中，不论是森林之王老虎、林中战士黑熊、密林隐士公野猪，还是山顶隐者斑羚，都被描写得个性突出，栩栩如生，个个都是野性十足、逍遥自在的森林居民。在巴依科夫的笔下，东北原始森林中的一切，大到老虎，小到飞鸟，从茫茫林海到潺潺小溪都是大自然的主人。另外，作品中对我国东北森林中各种野生动植物的形态和习性给予了翔实而生动的描绘，从一个自然学家客观的科学视角，用一个作家丰富而细腻的笔墨，向人们提供了真实而又感性的东北原始森林动植物的知识。

这就是东北原始森林的独特世界，它不像西伯利亚的原始森林那样单调和忧郁，而是一片养育着无数动植物的富饶而繁茂的温带森林。这里占统治地位的是野兽，而不是人。这里的一切都使人想起早已消失的地质年代，人类和野兽还处于洪荒时代的原始状态，它有着自己的历史、自己独特的生活、自己的习俗、自己的法则。但是，随着铁路的贯通和外来移民的迁入，这些森林的面积逐渐缩小，野生动物不得不退到密林深处，在远离村落和铁路干线的人迹未至的森林一角寻求安宁和庇护。

第二节 咏叹渐变之自然

人类文明的进程与原始自然的保护这一矛盾问题是巴依科夫小说《大王》中思考的一个重点问题。作者通过虎大王回乡途中的所见所闻，以大王的视角看待原始森林发生的变化，以大王的忧伤和焦虑的感受反映作者对原始森林人为破坏的担忧，以大王之死表达对人类过度开发行为所产生恶果的焦虑与警告，从而表现了作者强烈的自然主义意识。

新生活的激流注入了荒蛮之地。新来的人们兴建起城市和村镇，砍伐木材，清理原始森林。在过去野兽可以自由自在地转悠、马鹿可以大声吼叫的地方，现在从早到晚都有一条巨大的火蛇沿着钢轨奔驰、闪光、发出轰隆的声响。它那惊天动地的呼啸打破了森林的肃穆，把林中的野生居民驱赶到难以攀登的荒山野林和遮天蔽日的密林。

大王对原已习惯了的环境的变化感到吃惊，好长时间都克服不了这种恐惧感，心里忧伤而无法平静。原来只有茂密的森林在喧哗，现在取而代之的是闪闪发亮的窗子和发出嗡嗡声和吱吱声的可怕大楼、灯火通明的工厂、冒着浓烟的厂房。刺耳的锯木声、隆隆的火车声、尖利的汽笛声把野兽的耳朵震得发疼。这一切对原始森林的野兽们来说是多么的不寻常、多么的不愉快。于是，作者直言不讳地指出人是“世上一切生物的最可怕的大敌”，“像暴君一般无情”，并通过大王对周围变化的思考将矛头直接指向人类：

> 它在紧张地思索。现在，它确信情况的改变是由于来了一批新的人……都是两条腿的人做出来的。是人建起了许多像小盒子一般的住房，是人在深山老林里修起了铁路，是人砍伐掉

了他家乡的树木，是人烧毁和消灭了能够为野兽和鸟类提供食物和栖居之地的森林。

高大的雪松，要由几个人合抱那么粗，却在斧头无情的砍击下轰然倒下，打破了森林中永恒的寂静。

锯子刺耳的尖叫声、斧头呼呼的敲击声以及赶马人的吆喝声，自从开天辟地以来第一次如此嘈杂地充溢在这片未开垦的清纯空间。

原始森林在呻吟和痛哭，一大滴一大滴树脂的泪水从开裂的深深的伤口掉落到冰冷的松软雪地上。

它在悲叹自己的命运；它那告别的歌声在冬季冷漠的天空中忧伤地回荡。

作者使用“两条腿的人、小盒子般的住房”等带有蔑视和贬义的词语，并用四个排比的肯定语句，加强对人类这种破坏行为痛斥与批判的语气和作者的主观倾向性。当树木在无情的斧子下倒下，当森林被烧毁，当绿地被住房和铁路替代，当清纯的空间被嘈杂充溢，看着人类的这些行为，读者会深切地感受到，仿佛呻吟和痛哭的不是原始森林而是作者本人；泪水不是从开裂的松树中掉落，而是落自作者痛苦的心里。作者不仅在替原始森林的动植物们感到痛苦，更在为人类的冷漠感到痛苦，与其说作者是在为原始森林动植物的命运悲叹，倒不如说是在为人类未来的命运悲叹。于是，作者对人类这种灾难性的行为将带来的恶果明确预言并直接予以警告：“大王在心里对这些外来人燃起了不可遏制的敌意，它想到了报复。”从此，原始森林永恒的宁静被打破，人类的灾难即将来临。

事实也正像作者所预言的那样，野兽们为了觅食，为了生存，开始了与人类生存地盘和生存权利的争夺。一开始，一些野兽因无处觅食，只是猎捕村子里的家畜和狗。它们闯到院子里捣毁房子和棚屋，把所有能弄到的家畜全拖走。后来，这些家畜渐渐也不能满足它们的食欲了，它们开始进攻人类，先是稍大点的野猪，紧接着便是老虎的跟踪而至，这使得当地居民极为恐慌。作者在描写野兽与人类的争夺中，用不少的篇章和笔墨更多地是描写动物对人类的敌意与愤恨，从而进一步表达了对人类破坏原始森林的直接而又尖锐的批判，而且层层递进，环环相扣，一步步地说明了兽进人则退，害兽必将害己的道理，从而推断出人类将会自食其果成为自己的掘墓人。

每当猎人出现时，长舌的鸟儿们常常紧跟着猎人，通告四周，“说是有个凶恶危险的敌人来了”。大王听到嘈杂声，暗自思忖：“谁会在中午时候破坏森林里的安宁？这不是野兽，看来是人！”于是，大王便悄无声息地往喜鹊们吵嚷的方向爬去，它躲在树干的一侧等待时机，它要报复！还没等猎人反应过来，大王用它那极为有力的前掌，猎人的胸廓顿时碎裂，内脏压在一起变成形体不明的一团。大王发泄了愤恨和怒气，想拿着他的痛苦把玩，结果发现“那些建造了许多大盒子、铁路，还在铁路上让一些听话的怪物走动的外来人，原来是这副样子”。此时，“它确信，两脚动物总体来说体力很差，只能靠手里的那些兵器逞强”。

紧接着，原始森林喧闹了。“当地的捕兽者幸灾乐祸。他们感到满意，因为大王为他们主持公道，对那些破坏古老森林神圣安宁、践踏狩猎场所的外来人进行了报复。”野猪开始刨电杆，熊将电线扯断，金花鼠将居民种下的粮食抢个精光，连野鸡、雷鸟和沙鸡也不甘落后，遮天盖地地出没于田野。在此之前，原始森林的猛兽总是躲避生人，现在情况却有了改变，猎人们经常成为野兽的猎物，专干密探行当的松鸦和喜鹊们更加起劲地搬弄是非，野兽的行踪渐渐向居民点逼近。野兽们像人类一样，以“以牙还牙”的指导思想实施着自己的法则，而大王便是这荒山野林中古老法律的法官与执行者，刚开始的目标是猎犬，随后轮到了牲口，接着开始袭击雪橇组成的巡逻队，因为它对人类这种纠缠不休的跟踪厌烦透顶，赶车的人全都吓得以额触地爬在地上，一动也不敢动。人类更是想出诸多法子对付野兽，将宰杀的马肉里塞上毒药，放在老虎经常经过的地方，结果不仅毒死了红狼，还有别的走兽和飞禽，不仅有食肉动物，而且还有食草动物，连狐狸、乌鸦、喜鹊、松鸦、山雀、鸸鸟全都成了人类的牺牲品。然而，不幸的是，中了毒的野兽又被诡计多端的人类吃了。野兽们因找不到足够的食物更加频繁地进攻人类，双方都不断有受伤和惨死的事件发生，结果弄到没人敢出门的地步。

作者在小说中与大王并行还塑造了一位可敬的老猎人佟力，并称他为“伟大的老者”，通过老猎人佟力的预感，作者再次预言“原始森林将会消失”。佟力是普通的山里人，90岁高龄，会替人算命，是公认的巫师和术士，而且有威望和影响力，只要他说一句话，强盗们就会把人质和抢来的东西归还原处。他对大自然持有最原始的见解，是大自然的捍卫者，是山林的化身。他一直把虎奉为山神，对他来说，大王便是山神爷意志的象征，他一直遵循深山老林的法规度日。在大家都认为必须结束猛兽横行霸道的局面以保障租借地的安全时，老佟力发现多年来住在他房子里的那条大蛇几天前死了，这是一种征兆，他知道，“林海的日子不长了。再过一二十年，那些美好的原始森林将会消失，不留下一个树墩。再也没有什么美丽的景色、广阔的空间和自由自在的生活”。于是，森林里的人们不得不重新考虑最初的也是唯一的办法——祈求大王大发慈悲。他们开始烧香拜佛，开始久久地祈祷。作者对此发出了强烈的悲叹：“真是报应！报应！”

作家用优美的文笔为我们讲述了一只东北虎的出生、成长，由憨态可掬的小老虎变成森林之王的故事，并以此为主线展示了东北原始森林中动植物生机盎然的生活和人类对大自然的肆意侵犯。在这充满激情和诗意的描述背后蕴含着作家对人与自然的关系，以及对人类未来命运等问题所进行的深刻思索，使得这部作品散发出一股浓厚的哲学意味。

第三节　天人合一之自然

巴依科夫在我国东北生活了十多年，不仅东北地区广阔的黑土地养育了他，而且中国博大精深的传统文化也滋润了他，这在他的作品中都有极为明显的体现，因此，他的小说不时散发出中国特有的气息，中国韵味十足。《大王》中不仅以东北原始森林的动植物为主要描写对象，而且当地的民间传说、居民的生活及其信仰也是其作品描写的主要对象。“捕兽者、‘红胡子’、樵夫和采集人参的人认为它是山神的体现，为此在老爷岭的各个山隘给它修起了许多小庙。人们为它在薄纸上画起了像，挂在这些小庙里；画像前经常烧着香，祈祷的钟声不时地响彻密林的上空。单身过客会在这些小庙中见到一些特别的木牌，上面写着这样的词句：‘行人注意！在此留步，并焚香顶礼！如若心诚，则不必惧怕，继续赶路。本地山神为汝消灾弭祸！’森林里的居民害怕得罪山神，从来不用‘老虎’这个词，在谈话中用‘他’来代替，或者称‘大王’，或者称‘大——老——子’。”除此之外，作者常常使用汉语借词如“人参”“房子”“炕”等，还大量使用了诸如“王克林、李三、孙发”等中国人名，使得这部作品的地方色彩和中国韵味更加浓厚。然而，作者对中国文化的理解不仅仅表现于这些表层的看得见的现象，其整部作品都渗透着对中国文化更深一步的理解与阐释，融会了作者对佛教的灵魂转世说和儒家的“天人合一”思想的深刻认识。

佛教认为灵魂是不死的，它可以转世投胎到另一种生命形式上，从而获得新生，这是古老的东方佛学中最有生命力的观点之一。小说中作为大自然力量的象征、人们顶礼膜拜的老虎在作家的笔下已不仅仅是一只普通的动物了，它不仅被作者赋予人的性格、秉性与特征，更被披上了佛教的灵光。它虽然是自然界中威力无边的“大王”，但与人类社会和整个宇宙都有着密切的联系。在作品中，巴依科夫写道："据民间传说，一位伟人的灵魂，经轮回投胎，转世为大王；大王一死，灵魂又转世为一朵凡人肉眼看不到的黄色莲花。灵魂在这朵莲花之中达到彻底的净化，并同宇宙之灵融为一体。"从这段引文中不难看出，在作家笔下，老虎成了人、动物、自然和宇宙的统一体。巴依科夫通过佛教的观点将人和自然紧密地联系起来，人、动物、自然在互相转化中共生存，缺一不可。作家在这里认为大王的灵魂转世为一朵黄色莲花也别有意义，莲花是佛教文化的象征，象征诞生与再生以及宇宙中生命的起源。同时，莲花还代表着人类精神从心的花苞逐渐成长，继而灵魂获得神性，最后达到尽善尽美的内在潜力。在作品的结尾，当被猎人击中而亡的老虎的身体已经石化，与花岗岩的悬崖融为一体，傲然高踞在蜿蜒起伏的崇山峻岭之上时，作者深信："有朝一日，大王要醒来。它的吼叫将会隆隆地响彻群山和森林的上空，引起一次次的回声。苍天和大地均会受到震动，神圣而又灿烂的莲花将会展瓣怒放。"人类也终将会被这吼声警醒。

作者通过佛教的灵魂转世思想以祈求自然的生生不息。巴依科夫用佛教的轮回观证明，人类和自然是不可分割的统一体，两者互为共存，互相转化，一荣共荣，一灭俱灭。只有人类社会和自然界共同生生不息，才能共同地、永远地繁荣下去。作者将东北森林遭受破坏的根源直接归罪于工业化的发展和城市的扩张。他认为，大工业化的发展和人类文明的进步在给人类带来巨大利益的同时，并未给人类的内心世界带来真正的安宁和归属感。因为，正是铁路的建设才使得大量的外来人迁入，林地因被人占据而逐渐缩小，野兽觅不到足够的食物，继而开始侵犯人类。当建设者的队伍浩浩荡荡涌入东北森林的同时，也带来了西伯利亚的捕猎高手，他们不仅有着丰富的对付猛兽的经验，而且还持有令野兽惧怕的枪弹。因此，当"原始森林中的走兽和飞禽，看到无比珍贵的栖身之所和从祖先那里继承下来的用以觅食的古老森林和牧场遭到蹂躏和消灭，便也同两脚动物联合起来，毫不妥协地向外来人宣战”。于是，森林开始喧闹起来，人与动物之间大大小小的战斗便接二连三地发生，森林里原有的宁静从此被彻底打破。其结果是过度的人类文明的步伐反而使人类逐渐疏远了大自然，人的感觉变得迟钝，情感也变得麻木。为此，作者早在20世纪20—30年代，从一个自然学家朴素的生态发展观的视角出发，对我国东北地区早期工业化的开展提出了自己的思考与质疑。

巴依科夫作为一位热爱大自然的作家，坚决反对人类无休止地采伐原始森林，因为这种滥砍滥伐破坏了生态平衡，缩小了动物生存的领地，使原始森林里的生态环境极度恶化，造成了人与动物、人与自然界的尖锐矛盾。于是，人与动物的大战便不可避免地发生。如何解决人与动物、人与自然之间越来越激化的矛盾，协调人与自然之间的关系，成为巴依科夫小说中要表达的中心与重心。为此，作家借用了我国儒家“天人合一”的思想，主张人与自然要建立和谐与统一的关系。自然有其自身发展的规律，如果人蔑视大自然，破坏自然发展的原有规律，必将遭到大自然的报复。这一思想在作者所塑造的老猎人佟力这个人物形象上再次有所体现。由于佟力一辈子生活在山林中，熟悉动物的习性，对林海和所有的大小山岭都了如指掌，他深知林中的自然法则。他猎熊又敬重熊，他猎鹿又敬重鹿，在他的身上体现了人与自然既斗争又依存的关系。他视大王为山神爷，从不去招惹它，而且十分敬重它，常常为它烧香祈祷，因而大王也常常给他让道，这在别人看来是完全不可思议的行为。当老虎失去女伴，身负重伤准备扑杀猎人的那一刹那，正是由于老佟力的挺身而出挡在了猎人的前面，才保住了猎人的性命。当林中居民决定祭奠大王而选不出适合的人选时，佟力却自愿为大王献身，决定将自己置身于虎口之下。然而，大王却对他毫发无损，这进一步印证了作者认为“天人合一”是解决人与自然关系的唯一方法的观点。

在巴依科夫生活的年代，工业化的发展还没有达到严重破坏生态平衡的程度，因而并没有引起人类对保护地球环境的强烈关注。然而，百年后的今天，当我们重读这部作品的时候，不能不为作家超前的绿色和平理念和深沉的忧患意识而敬佩！另外，作者在反思人类文明的进程必将伴随着人类对自己安宁亲手摧毁的同时，也对“外来人”在“租借地”的所谓“建设”提出了自己的看法，其意味和用意深远：

又过了一天，租借地的森林里到处都是巡逻队的士兵。这些人又是开枪，又是唱歌，把猛兽驱赶到密林的深处……大王站在锅盔山之脉的一个高耸的悬崖上，犹豫的思绪使它不安……高大的雪松摇曳着郁郁苍苍的树顶，向它轻声倾诉着一去不复返的往事，而下方，在花岗石的山脚下，却不断地回荡着陌生的歌声，把古老的森林那悲凉而又幽咽的倾诉压了下去。大王明白了，某种新的不可抑制的力量在往前推进，摧毁路上的一切。

“以前，我在动物园里看到过老虎，那是在莫斯科，是关在笼子里的，这是一回事；而在这里，在自由的天地，那可是另一回事。在这里，主子是它，而不是你……听到‘老虎’这个词儿也够怕人的！他不会放过你！不像我们那儿的熊！它是多么温顺，多么友善。不会碰人的！只要不惹恼它，它决不来触动你。这是我们的野兽，是俄罗斯的！老虎可不是我们的。它的长相也不是我们的！”“怪不得中国人要拜它为神！就像我们尊奉圣徒尼古拉那样，他们尊奉虎大王！看来这就是规矩！”

巴依科夫的小说不仅题材新颖独特，而且还融会了我国东北民间文学和民俗学的材料。虽然作品中也不乏对俄罗斯传统和文化的描写，但更多的是对中国文化的反映。可以说，离开了我国的东北，离开了满洲森林，就没有《大王》这部优秀的作品，也就没有“有史以来最优秀的自然小说家”巴依科夫。如今，在我国东北纯粹的原始森林已所剩无几，珍贵的野生动物东北虎也已濒临灭绝，往昔东北原始森林的雄伟壮丽的景象，山中老虎低沉而又震耳欲聋的呼啸只能永远留在巴依科夫的作品中。当时，我国由于战事频繁，文学作品大多反映的是民族生死存亡的社会问题，很少有人脱离当时的社会斗争去描写大自然。从这个意义上来讲，巴依科夫的《大王》填补了文学中的这一空白，尤其在保护生态环境问题异常迫切的今天，更显示出这一作品的时代意义和重要性。

1958年2月，作者在弥留之际仍深深眷恋着他所钟爱和牵挂的东北森林，正如他在题为《别了，林海》的绝笔中所写道的："将来有谁拿起作家巴依科夫——一个走遍满洲各地丛林的老流浪者的著作，我希望，他能回忆起这个地方往昔的美妙时代，我如今一无所有，只有回忆我的第二故乡——满洲，在那里度过的青春年华，回忆那里的生活，回忆狩猎。"在那个年代里，巴依科夫有幸能够听到原始森林的阵阵松涛、震慑人心的虎啸，还能跟踪到老虎的踪迹，无疑，他是幸运的。读着他的作品，我们仍然能感受到作家对大自然的钟情和挚爱。他不是用枯燥的数字和简单的说教向我们倾诉着他朦胧朴素而又急切焦虑的环保心声，他用气荡山河、动人心魄、令人揪心的原始森林的一幕幕场景及其变化的描写，将读者带入他的心灵世界，让读者不得不跟随他凝重地思索着人与自然的未来。他用一个作家特有的丰富而细腻的笔墨，不仅见证了东北原始森林的美丽、民风民俗的纯朴，而且还用诗一般的语言，用一颗博大的爱心和一片赤子般的真情关注和保护着人类共同的家园。他高瞻远瞩，且怀着高尚的情操。

第七章

小说创作研究(中):阿尔弗雷德·黑多克

在中国俄罗斯侨民文学中，阿尔弗雷德·黑多克的地位和名声比不上涅斯梅洛夫，但对中国文化的热爱不低于别列列申；其作品的国际影响力不如巴依科夫，但他以自己丰富的创作、独特的风格和充满中国韵味的写作，成为中国俄罗斯侨民文学最具代表性的作家之一。

阿尔弗雷德·黑多克出生在拉脱维亚一个小业主家庭，十月革命后不久前往远东。1921年底，举家迁往哈尔滨，白天以教书维持生计，晚上从事写作。1929年，哈尔滨最有影响的俄侨文学杂志《边界》刊登了黑多克的处女作——短篇小说《带狗的人》。1934年，他结识了前来哈尔滨访问的著名俄罗斯侨居画家、诗人、哲学家尼·康·廖里赫院士，廖里赫的生命伦理学思想对他产生了深刻影响。在廖里赫的帮助下，他的第一部小说集《满洲之星》于1934年问世，这部作品奠定了他在俄罗侨民文学中的地位。

黑多克一生发表短篇小说70余篇，其相当部分的作品都是以中国人、中国事、中国民间文化为基本内容。然而，反思俄罗斯所走过的道路、心系俄罗斯的命运、反映俄侨的生存与精神状态是其作品的根本内容所指。

1990年6月，经历了俄罗斯20世纪几乎所有重大历史事件的黑多克，以98岁的高龄走完了他漫长而崎岖的人生道路。

第一节　疯狂年代的真实写照：《疯狂大漠》

《疯狂大漠》是作者对1918—1920年苏维埃政权成立后的国内俄苏战争的描写。作品通过主人公客观地讲述了这场战争中发生的事情，其中既有对苏联红军的肯定与支持，又有对白卫军英勇善战、纪律严明的赞扬；既有对苏联红军在国内战争中某些丧失理智的疯狂的描写，也有对白卫军粗鲁、野蛮、惨无人道行径的揭露。《疯狂大漠》所描写的这一内容在俄罗斯侨民文学的众多题材中是一个很大的突破。

黑多克曾经在白卫警察局工作，亲身经历了十月革命后的国内战争，并将布尔什维克与高尔察克和邓尼金白卫军之间的战斗等历史事件，以典型化的方式再现于《疯狂大漠》之中。作品一开始就对这一历史时期给予了评价："那是个大骁大勇的年代。人们头脑发热，干出了种种野蛮的行径；空气中弥漫着残忍，搅得人魔魔怔怔。"只是寥寥几笔却概括了那个年代的野蛮、残忍、丧失理智和无法无天，这些特征也成为那个社会的共同心理和情绪，无论是要剥夺剥夺者的一方，还是声称肩负拯救俄罗斯使命的另一方，无不处在这种心理和情绪的影响和控制之下。疯狂——这是那个时代的普遍特征，是那一段历史的真实写照，也是造成彼此仇视、相互残杀这一民族悲剧的根源。在那个年代"要去杀人，或者被杀……""性命真的一钱不值哪!"，因为"大疯狂的时代降临到俄罗斯"了。

黑多克还通过典型化的创作手段，将白俄将领高尔察克、邓尼金、弗兰格尔、罗曼·冯·温琴–施特恩贝格男爵的特点集小说的主人公于一身，塑造了温格尔·冯·施特尔伯格伯爵。"这位祖上曾经当过海盗，如今将杀人越货的海盗和清心寡欲的苦行僧奇妙地融于一身的疯狂统帅，带领一批着了魔的战士去乌尔加重建伟大的成吉思汗国"，

"追随他的那些人都是彻头彻尾的冒险分子，他们丧失了国界的概念，甚至根本不想承认有什么国界"。小说将历史事件的发生地"乌法"改为故事的发生地"乌尔加"。同时，一些真实的历史事件都被作者巧妙地置于小说的故事情节之中，如1919年3月4日，高尔察克率领40万白卫军向苏维埃共和国猖狂地进犯；又如在库伦总部里，温琴被成吉思汗的故事迷倒，迎娶蒙古王公博格多格根的格格（公主），自称是"成吉思汗再世"；弗兰格尔为了收买人心，允许他的队伍公开抢劫强奸；等等。

黑多克与吉皮乌斯等其他一些侨民作家不同，他在反思俄罗斯命运的时候少了一份偏激，多了一些客观和清醒，他有自己独特的看待事物的视角和与众不同的立场观点。小说中单单对主人公温格尔的描写便可以说明这一点，他的原型是白卫军高级将领高尔察克。小说中对这一白卫军军官的描写不再只是十恶不赦的大盗，或者只有莽夫的勇敢，除此之外，他还有着良好的教养，有自己严明的纪律，同时也拥有海盗般的勇敢。小说中写道："这位了不起的俄罗斯将军，他刀枪不入，连子弹都不怕……他崇拜蒙古的神灵，尊敬喇嘛……打仗的时候他冲在最前面，身上不带武器……"另外，小说中对这位白卫军高级军官的外表和品性的描写也更加客观、更加真实："名叫温格尔的那个人瘦瘦的，流着斯堪的那维亚人的胡子，有一颗'贝塞科人'的心灵。""他进了学校，养成了严格的纪律，成了一名普通的平庸军官。"

在小说的结尾这样写道："此时此刻，日丹诺夫已经出发到那个他从来没有去过，但是再也无法回来的地方……"实际上，小说中所描写的白卫军后来确实是跟随高尔察克的部队逃到中国东北。因为据史料记载，高尔察克席卷了沙俄政权存放在西伯利亚国库的5143箱金块，乘坐专列仓皇逃往远东，避难目的地是中国哈尔滨，这些军人成为以后的哈尔滨俄罗斯侨民重要的构成部分。同时，小说也道出了作者以及众多俄罗斯人不得以侨居他国的缘由之一。

小说不仅仅是对那个"疯狂"时代普遍特征的基本写照，而且也是作者对这段历史的回顾与评价。这种回顾和评价体现了黑多克站在新的历史高度对战争的反思，超越了一般政党和阶级的立场，包含了人性意识和历史尺度，其善恶评判体现出人类的普世价值标准。这使得作品的思想深度超越了同类题材的一般水平，丰富了俄罗斯侨民文学的精神意蕴。

第二节　侨民命运的思考：《山道弯弯》和《不受赏识的美德》

黑多克与其他侨民一样，虽然逃离了战火纷飞、丧失理智、令人窒息的俄罗斯，但他对移民后的侨民的生存和命运不无担忧。在《山道弯弯》中，作者客观地反映了侨民所面临实际生存问题的艰难、理想与现实的反差和个人命运的不可把握。同时，该作品反映了作者对生活真谛的寻觅和对人生哲理的探索。

《山道弯弯》讲的是主人公农艺师与从事语文工作的奥尔登采夫一同乘火车来到兴安岭“寻找所有能够使生活变得精彩的东西”，寻找“令人赞叹的自由”。由于又饿又累，他们不得不在一个村子里暂时落脚。在劳动的过程中，故事的女主人公阿克西尼亚喜欢上了农艺师。有一次，在酣畅的劳动之后，在兴安岭雾色蒙蒙的群山中，农艺师突然萌动了一种难以名状的幸福感，脑海里甚至闪过“最好能这样过一辈子”的想法，“要知道固守在土地上的劳动人民不就是这样生老病死的吗？……假如还有一个女人能在我劳累一天之后给予我默默的爱抚，那么我对生活还有什么更多的要求呢”？若不是后来在火车站的一幕对他产生了深刻的影响，也许，他就留下来成了那里的男主人。有一天，当他在火车站送粮食的时候，看到一个女人手里拿着一本薄薄的法国诗歌集走出车厢，“仿佛来自遥远的美妙世界的一个幻影”飘然而过，身上散发着高级香水的味道，这让他心绪难平。从此，他便清楚地意识到："无论如何，我的理想不是阿克西尼亚！"车站的一幕唤起了他内心深处原有的但几乎被遗忘了的对知识、对美好、对现代、对浪漫的追求。于是，他离开了村庄，虽然还不清楚走向何方。

《山道弯弯》中提出的传统生活方式和现代文明的反差，现实与理想矛盾的冲突，是每一个侨民生活中所面临的实际困难与困惑。这部作品是黑多克对侨民命运的深切思考，也是对摆在人类面前共同需要解决的问题的思考与探索。

在异国他乡，俄罗斯侨民颠沛流离、飘泊无定、处境艰难，侨民艰辛的生存状态几乎成为每个侨民作家创作的共同主题。1921—1947年期间，黑多克生活在中国，此时恰逢中国国内军阀混战、中日战争和国内解放战争时期，作者对这一时期因社会动荡而同样身处窘迫生活条件下的中国百姓深表同情。因为，他们之间有着太多相似和相同的经历。食不果腹、衣不裹体、居无定所、颠沛流离、遭受冷漠与歧视等，几乎是天天要面临的现实。黑多克在短篇小说《不受赏识的美德》中，带着对中国百姓的极大同情，用生动的笔触、细腻的心理描写，真实地反映了中国百姓当时的生活状况。

故事描写一个上了岁数的乞丐老顾在一天内乞讨的经历与乞讨时的心理活动。一天，老顾看到河边船工们正在船上吃小米粥，于是不假思索地、颤颤巍巍地向那些人走去。但他突然意识到，若过于匆忙地走过去，他会被赶走的。于是，他慢慢地沿着跳板向前移动，在不远处默默坐下，但是要不要央求施舍，他举棋不定。说吧，人家是知道他来的目的的，不说吧，眼看他们就要吃完了。最后，他还是觉得应该忍耐一下，而且决定不再死乞白赖地盯着他们的脸看。当时，老顾已经饿得五脏六腑都在痉挛了，可这时岸上却突然又来了一个要饭的，这可吓坏了他，因为来人是个孩子，而且还是个傻子，总不能不让一个孩子吧！他要让这些船工看到，即使在同类面前他也一样谦让。但当这个孩子被船工们踢走时，老顾一下放心了，心想这下该有机会了，可以等到施舍了，可当他回头时却发现锅里已经空了，老顾不得不快快离去。

作者捕捉到的这一镜头，是许许多多像老顾一样的中国百姓艰难生活浓缩的一个画面，作者所描写的老顾的心理感受与体验也是许许多多中国贫苦百姓所经历过的尴尬与酸楚的体验。然而，读完小说，谁又能说这种经历与感受不是当时俄侨所经历与感受过的，这种尴尬与酸楚不是当时的俄侨所品尝过的，谁又能说这样的生活状况与心理状态不是当时俄侨窘迫处境的真实写照！

然而，作家并没有因为生活境遇的变化、环境的变异而使他的创作抹上消极颓废的阴影。在小说的最后，作者相信“风水轮流转”，无论是中国的百姓还是俄罗斯的侨民都将会有腰杆挺直、扬眉吐气做主人的一天。现今的事实不也恰恰证明了作者当时预言的正确性？这两篇短篇小说同是写人的命运，但是俄罗斯侨民的命运与中国百姓的命运既有相似的地方，又各不相同。作者在表现其相似的方面时，设身处地地体味、思考和挖掘了人在不同处境下的人格状态和心理感受，同时张扬了人性的力量和追求。在表现各不相同的境况时，作者用同样的情感和意识，从不同的叙事角度表现了不同国度、不同处境、不同身份的人的精神世界，着力表现了身处逆境的、身份卑微的小人物高尚的心灵，大大升华了作品的品格和含量。

第三节　刻骨铭心的中国情结：《满洲公主》和《死者回乡》

爱情是人生活中不可或缺的部分，然而对于俄侨来说，由于他们身份的特别、社会背景的复杂、生活处境的艰难，加之与侨居国文化的差异，爱情对于侨民来说成为一种可望而不可及的遥远梦想。尽管爱情是个古老的话题，但黑多克笔下的爱情却独具特色，有着强烈的浪漫主义气息和浓烈的东方神秘主义色彩，他笔下所描写的爱情具有独特的情致和谜一般的魅力。黑多克通过对鬼世界、人鬼两界不分、梦中世界的描写，在非现实中寻求理想的爱情。除此之外，灵魂附体、托梦等无形而超自然的力量，常常贯穿于其作品的始终，如像电影《人鬼情未了》版的《米阿米》,《神话》版的《满洲公主》等。

《满洲公主》的主人公画家巴格罗夫不同于中规中矩的普通人。他浪漫，富有激情，酷爱音乐，追求人世间一切最美好的东西。曾去过夏威夷寻梦，但却发现那里已成为一个供人“寻欢作乐的大妓院”，他觉得上当受骗了，于是慕名来到“山脉始终烟雾缭绕，美不胜收”的中国长白山区。有一天，当他欣赏中国北方山脉深邃无比的灰蒙蒙的天空时，从中感到了天荒地老的永恒、浩瀚无际的宁静以及难以想象的遥远，使他产生飘飘欲仙的感觉，他认为这是“全世界再也找不到天与地能够如此对话的地方”……于是，他迅速支起画架匆匆开始画画，然而，他是如何作画的、何时完成的，却全然不知。当他被发现时，他仰面躺在画架下，姿势极不自然。画布上，两颗罗汉松之间站着一位栩栩如生的穿清朝公主古装的少女，这位少女有着迷人的美貌和“某种非尘世的表情”。当他醒来后问的第一句话便是“姑娘在哪儿”。然而，方圆20里之内根本不可能有什么姑娘，更别说什么穿清朝公主古装的姑娘了。但是，巴格罗夫却深信不疑他所看见的，而且还讲述了他与这位姑娘的非凡经历：当时他沉浸在绘画中，担心少女会离开，只想赶紧把她画下来，速度快得无法相信，几乎就在结束的时候突然发现少女已经走到了他跟前。当时，他只觉得像是当头挨了一棒，脑子里仿佛刮起了一阵狂风……他已经怀抱姑娘，跨上嘶叫的战马，似乎拼命逃离许许多多马蹄的追赶，像一个土匪头子似的紧紧抱着姑娘欣喜若狂地热烈亲吻。从此，这位满洲公主成了他的妻子，但她并不爱他。可是在一次战斗中，他因寡不敌众受伤倒地。令他没想到的是，少女冲破层层疯狂的人墙，双手紧紧抱着巴格罗夫的脖子大哭大喊。就这样，巴格罗夫在失败的时刻，这个女人给了他忠贞不渝的爱情。后来，她买通看守逃了出来，俩人度过了12年的野人生活。

无论饥饿还是风雪，或是烈日当空，他们始终相互支持互相搀扶，享受着相亲相爱的温暖和甜蜜。可是，某个深秋的一天，一头熊将他妻子的脸连皮带肉撕了下来，她成了瞎子，巴格罗夫冲了过去，与熊撕打搏斗。待到他苏醒时，发现妻子和熊已经死去。他想立即自杀，以便和妻子的灵魂相会，但又担心遭受造物主的惩罚，使他们之间重新出现几百年的隔阂。当他发现自己得了肺痨病后，高兴得浑身发抖，“这下我不是自杀的了”，能够与她早日相会了。

这个爱情故事跌宕起伏，一波三折，令人荡气回肠，展示了爱情的纯洁和美妙，以及荡涤心灵的巨大力量。小说贯穿始终的如梦似真、亦真亦假的神秘色彩，富有浓烈的东方神秘主义气息，这表现在作者对故事发生地设计的独具匠心，也为故事发生的离奇、神秘做了铺垫：

> 在山包脚下与山顶的中间部位，还有一间令人瞩目的由石头围墙围起来的四方形房子，门口有两棵罗汉松，中间是一个个坟包——永久安息的地方。它赋予这个繁华点缀的山包一种忧伤、宁静、昏睡、死亡和平和的魅力。
>
> 长眠在这儿的人是什么人呢？这儿不是公墓……肯定是帝国时代的某个大官为自己和子孙挑选了这个地方。他们穿着厚厚的绫罗绸缎躺在那儿——儿子和父亲在一起，丈夫旁边是妻子……我脑子里的种种想法越来越模糊，越来越遥远，最后睡意终于使我合上了双眼。
>
> 真是件十足怪事：白天我一般从来不睡觉，而现在仿佛有一股外来的力量让我的脑子迷糊起来，最后沉入了梦乡。

小说中无论是象征死后万古长青的“罗汉松”，还是中国特有的墓地式样“坟包”；无论是墓地选择的传统习惯，还是与父亲葬在一起的是儿子而非妻子，这一切都为小说打上了浓厚的中国民间风俗色彩的烙印。因为我们知道，对于俄罗斯人来说，象征着最高荣誉与地位的理想埋葬之地是教堂，而非像中国一样是群山环抱、郁郁葱葱、远离尘世喧闹的风水宝地。在作者看来，这样的风水宝地恰恰应该是一个人无论是生前还是死后，天地、阴阳两界能够对话的最佳地方，反映了作者对中国传统民间文化的认同感。

人鬼两界不分是黑多克作品创作的一个重要特点。黑多克通过对充满神秘气氛、气荡山河爱情的描写，在赞美中国女性轻柔、美丽的同时，歌颂了中国女性的坚毅、刚强、勇敢和至死不渝的品格。除此之外，作者也以此作为一种精神的自我慰藉来缓解现世的苦难，以寄托自己美好的理想。这一点作者在小说的一开始便有直接的表达："我内心深处还指望着那充满七彩理想、召唤人们进行勇敢斗争的人间生活，在天平上一定能压过彼岸世界恐怖的阴影……"

除此之外，作品对中国东北茂密幽深、宁静平和、天地相连的原始森林的美妙自然风光进行了由衷的赞美。这里有他梦寐以求的"女儿国"，这里"山脉始终烟雾缭绕"，天空灰蒙蒙的，深邃无比，而且从中可以感觉到"天荒地老的永恒、浩瀚无际的宁静以及难以想象的遥远"。山包上"上上下下长满了地毯般的青草，中间点缀着火焰般的蒲公英、母菊和大量的白花，阳光下被阴森森的群山环抱的山包显得格外亮丽。山包似乎挺起自己强壮的胸脯展示给明朗的天空，以便经常能够直面上帝并且倾听他云裳的声响……"作者不由地发出赞叹，这是"全世界再也找不到天与地能够如此对话的地方"！

思乡是俄罗斯侨民的共同特点，也是俄罗斯侨民文学的共同主题。然而，作者在表达这一思想主题时，却巧妙地借用了中国贵州民间丧葬的风俗传统。小说不仅是对当地人死后一定要埋葬在家乡这一异国习俗的记录和展示，更是俄罗斯侨民至死也要回到祖国的共同心声和梦想的倾吐与抒发。

在《死者回乡》中，起初当故事的主人公"我"在大兴安岭听了一位贵州来的老汉老候说"我这一辈子快完了，我要到祖先等待我的地方去”，想在自己还能挪动脚步之前回到老家，以便能死在家乡的想法和当地的丧葬传统后，感到十分诧异，认为完全没有必要。因为，按照俄罗斯人的传统与习惯和他们对生命的理解，认为灵魂一旦离开了躯体，躯体葬在哪里都一样，而在中国“即使最穷的人家庭，砸锅卖铁也要把死人从异国他乡运回老家”。当故事的主人公听完老候讲贵州家乡的道士如何用念符咒的方法让死者站起来，死人如何朝老家的方向自己走，亲人如何迎接死人的民间丧葬方式后，他开始相信“死去的人自己会回来的”，而且他也像这位中国老汉一样坚信“死人希望回到老家”，因为他们要去“感受母亲的手在他脑袋上的抚摸”。故事中的主人公“我”不仅借中国的民俗风情表达了死后回乡的愿望，同时也表达了作者本人，还有那些生活在中国各地以及许许多多漂泊在异国他乡的俄罗斯游子共同的心愿。

虽然《死者回乡》描写的只是中国人的习俗，活着的人无论贫富，临终前想方设法都要回到故乡，一定要和年迈的父母、兄弟姐妹、亲属见上一面。如果客死他乡，无论多么遥远，也无论路途多么艰难，他的亲属们也一定要把死人接回老家，安葬于自己已故亲属的身旁。作者并没有就此借题发挥，然而读者并不难发现作者的真实意图，那就是天底下所有的人，不论他属于哪一个国家哪一个民族，有着什么样的宗教信仰，他们对自己的家园都怀着深厚的感情，深深爱着自己的故土，这是人类共通的情感。

除此之外，《死者回乡》也是作者对中国贵州当时丧葬风俗的记载，该部作品可称得上是贵州民间风俗的活化石。小说总共只有1468字，而对贵州山区丧葬风俗的描写就占了562个字，占整篇小说总字数的三分之一还要多。从送葬的路上，道士如何磕头、念符咒、洒圣水，到护送的人该怎样休息，再到亲人以什么样的方式迎接死人，作者一一做了详细的描写。作者在对贵州丧葬风俗记录的同时，加深了对当地民俗的了解，并从中对生命有了新的认识与感悟，更加珍视生命的价值：“在大自然面前，在保存着生死秘密的大自然面前，我的种种悲观想法渐渐隐退。”

作者在文中还直接点出，那里的人之所以“很容易沿着伟大的道教之路走向真理”，是因为“那儿没有诱惑”，因此许多修行的人都住在山里。表达了作者希望摆脱世俗的喧闹和纷争，追求宁静，渴望超脱于世的安然心境，也反映了对中国道家思想清静无为、宁静致远、淡泊明志的认同与接纳。

第四节　宗教思想的独特诠释：《三颗哑弹》

黑多克在中国生活了26年，对中国佛教神奇的力量产生了浓厚的兴趣。由于时代的变化莫测，常常让他感到人生无常，命运多舛，因此，他的作品具有浓厚的宗教色彩。《三颗哑弹》便是其中一个典型的例子。

“我想喝水都想疯了”，然而却在经过中国小村子的时候，竟然鬼使神差地在井口旁没有给自己的水壶灌水，“是不是有个神秘的魔鬼专门在给我们制造痛苦，要不然怎么解释这个现象呢”？作者以这样的一个现象作为故事的开篇，一开始便为内容增加了一种神秘色彩，暗示了一种不可知力量的无形威力。当他们来到一个被炮轰毁灭的古庙时，故事的主人公格尔热宾意外发现被毁的古庙里，一尊菩萨像竟然挨了六颗炮弹却完好无损，于是，他发誓“今天一定给他捅个窟窿”。有人劝他“别去动人家的神灵”，“你会倒霉的”。可是已经晚了，他扣动了扳机，然而子弹没有射出，第二颗、第三颗，竟然一连三颗都是哑弹，大家都惊呆了。“我明白这是一种毫无意义的亵渎行为”，但是，疯狂的格尔热宾用胸膛抵住枪口再一次扣动了扳机，这一次他倒下了，喉咙里挤出一句话：“这是鬼神显灵！”令人没有想到的是，他竟奇迹般地活了过来。可是当他回到部队时，人们却发现他身上总是有一种阴森的让人难以忍受的厌恶。“我不认为自己是个迷信的人，但是必须承认，在那一刻中国人的说法是令人信服的：到阎王那儿报到过的人无论走到哪里都会带来一股阴间的气息。”格尔热宾心里也非常清楚，“自从那天心血来潮无缘无故地用子弹给庙里的菩萨打了几个洞之后，他身上已经发生了某种变化：他仿佛感到自己死了”，大家都躲着他。于是，他两次自杀，最后在一场战斗中被打死。“我”在想“或者那是来自神秘世界的神秘力量对他的亵渎行为做了惩罚”？读到这里似乎觉得作者只是想要表达对中国佛教超自然因果报应的理解与诠释。然而，黑多克却在小说的最后突然笔锋一转：“主啊，饶恕一切的主啊！我们祖国的那些教堂正在遭受凌辱，罪恶的手正在把教堂的石头一块块拆走，这种亵渎神圣的行为你要忍受到什么时候啊？难道你的忍耐真的像浩瀚的宇宙那样无边无际吗？”面对基督，他大声说出了自己对祖国命运的担忧，表达了对当时国内大量拆毁教堂的亵渎行为的痛心疾首，发出了对这种行为的警告与预言，并相信这种亵渎行为不可能永远如此下去，相信这种亵渎的行为将一定会得到报应和惩罚。虽然小说结尾显得唐突，甚至让人感到有点莫名其妙，但结合作者的处境和俄罗斯大地上大肆破坏教堂的疯狂行为，我们不难理解作者此时的担忧，以及这种担忧的急切与对此无能为力的焦虑。善有善报、恶有恶报的这种思想与基督教恶人死后下地狱的思想相比，佛教的现世报应思想似乎更加符合作者当时的愿望。

读黑多克的作品，我们会发现黑多克无论是写爱情还是写思乡；无论是写景，还是写事；也无论是写人，还是写物，都离不开中国的大地，离不开中国的百姓，离不开中国的文化。他的小说故事的发生地不是满洲，就是贵州；不是中国的小山村，就是路边河道；而主人公要么是美丽的中国公主，要么是像老顾这样的乞讨者，或者是像“中国人候老汉”这样的普通百姓，即便是对俄罗斯人民所走过的道路反思，对俄罗斯命运的牵挂，对俄侨生存状态与精神状态的反映也都是依托于中国而描写的。当他对国内拆毁教堂的行为感到痛心疾首的时候，是借对中国庙宇的破坏、对菩萨的亵渎必将遭受报应来对这一疯狂的行为进行预言和批判。对俄侨的精神与生存状态的描写也是通过中国百姓的生存状态与精神状态来反映的。黑多克不断对中国的佛教和道教进行探秘、理解与阐释，期望在中国的哲学思想中寻找解决问题的答案，因此中国文化便成了其作品故事发生、发展的背景，成为他思想表达的沃土。无论从故事内容、情节发展、描写对象、故事发生地这些具体内容上看，还是从作品中对中国文化的理解与自如应用这些创作手法上来看，黑多克都称得上是一位地地道道的中国作家。他的作品自然而然地让读者置身于中国的情境之中。因此说，黑多克是最具中国创作特点的俄罗斯侨民作家之一。

第八章

小说创作研究(下):其他俄侨小说家的创作

第一节　其他俄侨小说家

俄侨在中国生活的近50年当中，经历了国内战争的动乱，亲身体会了政治革命的残酷，饱尝了逃亡路途上的艰辛，虽然离开了祖国，但仍然为自己不定的未来和前途的渺茫担忧。然而，他们也因侨居中国亲眼目睹了异国风光的美丽，体会了中国文化的深奥与独特的魅力，感受了中国民间生活的多样与中国百姓生活的艰苦。这一切的经历与感受都成为他们日后创作的活生生的素材和内容来源，使得俄侨在中国的创作一开始便被赋予了独特的历史背景、地域背景和文化背景，使其作品明显有别于俄罗斯本土作家的创作，有其独特而鲜明的个性，在俄罗斯文学史中独树一帜。

由于俄侨身份的独特、经历的复杂和坎坷，因此，他们的许多作品中都流露出侨民时期生活的艰辛，以及对自己未来命运的不可把握与迷茫。如描写不得不将自己的精神寄托于本不属于自己信仰的中国庙宇的《梦之殿》；描写由于生活的艰辛，不少人丧失良知从而诱骗良家少女从事卖淫活动的《窃贼》；描写人的命运的不可琢磨以及对前途感到渺茫的《不明之物》；描写侨民工作条件恶劣的《普罗霍罗维奇》；描写食物、爱情、房屋、金钱等基本生活需求不能满足而只能在梦境中实现的《森林童话》等。

当俄侨由于历史的原因不得以而侨居中国后，他们不仅为中国美丽的景色所震慑，而且痴迷于中国特有的文化，惊喜于独特的中国民风民俗，沉浸于别具一格的城市风貌。从中国的大街小巷、男女老少、吃喝穿戴，到中国的民宅与建筑、文字与绘画、诗词与歌赋、宗教与文化、当地土匪的猖獗以及日本入侵中国东北等，中国境内这一切的一切都吸引着他们的眼球，拨动着他们已经麻木了的每一根神经和那颗早已冰冷的心灵，为他们平淡、孤寂、无聊的生活平添了许多的乐趣与热情，使他们情不自禁地将此一一记录，逐条阐释，并为此而挥笔高歌，因而也就出现了不少此类优秀的作品，如尼古拉·巴依科夫的《原始森林的真理》《兽夜情》《圣诞之夜》，阿尔谢尼·涅斯梅洛夫的《一百卢布钞票》《寻找上帝的人》《循着爱情的轨迹》《红褐色头发的莲卡》，瓦西里·罗基诺夫的《满洲森林里的“鲁滨孙们”》，阿尔弗雷德·黑多克的《野猪》《满洲公主》《米阿米》《少女之歌》《死人回乡》，勃利斯·尤利斯基的《泰加》①《红毛猎犬》，薇拉·孔德拉托维奇-西多洛娃《黄包车夫》，莉迪娅·哈茵德洛娃的《父亲的房子》，加莉娜·莫洛佐娃的《水灾》，等等。

第二节　抗日作品:《父亲的房子》《水灾》

莉迪娅·哈茵德洛娃是一位俄罗斯侨民诗人，《父亲的房子》是我们仅能看到的她的唯一一部小说。关于她的生平，遗憾的是我们知之甚少。我们只知道她生于1916年，其他的情况，我们没有找到任何的文字资料。

《父亲的房子》讲述的是在哈尔滨侨居的俄罗斯人巴维尔·列昂季耶维奇·加尔特维格和罗斯托姆·格奥尔吉耶维奇两个家庭中日常谈论的不同话题，他们代表了生活在哈尔滨的俄罗斯侨民们不同的精神世界。

巴维尔·列昂季耶维奇·加尔特维格一家在哈尔滨是个相当有声望的家庭，经济上可以说是完全富足的，这在哈尔滨的俄侨中并不多见。他出生于传统的官僚世家，受过良好的教育，若不是二月革命，他的仕途有可能青云直上。他富有洞察力，视野宽阔，头脑清醒。因此，在他们家经常聚集着一些对俄国国内的过去和未来感兴趣的人。

①俄语是“原始森林”之意。

他们争论俄国土地改革失败的原因，沙皇尼古拉应不应该让位于自己的兄弟，俄国还有没有可能再次复兴，俄国卷入世界大战的利弊，俄国要不要君主立宪制，等等，就像加尔特维格的儿子所说的："流亡国外的父辈们向往的是他们所习惯的、感到可爱的旧世界，这些人总是觉得过去可爱，总觉得遥远岁月的过去比实际上要好一些。"不过有一点是肯定的，这些人虽然身居异乡，但是他们常常反思俄国所走过的道路，时时关注着俄国未来的发展和命运，思考着自己与已经离开了的俄国之间道不清、理还乱的关系。作者通过加尔特维格一家常常谈论的话题，反映了这些生活在异乡的俄国人强烈的爱国与思乡情结。

而罗斯托姆·格奥尔吉耶维奇一家则是完全不同的另一类居住在哈尔滨的俄国侨民。作者用大量的几乎占据小说二分之一还要多的篇幅，描写了他们家在哈尔滨的所见所闻，透过他们一家的谈话、议论以及所见所闻，反映了日本人肆意挑衅、制造事端并入侵中国的事实。

罗斯托姆·格奥尔吉耶维奇生活在哈尔滨，也关心哈尔滨，他对发生在哈尔滨的一切事情感兴趣，而且十分关注事情的发展动态。他不仅对日本人没有好感，而且根本就不相信日本人。罗斯托姆·格奥尔吉耶维奇认为"他们（日本人）的拿手好戏就是制造事端，而且需要做得看起来是正义的和受欺辱的。他们开枪打自己，有时甚至杀死自己人，然后就强占他们想要的地盘，借口说地方当局没有能力保障秩序，他们不得不保护自己的国民"。

作者通过罗斯托姆·格奥尔吉耶维奇一家人的谈话，透过他们的亲眼所见和亲耳所闻，以及通过他们的客观分析与逻辑推测，揭露了日本人侵略中国的卑劣行径，对日本人的谎言给予了驳斥，对日本人前后矛盾的报道嗤之以鼻："中国人为什么要进攻日本人？这样的话，他们什么也赢不了，倒可能输得很惨。"但是他担心事态会恶化。事实上，事情也正像他所担心的那样发生了，很快奉天周围和城市里都开始有战斗发生。"日本人的军队比守卫南满铁路线所需的多得多，而实际上谁都不会威胁这条铁路线，除了日本人自己策划了炸张作霖元帅的火车，从来也没有发生过任何冲突事件，再说日本人的武装实际上中国人无法与之相比，他们拥有完全现代化的武器，包括坦克”。“过了一天奉天就被日本军队占领了，冲突在扩大，无论是谁都已不再怀疑是谁挑起冲突的。每天都传来消息，日本人占领了越来越多的城市，不久整个南满洲都在它的控制之下了。”不言而喻，显然是日本人一手策划并挑起了事端，而且作者指出，所谓的伪满洲国建立也是日本人一手策划的：“很难说，当时在他们的计划中是否已包括了要占领的整个东北三省，或许是因为他们不费吹灰之力就得到了广阔肥沃、矿产丰富的领土，从而激发了他们这样做。但是突然宣布建立‘独立的满洲国’，对百分之九十的中国人来说完全是出乎意外的。据说是因满洲居民的‘一致主张’而建立的满洲国，但是满洲人民何时何地以何种方式表达了自己的意愿，日本人认为没有必要解释”且“为扶持溥仪任命了日本顾问，这些人中主要是些将军。尽人皆知，无论什么时候，无论谁都不可能在没有顾问在场的情况下会见溥仪并与他谈话”，进一步证明溥仪只不过是日本人的傀儡，而日本人才是整个事件真正的幕后操纵者这一铁的事实。另外，哈尔滨在日本入侵之前与俄国侨民区一样就有日本侨民区。然而，奉天刚一开始有军事行动，日本人就在自己的区里筑起了街垒，形成了很好的自我武装防卫，不也恰好说明日本人事先早有计划和预谋了吗？对日本人的“中国人向日本军营开枪”这一谎言用事实给予了批驳。

作者还列举了罗斯托姆一家人身边发生的一件事，说明日本人的入侵是早有预谋的。那是1931年的9月，罗斯托姆一家人经常去的日本人坂本开的理发店突然不营业了，后来他们发现坂本以及他的小儿子都持枪站在他们一夜之间用沙袋筑起的街垒上。原来理发师坂本是日本预备役上校，他指挥着日本区防卫队的北方支队。他站在离街垒几步远的地方，“脸色十分严峻和不友好，很难看出他就是那个似乎一生都讨好主顾的老理发师，因为他总是口露白牙、笑容可掬、弯腰鞠躬、唯唯诺诺、说话低三下四”。罗斯托姆对此感到闷闷不乐，因为连他这个经验丰富、饱经风霜的人也像其他人一样被日本人蒙骗了。从此，“本来古老、和平的哈尔滨过着从容不迫、安定富足的宗法制生活，善良温和的中国人治理得好也罢，不好也罢，但是可以在那里平静地生活。现在这一切都成为过去”。

然而，让罗斯托姆一家人感到更加失望、寒心和无助的是，透过他们家的窗户，他们亲眼看到了外面发生的一切。

失去满洲后，中国向国际联盟控告了日本人的行径。为了弄清形势，建立了以大不列颠的老外交家利顿勋爵为首的国际委员会。然而，日本人为了否认自己侵略的这一明显事实，不让外国外交家与当地居民有任何接触，还反复声明，“满洲国”的产生是“满洲人民自由意志表示的行为”结果。尽管他们知道蒙骗不懂汉语的欧洲人容易，但是蒙骗阅历极为丰富、受到极好教养的外交官威灵顿·顾这个国际委员会委员不是件容易的事，“但是他们仍然使尽浑身解数张罗着，而且他们用心卖力采取了空前荒谬的规模”。因为“委员会光临的那一天，哈尔滨所有的机关，包括学校都不工作、不上课，委员会经过的所有道路，从车站到位于中国街戈尔杰洛夫（罗斯托姆的父称）对面的市里最好的摩登饭店，挂满了用几种文字写着表示欢迎的标语牌，还有口号——这些口号要使委员会相信，满洲人民在英勇的日本皇军帮助下从中国人的多年压迫下解放了出来，现在建设着自由幸福的生活。但是不幸的是，委员会成员未能见到这从桎梏下解放出来的人民，因为，他们驶经的街道，除了有许多警察，完全是空荡荡的，从车站起整条路上见不到一个人，因为，所有的行人毫无例外地事先就被赶离了街道。甚至不允许住在沿街屋子的人走近窗户，因为委员会的人要坐车经过那里。”

作者透过罗斯托姆家的窗户看到的国际委员会——这些“各国命运的主宰，解决国际政治的重要问题”的重要人物——道貌岸然的表情，以及如何处置手无寸铁的试图将写有事情真相的纸条交给英国人的中国青年，对国际联盟的不作为行为进行了斥责：“他们什么也做不了。所有的侵略者都是一丘之貉。”他们有着共同的特点，那就是“外交官总是能找到缘由说明他们为什么必须要这样做”，而且常常“为寻找一丁点儿令人信服的理由而难为自己”。因此，作者面对侵略明确地发出了自己的呼声：“什么时候靠让步就能使侵略者善罢甘休呢？使用武力的人所能理解的只有武力的语言。”

作者为了加强所描写事实的真实感，设置了三类不同的生活在哈尔滨的俄国侨民，他们代表着不同的俄国侨民对待日本侵华的心态。

一类人是像彼得堡人巴维尔·列昂季耶维奇·加尔特维格那样的俄国侨民，他“富有洞察力和宽阔的视野，能清醒地对待世纪初期震撼帝国的种种事件”。在他的家里，经常聚集着像阿尔卡季·涅恰耶夫（原型是阿尔谢尼·涅斯梅洛夫）这样一些有思想、有抱负的诗人，他们常常谈论的是俄国的历史、政治，更加关心他们已经离开了的俄国的未来命运。第二类人是如同罗斯托姆那样的俄国侨民。对于他们这些出生和成长在异乡的俄国人来说，“中国军队就是自己的军队。当然，他们谁也不认为自己是中国人”，他们更加关心他们生活和居住的哈尔滨，关心发生在这块土地上的每一个事件，他们更为哈尔滨的命运担忧。所以，他们当时所生活和居住的哈尔滨以及这块土地上发生的一切事情常常是他们谈论的中心话题。通过作品，我们还可以看到作者描写的第三类俄罗斯侨民，他们与其他俄侨一样，虽然同样生活在哈尔滨，但却是一些极端的俄国人。他们在日本侵华时借机办起了俄语日报《哈尔滨时报》，并进行疯狂的反华宣传，该报的“编辑出版者是日本人，而在那里撰写稿件、当编辑的是那些持有大多数侨民都不能接受的极端观点的俄国人，还有那些早就知道是不正派的、不屑于自己名声的人”。他们中伤那些没有表示对日本人有好感、没有表态要转到他们方面的知名人士，刊登激烈攻击的文章。

俄侨作家通过他们的所见所闻以及亲身经历，对他们所了解的事件的时间、地点、场景、前因后果等细节进行了翔实的记录，使其作品具有新闻跟踪报道的效果，也更加突出了小说故事的真实性与客观性。

除此之外，作者在小说中大量使用了真实的历史人物——萨姆索诺夫、布鲁西诺夫、马肯森、拉斯普京，或者直接以脚注的形式注明人物的原型是实际生活中的某个人。另外，作者还使用了大量真实的地名，如哈尔滨、奉天、黑龙江、齐齐哈尔、热河省。除此之外，奉天警备队司令姚学文坚决驳斥日本关于中国士兵枪击日本军营的报道；日本人策划炸张作霖的火车；张学良的军队一部分被逼退向西，到热河省；马占山将军在齐齐哈尔城下抗击日军取得胜利；日本人扶持溥仪建立伪满洲国；由英、法、德、意国家组织的国际联盟入驻中国等真实的历史事件也都被记录在小说中，从而使得所讲述的故事和内容少了一份虚构，多了一些真实。

另外，作者还直接表达了自己对日本人的态度。即便在描写像加尔特维格这一类不太关心哈尔滨即将发生的事情的俄国人时，作者也不忘添一句“他们还清楚地记得俄国国内战争时的日本人，对他们没有任何好感”。在描写日本理发师时，作者只用三言两语便刻画出了他的典型特征：“很难看出他就是那个似乎一生都讨好主顾的老理发师，因为他总是口露白牙、笑容可掬、弯腰鞠躬、唯唯诺诺、说话低三下四。”作者还在小说中安排了这样的情节：在罗斯托姆的儿子戈加所在的商业中学里，当问及“你赞成谁，是中国人还是日本人”时，“不论怎么样没有一个人是拥护日本人的”。

作者不仅揭露了日本军国主义者卑鄙的、赤裸裸的、撒谎成性的恶劣行径，也向世人讲述了日本入侵中国的整个过程。在揭露日本入侵中国的真正目的的同时，作者也揭示了一切战争的根源：“历史是由饥饿的人们创造的。吃饱的人竭力要维护他吃饱的那种秩序。他还要什么呢？他拥有一切，他需要的只是别人别去碰他，使他继续享受他的富足安康。他不想打仗，免得失去他拥有的东西。他何必冒险呢？而饥饿的人有什么可失去的呢？可是他却能获得许多东西”，日本“作为一个民族，一个国家，当然是饥饿的。他们一无所有，既没有煤，也没有铁，还没有石油。他们甚至连自己的稻米都不够吃，于是就把手伸到别人那里去，拿人家没有收藏好的东西”。

《父亲的房子》中所描写和记录的这些铁的事实，是对日本侵略中国这一历史的又一次强有力的证明。由于这部作品出自当事国之外的第三国作者之手，因此它的内容具有客观性、公正性和可信度。此外，作者所表达的反战思想，以及对战争实质清醒的认识，即便是现在，对于国际纷争与局部战争问题的思考也不无启示意义。

《水灾》是另一部反映侨居在哈尔滨的俄国人对日本入侵中国的态度的小说。作者是俄罗斯侨民诗人、作家加莉娜·莫洛佐娃。她1915年生于鄂木斯克，居住在基西廖夫斯克。1922年来到哈尔滨，1935年毕业于哈尔滨商学院，曾任教于大连外国语专科学校。《水灾》描写的是1932年7月哈尔滨的暴雨，本来下暴雨是哈尔滨夏季常见的天气，但持续三个月之久的暴雨是前所未有的。暴雨成灾，松花江泛滥，江水倒灌城市，房屋淹没，本来行驶车辆的道路却穿行着船只，人力车夫从三层楼的楼梯上、从架在屋顶的跳板上接送乘客。由于洪水迟迟不能退去，许多人开始搬到没有受淹的区域，重新租住房屋。直到10月底，“水淹”的后果消除后，人们才又回到了自己的住处。然而，无论是通过生活在哈尔滨的中国人之口，还是通过生活在哈尔滨的俄国人之口，人们听到的都是一样的说法：“是日本人把水弄到城里来的!”

中国人张说：“因为有了日本人，冬天洗礼时节没有在河上做圣水祭，也没有放冰十字架，没有人钻进冰窟窿，松花江生气了。似乎因此闯进城市里来的!”而一个俄国厨娘说：“松花江生日本人的气，俄国的神甫没有到江上去。没有摇动那个玩意儿（她做着助祭摇炉散香的样子），它非常生气，现在就很糟糕!”

前面的两种说法出现在奇若夫家晚餐时，家人谈论他们听说的一天里发生的事情。作者用奇若夫女儿伊拉的话，从侧面对听说的事情给予了证实。事实也是如此，“1月里因为事变（指1932年日本人侵占满洲的事件[①]），当局确实禁止在河上做洗礼祷告。当时因为忐忑不安，城里发生密集的射击，所以这事也就没有引人注意，而现在却想起这件事”。

作者虽然没有用直接的言辞表达对人们的这些说法的肯定，但在

①原作者注。

结尾却用一个带有省略号的陈述句写道：“与俄罗斯教会、东征教习俗丝毫没有相干的中国人首先发现这一点，这是多么奇怪呀……”难道这真的奇怪吗？难道真的是巧合吗？作者内心的答案是显而易见的。

另外，从小说轻描淡写的一个细节中，我们不难看出作者对日本人的态度。由于连续的暴雨，街道水流成河，一些俄国人不得不违背自己“不坐人拉车”的原则，坐上人力车去上班。而到了10月底，大水退去后，“人力车移到了日本街区”。显然，人力车在发大水之前常常服务于日本街区，大水过后，它们自然又回到了经常能拉到日本人的街区。透过这个小小的现象，我们不难看出作者所流露出的对日本人不尊重中国人、不尊重人性的斥责。

第三节　人文情怀：《黄包车夫》

薇拉·孔德拉托维奇-西多洛娃曾出版过诗集《恢复原状》，《黄包车夫》是她1947年写于哈尔滨的一部短篇小说。

由于20世纪初俄国侨民的大量涌入，20世纪30年代日本人的入侵，20世纪40年代苏联红军的进驻，俄国街区、日本街区、中国街区的出现，以及随之出现的不同风格的建筑、工厂、学校、娱乐场所、商场广告等，20世纪30—40年代的哈尔滨呈现出不同国家和民族的多元风貌，具有了与众不同的城市风格。

胖大笨重的俄国女人、皮货店的俄国老板、穿苏军制服的上校穿梭于哈尔滨街道；穿灰色和服上了年纪的日本夫人背上缚着婴孩，还不友好地朝俄罗斯军人看了一眼；又瘦又高的中国人肩上扛着一个木箱，叫卖着。不同的肤色、不同的人种、不同的男女，各行各的道，各有各的事。一会儿过来一个中国人，挑着两个大筐卖蔬菜，一会儿出现两个浅颜色头发的姑娘，欧式穿着，脚下的木底鞋在柏油马路上发出咯噔咯噔的声音。中心街是码头区的中心街道，秋林公司的商店营业着，不知疲倦地招揽顾客；马迭尔影剧院的巨大广告邀请人们参加苏联新电影《三个坦克手》的播映季；马尔斯糖果咖啡店的橱窗展示着巧克力蛋糕、木哈咖啡和装着蓬松泡沫乳脂的烟斗，为的是吸引甜食爱好者。整个市区好一幅繁忙富足而又热闹轻快的景象。然而，在看似繁花似锦的城市背后，作者为我们展示了另外一幅画面，他让每一位读者都感到揪心的痛和无言的沉重与压抑。

余，一个35岁的黄包车夫，又高又瘦，胸部凹陷，脸色疲惫，从脖子上解下灰不溜秋的毛巾擦着汗水淋漓的脸，突然止不住的干咳涨红了他的脸，鬓角处青筋暴突。病魔折磨他有一段时间了，每次拉完车回到家里都是精疲力竭，勉强才能迈过家里土坯房的门槛。别人的经验告诉他，得了这种病就应该放弃拉黄包车，否则，拖不过三年就会丢掉性命。然而，似乎永远饥饿的孩子在家里等着他，他不得不啃着玉米饼一次次地走向街头，再次眼巴巴地等候乘客的到来。虽然作者只用了三言两语进行描述，却深刻地刻画出一个让人产生无限怜悯和同情的小人物极其卑微的生存状态。

不过，作者并没有仅仅将描写停留在对这个人物悲苦命运的刻画上，紧接着她笔锋一转，通过刚刚来到中国的士兵瓦夏好奇的眼光，为我们描写了一件令瓦夏气愤，“无法相信的”事：这个像马一样套在车上，拉着车在路上跑着的胸部凹陷、脸色疲惫的中国人正用力地拉着车，很勉强地朝前移动着，那车好像抗拒着他的用力。然而，“一个肥大臃肿的女人（俄国人）半躺在车里，全身的重量都压在了车背上，中国人沉重地呼吸着，慢慢地移动着。可以感觉到，他是在勉强行走，紫铜色的前额上青筋暴起。消瘦晒黑的脖子上的肌肉绷紧得像要胀破似的。敞开的上衣里明显地露出锁骨”。瓦夏虽然年轻，只有22岁，但他饱经风霜。“1942年他自愿上了前线，在斯大林格勒战斗过，参加了库尔斯克战役，解放了奥廖尔、罗加乔夫、柯尼斯堡。他两次受伤，又从医院归队。在前线他失去了父亲和兄弟……”战争总是残酷的吧，可在他看来，曾经所经历过的一切残酷的景象，都没有比他眼前看到的这一切更加残酷。他怎么也无法相信他所看到的这一切，于是他“义愤填膺，不由得怒火顿起”，从车上跳出挡住黄包车的路，毫不客气地带着命令的口气说：“女公民，你怎么不害臊坐人拉的车！下来！”

作者从一个侧面再现了当时哈尔滨底层市民的真实生活状况，在描绘20世纪40—50年代哈尔滨的街景图与城市老百姓独特的生活画卷的同时，也反映了强烈的人文关怀。在作者看来，无论何时何地，无论在何种情况下都“不能容许这样嘲弄人”。作者的态度给我们见惯了这些场景而早已变得麻木的心灵注入了一支清醒剂。

第四节　对无政府主义“革命”的思索

阿尔谢尼·涅斯梅洛夫是中国俄罗斯侨民文学最富代表性的诗人之一，其小说创作也颇具特色，特别是对国内革命的反思有其相当的深度。20世纪20年代，在许多俄国知识分子与贵族因持不同的政治观点而被迫移民或遭受驱逐的情况下，在许多侨民诗人与作家避而不谈国内政治以免遭受更大的不幸和灾难的情况下，在大量的中国俄罗斯侨民文学都在描写侨民生活的艰辛、思乡的愁肠、异国风土人情的独特、景色的迷人等情况下，涅斯梅洛夫的这类作品就更显得弥足珍贵，也更加反映出其对国内革命思索的冷静与深刻、客观与尖锐。作者用独特的创作视角和别样的创作方式关注着俄国国内的状况，对俄国未来的命运充满了忧患意识，这一点在其小说《安德烈·彼得罗维奇的可怕之夜》有着充分的体现。

涅斯梅洛夫的小说《安德烈·彼得罗维奇的可怕之夜》是一部反映革命中盲目、残酷和无政府混乱状态的作品。

安德烈·彼得罗维奇是个40岁的美男子，体格健壮，说话令人愉快，是挖泥船船长。他彬彬有礼、温和亲切、思想深刻，喜欢读书。然而，美中不足的是，他的右腿有点跛，孤身一人住在公家一套两居室的住宅里，墙上挂着一张漂亮姑娘的照片。安德烈那双眼睛是威严的，同时又似乎是哀求的、痛苦的……显然，他曾经历过巨大的悲伤，悲怆的经历洗刷了他的灵魂，克制的痛苦锻炼了他的灵魂。

那是在秋天，安德烈参加了男子中学开办的自由教育班，在那里，他认识了漂亮的女教师安东尼亚，也就是照片上的那个姑娘，并很快爱上了她。她虽是世袭贵族，但却很贫穷。安德烈发现她对他也很感兴趣，后来才明白她是想要把他拖进政治里去。在她的那个圈子里，安德烈认识了那些所谓的革命者。安德烈在与他们相处时，发现他们对待某些事情的看法并不客观。譬如，非要他承认在舰艇上当水兵时受够了军官的气，而他在沙俄军官身上看到了他们的好品质外，什么别的东西都没有看到。当然，这些人从此也就不再相信安德烈，安德烈对他们也并无好感，并想方设法说服安东尼亚离开那伙人。于是，他们之间发生了多次激烈的争吵，安德烈坚持认为这些蒲鲁东之流，不会给她带来好结果的，直到有一次一件事情的发生，终于改变了安东尼亚，然而悲剧也从此开始。

事情是这样的，安东尼亚结交的那些无政府主义的革命者打算杀死要塞司令，因为他是镇压和枪杀骚动者的罪魁祸首，而安东尼亚坚决反对，“虽然她有点中了邪，但毕竟还没有到要去投炸弹的地步”。于是，安东尼亚与她的“同志们”之间产生了分歧，分歧最终变成了斗争，继而引发了他们对安东尼亚的仇恨。安东尼亚既怜惜这些人又为自己担忧，她不想让这样的流血事件发生，但又想不出好的办法，于是她找到安德烈求助。为了保全自己，又不被这些人识破，安德烈决定给他们每个人写一封信，说他们的计划警察局已经知道，要他们必须尽快离开这里。安东尼亚对此拍手称赞，安德烈建议安东尼亚立即回哈巴罗夫斯克的家里，并约定一起在那里过圣诞节。一切似乎都安排得自然妥当，但是安德烈万万没有想到，他的错误仅在于他去送了安东尼亚，而这一切却被安东尼亚的同伙皮亚特京·瓦西里看到，更糟糕的是，安德烈当时对皮亚特京的跟踪并未在意。结果在回哈巴罗夫斯克的火车上，安德烈遭到了皮亚特京的暗算，安德烈为了躲避暗杀，跳下火车摔断了一条腿。当夜，这伙人杀害了安东尼亚。

作者通过安德烈与这些“无政府主义者”的接触、认识，通过安德烈的感受，描绘出那些所谓革命者的整体面貌与特征，直接表达了对这些所谓革命者鲜明的态度：“在她那里见到的那些人我觉得很反感，他们全都是些阴沉的人，皱着眉头看人，几乎就象野兽一样发威吼叫。或者也会跟你亲热，甜得叫人发腻，甚至令人厌恶。”这些人反对一切，只是“因为他们自己一无所有——他们无法通过正常的渠道在社会上取得一定的地位”，“他们起来骚动是因为受到蒲鲁东之流的煽动”。作者还称这些所谓的革命者是“十足的坏蛋”，“分文不值”的“坏人”，是“无业游民”，“全是骗子”，他们的所作所为均是些“胡闹”。在当时的环境下，若没有一点勇气，没有一点知识分子的良知和责任，没有对祖国命运强烈的忧患意识，是写不出这样大胆而激烈的言辞的。特别是对于已经侨居国外的涅斯梅洛夫来说，仍然如此关注祖国的命运和未来，仍然为国内发生的一切痛心、焦虑，反映了其强烈的爱国主义精神。

另外，作者在描写安德烈向热衷于政治活动的安东尼亚求婚时，通过他们之间的对话，塑造了一个不食人间烟火，不懂得也不需要生活的女革命者的形象。在她看来，一个女革命者是不需要成家，更不需要养育孩子的，否则，她就会成为一个没有远大志向的地地道道的“小市民”，就会是一个“无知幼稚的人”。

作者不仅对这些“无政府主义者”所策划的所谓“革命”活动的合理性、合法性、人道性提出了质疑，批驳了这种革命的随意性、无组织性、任意性和泛滥成灾，同时也表达了对革命的认识和理解，还对未来的社会提出了自己的观点，那就是未来社会需要的是“一颗寻求着重要真理”的心灵，需要“寻求友谊、忠诚”，这样，人们的心灵才可能是纯洁的。

第九章
中国俄罗斯侨民文学是中国现代文学的组成部分

第一节　中国俄罗斯侨民文学的思想意蕴

每一种文学都有一定的精神品格和价值取向。纵观中国俄罗斯侨民文学，可以说，它们是高尚的、严肃的文学，是具有特殊意蕴的文学。俄国侨民作家并没有因为生活际遇的变化、环境的改变而使他们的创作笼罩上消极颓废的阴影。他们循着真善美的轨迹，谱写着美的文学。这些作品一般以人道主义为尺度，从文化的视角反映和评说动荡岁月中出现的种种现象，其中蕴含着对历史变迁的思考，对个人命运、俄罗斯侨民的出路乃至民族前途的探寻。特定的政治背景、社会地位、生活环境等因素，决定了他们的著作中有对现实的冷峻思考，对精神困惑的书写，对思乡情结和怀旧情绪的表现。

一、对东北自然和人文环境的沉思

我们发现，许多作品对中国人自然给予了热情讴歌，他们中有的人就是因为热爱东北的自然风光才留在中国的。可以说，巍巍群山、莽莽森林使这些俄罗斯侨民获得了独特的价值和意义。大自然不只是他们赖以生存的自然之母，更是他们精神生活的一部分。在那些描写狩猎、虎啸的小说中，无不流露出作者对壮美自然、对动物世界的赞美。然而，他们也没有仅仅停留在对东北自然美的享受之中，而是通过自己的作品表达了他们对城市建设与发展过程中给大自然带来的破坏的担忧和思考。《原始森林的真理》揭示了原始森林严峻的自然法则，指出了人类破坏自然必遭惩罚这一永恒的真理。该作品与《大王》一样歌颂了大自然中动物的忠实、有信，即便是对人类的进犯，也一定是因人类对动物的进犯在先而发起的攻击，揭露了人类的凶残野蛮与贪得无厌，即便是腹中饱胀，口袋里已满是黄金，仍然会继续人吃人。同时，这些作品还表达了他们虽身处中国东北美丽的自然环境下，却也同时处于相对落后的人文环境的沉思。在歌颂生活在东北森林中村民的纯朴、热情的同时，也反映了他们由于与外界的隔绝而落后、愚昧的一面。这些村民们总是开着森林小屋的房门，备好过夜的柴草、干粮，为的是让那些需要休息的、迷路的猎人能暂时躲避风寒，而且他们常常不忘点燃香火，为过路人的平安祈祷。然而，他们的生存环境却十分落后和原始——单一的饮食、光秃秃的简陋房屋、一年四季裹着的一件皮袄，家似乎永远都是临时休息的小窝，而寂静的森林、满天的星斗、野兽的呼啸，才是猎人们一年四季常住的家。虽然他们完整地保留了自己传统的民俗习惯，却对违反村规的人处置得过于残忍。许多作品还反映了作者对当地居民仅为温饱而猎杀原始森林中动物的理解与担忧；对杂乱、肮脏、毫无规划的城市与贫穷、落后、艰辛的市民生活的关注；对生活在底层的人民悲惨命运的同情；等等。有些作品还洋溢着对人的关爱之情。黄包车是落后的旧中国的一种交通工具，也是旧中国人与人不平等的典型写照。《黄包车夫》中，作家用饱含同情的笔墨描写了黄包车夫的贫困生活和凄凉境遇，以辛辣讽刺的笔调批判了那些富人的冷漠无情，用极为朴素真诚的语言表现了俄国侨民对劳苦百姓的同情与关爱。

二、侨民精神的迷惘

虽然，大多数俄罗斯侨民都是义无反顾地离开自己的祖国的，然而，理想与现实的疏离、时代风云的变幻、个人命运难以把握的悲哀，成为侨民精神面貌的真实写照。当他们坚定地、义无反顾地迈上侨民漫长路途之时，突然间莫名的复杂情感油然而生，对未来前途不可把握的担心与迷茫从此伴随着他们左右。日后的生活会是什么样的，是好？是坏？未来道路上的沟沟坎坎，命运的随风变幻，个人的无力把握，只能通过纸牌来占卜，一切都只好听天由命。岁月流逝，可命运不改，迷茫仍无尽。抛弃了过去，但现实的侨民之路却如同沙漠中的海市蜃楼一样飘浮不定，前途的亦真亦幻、扑朔迷离成为困扰他们的新难题。进退维谷的两难境地、难以理清的纷繁思绪，在侨民生活的一开始便始终围绕着他们。生活在新的国度，远离亲人，生活的艰难、单调、空寂、凄怆、悲凉、恐慌以及无处诉说的痛楚、惆怅、沉闷、苦恼总是千头万绪，纷乱地难以理清，似生活在烟云中难以拨开迷雾。世道的变迁、是非的颠倒，使人们丧失了正常的判断力，那些有修养、有道德的正派人反而备受苦闷的煎熬。每一次努力后的失败，每一次希望后的落空，每一次追求后的失望，未来却似乎永远遥遥无期。长期在异邦土地上生活的特殊环境，加剧了大部分侨民作家对俄罗斯的深深怀念之情。他们多想回到祖国，然而国内同胞们遭受的苦难又让他们望而却步。因此，在对往昔生活的深情回忆中，抒发弃国之苦、离别之恨、思乡之愁、漂泊之艰辛，成为中国俄罗斯侨民文学的一个重要主题。当然，我们也看到不少作品的主人公们并没有因为时局变迁离开故土而怨恨祖国。尽管他们不接受十月革命，甚至对其抱有敌视的态度，但是他们依然怀着赤子之心关注着俄罗斯的命运、思考着俄罗斯的未来，并为俄罗斯的现状焦虑与担忧着。不知有多少像《俄罗斯》《回家的路》《我的城市》《缅怀莫斯科》这样的作品，表达了俄罗斯侨民对祖国无尽的思念与远离故土的无奈。就像萨托夫斯基的《擦身而过》所写：“为了无情而痛苦的俄罗斯，可以再一次地自我宽解。”作品反映了侨民失去希望、失去祖国沉痛而又无奈的心情。叶列娜·达丽在诗歌《献给第二祖国》中，表达了对祖国爱恨交错的复杂心理。哭俄罗斯就像哭母亲一样心痛，哭俄罗斯又如同痛斥“虐待者”一样憎恨。随着时间的推移，回国之日遥遥无期，侨民们不安的心慢慢趋于安定、趋于踏实。然而，他们却又发现，无论他们多么喜欢所侨居的国家与城市，无论他们多么想拥抱周围的一切却怎么都无法真正融入其中，永远都不可能像那些生活在自己国家的人们一样，感受到发自心底里的轻松与欢快。此时，斩不断的思乡之情与无法回归的痛苦，长期生活在异国与无法融入的矛盾，种种苦闷、徘徊与迷茫的心情便自然成为俄罗斯侨民文学揭示的对象。这些作品为读者客观而真实地反映了侨民离开祖国的实情，使读者感同身受地理解他们离开祖国的苦衷，深切地感受到他们离开祖国后依然保留的一片浓浓赤子之情。因此，中国的俄罗斯侨民文学有助于我们了解侨民的真实情况以及侨居后的真实心情，也为我们客观评价侨民现象提供了依据。

三、中俄文化冲撞下的人生体验

在中国的生活给俄罗斯侨民带来了诸多的不便、诸多的困惑，但也大大丰富了他们的人生阅历。不同的地域、不同的习惯、不同的文化在给他们带来新奇与惊讶、陌生与独特，无法理解与不可思议的同时，又猛烈地撞击着他们固有的习惯与观念。他们在排斥与接纳之间徘徊时，也被迫对现实的一切重新思考。落后与文明、传统与现代、东方与西方的差异相互映衬、相互冲撞。这种排斥又吸纳的现实以及这一现实下不同的个人体验与思考，作为一种独特的文化现象在中国俄罗斯侨民文学中有着明显的反映。他们从中国独特的意象（如荷花的出污泥而不染，芦苇、蝴蝶的生命短暂却欢快轻盈，松柏的挺拔坚强，道家的淡泊名利、清净无为）中得到了启示，对生命以及生命的意义有了重新的认识。中国胡琴的低沉和哀怨会让人联想到美丽的异教女神的伤心哭泣，贝加尔湖的美丽与中国的丝、茶、扇子、荷花有着同样的魅力，会让人浮想联翩，勾起遥远的往事和内心的酸楚，即便远离故乡，异国的美丽也无法让人割舍思乡之情。中国的小脚妇女与高大白胖的俄罗斯妇女，面黄肌瘦、积劳成疾的黄包车夫与身穿皮衣、养尊处优的富家阔太的鲜明对比，引发了这些作者对人的生存状态与命运的思考，抒发了他们对个人无力改变现实的无奈与悲叹，这些在中国大地上的独特现象给侨民作家以感同身受的体验，从而使得他们对人生产生了深刻的感悟。

俄罗斯侨民作家同样也对侨居的第二故乡——中国充满深情，把自己融入接纳他们的这块土地中，与中国人民同呼吸共命运，将众多热情洋溢的诗篇献给了具有博大胸怀的中国大地和中国人民，用许多华美的篇章赞叹和讴歌中国古老文化的神秘与博大精深。从中国的古老文明，到中国小巷深处杂乱但自由温暖的生活气氛；从中国美丽的自然风光，到南方女性的柔美、北方男人的刚毅勇敢；从神秘的东方佛学思想，到中国各地不同的民俗风情，中国俄罗斯侨民文学都一一涉猎。他们从市民的贫穷生活中感悟生活的幸福与自由，从沉重的劳动中感悟生活的甜蜜，从落后的民俗中感悟传统的伟大，从东方人的含蓄中感悟美的真谛，从中国的文化中感悟人生的哲理，并从中汲取营养，寻找生活的勇气和力量。

中国俄罗斯侨民文学因其存在的中国地域与中国文化的背景，而明显有别于本土俄罗斯作家的创作，也有别于生活在欧洲各地的俄罗斯侨民作家的创作。中国俄罗斯侨民作家对人的生存状态、人生境遇、生命价值的理解与感悟是建立在中国独特的文化背景基础上的，是中俄文化相互交织与相互碰撞下的对人生的独特体验与感悟。因而，中国俄罗斯侨民文学有其独特的思想表达方式。

四、民族、人性与亲情的感悟

中国俄罗斯侨民文学中也闪现着人性和人道主义的光辉。小说《窃贼》里描写的是一个骗子在骗了一个贫苦姑娘后良心发现的故事。当他看到月台上送行的憔悴的母亲，再看到被骗女孩寄希望于他时的天真与信赖的目光，还有女孩对母亲的依恋不舍，他内心中人性的一面被唤醒了。他不仅送回了女孩，而且也回到了自己母亲的身边，慰藉她那孤独牵挂的心。《原始森林的真理》的主人公一方面惩处了打劫猎物、企图残害猎人的强盗；另一方面，又救助了因受伤而生命垂危的盗贼，从而深刻地彰显出俄罗斯侨民文学中的人道主义内涵。《寻找上帝的人》是对战争、宗教的全新认识。作为一个基督徒的士兵，该怎样面对战场上的血腥厮杀？他虔诚地信仰上帝的存在，但面对残酷的战争却无法摆脱恐惧，因此羡慕无神论者别金面对死亡时的平静。主人公向往自由的空间，渴望远离战争的片刻宁静，哪怕是暂时的逃避。冷酷的战争中，人们需要上帝的安慰，但更需要人与人之间的理解与宽容。战争中，人们恐惧的不仅仅是死亡，更担心的是人与人之间亲情的丧失。作品深刻反映了战争面前人的迷茫与苦闷，也表达了面对国家利益与人道主义时，战争的残酷与人性的脆弱，以及经历生死之后对生命和人生的深刻感悟。

作品中还有对美好个性的颂扬。平民之家出身的小女孩渴望得到艺术的熏陶和教育，那种对历史文化的追溯和想象，无不勾勒出一个追求个性美的形象；外表堂堂、注意修饰的城市朋友在粗犷无情的大自然面前显得那样无助无奈，揭示了人的虚有其表与不切实际，强调了人应该注重自身的修炼，注重个性和谐的发展；而普罗霍罗维奇那种节俭、敬业、勇于牺牲的精神又无不令人敬佩，在异常艰难的困境中表现出来的人的顽强意志与互相爱护，显得十分可贵。

还有不少作品反映了作家们对于革命和国内战争的回顾与评价，对革命和战争的认识、对胜利与失败的理解、对当时国内二月革命和十月革命目的的分析，以及对战争、革命的正义性与人道性的怀疑态度，等等，都反映出俄罗斯侨民作家对民族和人性的冷静思考、清醒认识和客观评价，反映出这些作品超越阶级、政党、民族之上的博大胸怀。

中国俄罗斯侨民文学始终充满人道主义情怀。俄侨作家十分同情中国人民的苦难，坚持积极向上的乐观精神，对未来充满美好的坚定信念，通过善与恶的鲜明对比，弘扬人道主义精神，揭露社会的丑恶。

从众多俄罗斯侨民文学作品可以看出，俄罗斯侨民文学是弘扬爱的文学，这种爱是博大深远的，它陶冶着人们的情操，为读者提供了丰富的精神食粮。

五、侨民艰辛生活的写照

侨民生活的艰辛体现在每一个中国俄罗斯侨民作家的字里行间。侨民的命运如同《红色猎犬》中的猎犬，其第一个主人死了，第二个主人又因盗窃被抓，最后被第三个主人收养。侨民的命运如同猎犬一样，不知自己最终的归宿在哪里。三个不同的主人、三种不同的性格，暗喻了侨民生活的动荡、波折和命运的不如意。同时，展现了处在不同环境、不同境遇下的俄罗斯侨民对一切新的、陌生的、复杂环境的适应以及适应过程中复杂而悲凉的心理感受。如《红褐色头发的莲卡》的主人公从沦落为妓女到被人多次拐卖，然后历经千辛万苦，徒步穿越原始密林回到边界小镇，在火车站旁的小饭馆当起了女招待。在《不受赏识的美德》中，老顾乞讨时的复杂心理过程，也正是侨民艰苦生活的写照。有不少侨民因生活所迫不得不没白天黑夜地工作，为挣几枚小钱忍受他人的白眼。《流浪者》中的主人公已经七天没有吃过东西，冻得浑身发抖，虽然活着却已经奄奄一息，还得忍受病痛的折磨，唯一的愿望就是能有房住、有衣穿、有饭吃。这一愿望反映着大多数侨民最基本的愿望，侨民们为了生计不得不东奔西跑学习各种技艺，粗笨的体力劳动、饭馆里的差使都会不假思索地选择承担，生活的窘迫常常无法掩饰，有的人不得不以卖身、乞讨为生，有的人甚至沦落到被人贩子买卖的地步。《发了疯的年代……》的主人公，人还年轻却已经长满了白胡子，不知疲倦地拼命工作，却发现生命突然到了终点，令读者对那个年代的人短促的一生和无言的结局感到悲叹。应该说，中国俄罗斯侨民文学是俄罗斯侨民艰辛生活与艰难处境的真实反映。

六、独特的反侵略视阈

俄罗斯侨民作为除了中日战争中两当事国以外的第三国人，同时作为整个战争的经历者，对发生在他们身边的这一战争的前因后果、事实真相，以及对此事件的态度，给予了完整的展示和客观的揭露。从他们身边原本只会低三下四讨好顾客的日本理发师，到一夜之间突然变为面目狰狞的日本区防卫队北方支队的指挥官；从孩子们在大街上好奇的眼神中所看到的，日本侨民区突然间修筑起的街垒，到日本自己制造事端将大炮、坦克部队布满主要街道，美其名曰“保护自己的国民”；从由于伪满洲国政府不允许做圣水祭，到江水泛滥、洪水成灾；从中东铁路的不得以出卖，各级学校被日本人的强行接管，到俄罗斯侨民生活与工作处境的恶化，以致于被迫远离他们已经熟悉了的哈尔滨；从他们的所见所闻到不符合事实的报道。俄罗斯侨民作家站在客观的立场表现了对事态的关注。他们的作品没有任何夸张的修饰与渲染，只是一幅幅场景、一个个现实的客观展示，然而却从现实的、历史的、宗教的角度对日本人侵略中国的事实给予了揭露，揭露了日本军国主义制造事端、侵略中国的真相，表达了他们对日本侵略者的愤懑与斥责。同时，俄罗斯侨民作家也反映了当时中国在日本侵略初期不抵抗的态度，中国军队装备不良、战斗力不强等现实，表达了对中国未来命运的深切担忧。

俄罗斯侨民作家塔斯金娜的《在时代和文化的十字路口上》对日本军国主义者入侵中国，加紧实施其军国主义的计划给予了记录：

> 1932年2月底，日本人把清朝政府最后一个皇帝溥仪推上了伪满洲国执政者的位置，1932年3月1日[①]。溥仪就任伪满洲国“执政”。两年后溥仪做了伪满洲国的皇帝，该年号为“康德”。俄文公文上的所有日期写得都很长，例如：“1936年，康德三年。”新体制给满洲人民带来了无尽的痛苦。中国人、俄国人都深受其害。但是苦难的历程并不是马上开始的。日本军队几乎是静悄悄地来到哈尔滨的，起初甚至没有人觉察到他们的出现。这些小个子的军人身着浅褐绿色的军服，戴着

①此处有误，应该为3月9日。

皮帽子（日本人受不了满洲的寒冷气候），表现得挺斯文，挺遵纪守法，他们微笑着抚摸着小孩儿的头。总的来说，他们持着一种中立态度。中国警察维持着城市的社会秩序，侨民事务管理局负责俄人的所有事情。但是这一切都只是一种表面的现象，真正掌握这座城市的是日本军事代表团。30年代[①]，由于大量日本平民移居到哈尔滨，使得这座城市的人口数量逐渐增加。日本人在满洲成立了开拓团。哈尔滨的大街上出现了日本人开办的商店、企业。日本人在这片土地上变得越来越自信，他们不断扩大自己在这一地区的影响。最后，满洲的经济完全控制在日本人的手中。中东铁路成了最后一个堡垒。当时它由苏联和中国共管。但从1931年开始，日本政府开始找各种借口不断侵犯苏联在中东铁路的权利。日本人强抢铁路的财产，强行关闭中东铁路的商务机构，甚至毫无理由地拘捕苏侨。在这种情况下，苏联政府多方考虑，决定把自己所持的中东铁路的股份卖给日本政府。1935年，经历两年的谈判，苏联政府以1.4亿日元的价格卖掉了其中东铁路的所有权，但实际仅得到了2300万日元。之后，铁路更名为北满铁路[②]。外侨开始陆续离开这片土地。苏联籍的铁路员工首先离开了哈尔滨，焦急、聚会、道别、离别的场面随处可见。

从中，我们可以看出俄侨作家对事实真相的客观记录，对日本人的到来给哈尔滨的城市生活所带来的混乱和凄凉情景的描写，从而揭露日本人的虚伪、阴险、道貌岸然，并公开痛斥他们强行掠夺霸占的强盗行为。这样一来，也客观地反映了俄侨离开中国哈尔滨的真实原因。中国俄罗斯侨民文学独特的反侵略视阈为世界人民揭示了中日战争的真实缘由和事实真相，这一切都成为极好的历史佐证。

①指20世纪30年代。

②这个名称使用了近十年。

第二节 中国俄罗斯侨民文学的艺术特色

研读中国俄罗斯侨民文学，我们发现，俄侨作家在创作中继承了俄罗斯现实主义文学创作的优秀传统。他们歌颂大自然，关注现实，重视小人物，追求真善美，在艺术上他们也以自己的实践丰富了现实主义创作。这成为其艺术特色的主调。

在中国俄罗斯侨民文学的初期，即十月革命后，哈尔滨俄罗斯侨民文学的创作还具有自发、偶然的性质，他们的创作更多的是对新奇的现实环境的真实记录与描写。从俄罗斯侨民踏上漫长迁移的旅程的一开始，沿途别样的自然风光，路途的漫长与艰辛，提心吊胆、惊心动魄的大规模的群体移民经历，离开祖国的漂泊感，未来道路的不确定和对前途的迷茫与担忧，以及来到中国东北后的生活、工作和在原始森林里的狩猎情况，都明显带有自传体的性质，因此，这些作品在展示侨民迁徙过程与侨民生活的同时，也成为再现20世纪初中国东北原始森林状况和哈尔滨早期面貌的活化石。无论是巴依科夫的《大王》《兽夜情》《圣诞之夜》《魔鬼》，还是黑多克的《满洲公主》《森林童话》《野猪》《小路》《黑色帐篷》，都会让读者感到似在跟随作者的脚步经历着作者的经历，目睹作者所目睹过的一切，倾听作者倾听过的声音，时常会让读者感到难辨现实与小说的界限，这一类的作品具有浓重的回首往事的色彩。因此，这一类带有自传性质的、描写东北自然景观和作者经历的作品，成为早期中国俄罗斯侨民文学的重要题材之一。

由于长期在异邦土地上生活，大部分侨民作家对俄罗斯都有着深深的怀念之情，因此，描写思乡之愁苦、侨民之艰辛成为中国俄罗斯侨民文学的一个重要主题，几乎没有哪一个俄侨作家不涉及这一令人酸楚的话题。他们通过对古老的战旗、历史传奇的回忆；对普希金、陀思妥耶夫斯基等传统祖国文学家的热爱；对曾经生活过的地方的梦中游历；对尼古拉节、圣母节、谢肉节、大斋等传统节日气氛和生活习惯的重温；对代表着俄罗斯灵魂的教堂的向往；对俄罗斯大地上江河湖海的深邃、草原的辽阔，以及月光下白桦林的神奇，餐桌上樱桃、黑麦的香甜，蔚蓝的天空，丁香花的芳香，克里姆林宫的钟声，阿尔巴特街的繁华，熟悉的城市建筑的描写；以及其他内容的描写寄托着对祖国的思念。

中国俄罗斯侨民文学保持了19世纪俄罗斯现实主义文学的传统，关注现实，描写普通人，重视小人物，注意细节的真实性，追求真善美，这成为中国俄罗斯侨民文学创作的鲜明的艺术特点。俄罗斯侨民文学中有不少的篇章都是叙写中国的人情风俗，在客观、真实地反映社会生活本来面目的同时，具有强烈的批判性和深刻的暴露性。如牲畜一样耕种的农民、人力车夫的辛苦，土匪红胡子的粗鲁残暴，胡同里孩子的肮脏，垃圾堆旁边的乞丐、乞讨的盲人、饭馆的堂馆、吸食鸦片的贫民、小脚妇女的可怜，大街上算命先生、涅面人、杂耍人的强装笑颜，小市民生活的琐碎与百无聊赖，这一切都触动着每一位俄罗斯侨民作家。然而，中国百姓穷困潦倒的生活、粗陋低微的生存状态、悲苦的命运、渺茫的未来，与中国的俄罗斯侨民的生存状态是何等的相似。

中国俄罗斯侨民作家的作品始终坚持对真善美的艺术追求，常常表现在描写的人与人之间的关系、人与动物之间的关系，以及动物与动物之间的关系上。《窃贼》中的骗子因受骗女孩对他的信赖从而良心发现，将她送回家中；《大王》中山民的纯朴善良和猎人的残暴狡诈形成鲜明的对比；《小德拉奇》中，奥尔洛夫为了捍卫自己的名誉，保全自己的家庭，在决斗中将情敌德拉奇打死；《野草》中父亲对儿子自由恋爱，由刚开始的坚决阻挠，到看到年轻人在一起时的相亲相爱与欢快和幸福后，转而到对他们美好生活的支持、羡慕和赞美；《红毛猎犬》中歌颂狗对主人的忠诚不渝，以及与主人的共患难同生死和对人的欺骗、背叛等行为的批判；《泰加》中，一条名叫“泰加”的狗曾经从一只公狼的口中救下自己的主人。她与这只公狼组成了和谐的一家，并养育了三只小灰狼。后来主人担心狼会威胁村民的生命，就准备将狼毒死。“泰加”为了保护公狼与狼崽，自己吞下了带有毒药的食物，中毒而死。主人的自我谴责和无比的懊悔，与作者对博大的、炽热的、充满牺牲精神的狗的赞美，形成了强烈的艺术反差和视觉上的冲击。

细腻的心理描写是中国俄罗斯侨民文学对传统的俄罗斯文学艺术的继承和发扬，其鲜明的艺术特点表现在俄罗斯侨民撕心裂肺、爱恨交错的思乡情结，艰苦生活的忍耐和精神迷茫的内心矛盾与斗争的不断挣扎中。如涅斯梅洛夫的《不被赏识的美德》中对老顾讨饭时的整个心理过程的描写达到了炉火纯青的艺术高度，其内心的尊严与饥肠辘辘，急切的渴望与难以启齿的央求，个人处境的艰难与残疾小孩子的可怜，希望破灭后的失望与失望后的自我安慰，这一系列细致入微的心理活动描写丝丝入扣，引人入胜，唤起每一个读者同情而怜悯的心。诗人的另一首《决裂》则是对主动放弃曾爱恋过的女人后仍会存有的令人心痛的不安心理的描写，坦诚真挚。格拉宁的《俄罗斯》中用了15个“莫非……？”这样的反问句式，提出了对问题的疑惑与思考，然后又通过“果真……”等一系列肯定句式对自己提出的问题作了回答。这样，诗人通过问与答的叙述方式，将内心的反复疑惑和疑惑后的不断肯定这样一个举棋不定、理不清斩还乱的矛盾和困惑的心路历程，以及真挚动人的情感表现得淋漓尽致。格拉宁的另一首诗《为你冰冷的名字》，对失恋后的自我心理安慰与调整过程的描写，尽显其艺术的创作魅力。从反思过去到悟出，少年的幼稚与孩提时代的烦恼，将会如同夏日的清晨取代闪光的夜晚一样被取代，从而无论她如何欢乐癫狂，或者如何可笑轻浮，都会为自己崇高而神圣的追求而欣慰。谢尔盖·谢尔金的《漂泊者》中描绘了老人流浪的凄惨，只有一块干面包头，喝的是路边林中的泉水，躲避风雨的地方只能是村边破旧的小教堂，病弱的流浪汉遭受着警察的呵斥和审讯，可是他又从何知道自己来自哪里，又将走向何方。萨托夫斯基的《擦身而过》中对回忆过去的懊悔和惋惜，对逝去的青春像风飘过不再复得的遗憾，对“无情而痛苦”的祖国的宽解和忠诚与《我的城市》中对圣彼得堡令人窒息、令人惊恐、令人心跳、令人喊叫的丝丝回忆与彻夜冥想，感天动地。叶列娜·达丽的《献给第二祖国》中，呈现了诗人对别离祖国的对与错的思考，离开祖国却又深爱着她，爱她如爱母亲，同时恨她如恨虐待者。虽然过着俄罗斯的生活方式却生活在安静祥和的中国哈尔滨，因为爱祖国所以哭祖国，也因为恨祖国所以也哭祖国，这样强烈矛盾的心理感受与心理体验，对不同祖国怀有同样真挚心理情感的复杂描写，如泣如诉，荡气回肠。

中国俄罗斯侨民文学具有各种艺术手法和风格相结合的特征。阿恰伊尔的《生活》《一如往常》中所表现出的对生活的乐观态度，强烈地感染着每一个身处逆境中挣扎着的人们，给人以面对现实生活的勇气、力量、鼓舞——“开怀大笑吧，朋友！冰在阳光下融化。”“生活就是欢笑。”“我们从不忧虑。”“我一如往常，古老的亚洲任我流浪，要相信苦难都会过去，要学会微笑。”“千万别弯腰。”“千万别放声哭泣。”他的诗歌始终充满着豪迈的乐观主义精神。别列列申的《湘潭城》更是现实主义与浪漫主义相结合的典范之作。为什么湘潭城让诗人如此魂牵梦绕，心驰神往呢？为什么湘潭城是他的“幸福仙境”，诗人却只字未提，从而给读者留下了广阔的想象空间。也许只是那里的风光迷人，也许那里有他的梦中情人，也许那里有他的知音，好像是，又好像不是，也好像全都是，诗歌中朦胧但具有强烈感染力的意境极具艺术魅力。安捷尔先的《致我的马》同时也是写给自己的赞歌。他在诗中感谢自己如同马匹一般所奔驰过的生活之路，感谢曾经享受过的蓝天白云和袅袅炊烟，也感谢人生道路所经历过的坑坑洼洼，更感谢在这坚硬的道路上迈出的铿锵有力的步伐，回首这一切，如同奔驰在田野草原上健壮的马，美丽无限。诗歌中坦荡的心胸、乐观的精神如撩动马鬃的风，刚劲有力，蓬勃向上。

另外，中国俄罗斯侨民文学的写作又吸纳了“白银时代”自然主义的基本特征，描写日常琐事和普通人，真实地描写现实，真实地反映现实生活。虽然在描写下层小人物的不幸命运时，具有民主主义和人道主义的倾向，但对所描写的人和事采取十分客观的态度，然而它的局限性又在于混淆了文学和自然的界限。如被称之为“有史以来最优秀的自然主义小说家”巴依科夫的小说《大王》《兽情夜》《圣诞之夜》等作品，从中都不难发现这一倾向，特别当我们了解了作家作为自然学家的背景和阅读了他的回忆录《1902年初到满洲》之后，对其作品中文学与自然界限模糊的感受就越发的明显。作者曾就读于自然史学系，来哈尔滨的主要目的是为俄国皇家地理学会会长的狩猎队专门收集各类动物的标本。为此，他还主动放弃了本来就十分艰苦的哈尔滨的生活，去了绥芬河。特别是他的《兽情夜》和《圣诞之夜》这一特点明显，还会让人觉得是《大王》的“局部”和“样稿”，其作品的风格都明显带有野外考察纪实的痕迹和特点。

自然朴素的叙述是中国俄罗斯侨民文学另一个明显的特点。作者们没有用晦涩的语言、玄奥的结构来刻意渲染，他们笔下的一切都像是自然而然流淌出来的，因此读起来非常流畅。但是这并不等于平淡乏味，我们可以看到，这些作品构思的精巧，比如《原始森林的真理》中，作者先是叙述了猎人无情惩处偷盗猎物的强盗，然后引出了忠诚的狗的插曲。本来似乎可以到此结束了，可是峰回路转，又引出了救护一个也是盗匪的伤者的故事。同是盗匪，一个要被打死，一个则被救活，鲜明的对照，首尾的呼应，自然的情节发展，巧妙地表达了人道主义的深刻含义。这种对照的手法也运用在其他小说中，如《圣诞夜》中城里人外表的虚华与大自然的严酷；《普罗霍罗维奇》中主人公的爱惜棉袄和舍弃棉袄，很好地表达了作者的思想，小说里所描写的情景交融的景象令人难以忘怀；《兽情夜》中低沉雄威的虎啸与人的高亢放歌相呼应，此情此景令人陶醉，生动地展示了动物世界和人的世界可以和谐相处的情景。另外，细节的运用也颇具匠心，如《普罗霍罗维奇》中主人公常年穿在身上的棉袄成为揭示主人公可贵品质的标志，《窃贼》中姑娘对母亲的眷恋之情是唤起窃贼良知的动因等。这些作品中对北国风光的描写也是不多见的，大自然的严峻与对大自然的深情在作者笔下是对立的统一体。尤其在那些反映猎人生活的篇章中，更可以看出俄侨作家们对森林、山峦、动物的细致观察和描写，以及他们对大自然朴素而真挚的情感。读了这些篇章，无不领略到巍巍北国的粗犷豪迈和深奥神秘。

第三节　中国现代文学的特殊构成

关于中国俄罗斯侨民文学是中国现代文学的特殊构成这一观点的论证，既是本书对这一特殊文学现象思考过程的梳理，也是对中国现代文学格局发生突破时所产生的困惑并寻求答案的过程。在此以20世纪上半叶哈尔滨地区的俄侨文学为例，若能论证其是中国现代文学的一部分，那么这一时期俄侨在中国其他城市创作的文学也应该属于中国现代文学特殊的组成部分。

一、被遗忘的历史存在

俄罗斯侨民文学曾在我国存在50余载，然而，中国现代文学界对这一存在于我国长达半个世纪之久的特殊文学现象的关注和研究几乎还是零。

哈尔滨成为俄国人在华的聚居中心始于1898年沙俄在我国东北修建中东铁路。随着1932年日本侵占东北，中东铁路的出售，大批俄侨失去工作，有的南下去了上海。第二次世界大战后，苏联开始号召侨民回国，从1947年第一批上海和天津的俄侨回国开始，到20世纪50年代中期，几乎所有的俄侨都离开了中国，一部分回到苏联，一部分去了其他国家继续漂泊。俄侨在中国的这一历史过程在本书第一章中已有较为详细的论述，这里不再赘述。

俄罗斯侨民在哈尔滨的生活稍稍安定后，由于国内国际形势的关注和对本民族文化的需求，他们对报刊、杂志、图书的需求不断提高。俄国人在这里创建图书馆，从1901年在哈尔滨建成第一座俄文图书馆到1927年，图书馆的数量已达27家，先后开办过69所中小学校，曾开办的7所高等院校都有自己出版的报纸、杂志和论文集。1918—1945年，哈尔滨出版俄文报纸115种，杂志275种，每日出版物190种。哈尔滨的俄侨新闻、图书业颇为发达。根据《风雨浮萍——俄罗斯侨民在中国》1997年课题组的调查，仅仅通过查阅4家大型图书馆（哈尔滨图书馆、上海图书馆和北京两家图书馆）的馆藏资料，俄侨当时在华出版的图书目录有908种，这包括500多种定期刊物，近千种出版的图书，文艺刊物更是不胜枚举。仅《丘拉耶夫卡》文学月报在1932年12月到1935年春解散这不到三年的时间内，出版诗集竟达40余部。他们还建立自己的文学团体，定期聚会讨论自己的作品，讨论现代文学和艺术的发展道路，创作生活异常活跃，不少成员后来都走上了职业的创作道路，并成为著名的俄罗斯侨民诗人和小说家。俄侨在华曾出版过的数以百计的刊物中，大都倡导自由、民主、平等思想。然而，从民主性和对俄罗斯社会产生的影响来看，文学毫无疑问占据绝对第一的位置。究其原因，首先，这些侨居海外的人员中始终有作家队伍相随；其次，也是最主要的，旅居国外的侨民普遍具有较高的知识水平和思想水平，这为文学的生长繁荣提供了适宜的土壤，俄罗斯侨民文学的种子就这样洒播在了哈尔滨。

哈尔滨俄侨作家、诗人们创作十分活跃，内涵相当丰富，他们写下了令人难忘的历史，留下了一大笔宝贵的文学遗产。他们的创作体裁十分广泛，长篇小说、中篇小说、短篇小说、戏剧、诗歌、日记、回忆录、历史传记、儿童文学，无所不有。特别是诗歌，无论是创作人数、创作数量、创作题材，还是艺术特色和社会影响力，都明显占据主导地位。简言之，哈尔滨的俄罗斯侨民文学是俄国国内“白银时代”的文学特点与中国文化的奇妙结合，是俄国“白银时代”文学在中国时间上的延续和空间上的拓展。

由于俄罗斯侨民文学处于中俄文学边缘的特殊性，由于其特殊的地域文学类别和作为一种特殊的交叉、边缘研究，从而决定了俄罗斯侨民文学在俄罗斯文学史和中国现代文学史中独特的艺术魅力和价值所在。另外，从哈尔滨俄侨的出现、形成、发展、消亡的轨迹，从哈尔滨俄罗斯侨民作家特殊的身份及其特殊的生存地域，从哈尔滨俄罗斯侨民文学思想意蕴及其艺术特色来看，哈尔滨俄罗斯侨民文学都是特殊时代中俄文化交流的特殊产物，不仅是俄罗斯侨民文学中一道独特的风景线，也是中国现代文学的特殊构成。

二、特殊的少数民族文学

中国文学，不仅仅指汉语文学，它还可以用其他语言写成，例如藏语、蒙语、维吾尔语等等。哈尔滨俄罗斯侨民文学的作者是指19世纪末20世纪初流亡到我国哈尔滨等地的俄国人用俄文创作的文学作品。从历史资料的考证上来看，这些俄国人相当一部分是属于当时持有中国公民证的中国公民，从我国现有俄罗斯族的来源、形成以及构成历史上看，这些人正是我国少部分俄罗斯族的前身之一。

2008年第1期的《俄罗斯研究》刊登了一篇题为《二战后初期中苏关于中国俄侨问题的交涉与斗争——以苏联恢复俄国侨民苏联国籍为中心》的文章。文章中大量的历史资料和档案文献资料显示，二战后，当时的国民党政府与苏联政府围绕恢复在中国的俄国侨民的苏联国籍所进行的斗争，恰好证明了在中国的俄侨的中国公民身份：在国民党政府意图按照管理无国籍侨民的常规方式处理关内俄侨问题之时，苏联最高苏维埃主席团于1946年1月20日再度发布了恢复中国俄侨国籍的命令。该命令规定，凡在1917年11月7日以前曾为前俄帝国人民，无论服务于白俄军队者或脱离苏联侨居他地者并彼等之子孙，及此前系属苏联国籍而后丧失此国籍而现居于中国东三省、新疆、上海及天津等地者，均得恢复苏联国籍……按照国际法的有关原则，苏联有权依国内立法来断定谁是其国民；然而问题却在于，苏联要使之恢复国籍并认定为其国民的这些俄侨，早已被它通过国内立法剥夺了国籍，成了苏联的弃儿。后来，随着时间的流逝，他们中有很多人逐渐适应了中国的生活与习惯，并归化中国成了中国公民。在此情况下，苏联竟无视这一现实，不顾中国国籍法的实际，事先又不与中国政府协商，竟突然要将他们全部召唤回去，尽管表面上不加逼迫，但无论如何都是与国际法的基本精神相违背的。而且那时生活在中国境内的广大俄国人，已有很大一部分归化中国，或已取得中国国籍而成了法律上的中国公民，或虽未取得中国国籍但已成为事实上的中国公民的“归化族”。他们一直由中国政府发给公民证，这些人也已自认为是中国人民。

当时剩下的部分俄侨因各种原因没有离开中国，这些人在中华人民共和国建国时期被划归为我国56个民族中的俄罗斯族。有关这一民族的形成与构成，国家相关网站对其有所描述。俄罗斯族从18世纪后才逐渐有较大规模地从沙皇俄国南迁到中国新疆等地。在封建军阀盛世才统治新疆时期，被称为“归化族”。中华人民共和国成立后，改称俄罗斯族。主要散居在新疆的伊犁、塔城、阿勒泰、乌鲁木齐等地，内蒙古、黑龙江等地有少量分布。我国的俄罗斯族共有15393人（2010年），风俗习惯与苏联的俄罗斯族基本相同，多信东正教，使用俄罗斯语和俄文，也用汉、维、哈等文字。此外，中华人民共和国国家民族事务委员会有关中国俄罗斯族的由来是这样写的：“18世纪后期至19世纪末和俄国十月革命前后，由于不堪忍受沙皇俄国的残酷统治，大批俄罗斯人从西伯利亚等地涌入我国新疆北部地区。盛世才于1934年召开新疆第一次民众代表大会，已加入中国国籍的俄罗斯人以“归化族”的名义出席了会议。1935年，新疆召开了第二次民众代表大会。会议对新疆各少数民族的划分和称谓做了具体规定，并通过了相应的决议案。其中，加入了中国国籍的俄罗斯人和其他欧洲人被冠以“归化族”的名称。1949年新中国成立后，改称俄罗斯族。”①

从上述资料中不难看出，俄罗斯侨民是一定时期特殊的历史产物，在中国是独特存在，也具有独特的中国公民身份。正因如此，由这部分特殊人群创作的文学构成了那一时期我国特殊少数民族文学创作极其特殊的一个部分。

除此之外，俄罗斯侨民与中国有着亲情的联系。中国的俄罗斯侨民大多数都热爱中国，这一点我们在他们的作品中有明显的体会：第一批俄侨曾在中国的东北修路，对这里有一种特殊的情感；第二批俄侨曾在这里避难、工作，并在这里繁衍生息，他们都为哈尔滨的建设付出过自己的心血，其中不少俄侨的子女出生在中国，自然也就有一种情系故里的感觉，因此，许多俄侨将中国视为“第二祖国”“我的国家”“我的城市”；又由于第一批、第二批俄侨长期生活在中国，他们的子女出生并在中国成长，在中国接受教育，许多俄侨都多少懂点汉语，因此，他们将中国看作他们成长的摇篮，与中国自然有了一种亲情的关系和联系。有资料显示，“由于热爱中国而取得中国国籍的俄侨曾达到一万人”②。

三、独特的地域文学和民俗文化

对于地域文学研究，不管是对地域作家的研究还是对地域文学的研究，都离不开地域环境、地域文化。2007年出版的《现代东北的文学世界》（春风文艺出版社）中，作者高翔从作家身份确认的角度，将作为区域文学的“东北文学”分为三种类型：一是出生和生活在东北

①中华人民共和国国家民族事务委员会：《俄罗斯族》，https://www.neac.gov.cn/seac/ztzl/elsz/gk.shtml。

②李兴耕：《风雨浮萍——俄罗斯侨民在中国（1917—1945）》，中央编译出版社，1997，第104页。

的作家所创作的反映东北历史与现实生活的作品；二是非东北籍作家但长期生活在东北的作家创作的以东北为题材的文学作品；三是非东北籍路经东北的作家创作的反映东北社会生活的作品。哈尔滨俄侨作家至少完全符合这三种类型中的后两种，那么，他们创作的文学自然属于“东北文学”。

从地域与文学的相关性来讲，哈尔滨俄罗斯侨民文学印证了“一方水土养一方人”。哈尔滨俄罗斯侨民文学描写的对象大都发生在我国东北地区，东北的原始森林、哈尔滨的城市面貌、哈尔滨的政局变化、1932年发生在黑龙江的洪灾、1910年东北鼠疫的蔓延、齐齐哈尔郊区的农村生活、东北森林里的老虎、山民生存的自然法则、“红胡子”土匪、东北的民俗传统与习惯、小脚女人、卖苦力的黄包车夫、小酒馆里跑堂的、骨瘦如柴抽大烟的、东北的庄稼汉、走街串巷的破烂王、穿长袍拿烟袋的中国男子、穿长袍的和尚、细腰肢的中国女子、哈尔滨春天的大风、大连的城墙和塔楼、马家沟的冻柿子和冻梨、哈尔滨的煎饼、冰糖葫芦、街角的茶馆、乡村小客栈、昏暗的大烟馆等等，这些存在于东北发生于东北的人和事、自然现象与人文景观、生活习性与民俗特点无一不是哈尔滨俄罗斯侨民作家笔下创作的素材，正是东北这一方水土孕育出了哈尔滨俄罗斯侨民文学既不同于俄罗斯本土文学，又不同于中国本土文学这一特殊的文学。

从民俗文化的角度来看，哈尔滨俄侨文学是发生在中国大地且存在了相对较长时期的一种特殊的文化现象，是对中国区域民俗文化不同角度的记录和另一种认识与传承，它不仅对当地的文化发展产生了极其深远的影响，也为我们当今对东北地域民俗文化的研究提供了鲜活的资料。哈尔滨城市的建设和变化，老街区的记录与描写，老百姓的生活状况，习惯、风沙、水灾等自然现象的记录，多国侨居区的同时存在与分布区域，等等内容，都为哈尔滨城市的发展研究提供了另一种可供查证的资料。那么，由这一特殊群体中的一部分人创作的文学自然也应该属于那一时期中国民俗文学的一部分。

除此之外，作家们描写东北地区的自然特色与民俗风貌，不仅丰富了中国的民俗文学，对我国东北地区的民俗研究和文学创作也具有一定的参照价值。我们知道，从19世纪末开始，西方文化人类学、民俗学的研究已经采用实地调查与客观描写相结合的方法。20世纪初以来，越来越多的研究者借助文学创作的手法描述地域民风、社会结构与文化特征。除此之外，俄侨作家对当时东北文学也有明显的影响，如“拜阔夫[①]的作品对当时的东北作家颇有影响，疑迟的小说和睨空的山林秘话都有拜阔夫的笔法。尤其是睨空的山林秘话，熔故事、传说、掌故、知识、小说于一炉，这种文体和拜阔夫的博物小说有许多相似之处”[②]。当时巴依科夫描写满洲密林动植物的作品在20世纪三四十年代曾风靡全世界，受到高度评价。

哈尔滨俄罗斯侨民文学从创作的时间上来说，几乎涵盖了中国现代的每一个时期，包括清末时期、民国与军阀统治、伪满洲国乃至抗日战争和解放战争时期。我们有幸通过他们的作品，欣赏到20世纪初中国东北的自然风光、原始森林、风土人情、生活场景，重温当时中国百姓的生活与习惯，感受那个年代中国人民艰苦的生存状态，了解他们愚昧和混沌的情感世界，目睹日本军国主义对中国东北的侵略和人们的精神磨难。可以说，哈尔滨俄罗斯侨民文学是对20世纪上半叶中国东北自然、生活、民俗、政治文化生活的反映，是那一时期中国地域文化和民俗文化的写照，是中国现代文学中十分特殊的地域文化创作现象。

四、别具一格的中国写作

哈尔滨俄罗斯侨民文学创作的题材与俄罗斯本土文学的创作题材有着鲜明的差异，与中国本土文学的创作也有着明显的不同。除了许

①现常见的译名为巴依科夫。

②刘晓丽：《异态时空中的精神世界——伪满洲国文学研究》，华东师范大学出版社，2008，第185页。

多对思乡情怀及俄罗斯生活的描写外，哈尔滨俄罗斯侨民文学包括大量的关于中国题材和主题的写作。有描写发生在中国重大历史事件的：哈尔滨城的修建、1910年鼠疫在东北的蔓延、“伪满洲国”的建立、1932年日本人的入侵、1932年哈尔滨的大洪灾等；有描写中国各地自然景观或人文风俗的：东北森林的浩瀚与神秘、北海荷花的美丽、碧云寺庙宇的巍然壮观、“天下第一关”山海关所历经的战火、北方秋天的红叶、哈尔滨春天的风沙、文昌阁中考生供奉的香火、松花江春天的恬静、湘潭城诱人的美丽、杭州西湖湖心亭的幽静、上海酒吧诱人沉沦的魔力、田间坟丘的默默守护、贵州山间小路的崎岖艰险、几何田地里高耸的锥形麦垛、小脚女人的步履蹒跚、上海租界中国人坟冢的悲惨命运、搪瓷画儿的呼之欲出、运河的碧绿、竹丛的青翠等；有描写中国不同阶层、不同地域人物的：执政的“凤凰”慈禧、诗仙李太白、“伪满洲国”的官吏、面朝土地背朝天的北方农民、出苦力的黄包车夫、卖杂货的小商贩、捏面人的卖艺人、抽大烟的丧门星、干练的北方长辫子姑娘、秀美腼腆的苏州姑娘、粗犷的少数民族、热情的中国老百姓等；有反映中国文化的：千手观音的圣洁、颐和园长廊上书画的意蕴、中国山水画的巧夺天工、名刹古寺香火的旺盛、中国四合院大家庭的其乐融融、方块字的左右勾连、中国人取名的传统习惯、中国民族器乐特有的哀婉、中国诗歌的韵律、中国的丧葬习俗、中国传统节日的丰富、胡同里百姓生活的常态、中国普通百姓的婚姻爱情观、中国文字中蕴含的独特意象、阴历新年民俗传统的奇异；等等。这些内容的写作是俄罗斯本土作家根本不可能涉及的。

由于哈尔滨俄侨作家来自异国，他们对中国大地以及发生在中国大地上的一切现象感到新奇，因而，他们从不同的视角和感受记录和描写了中国人习以为常的，或者是已被忽略了的景观和现象。虽然同在中国写作，但哈尔滨俄罗斯侨民作家的创作却与中国本土作家有着明显的不同，他们之间既存在着潜在的对比，又互为补充。以萧红、萧军、端木蕻良等东北作家的小说创作为例，由于创作时段的特殊，他们大多通过自己的小说创作，向我们展示“九一八”事变及东北沦陷区人民的生活惨状，同时从生命的角度出发剖析北方农民生存之艰辛，揭示人生的悲哀以及人性的扭曲。他们的作品笔调冷峻，充满强烈的爱国主义情感，有着一种原始野性的力量，从心底里喷发出对生命的热爱与赞美。由于全民抗日的特殊历史条件和独有的地域风情，他们的文学创作更多的是反映在悲壮、粗犷的生活土壤上滋生出的悲情之美、野性之美。而哈尔滨俄侨文学除了反映东北百姓生活的艰苦外，更多的是反映东北地区的自然之美、民俗之独特、中国文化之精深。如果说东北作家是怀着忧郁的心情眷恋故乡的土地，是为人民所遭受的苦难而愤怒的话，那么，哈尔滨俄侨作家则是怀着同病相怜的心理书写百姓生活的艰苦，是为自己悲惨命运的哀号，是为自己不公命运的呐喊，是为同处社会底层人民基本生存权益的抗争。如果说东北作家以东北农村为背景，以血淋淋的现实无情地揭露日伪统治下社会的黑暗，反映旧社会农民的悲惨遭遇，表现东北农民的觉醒与抗争，赞扬他们誓死不当亡国奴、坚决与侵略者血战到底的民族气节，那么，尽管哈尔滨俄侨文学同样蕴含着强烈的反侵略思想，但是他们从第三方的角度揭露日本入侵中国蓄谋已久、用心险恶和肆意制造事端的挑衅行为，揭露日本帝国主义赤裸裸的侵略行径，痛斥日本入侵的天理不容，预言这种侵略行为必遭报应，同时，也描写中国在面对日本入侵东北时的反应迟钝、武装设备的落后、面对日本入侵的不抵抗和软弱，以及中国面对“一丘之貉”的国际联盟的无奈和束手无策。

20世纪三四十年代侨居上海的犹太难民也曾创办了大量的报刊，构成了中国现代文学史上的一个特例。但是，与犹太移民的无身份就是身份本身的心态不同，哈尔滨俄罗斯侨民文学反映了20世纪前半期中国现实的某些侧面，从创作题材、创作内容和创作视角上丰富了我国的东北文学，其中不乏高水平的、超越流亡生活意义的杰作。

五、中俄合璧的艺术结晶

哈尔滨俄罗斯侨民作家的创作尽管用的是俄文，但创作内容和创作手法却明显受到中国文化和中国文学的影响。许多哈尔滨俄罗斯侨民作家的作品都被认为像中国人写的一样，其中，像阿列克桑德拉·巴尔考的《阴历新年》《逃难》《哈尔滨的春天》《几世纪前的故事》充满浓郁的中国东北乡土气息；叶列娜·伏拉吉的《搪瓷上的小画儿》《煎饼》《蓝色的节日》几乎可以被认为是中国人写的；韦涅季克特·马尔特的《傅家甸近郊》《算命先生》《小手指》等近乎东北乡土文学；有的则深受中国民俗文化和民间艺术的熏陶和感染，如尼古拉·斯维特洛夫的《中国的新年》《大街上》《给苏州姑娘》《千手观音》；有的则被认为是最具中国创作特点的作家，像基里尔·巴图林的《妞儿》《途中》《宁波姑娘》等深受中国文学与文化的影响；米哈伊尔·谢尔巴科夫的《人参》《抽鸦片的人》《喷泉——中国刺绣》蕴含着丰富的中国异域风情和文化；被称为中国俄罗斯侨民最杰出的诗人之一的别列列申的许多作品《迷途的勇士》《我，一定回中国》《湘潭城》等被认为最具中国诗歌情趣和神韵，这些作品都具有极高的文学价值。他们除了对中国景物、风光、民俗描写外，作品中不时会出现一些东方特有的词汇、意象、中国人名和地名，像观音、水牛、龙、蜻蜓、蝴蝶、荷花、松柏、翠竹等等；更有作家的创作几乎完全都是以中国东北及少数民族地区中国民俗的记录和阐释为内容和主题，他们对中国“迷信”中的鬼体附身、托梦，对佛祖神奇力量的描写，以及中俄两个民族对婚姻关系的不同理解和不同解决办法的对比等，无不看出中国文化对俄侨作家们的影响。即便是对俄罗斯人民所走过道路的反思，对俄罗斯命运的牵挂，对俄侨生存状态与精神状态的反映，他们也都依托中国而描写。当俄侨作家们对国内拆毁教堂的行为感到痛心疾首的时候，是借对中国庙宇的破坏、对菩萨的亵渎必将遭受报应的疯狂行为进行预言和批判。对俄侨的精神与生存状态的描写也是通过中国百姓苦难的生存状况与沉重的精神枷锁来反映的。正因如此，他们的作品富有独特的东方异国情调，使俄罗斯民族的精神气质与中国乡土文学的特点完美结合在了一起。俄侨作家以这种别具一格的创作题材和创作手法，赋予哈尔滨俄罗斯侨民文学以独特的思想意蕴和艺术魅力，从而大大丰富了中国文学创作的题材和风格。可以说，哈尔滨俄罗斯侨民文学是对中国文学的丰富，是对中国现代文学研究范围的扩大。

哈尔滨俄罗斯侨民作家还将中国文化形象传播到俄罗斯以及有俄罗斯侨民居住的世界其他各国。他们在从事文学创作的活动中，自觉不自觉地将中国写入自己的作品，无论是单纯的景色描写，还是借景抒情；无论是对中国民情风俗的好奇，还是对神秘独特的中国文化的探究；无论是对中国古典文学的喜爱，还是对中国文学中颂扬的文化精神的崇拜，他们用自己独特的理解和阐释将其融入作品中。同时，一些哈尔滨俄侨作家还专门从事中国文学作品的翻译，通过翻译作品，更加直接地对中国文化给予阐释，使更多的非汉语读者了解中国文化，从而使得中国文化得到更广泛的传播。这一点哈尔滨俄罗斯侨民作家完全不同于欧洲等地的俄罗斯侨民作家，哈尔滨俄罗斯侨民作家是将中国文化传播出去，带到俄罗斯以及世界各国，而欧洲等地的俄罗斯侨民作家则是将俄罗斯文化带到他们所居住的国家。哈尔滨俄罗斯侨民作家不仅积极接受中国文化的滋养和影响，同时，还将他们喜爱的中国文化主动介绍给其他国家的不同民族。从这一点上讲，哈尔滨俄罗斯侨民作家对中国文化向世界的传播做出了积极的努力和贡献，是对中国文学和中国文化的发扬光大。

哈尔滨俄罗斯侨民作家的创作不仅大大充实和丰富了20世纪前50年我国东北文学的创作，而且作为一种特定时期下的特殊地域文学和特殊少数民族文学现象，为中国现代文学以及中国现代文学的研究增添了特殊的内容。由于哈尔滨俄罗斯侨民文学作者的特殊性、时代的特殊性、体验的特殊性，他们所奉献出的作品兼及多种文化、多种风格、多种情感，其中包含着其他文学对象少有的特殊性，本身既是特殊地域文学现象，也是跨国、跨民族、跨文化现象。哈尔滨俄罗斯侨民文学是在俄罗斯和中国不同文化模式、背景上特殊群体情感的物化，深层蕴含着不同的文化精神，体现着不同的民族意识。由于中俄作家在同样背景、环境下的不同艺术理解与表现，中国作家与俄侨作家笔下不同的中国及中国形象、不同的人文关照、不同的民族心理和思维方式，以及对生命、生死、爱情、故乡的不同理解等，也为中国现代文学的研究提供了一种参照。

哈尔滨俄罗斯侨民文学，虽然是俄罗斯侨民用俄语写作的，但是它的创作背景、题材范围、描写对象、创作风格都有着鲜明的中国特色和中国烙印。它的精神特质蕴含了中国的文化和中国的情感，它既是俄罗斯文学的特殊部分，也是20世纪前50年整个中国文学宝库中极有特色的组成部分。中国俄罗斯侨民文学不仅是俄罗斯侨民文学中一道独特的风景线，也是中国现代文坛的一朵奇葩。

正是由于中国俄罗斯侨民文学处于中俄文学边缘的特殊性，从而决定了其独特的艺术价值。

中国俄罗斯侨民文学创作的题材与俄罗斯本土文学的创作题材也有着明显的差异，除了许多思乡等俄罗斯及俄罗斯生活的描写外，中国俄罗斯侨民文学还包括大量的中国题材的写作。有描写中国各地景色的，有描写中国不同阶层、不同地域的人物以及他们的生活的，也有描写发生在中国的大小事件的。这些题材的写作是俄罗斯本土作家根本不可能涉及的。

另外，中国俄罗斯侨民文学还反映着20世纪前半期中国现实的某些侧面。20世纪30—40年代的日本侵华战争、20世纪40年代的中国国内战争，都为中国俄罗斯侨民文学蒙上了神秘的面纱，而在这些文学中不乏高水平的、超越流亡生活意义的杰作。

20世纪上半期，俄罗斯侨民的文化活动在中国的哈尔滨等地留下了深刻的痕迹，这一痕迹表明了中俄文化间的交流历程。毫无疑问，中国俄罗斯侨民文学是沟通中俄文化的桥梁。

陈思和教授曾说：中国“现代文学史研究要在理论建设上有较大的突破，才能使我们的文学史研究从以往的战争文化心态下的片面性和局限性中摆脱出来，完成一个多元格局的文学史全貌”。本书的研究力求为这种多元格局的文学史理论概念全貌的科学描述，提供一种新的思考和学术成果与依据。

参考文献

［1］Аблова Н Е. КВЖД и российская эмиграция в Китае［М］. Русская панорама, 2005.

［2］Агеносов В В. Литература русского зарубежья［М］. Терра. Спорт, 1998.

［3］Аурилене Е Е. Жалкая судьба: Отношение к эмигрантам в Маньчжоу-Го (1932-1945 гг.)［J］. Россия и АТР, 1998,(01):19-25.

［4］Афанасьев А Л. Неутоленная любовь［М］// Литература русского зарубежья. Т. 1, кн. 1.Книга, 1990.

［5］Бавин С, Семибратова И. Судьбы поэтов серебрянного века［М］. Книжная палата, 1993.

［6］Балакшин П П. Финал в Китае: возникновение, развитие и исчезновение белой эмиграции на Дальнем Востоке (Том 1)［М］. Ода. СПб.: Кн-во Сириус, 1958.

［7］Балдина И В, и др. Литература русского зарубежья в фондах библиотек Москвы［М］. Рудомино, 2002.

［8］Белова Т Н, и др. Изучение литературы русской эмиграции за рубежом (1920-1990- е гг.): аннотированная библиография: монографии, сборники статей, библиографические и справочные издания［М］. Изд-во Моск. ун-та, 2002.

［9］Джон Глэд. Беседы в изгнании: Русское литературное зарубежье［М］. Книжная палата, 1991.

[10] Жарикова Е Е. Ориентальные мотивы в поэзии русского зарубежья дальнего востока [M]. Комсомольск – на – Амуре: Изд – во АмГПГУ, 2008.

[11]Зайцев В А. Творческие поиски русских поэтов второй волны эмиграции[J]. Филологические науки, 1997,(04):3–17.

[12] Зайцев Г. Шахай — Вавилон Востока (воспоминание) [J]. Родина, 1998(3):80–85.

[13]Featureless

[14] Крапивин В. Заблудившийся аргонавт (О судьбе поэта В. Перелешина 1913–1992)[J]. Литературная учеба, 2004,(05):153–160.

[15]Крейд В. Русская поэзия Китая: антология[M]. Время, 2001.

[16] Кузнецов Ф Ф. Русская литература XX века [M]. Просвещение, 1994.

[17] Латин Б. Проза русской эмиграции: (Третья волна) [M]. Новая шк, 1997.

[18] Лукашкин А С. К библиографии дальневосточной прессы [M]//Студентческая пресса Харбина. The New Review (Новый вестник). Нью–Йорк, 1974,114: 252.

[19] Мелихов Г В. Маньчжурия далекая и близкая [M]. Наука, 1991.

[20] Мелихов Г В. Белый Харбин: Середина 20– х [M]. Русский путь, 2003.

[21]Мельхов Г. Христианский Союз молодых люей в Харбине (К истории деятельности) [J]. Проблемы Дальнего Востока, 1996(6): 118–122.

[22]Михайловский О Н. Литература русского зарубежья: 1920 – 1940[M]. Наследие, 1993.

［23］Петров В. Литературная жизнь в Харбине и Шанхае［J］. Вопросы литературы 1989,(08):276–280.

［24］Моравский Н В. Остров Тубабао (1948 – 1951)［M］. Русский путь, 2000.

［25］Полански П. Русская печать в Китае, Японии и Корее［M］. Пашков дом, 2002.

［26］Потапова И В. Русская школа в Маньчжурии (1898 – 1945 годы)［M］. Хабаровск: Частная коллекция, 2010.

［27］Мелихов Г В. Российская эмиграция в Китае (1917–1924)［M］. ИРИ, 1997.

［28］Забияко А П. Россия и Китай на дальневосточных рубежах［M］. Благовещенск: АмГУ, 2001.

［29］Светлана Г Х. Сюй Литературная жизнь русской эмиграции в Китае (1920–1940–е гг.)［M］. ИКАР, 2003.

［30］Соколов А Г. Судьбы русской литературной эмиграции 1920–х годов［M］. МГУ, 1991.

［31］Таскина Е П. Русские из Китая. Судьбы репатриантов 40–50–х годов XX века［J］. Проблемы Дальнего Востока, 2009,(2):91–99.

［32］Таскина Е П. Писатель – натуралист Николай Байков［J］. Восточная коллекция, 2001,(03).

［33］Таскина Е П. Руский Харбин［M］. МГУ, 2005.

［34］Brown E. Russian literature since the Revolution［M］. Cambridge: Harvard University Press, 1982.

［35］Matich O. The Third wave: Russian literature in Emigration［M］. Michigan: Ardis, 1984.

［36］посвященный жизни и творчеству Альфреда Петровича Хейдока［EB/OL］.［2016–3–16］. http://www.hejdok.ru/.

［37］初祥.苏联与俄罗斯的俄侨史研究［J］.西伯利亚研究,2008,

(03):75–77.

［38］刁绍华．在华俄侨文学一瞥［J］．当代外国文学,1994,(04):150–157.

［39］刁绍华．中国（哈尔滨—上海）俄侨作家文献存目［M］．哈尔滨:北方文艺出版社,2001.

［40］刁绍华．中国大地哺育的俄罗斯诗人:瓦列里•彼列列申［J］．求是学刊,2001,(01):87–92.

［41］《俄罗斯族简史》编写组编写．俄罗斯族简史（修订版）［M］．北京:民族出版社,2008.

［42］冯玉文,钱振钢．俄侨文学主题初探［J］．黑龙江社会科学,2006,(01):135–139.

［43］谷羽．在漂泊中吟唱——俄罗斯侨民诗选《松花江晨曲》［J］．俄罗斯文艺,2002,(06):29–32.

［44］李德滨．黑龙江移民概要［M］．哈尔滨:黑龙江人民出版社,1987.

［45］李萌．缺失的一环——在华俄国侨民文学［M］．北京:北京大学出版社,2007.

［46］李明滨．中国与俄苏文化交流志［M］．上海:上海人民出版社,1998.

［47］李仁年．俄侨文学在中国［J］．北京图书馆馆刊,1995,(Z1):37–45+12.

［48］李兴耕．风雨浮萍——俄罗斯侨民在中国［M］．北京:中央编译出版社,1997.

［49］李延龄．论哈尔滨俄罗斯侨民文化［J］．俄罗斯文艺,1999,(03):43–47.

［50］李延龄．哈尔滨，我的摇篮［M］．顾蕴璞,李海,译．哈尔滨:北方文艺出版社,2002.

［51］李延龄．松花江晨曲［M］．谷羽,译．哈尔滨:北方文艺出版社,

2002.

［52］李延龄.松花江畔紫丁香［M］.李延龄,乌兰汗,译.哈尔滨:北方文艺出版社,2002.

［53］李延龄.兴安岭奏鸣曲［M］.冯玉律,等,译.哈尔滨:北方文艺出版社,2002.

［54］李延龄.中国，我爱你北方［M］.李蔷薇,荣洁,唐逸红,译.哈尔滨:北方文艺出版社,2002.

［55］李英男.俄国诗人的“中国声调”［M］//金亚娜.俄语语言文学研究:文学卷(第二辑).北京:人民文学出版社,2003:70-87.

［56］林建华.苏联侨民文学管见——苏联文学新论之四［J］.暨南学报(哲学社会科学),1997,(03):90-98.

［57］凌建侯.哈尔滨俄侨文学初探［J］.国外文学,2002,(02):59-65.

［58］刘锟.交融与共生——俄侨文学国际学术研讨会会议纪要［J］.俄罗斯文艺,2002,(04):0.

［59］刘文飞.俄罗斯侨民文学史［M］.北京:人民文学出版社,2004.

［60］刘文飞.20世纪俄罗斯文学的有机构成［J］.外国文学评论,2003,(03):5-15.

［61］刘文飞.俄侨文学四人谈［J］.俄罗斯文艺,2003,(01):60-63.

［62］苗慧.《中国俄罗斯侨民文学》(俄文版10卷本)出版的历史意义［J］.俄罗斯文艺,2005,(03):14-16.

［63］苗慧.是俄罗斯的,也是中国的——论中国俄罗斯侨民文学也是中国文学［J］.俄罗斯文艺,2003,(04):75-77.

［64］穆馨.俄罗斯侨民文学在哈尔滨［J］.黑龙江社会科学,2004,(04):93-95.

［65］荣洁.俄罗斯侨民文学［J］.中国俄语教学,2004,(01):46-50.

［66］荣洁.俄罗斯移民文学初探［J］.求是学刊,1996,(03):93-95.

［67］荣洁.哈尔滨俄侨文学［J］.外语研究,2002,(03):45-50+80.

［68］荣洁.涅斯梅洛夫的生平与创作［J］.俄罗斯文艺,2002,(06):

24-28+35.

［69］荣洁.小人物•历史•生态——三位哈尔滨俄侨作家的生平与创作［J］.解放军外国语学院学报,2005,(06):105-108.

［70］石方.哈尔滨俄侨史［M］.哈尔滨:黑龙江人民出版社,2003.

［71］石国雄.值得关注的文学——读《兴安岭奏鸣曲》的一点印象［J］.俄罗斯文艺,2002,(06):43-44.

［72］宋晓庚.黑土地文学的地域特征［J］.黑龙江史志,2005,(05):33-34.

［73］孙赫杰.俄侨文献在哈尔滨［J］.图书馆建设,1997,(04):87-88.

［74］孙赫杰.俄侨作家尼•巴依柯夫与我国东北原始森林之情缘［J］.图书馆建设,1999,(04):87-88.

［75］孙凌齐.俄《真理报》文章评《风雨浮萍——俄国侨民在中国》一书［J］.国外理论动态,1998,(10):31-33.

［76］汪介之.20世纪俄罗斯侨民文学的文化观照［M］//金亚娜.俄语语言文学研究：文学卷(第二辑).北京:人民文学出版社,2003:30-46.

［77］汪介之,陈建华.悠远的回响——俄罗斯作家与中国文化［M］.银川:宁夏人民出版社,2002.

［78］汪介之.俄罗斯侨民文学与本土文学关系初探［J］.外国文学评论,2004,(04):109-118.

［79］汪之成.上海俄侨史［M］.上海:生活•读书•新知三联书店上海分店,1993.

［80］汪之成.上海的俄国文化地图［M］.上海:上海锦绣文章出版社,2010.

［81］王艳芳.世界华文文学中的"中国形象"论析［J］.世界华文文学论坛,2002,(02):61-65.

［82］徐笑一.论巴依阔夫《大王》的三重境界［J］.俄罗斯文艺,2004,(02):75-77.

［83］徐振亚.俄罗斯侨民作家黑多克与他的《满洲之星》［J］.俄

罗斯文艺,2002,(06):36–42.

［84］伊•伊格纳坚科,启中.洞察的一致——试比较分析阿•涅斯梅洛夫和李延龄的创作［J］.俄罗斯文艺,2002,(06):20–23.

［85］余一中.20世纪人类文化的特殊景观——俄罗斯侨民文学简介［J］.译林,1997,(03):201–205.

［86］曾大兴.中国历代文学家的地理分布——兼谈文学的地域性［J］.学术月刊,2003,(09):88–94+24.

［87］张捷.谈谈前苏联的“回归文学”［J］.文艺理论与批评,2003(3):109–113.

［88］张永祥.20世纪南半球最优秀的俄语诗人——瓦列里•别列列申［J］.俄罗斯文艺,2005,(04):9–10.

［89］张在虎.二战后期中苏关于中国俄侨问题的交涉与斗争——以苏联恢复俄国侨民苏联国籍为中心［J］.俄罗斯研究,2008,(01):60–69.

［90］张在虎.中国政府与1954、1955年苏联集体遣侨［J］.党的建设,2008,(01):63–69.

［91］张在虎.20世纪50年代遣返在华苏侨［J］.百年潮,2009,(02):44–49.

［92］章棨.20世纪俄罗斯文学回顾［J］.文艺理论与批评,1998,(04):13–20.

［93］赵秋长.俄国侨民文学概览［J］.俄语学习,2001,(06):40–42.